新时代文学批评丛书

吴义勤 主编

在丰饶的文学生活中

何 平 著

山东文艺出版社

图书在版编目（CIP）数据

在丰饶的文学生活中/何平著. -- 济南：山东文艺出版社，2024.3

（新时代文学批评丛书/吴义勤主编）

ISBN 978-7-5329-7053-7

Ⅰ.①在… Ⅱ.①何… Ⅲ.①中国文学—当代文学—文学评论—文集 Ⅳ.①I206.7-53

中国国家版本馆CIP数据核字（2023）第230407号

在丰饶的文学生活中
ZAI FENGRAO DE WENXUE SHENGHUO ZHONG

何 平 著

主管单位	山东出版传媒股份有限公司
出版发行	山东文艺出版社
社　　址	山东省济南市英雄山路189号
邮　　编	250002
网　　址	www.sdwypress.com
读者服务	0531-82098776（总编室）
	0531-82098775（市场营销部）
电子邮箱	sdwy@sdpress.com.cn
印　　刷	山东华立印务有限公司
开　　本	710毫米×1000毫米　1/16
印　　张	19.75
字　　数	260千
版　　次	2024年3月第1版
印　　次	2024年3月第1次印刷
书　　号	ISBN 978-7-5329-7053-7
定　　价	79.00元

版权专有，侵权必究。如有图书质量问题，请与出版社联系调换。

开辟文学批评的新时代

——"新时代文学批评丛书"总序

吴义勤

党的十八大以来,中国特色社会主义进入新时代,中国文学也翻开了崭新的一页。置身新时代新征程,面对丰富的史诗性伟大实践,广大作家胸怀"国之大者",牢记初心使命,深入生活,扎根人民,与时代共振,与人民共情,用心用情用功书写新时代的中国故事,展现中国人民昂扬的精神风貌,谱写了新时代文学的辉煌篇章。

文学批评与文学创作是文学发展的车之两轮、鸟之两翼,一个时代的文学发展既需要广大作家的笔耕不辍、创新创造,也需要批评家的积极呼应、理论引领。在新时代文学不断攀登高峰的历史进程中,新时代文学批评也发挥了至关重要的作用,取得了丰硕的发展成果,形成了独特的新时代文学批评景观。习近平总书记高度重视文学批评工作,近年来就繁荣新时代文学批评发表了一系列重要讲话,做出了一系列重要指示批示。我们策划这套"新时代文学批评丛书",就是要全面学习贯彻落实总书记关于文学批评的讲话与指示批示精神,一方面旨在呈现新时代文学批评的基本样貌、发展成果,另一方面也希望从中获得推动文学批评发展的经验和启示,为推动新时代文学理论批评建设和新时代文学繁荣提供有益的镜鉴。

本丛书遴选的作者都是长期持续坚守在新时代文学批评现场并卓有成就的优秀批评家。从年龄结构上，他们涵盖了"60后""70后""80后"，这也是当下文学批评的主力军；从批评对象的文学门类上，覆盖了小说、诗歌、散文等多个当下最具影响力的艺术门类，可以说是对新时代文学的全面阐释和研究。通过这套批评丛书，读者一方面可以深入了解新时代文学批评的丰富实践，同时可以通过文学批评了解新时代文学发展的基本风貌和历史特征。

在内容上，本丛书侧重于遴选研究新时代文学的评论文章，以对新时代十年来具有代表性的作家作品、有广泛影响的新文学现象、引人关注的文学热点事件以及文学发展中存在的症候性问题为主要研究对象，是对围绕新时代文学展开的文学批评成果的一次全面梳理和集中展示。我们希望以出版批评丛书的方式，深入总结文学批评发展的历史经验，同时吸引更多研究力量来增强对新时代文学研究的力度和深度。

本丛书的出版要感谢山东出版传媒股份有限公司副总经理李运才、山东文艺出版社社长徐迪南，他们提供了非常多的支持和帮助，也提出了许多富有建设性的意见和建议。新世纪之初，我曾和山东文艺出版社共同策划出版了一套"e批评丛书"，在学术界产生了良好的反响。今年，又再次在山东文艺出版社出版这套"新时代文学批评丛书"，可谓是一种极为特殊也极为难得的缘分，也体现了山东文艺出版社多年来一直积极参与、支持中国当代文学批评事业发展的出版精神。在此，我代表丛书编委会向山东文艺出版社表示衷心的感谢并致以崇高的敬意。

两套丛书虽然出版时间不同，但在内容上又有着一种延续性和整体性。"e批评丛书"着力呈现的是二十世纪九十年代文学批评的发展成果，也是当时年轻的"60后"批评家的一次集体亮相。"新时代文学批评丛书"更侧重于展现新世纪尤其是新时代以来的文学批评成果，参与作者既包括了"e批评丛书"中的部分作者，又吸纳了"70后""80后"等新生批评力量。两套丛书虽然侧重点不同，但形成了一种巧妙的呼应，构成了一种互补关系，具有了批评史意义上的"整体性"，某种意义上，它们就是一种特殊形态的近三十年来中国文学批评的发展史。

当然，对于新时代文学批评成果的总结展示并不意味着我们回避当下文学批评存在的问题。新时代以来，随着时代语境和文学生态的不断变化，文学批评面临着更为复杂严峻的形势和挑战，文学批评如何更好地发挥作用，真正成为助推文学发展的"磨刀石"和"利器"？这是所有文学批评者面临的共同课题和任务。出版这套丛书，我们一方面意在梳理总结这一时段文学批评发展的成果和经验，同时也希望能够从中析出当下文学批评发展存在的一些问题，以史为镜，为未来更好地推动中国文学批评发展，更好地发挥文学批评引导创作、推出精品、提高审美、引领风尚的作用提供启示和帮助。

新征程是充满光荣与梦想的远征，新时代文学正在我们面前浩浩荡荡地展开，作为文学发展的重要一翼，中国文学批评也正在砥砺前行，积极开辟一个文学批评的新时代。

是为序。

自序 说到文学批评，我只是一个迟到者和晚熟的人

我们做文学批评的前史是文学青年，不是做论文的专家学者后备军。我生于 1968 年。五六十年代出生的批评家的文学前史大多数是文学青年。我的文学青年期是蹩脚的诗人加拙劣的先锋小说仿写者。二十世纪末进入文学批评之前写杂七杂八的小东西有十几年，包括曾经作为中学生、大学生"文学社诗人"和一个失败的先锋小说仿写者的学徒期。我高中念的是后来大众传媒聒噪得很厉害的县中样板海安中学。那是 1985 年，当时我并不知道这是当代文学的重要历史时刻。电影《妖猫传》里空海说："听说长安遍地都是诗人。"八十年代好像也差不多吧。从高中开始写诗，一直写到 1992 年大学毕业。今天看也就是一个混文学社的"文学社诗人"而已。

作为应试教育的获益者进入大学中文系，我只是一个没有多少外国文学阅读经验的文学"小白"，不可能像资深的外国文学读者那样轻易识别出他们各自的母本。于是，马原的《冈底斯的诱惑》、苏童的《一九三四年的逃亡》《罂粟之家》、余华的《十八岁出门远行》《四月三日事件》、格非的《迷舟》《褐色鸟群》和孙甘露的《信使之函》等成为我八九十年代小说写作尝试最直接的范本——依样画葫芦写出了自己的一批所谓先锋小说。如果像后来研究者所指出的，八十年代先锋作家们往往都有他们的外国文学母本，无疑我只是一个拙劣的先锋"国潮"的仿写者。至今还

记得我模仿格非的《褐色鸟群》写了一篇题目叫《三路车通向》的小说。三路是南京的一条环形公交路线，沿途会经过大学、精神病医院、教堂、商业区和民国街区等等，这些城市地标在我的小说都成为一种隐喻和象征，其实只是一层所谓形而上的浮沫。这篇小说后来被在人民大学读研究生的本科同学拿过去，据说发表在他们学校的研究生刊物上。显然，马原、残雪等的先锋小说"正品"依然在场，我的这些当场复制的赝品不可能获得多少发表的机会。

应该说，同时代写作者，我不是个例。去年，写一篇邱华栋的文学批评，得以读到他八九十年代之交的早期小说，我发现这个中学时代的文学"发小"，也有类似先锋小说的仿写阶段。事实上，我最后没有成为一个诗人，也没有学成一个小说家。但是，这十几年横冲直撞的瞎读瞎写，或者说"野蛮生长"和自由写作，对我后来的文学批评生涯至关重要。我，或者复数的"我们"并不像现在很多的年轻写作者在文学学徒期就明确地要做一个小说家、诗人或者批评家。

再说我的个人阅读史，青年时代的阅读也不是为了写一篇硕士论文、博士论文，所以也读得很"野蛮"。尤其值得说的是，我们八十年代并没有一个特殊的读"儿童文学"的阶段，也没有谁要我们一定要读规定的经典。印象中，从初中开始的十四五岁，就读同时代作家的文学作品，最初的就是张洁、王蒙、铁凝、贾平凹那拨人。同时代作家对我们精神成长的影响，是日常生活的、人性的、审美的，包括青春期爱与性的启蒙也是从《小月前本》《祖母绿》《男人的一半是女人》等等这些小说获得的。

我的本业是在大学教中国现代文学史课。教书、做课题和写论文是我的日常工作。1998年，在写了十几年杂七杂八的小东西之后，我在如皋师范同事、批评家汪政的鼓励下试着转到文学批评。这个时间不长。2002—2005年，在毕业十年后，重返大学读书，博士论文做的是史料和文学史研究。从我在职读硕士学位开始，我的导师朱晓进教授就说：我知道你会写文学批评，但你现在先把文学批评放一放，你我做文学史研究。

前后六年的纯学术训练对我影响特别大，再做文学批评时，我会把它放在一个宏观视野和历史维度中间去观察。博士毕业之后有两三年，也想再拾起文学批评，但恢复得很慢。直到 2008 年，我才把更多的时间花在做文学批评上。这是一次"批评的返场"，发生在四十岁的年龄之上。

文学批评参与文学生产和公共生活是我的文学批评理想，感谢为了这个理想和我结伴而行的同路人。从 2017 年第一期开始至如今的三十六期，我在以先锋和探索见长的《花城》杂志主持《花城关注》。我把主持这个栏目的实践定义为"文学策展"。其间得到前主编朱燕玲的《花城》编辑团队的全力支持。作为支持的体现，六年来，我策划了三十六个专题全部按我的设想完成。也是从 2017 年，我和复旦大学金理教授共同召集"上海—南京双城文学工作坊"，至今已经五期。工作坊的意义并不仅仅在于得出什么结论，而是一种讨论文学的态度和风气。2018 年开始，译林出版社的原创文学出版团队参与到我的批评实践，和我共同编辑"文学共同体书系"和"现场文丛"，并且和中国作协、南京师范大学一道共建世界文学与中国当代原创文学暨出版中心。正是这些介入文学生产的实践使得我理解的当下文学是过程性的，也使得我有可能真正扎根在文学现场，从而有可能不断"拓殖"中国文学版图，同时捕捉时代审美动向。

新世纪前后，文学期刊环境和批评家身份发生了变化。二十世纪八九十年代的刊物会自觉组织文学生产。我们会看到，每一个思潮，甚至每一个经典作家的成长都有期刊的参与，但当下文学刊物很少去生产和发明八九十年代那样的文学概念，也很少自觉地去推动文学思潮，按期出版的文学刊物逐渐退化为作家作品集。与此同时，批评家自觉参与文学现场的能力也在退化，丰富的文学批评实践几乎等同于论文写作。《花城关注》从艺术展示和活动中获得启发提出"文学策展"的概念，就是希望批评家向艺术策展人学习，更为自觉地介入文学现场，发现中国当代文学新的生长点。对我来说，栏目"主持"即批评。通过栏目的主持表达对当下中国文学的臧否，也凸现自己作为批评家的审美判断和文学观。"花城关注"

不刻意制造文学话题、生产文学概念，这样短时间可能会博人眼球，但也会滋生文学泡沫，而是强调批评家应该深入文学现场去发现问题。一定意义上，继承的正是二十世纪八十年代以来文学批评的实践精神。

"上海—南京双城文学工作坊"每年召集作家、诗人、艺术家、翻译家和出版人等与上海和南京"双城"青年批评家共同进行主题性的研讨。五期工作坊的主题分别是"文学的冒犯和青年写作""被观看和展示的城市""世界文学和青年写作""中国非虚构和非虚构中国"以及"文学和公共生活"。工作坊不局限于文学，也非狭隘的同人沙龙，而是一个聚合青年力量研究中国乃至世界文学的一个开放、协商和对话空间。除了《花城关注》和"双城文学工作坊"，我这些年还和译林出版社合作一个三十五岁以下青年作家出版的长期支持计划"现场文丛"。金理曾经说过这三个项目之间的关系："花城关注"以沉浸于第一现场的姿态发现新人、新论域，"双城文学工作坊"对新人、新论域出场过程中的症候性问题予以理论研讨，"现场文丛"则为经受了出场考验的文学新人提供长线支持。

今年在做一件事，给《小说评论》杂志主持"重勘现象级文本"栏目。一起做前期准备工作的博士生问我，怎样才能算得上现象级文本？我的想法是，虽然现象级文本有这样那样的指标，但最基本的指标肯定应该包括公众认知度。当然，我们不是以读者多寡来论文学成就。考虑到国民的普遍审美水平，如果把读者多寡作为唯一的衡量指标，排名靠前的作家，可能并不能代表我们时代的文学成就。但意识到国民审美出了问题，更加要思考文学和公共生活的关系。我们在确定这四十余年来的文学现象级文本的过程中，也会发现二十世纪八十年代是文学现象级文本最多的时代，越是靠近，现象级文本越难找。这里面当然有文艺生活选择的余地越来越大的原因，但也不能忽视一个基本的事实，文学在今天很少主动地参与公共生活和国民审美建构，也不再是推动社会进步的力量。

还记得2002年春天的某一天中午，我走进颐和路的江苏作协大院，那是我第一次和作协有了关系。这一天下午，我参加了南京师范大学的博士生入学面试。也许这是一个暗示，正是这一天，大学和作协在我的人生道路发生交集。从此，大学和作协成为助力我文学批评的两翼。这二十年，我一直生活在南京。在南京做文学批评有其得天独厚的优势。二十世纪八九十年代以来，南京作家群充满活力且可持续生长；以大学和作协为中心的批评家群落互动互渗形成代际承传的南京文学批评传统；文学教育资源丰富；作家和批评家相互激发共同成长；市民日常文学生活参与程度高，是作家做文学活动的重要到达地，可能还要包括政策扶持和常态化的文学批评奖项设置等等。如果像选宜居城市那样，选宜文学生长的城市，这三四十年来的南京应该算一个。在南京做文学批评，南京是一个城市文学含量高的城市，我的文学批评是南京这座文学城市的批评传统滋养出来的。

某种意义上，我是一个真正的江苏批评家。我在南京师范大学从本科读到博士。1992年从南师大出去工作，十年后，又回到南师大读书和教书。生于二十世纪六十年代后期，和同一个代际的批评家相比，我是一个迟到的进场者，一个文学批评的"晚熟的人"。1998年，我开始尝试做文学批评的时候，我的同代人都已经是成名的批评家了。举一个例子，《南方文坛》有一个坚持多年的栏目"今日批评家"，2010年1月，我是这个栏目推出的最后一个"60后"批评家。一个迟到者和晚熟的人，一直得到很多前辈和老师的鼓励和帮助，比如我的导师朱晓进教授和他们同时代的学者，比如作协的文学生产的组织者——他们许多就是我的前辈、兄长辈和我同时代的批评家，比如刊物的编辑。说到刊物的编辑，我的文学批评其实就是和一个个编辑老师的相遇，做文学批评的这些年，许多编辑老师在我的成长道路上给予过我无私的帮助，我在不同场合多次提到那些让我回忆起来就心生温暖的人和事，我特别要提到《名作欣赏》的解正德、《当代文坛》的黄树凯、《文论报》的李秀龙、《南方文坛》的张燕玲和《钟山》的贾梦玮等老师，他们的帮助都是发生在我做文学批评的起步阶段，一个晚熟的人，也是一个无名者。而今年五月刚刚去世的林建法先生，从2008年和他认识，一直就是人和文的引领者。我在《批评的返场》后记里说，曾经想用的书名是"有文学的生活"，以纪念这些年赋予我丰富文学生活的朋友们。感谢你们的爱与热情。

在丰饶的文学生活中

目 录

001　改革开放四十年文学：逻辑起点和阶段史建构
016　论民族共同语和新中国文学的双重建构
036　重勘1985年新小说
055　作为"文学共同体"的多民族中国当代文学
064　文学：上海青春的秘密和成长
078　媒体新变和短篇小说的可能
　　　　——《二〇一一中国最佳短篇小说》序
092　文学出圈：怎样的一个圈？出了做什么？
098　"非虚构写作"和时代精神
103　好的类型小说是真正的国民文学
109　我只是一个提问者，而不是一个标准答案编制人
　　　　——八篇小说，几个问题记
117　《极花》论
135　城市传记何以可能？
　　　　——以《南京传》为例
148　唯有"思想着"可以开辟新的文学道路
　　　　——在八九十年代文学延长线上的李锐

159	张炜创作局限论
178	重提作为"风俗史"的小说
	——对迟子建小说的抽样分析
196	回去,寻找属于你的"亲人"
	——关于麦家长篇新作《人生海海》
209	"只有春风在那里吹着"
	——《望春风》时间疏解
222	生之书与未来之书
	——《有生》论
234	在文学文本和社会文本之间
	——读《金色河流》
256	或十二时辰,十五日,或以六月初一为期
	——马伯庸的故事术,兼及《长安的荔枝》
264	"我还是爱这个让我失望透顶的世界的"
	——笛安及其她的《南方有令秧》
280	日常世界的痛楚和等量的喜悦
	——蔡东小说论
296	后记:自我奴役的文学批评能否"文体"?

改革开放四十年文学：
逻辑起点和阶段史建构

2018年是改革开放四十年。"改革开放四十年文学"作为整个改革开放四十年的重要构件和成绩也当然地不断被提及。作为仪式的"改革开放"，每隔十年都会被回到起点去缅怀和纪念，文学参与其中，也以"十年"为一个单元被纪念。其实，当改革开放已经积累到四十年，随着莫言、余华、苏童、阎连科、多多、刘慈欣、曹文轩等获得多个世界文学重要奖项，以中国当代文学这四十年文学成就论，是该到了总结这四十年文学历史成绩，进而考虑建构这四十年文学阶段史的时刻了。

中国现代文学区别于中国旧文学具有历史连续性和内在整体性，但这不妨碍一百年新文学这个大历史时段中间存在相对独立的"小历史时段"。"改革开放四十年文学"就属于"小历史时段"命名。从时间长度上，"改革开放四十年文学"较之目前中国现代文学研究已经获得广泛共识的几个"小历史时段"的时间都长。比如"现代文学三十年"（1917—1949，其实是三十二年。这三十二年文学曾经被细分为二十年代、三十年代、四十年代文学，这些断代也不是严格地从一到十的"年代"切分，而且四十年代文学里又进一步细分出"抗战文学""延安文学"等等）、"十七年文学"（1949—1966）、"'文革'文学"（1966—1976）和"新时期文学"（1976年到二十世纪九十年代初）等。不过，和中国现代文学史的诸多"小历史时段"命名方式一样，"改革开放四十年文学"也并不是纯粹的文学命名。观察中国现代文学史其他"小历史时段"的命名，就像有学者指出的：当时的学者出于习惯性的文学观念，把文学看作政治附庸，给某个时期的文学现象加上一个具有政治内涵的时代限制，如"抗战文学""文革'文学"等等。①不只是每一个阶段性的"小历史",整个中国现代文学史,文学和时代政治的共同建构是一个基本历史史实。同样,"改革开放四十年文学",文学和政治意识形态复合命名的特征也很明显。因此,如果"改革开放四十年文学"可以作为阶段史被建构,"改革开放"这个特定时代的政治内涵也应该被凸显出来,而如果"改革开放"这个时代主题被凸显出来,显然这四十年的文学阶段史是一个有着规定主题的阶段史。

事实上,从一开始就被研究者意识到的是:"我们的社会主义革命进入了一个新时期,我们的文学事业也进入了一个新时期。"②一直到十年前"改革开放三十年"研究者仍然持这个观点,他们认为:"我们必须在'文学'与'这30年'的相互生产的互动性关系中来进行讨论。一方面我们要谈,文学是如何介入到、参与到这30年的历史变迁和社会变革之中的,另一方面,我们也要谈文学怎样被这30年的中国现实所深刻界定并制约。"③

基于这个前提,无论是思考"改革开放四十文学"的逻辑起点,还是试图建构这四十年的阶段文学史,都必须充分认识这四十年的改革开放过程性的"现实"。改革开放时代和改革开放时代的文学如何相互塑造,这是一个有价值的研究课题,已经有研究成果开始勘探两者之间的关联性,比如张旭东关于改革时代中国现代主义的研究。改革开放四十年,在每一个新旧交替的时代,文学都会以其强烈的问题意识和独特的把握世界方式成为改革开放时代的一部分。1978年,思想解放运动中的"伤痕文学"是这样的;二十世纪九十年代,国企改革进入一个关键时刻,文学"分享艰难"的现实主义冲击波是这样的;同样新世纪"底层文学"也是中国社会各阶层分化和重组的结果,甚至二十世纪八十年代某一阶段的文学思潮直接以"改革文学"来命名。

---

① 陈思和主编:《新时期文学简史》,广西师范大学出版社2010年版,第1页。
② 冯牧:《对于文学创作的一个回顾和展望——兼谈革命作家的庄严职责》,见《新时期文学的主流》,人民文学出版社1981年版,第3页。
③ 蔡翔、罗岗、倪文尖:《八十年代文学的神话与历史》,《21世纪经济报道》2009年2月16日。

一

改革开放四十年,文学研究的观照视阈与时俱进,被分割成"新时期文学""八十年代文学""九十年代文学"和"新世纪文学"等更微小的历史时段。建构整体性的"改革开放四十年文学"阶段史,必然会面对如何去拼接这些被分割得更微小的历史时段,使它们不各自为政,而是被纳入到"四十年"的长时段。

首先可以认定,"改革开放四十年文学"的逻辑起点是1978年的思想解放运动。那么,之前两年即开始的"新时期文学"能不能直接接驳进"改革开放四十年文学"? 如果可以接驳,前提是文学比其他领域的思想解放更早得风气之先,成为改革开放的先声? 但事实上,文学并没有突出的先知先觉,只是与时代偕行。洪子诚认为:"1976年10月江青、张春桥等'四人帮'被逮捕,标志着长达十年的'文化大革命'终结。在中共十一大上,将'文革'后称为'新时期'。"① 另外的观点则是:"随着中国政治局势的变化,1978年12月召开的中共十一届三中全会确定了思想解放的政治路线,彻底否定'文革',否定阶级斗争路线,全党的工作重点转移到实现四个现代化的经济建设上来。这一历史性的转变给文学创作带来了真正的解放,许多创作禁区被打破。1979年10月,全国第四次文代会召开,明确指出'党对文艺工作的领导,不是发号施令,不是要求文学艺术从属于临时的、具体的、直接的政治任务,而是根据文学艺术的特征和规律,帮助文艺工作者获得条件来不断繁荣文学艺术事业'。对这一文艺政策的宽松措施,从中国近五十年文艺发展的教训来看,怎么评价都不过分,它直接导致了80年代文艺创作的大解放和大繁荣。所以,也有不少文学史研究者认为,文学史意义上的'新时期'应该是从1978年的年底前后开始的。"② 从现有的材料看,将"新时期"的起点锚定在"'文

---

① 洪子诚:《当代文学概说》,广西教育出版社2000年版,第136页。
② 陈思和主编:《新时期文学简史》,广西师范大学出版社2010年版,第2页。

革'后",甚至再前移一点,符合当时的历史现实,而以"1978年前后"作为"新时期"起点某种程度上则是研究者后设的结果。换句话说,"新时期文学"和"改革开放四十文学"的逻辑起点并不完全重叠。从1976年上半年到1978年下半年的时间并不长,也就两年多而已,但时代性质则迥异。

查阅早期冯牧、张炯和何西来三人关于"新时期文学"的研究专著和论文集可知,他们对"新时期"的起点表述是一致的,冯牧认为:"以伟大的四五群众运动为序曲,以万恶的'四人帮'的被铲除为起点,我们的文学创作同我们的社会主义事业一道,进入了一个崭新的时期。"①同样张炯也是这样看的:"新时期的文学以丙辰清明天安门革命诗歌为发端,揭开了序幕。"②中国社会科学院文学研究所当代文学研究室编撰的《新时期文学六年》,③其起点也是1976年10月。张炯和冯牧对"新时期"开始的三年做了细分,张炯认为:"粉碎'四人帮'的头两年,文学从十年荒芜走向复苏。但由于摧残文坛的'左'倾错误尚未能得到根本纠正,文学发展仍然受到严重阻碍。党的十一届三中全会之后,思想解放运动波澜壮阔地展开,大批过去被迫搁笔的老中年作家重返文坛,新作者又如雨后春笋地成长,文学创作从内容到形式都突破了一个又一个禁区。"④冯牧则指出:"过去的一年,是粉碎'四人帮'以后的第三个年头。这一年,是告别过去、迎接未来的一年。"⑤

---

① 冯牧:《对于文学创作的一个回顾和展望——兼谈革命作家的庄严职责》,见《新时期文学的主流》,人民文学出版社1981年版,第3页。
② 张炯:《就当代文学问题答〈当代文艺思潮〉编辑部问》,见《新时期文学论评》,福建人民出版社1985年版,第24页。
③ 中国社会科学院文学研究所当代文学研究室编:《新时期文学六年》(1976.10—1982.9),中国社会科学出版社1985年版。
④ 张炯:《正确评价近年来的文学创作》,见《新时期文学论评》,福建人民出版社1985年版,第17页。
⑤ 冯牧:《对于文学创作的一个回顾和展望——兼谈革命作家的庄严职责》,见《新时期文学的主流》,人民文学出版社1981年版,第8页。

起于1976年的新时期文学其价值立场并没有呈现比其他领域更为激进的思想解放的改革开放立场和姿态，文学的改革开放是在政治领域的改革开放之后的。"一九七七年八月中共第十一次代表大会宣布'文革'结束，同年十一月刘心武的小说《班主任》发表，标志文艺界开始自我解冻，一年之后，卢新华的小说《伤痕》引起轰动，连同稍后出现的话剧《于无声处》、小说《神圣的使命》，被视为接踵而至的伤痕文学的发端。然后，这些都不过是思想解放运动波澜中的涟漪。与此同时，保守与改革的争斗引起了关于'两个凡是'的讨论，北京出现了'西单民主墙'，一批民刊出现。""《今天》创刊于一九七八年十二月二十三日。"[1]检索吴俊主编的《中国当代文学批评史料编年（1977—1983）》也能观察到政治领域保守和改革的争斗在文学上的反映，甚至在1977年和1978年的上半年，能看到的依然是保守的文学立场，很少听到激进的解放的声音。

政治是文学的晴雨表，文学追随时代政治，1977年的文学界是对"四人帮"的揭批和清算年。[2]值得注意的是12月12日《文汇报》发表了一组文艺随笔，其中芦芒的一篇《解放思想，繁荣诗歌创作》提出了文艺界的"解放思想"问题。进入1978年，延续1977年重提"双百方针"和"十七年文学"的思路，比如《北京文艺》第1期发表刘厚明的《十七年文艺成绩不可低估》，将1949年之后的文学，前十七年和后十年做了切割。文学从有选择地恢复"十七年文学"开始它的新时期，甚至1979年出版的"百花文学"选集书名即叫"重放的鲜花"。但不止于"恢复"和"重放"，一些更重要的变化在1978年6月、7月已见端倪。《文汇报》《文艺报》先后发表茅盾、郭沫若、周扬和巴金等在"中国文学艺术界联合会第三届全国委员会第三次扩大会议"上的讲话，其中巴金的讲话题目是"迎接社会主义文艺的春天"。

1978年下半年，和整个中国政治氛围一样，文艺界开始在较大范围

---

[1] 徐晓：《〈今天〉与我》，见刘禾编：《持灯的使者》，广西师范大学出版社2009年版，第46页。

[2] 吴俊总主编，李丹主编：《中国当代文学批评史料编年（1977—1983）》，华东师范大学出版社2017年版。

讨论"解放思想""拨乱反正""文艺民主""实践是检验真理的唯一标准"等改革性话题。从创作实绩看，以唐达成主编，中国文联出版公司1986年出版的《中国新文艺大系（1976—1982）》的短篇小说卷为例，1976年没有收入一篇小说，1977年也仅仅收录了王愿坚的《足迹》和刘心武的《班主任》。而1978年收录的作品，不但数量上达到17篇，且出现了《从森林里来的孩子》《伤痕》《最宝贵的》《神圣的使命》《献身》《墓场与鲜花》等"解放思想"之作。不仅仅看收录的篇目，还可以对比后来文学史视作伤痕文学代表作的《班主任》和《伤痕》。虽然绝大多数研究者认为《班主任》是伤痕文学的起点，但如果我们仔细分析，《班主任》仍然是一篇路线斗争的社会问题小说。而"发表于一九七八年八月的《伤痕》把这一时期政治批判的主题由一般的社会问题推进到一个更深刻敏感的领域，触及现代迷信的尖锐课题，揭示了它的严重后果——对人民情感的残酷摧残。""《伤痕》的出现和一九七八年底开始的思想解放运动，特别是关于'真理标准问题'的讨论，以及此后中央对'文化大革命'的否定性重新评价，有着直接的联系"。①

二

一定意义上，改革开放四十年，文学的思想解放运动是从恢复现实主义传统开始的。"最早用最明确的语言提出恢复现实主义传统这个口号的是北京人民艺术剧院的导演和演员。那是一九七八年春天排演话剧《丹心谱》的时候。"②顺便提及的是，话剧成为改革开放四十年的先声，同年引起巨大反响的还有话剧《于无声处》。新时期文学框架里，同时期小说和诗歌实绩被充分揭示，话剧不在时代文学的中心地带，但回到改革开放四十年文学的逻辑起点，话剧如何参与到改革开放的时代建构需要重新评估。一定意义上，叙述改革开放四十年文学要从话剧与时代关系开始，已

---

① 季红真：《文明与愚昧的冲突——论新时期小说的基本主题》，《中国社会科学》1985年第3—4期。

② 何西来：《新时期文学思潮论》，江苏文艺出版社1985年版，第6页。

有的中国当代文学史论及这四十年文学几乎没有能够把话剧恰当地整合进来并且贯穿始终的。何西来指出："重新评价《现实主义——广阔的道路》的文章，就是出现在艺术民主和艺术自由的呼声日渐高涨，打破各种禁区的要求愈益强烈，文艺界思想解放的步伐在三中全会以后逐渐加快的时候。第一篇文章是一九七九年三月二日发表在《广西日报》上的鲁原的《真理经得起岁月的洗磨》。接着是《延河》的几篇文章，在全国有较大的影响，这是刊物上用较大篇幅为《现实主义——广阔的道路》翻案的最早的一家。"① 可以注意到批评家使用的动词和动词性词组——"重新评价""打破各种禁区"和"翻案"等等，无一不指向，这是一个拨乱反正的时代。尤其值得注意的是，作者指出的恢复和重评现实主义的三个重要前提条件。能够作出这样的判断，恢复和重评现实主义是改革开放四十年文学最早的收获。

可以看一下中国当代文艺理论史。从1978年恢复和重评现实主义开始，现实主义一直是改革开放四十年不断重提的话题。仅仅在二十世纪八十年代中期之前就涉及现实主义传统的批判现实主义、革命现实主义、社会主义现实主义和社会主义批判现实主义等等，涉及典型的个性、共性和阶级性以及"复杂性格"组合等等，涉及文艺的真实性的"写真实"与真实性的政治性和倾向性等，以及异化和人道主义……所有和现实主义相关的问题都被重新拿出来检讨和反思。因此，在我们考察改革开放四十年文学的早期阶段，从伤痕文学、反思文学，到寻根文学、现代派文学、新写实文学的现实主义挖掘和深化，不能离开现实主义的理论自觉。简单地举几个例子。1984年11月，刘再复在《读书》发表《关于"人物性格二重组合原理"答问》。《文艺报》等报刊开始了影响深远的"关于'复杂性格'问题的讨论"，除了理论家和批评家，李国文、古华等作家也参与了讨论。刘再复认为，要塑造出具有较高审美价值层次的典型人物，就必须深刻揭示性格内在的矛盾性。"所谓人物性格的二重组合，从性格结构上说，指的是具有较高审美价值的作为艺术典型的人物性格的

---

① 何西来：《新时期文学思潮论》，江苏文艺出版社1985年版，第15—16页。

二极性特征。"①刘再复的"复杂性格论"不是一种凭空的理论想象，而是基于1984年前后的文学现实，进而又影响到同时代的文学创作。如果承认"复杂性格"，那么按照特定的阶级和路线站队对人物进行粗糙的划分无疑只是一种过于机械化的"简单性格"。

1985年4月，吴岳添翻译了罗杰·加洛蒂的《论无边的现实主义》。罗杰·加洛蒂描述了一条和我们习见的从十九世纪的批判现实主义到二十世纪三四十年代以来苏联和中国社会主义现实主义更进一步的现实主义路线图。按照他的理解，"从斯丹达尔和巴尔扎克、库尔贝和列宾、托尔斯泰和马丁·杜·加尔、高尔基和马雅可夫斯基的作品里，可以得出一种伟大的现实主义的标准，但是如果卡夫卡、圣琼·佩斯或者毕加索的作品不符合这些标准，我们怎么办？应该把他们排斥于现实主义亦即艺术之外吗？还是相反，应该开放和扩大现实主义的定义，根据这些当代特有的作品，赋予现实主义以新的尺度，从而使我们能够把这一切新的贡献同过去的遗产融为一体？""我们毫不犹豫地走了第二条道路。"②可以看出，罗杰·加洛蒂的观点对中国文艺理论界启发良多，仅仅"无边的现实主义"的题目就让人心生遐想。

富有意味的是1985年恰好是所谓的"新小说年"。开放和扩大现实主义将卡夫卡、圣琼·佩斯或者毕加索这些现代主义的作家和艺术家接纳进来，虽然从现实主义理论上值得商榷，但从改革开放时代中国文学现实来看，这不仅为"新小说""探索小说"的登场提供了理论支援，也为传统现实主义文学边界的拓展带来契机。某种意义上，"无边的现实主义"其实是综合了传统的现实主义和现代主义的"新现实主义"。1985年前后，无论是寻根文学，还是先锋文学都可以看作这种意义上的"新现实主义"。同样，这种"新现实主义"对于未来二十世纪九十年代文学的影响是巨大的，我曾经用文本细读的方法研究陈忠实《白鹿原》和铁凝《笨花》与韩少功《爸爸爸》以及王安忆《小鲍庄》之间在暧昧历史起源、强调

---

① 刘再复：《关于"人物性格二重组合原理"答问》，《读书》1984年第11期。
② 罗杰·加洛蒂：《论无边的现实主义》，吴岳添译、胡维望校，上海文艺出版社1986年版，第167—168页。

地方经验和重视日常生活等方面的关联性,①其实他们之间最大的关联性是一脉相承的"新现实主义"文学观。二十世纪八十年代中期"新现实主义"文学观的形成,陈忠实称之为"彻底摆脱作为老师的柳青的阴影""创造出色彩斑斓的现实主义"。②

柳鸣九主编的、1987年开始组稿、1992年出版的《二十世纪现实主义》基本上就是按照"无边"去想象中国和世界当代的现实主义。事后看,新时期"无边的现实主义"在中国的完成正是理论批评界和创作界彼此策应、共同完成的。还可以提及的,这期间,作为"文学批评术语小丛书"里的一本达米安·格兰特的《现实主义》也在1989年初出版,这本书的附录专门讨论了"社会主义现实主义"的问题,一个有意味的观点是,"如果说自然主义是现实主义的僵化,那么,回顾之下,社会主义现实主义就是十九世纪小说家(尤其是托尔斯泰)的所谓'批判现实主义'的僵化。"③而社会主义现实主义如何在新的历史时期摆脱"僵化"的命运也是改革开放时代当代中国文学界思考的核心问题。

理论自觉的同时,则是域外现实主义经典的批量介绍和现实主义文学创作实践。中国作家以空前的热情汲取陌生国度的现实主义资源,不只是西方发达国家,拉美的魔幻现实主义也成为开启中国二十世纪八十年代中期以后现实主义的重要动力。观察中国出生于二十世纪四五十年代的这一批"文革"结束前后走上文学创作道路的作家,像贾平凹、陈忠实、张炜、莫言、王安忆、范小青、黄蓓佳、阎连科、韩少功、李锐、刘震云、刘醒龙等等,都有类似的从回到"文革"之前的"十七年文学",然后逐渐摆脱"十七年文学",寻找到属于自己的现实主义道路的过程。这种自觉在二十世纪八九十年代之交即结出《浮躁》《古船》《活动变人形》《心灵史》《洗澡》《平凡的世界》等等现实主义果实。进入二十世纪九十年代到新世纪,这一批作家以《黄金时代》《白鹿原》《废都》《九月寓

---

① 何平:《被劫持和征用的地方——近30年中国文学如何叙述地方》,《上海文学》2010年第1期。

② 陈忠实、李星:《关于〈白鹿原〉的答问》,《小说评论》1993年第3期。

③ 达米安·格兰特:《现实主义》,周发祥译,昆仑出版社1989年版,第95页。

言》为起点，持续不断贡献出《马桥词典》《赤脚医生万泉和》《长恨歌》《秦腔》《古炉》《老生》《圣天门口》《受活》《笨花》《丰乳肥臀》《生死疲劳》《蛙》《1948》《一句顶一万句》《日熄》等重要的长篇小说，而比他们更年轻的作家则写出《空山》《尘埃落定》《伪满洲国》《额尔古纳河右岸》《活着》《许三观卖血记》《兄弟》《江南三部曲》《河岸》《黄雀记》《平原》《推拿》《花腔》《后悔录》《唇典》《耶路撒冷》等等富有锐气的经典之作。

一定意义上，改革开放四十年文学是从恢复和重评现实主义走向"无边的现实主义"之"新现实主义"，在实践上推动现实主义长篇小说蜂起的时代。现实主义在改革开放四十年的命运，作为"改革开放四十年文学"的一个重要侧面，不仅让我们看到了文学理论和文学实践的相互支援，而且，以现实主义为线索建立起一种历史的连续性和整体观，能够有效地改变将"改革开放四十年文学"人为地分割成"八十年代文学""九十年代文学"和"新世纪文学"的研究现状。以现实主义为观察视角，没有"八十年代文学"，何来"九十年代文学"和"新世纪文学"？不仅仅是综合的"新现实主义"，单单观察先锋文学，在历史的连续性和整体观看取二十世纪八十年代的先锋文学，它并没有像我们想象的那样在二十世纪八十年代末"终止先锋"。相反，进入二十世纪九十年代，出现了苏童的《米》和《我的帝王生涯》、余华的《呼喊与细雨》、格非的《敌人》和《边缘》、孙甘露的《呼吸》、吕新的《抚摸》和北村的《施洗的河》等重要的先锋长篇小说。

三

以思想解放运动作为逻辑起点，就文学自身发展而言，既然强调"改革开放"，这四十年文学自身对审美陈规和教条的冒犯和叛逆，当然应该被充分地尊重和肯定。因此，"改革开放四十年文学"既是四十年改革开放时代的文学，当然也是"文学改革开放"的四十年，这是此"小历史时段"区别于其他"小历史时段"的重要特征。

从这个角度观察改革开放四十年文学，将其视作一部审美变革史自然有其合理性。中国现代文学一百余年，许多重要的文学观念革命和文学创造实践都发生在这四十年。变革可能是像改革开放文学发生之初新文学传统复苏的温和渐变，也可能像第三代诗人针对朦胧诗提出"pass北岛"那样断裂式的文学革命。撇开温和渐变式的变革不论，1986年，吴亮和程德培主编并出版了《新小说在1985年》和《探索小说集》。①这两个选本以"新"和"探索"的名义，其刻意"编辑"和"设计"偏离以"恢复"和"重放"为起点的新时期文学的意图相当明显，所以，相对于"恢复"和"重放"恒常中的渐变，文学改革的参与者认为他们所做的是"极端"和"异端"。"极端"和"异端"强调的是比温和的渐变更激进的文学革命。1988年4月余华给《收获》编辑程永新的信谈到"极端主义的小说集"："我一直希望有这样一本小说集，一本极端主义的小说集。中国现在所有有质量的小说集似乎都照顾到各方面，连题材也照顾。我觉得你编的这部将会不一样，你这部不会去考虑所谓客观全面地展示当代小说的创作，而显示出一种力量，异端的力量。就像你编去年《收获》5期一样。"②这封信里谈到的应该是程永新编辑的《中国新潮小说》。体现在具体文学实践上，《收获》1987年第5期和1988年第6期两个专号的阵容几乎全部由马原、余华、格非、苏童、孙甘露等这些当时最为激进的先锋小说家组成。"在《收获》新掌门人李小林的支持下，我像挑选潜力股一样，把一些青年作家汇集在一起亮相，一而再，再而三，那些年轻人后来终于成为影响中国的实力派作家，余华、苏童、马原、格非、王朔、北村、孙甘露、皮皮等，他们被称为中国先锋小说的代表人物。"③《收获》极端的先锋姿态为新时期文学开辟了另一条道路。1987年10月7日苏童给程永新的信写道："《收获》已读过，除了洪峰、余华，孙甘露跟色波也都不错。这一期有一种'改朝换代'的感觉，这感觉对否？"④

---

① 吴亮、程德培主编：《新小说在1985年》，上海社会科学院出版社1986年版；《探索小说集》，上海文艺出版社1986年版。
② 程永新：《一个人的文学史》，天津人民出版社2007年版，第55页。
③ 程永新：《一个人的文学史》，天津人民出版社2007年版，第180页。
④ 程永新：《一个人的文学史》，天津人民出版社2007年版，第40页。

同样，1998年的鲁羊、韩东和朱文等发起的"断裂"事件，也是一群作家试图通过清算文学传统来确立自己的新形象。"断裂"及其"断裂"以后的新世纪其实是一个比"断裂"更为复杂、暧昧的"离散"的"个"文学时代。《断裂：一份问卷和五十六份答案》保存了一份世纪之交中国年轻作家的出"代"成"个"的精神档案。"我们的行为并非要重建秩序，以一种所谓优越的秩序取代我们所批判的秩序。我们的行为在于重申文学的理想目标，重申真实、创造、自由和艺术在文学实践中的绝对地位。"①值得指出的是，与"断裂"事件几乎同时的是网络文学的发萌。随着博客、个人网站、微博、微信等的蜂起，中央集权制度下的大众传媒碎片化成一个一个的"私媒体"，基于交际场域，网络文学当然不可能是我们原来说的那种私人的冥想的文学。"粉丝文化"属性所构成"作者—读者"的新型关系方式突破了传统相对封闭的文学生产和消费。"在网络写作"也正是在这种关系方式中展开，自然也会形成与之配套的"交际性"网络思维、写作生活以及文体修辞语言等等。

类似上面这样或大或小的变革和革命在"改革开放文学"的四十年从来没有停止过。因此，可以说，"改革开放四十年文学"的阶段史建构某种程度上是复现四十年间的文学变革史——这四十年，发生了哪些文学变革和革命？这些文学变革和革命的时代语境是什么？变革和革命留下的历史遗产有哪些？进而变革和革命的内在历史逻辑如何被建立而成为一个整体？

一直以来，"改革"和"开放"并举。因此，四十年的文学改革史，同时是一部中国文学和世界拥抱的开放史。还以前面的二十世纪八十年代中期为例子，先锋文学策动的"改革"和"开放"互为因果，就像当时有作家指出："当前流行世界的现代文学思潮不是一群怪物们的兴风作浪，不是低能儿黔驴技穷而寻奇作怪，不是赶时髦，不是百慕大三角，而是当代世界文坛必然会出现的文学现象。……在十九世纪的现实主义文学形成之前人们大多把小说和故事归为一体；而当代某些人就不满足这种

---

① 韩东：《备忘：有关"断裂"行为的问题回答》，《北京文学》1998年第10期。

上世纪所流行的有头有尾、中间有起伏高潮的小说写法了。他们认为生活中所遇到的事情并非如此；人的大脑活动方式是流动、跳跃的、纷杂而不连贯的，作家应当遵循人的正常思维活动方式来写作。当代的乔伊斯、福克纳、沃尔夫等人都这样尝试做了。于是人们称他们为'现代派'。"

在"球籍"焦虑的八十年代，世界的"当代"是我们一下子就想追赶的目标。和此时代情绪一致的是，冯骥才使用了"改革"这个词："这一改革实际是文学上的一场革命"，同时也说到了"试验"——现代派带有"试验性"。①

所以，"改革开放四十年文学"阶段史应该是一部交织诸种矛盾和冲突的丰富的文学史，而不是一部单一线性的片面强调"改革开放"立场、遮蔽其中曲折的做减法的文学史。当然，具体到某个时代也不是刻意突出"非改革开放"或者"反改革开放"的文学立场，而是尽可能打开和抵达丰富复杂的文学史现场。以此观之，比如，"改革开放四十年文学"的起点不仅仅是我们熟悉的伤痕文学和《今天》诗人群，像汪曾祺这样的"归来者"作家的文学史价值需要进一步挖掘。一般谈论汪曾祺在新时期文学的复出迟至了《受戒》等一系列小说，其实更早的，发表于《人民文学》1979年第11期的《骑兵列传》是一篇既有伤痕文学时代风尚，同时又有现代遗风的小说；再比如，对二十世纪八十年代除了"理想主义、激进的自我批判，以及向西方思想取经"的神话式想象，更驳杂的二十世纪八十年代是怎样的"八十年代"？我们如何去想象？再比如，对王朔的文学评价，王蒙和当时上海为主的学院知识分子就有迥然不同的现实观感和文学立场，以至于双方的分歧成为"人文精神"讨论起点和一个重要论题。但今天回过头看，王蒙在当时一方面谈文学失去轰动效应的危机，另一方面肯定王朔出现的意义，是不是有其合理性，甚至预言性？王蒙肯定的王朔式的文学成为二十世纪九十年代文学市场化、新世纪网络文学产业化的一个重要源头。市场化和产业化，对文学边界的拓殖已经是一个显而易见的

---

① 冯骥才：《中国文学需要"现代派"！——冯骥才给李陀的信》，《上海文学》1982年第8期。

事实。理所当然,摆脱单极单一和对抗性思维,可以呈现"改革开放四十年文学"的丰富和芜杂,当时尖锐对立的双方恰恰是二十世纪九十年代走向丰富多极文学生态的不同端点。

张未民在研究"新世纪文学"时将这种历史的连续性描述成时间向度上的"生长性",他认为:"新世纪文学正是从新时期文学中自然而然地蜕变生长出来的,如果愿意,完全可以将1978年看作是一个开启了21世纪的起点"[①],在"生长性",或者"发展观"的视野下,被分割成"八十年代文学"("新时期文学")、"九十年代文学"和"新世纪文学"成为向未来敞开的绵延不绝的"历史小时段"。这种生长或者发展不仅仅是理论和创作实践,也是文学体制和文学制度,比如文学生产和消费过程中的媒介。在很多的描述中,我们只看到新世纪前后文学刊物的危机。而事实上,发生在二十世纪末的文学期刊生存危机,同时未尝不是一场自觉的文学期刊转型革命,目标是使传统文学期刊成为富有活力的文学新传媒。文学期刊变革的动力当然部分来自网络新传媒。"网络的出现,说明了人们的叙说方式和阅读方式在悄悄地发生变化,它对文学刊物的启示是多方面的。""文学刊物是文字书写时代的产物。这一时代并没有结束,而数字图文时代又已来临。人们的运用方式和接受方式,面临着新的冲击。传统意义上的文学和文学刊物,也必然要面对这一形势。既不丧失文学刊物的合理内核,同时文学刊物的表述方式(包括作家的写作方式)又必须作出有效的调整。这是编辑方针的改变,更是经营策略的调整。"文学活动的主体部分在于文学刊物,文学刊物本身就是一种主体行为。它不仅仅是文学作品的汇编,也不仅仅是发表多少部好的作品,关键在于它是一个综合性文本,是一种文化传媒。它应该更有力地介入创作与批评,介入文学现状,介入文学活动的全过程,并能有力地导引这种现状和过程。[②] 这种对文学期刊"传媒性"的再认意义重大。和狭隘的"文学期刊"不同,"文学传媒"的影响力更具有公共性。《芙蓉》《作家》《萌芽》是世纪之交

---

① 张未民:《新世纪文学的发展特征》,《作家》2006年第3期。
② 晓麦:《文学刊物的处境》,《青年文学》2000年第2期。

较早地确立了"传媒性"的文学刊物。笛安、张悦然和韩寒三个广有影响的"80后"作家主编的《文艺风赏》《鲤》《独唱团》以及近年上海创刊的《思南文学选刊》和改版的《小说界》也都是"传媒"意义上被突出的文学期刊。

  需要指出的是，就像"新时期"四十年前成为一个热词被用来指认一个新的时间和时代的开端，"新时代"也已经被用来描述和想象未来的中国文学，比如《人民文学》从2017年以来的"卷首语"不断使用"新时代"，同时也在召唤它所想象的"新时代"文学。虽然"新时代"文学还在想象中的建构中，但改革开放四十年的文学已经是一个可以去建构的历史事实。深入下去，这应该成为当下中国现代文学研究的一个重要学术生长点。

(《江苏社会科学》2018年第5期)

论民族共同语和新中国文学的双重建构

民族共同语想象在现代民族国家建构中的意义早已被安德森揭示出来①。而柄谷行人则通过研究日本现代书写语言与民族主义的关系，分析日本民族国家建制与日本现代文学之间的勾连②。在这样的理论前提下，本文从现代中国语言变革的角度，研究新中国民族共同语和文学书写双重建构中两者之间的复杂关系，追溯其历史起源，重新思考新中国文学的发生。值得指出的是，和世界上其他许多民族国家民族共同语的想象和建构不同，现代中国所谋求的现代民族国家独立自主不是臣属国对宗主国的离散，而是和现代化密切联系在一起的民族国家的自我更新和重构。但即便如此，文学书写仍然以自己的方式参与到民族共同语想象和拟构与民族国家的自我更新和重构中。

一

研究新中国民族共同语和文学书写的双重建构首先必须追溯和廓清其历史起源。现代中国，民族共同语想象、拟构与近现代白话文革命之间的关系被明确地揭示出来并且进行系统阐释的应该是胡适的《建设的文学革命论》。其副题"'国语的文学'和'文学的国语'"，标志着从晚清开始分头进行的以口语为基础的"新文体"革命和作为民族共同

---

① 本尼迪克特·安德森：《想象的共同体》，上海人民出版社2003年版。
② 柄谷行人：《日本现代文学的起源》，生活·读书·新知三联书店2006年版。

语的"官话"推广在此合流。在整个民族共同语建构框架里,目标"言文一致"的"国语的文学"和"文学的国语",致力于现代汉语书面语的变革。也正因为如此,中国现代文学革命从一开始就被赋予了民族共同语想象和设计的任务。如胡适所言:"标准国语不是靠国音字母或国音字典定出来的。凡是标准国语必须是'文学的国语',就是那有文学价值的国语。国语的标准是伟大的文学家定出来的,决不是教育部的公告定得出来的。"[①]胡适希望"造中国将来白话文学的人,就是制定标准国语的人"。现在的问题是,在作为民族共同语的"国语"还处在想象和拟构时,凭借什么去实现更高层次上的"文学的国语"?对于如何建构"标准国语",进而在更高层次锻造"文学的国语",胡适和他同时代人是从背离和反叛文言文、追求"言文一致"的方向设想路径的。胡适认为:"我们尽量采用《水浒》《西游记》《儒林外史》《红楼梦》的白话;有不合今日用的,便不用它;有不够用的,便用今日的白话来补助;有不得不用文言的,便用文言来补助。这样做法,决不愁语言文字不够用,也决不用愁没有标准白话。"而"中国将来的新文学的白话,就是将来中国的标准国语。"[②]因此,民族共同语自然而然地在文学书写中被确立。这中间,方言和外来语当然也是文学书写的重要语言资源。钱玄同认为,有时"非用方言不能传神,不但方言,就是外来语,也采用。"[③]傅斯年也认为,一方面"乞灵说话"[④],同时可以"直用西洋文的款式,文法,句法,章法,词法……一切修辞学上的方法,造成一种超于现在

[①] 胡适:《中国新文学大系·建设理论集·导言》,见《中国新文学大系·建设理论集》,良友图书印刷公司1935年版,第22页。

[②] 胡适:《建设的文学革命论》,见《中国新文学大系·建设理论集》,良友图书印刷公司1935年版,第131页。

[③] 钱玄同:《尝试集序》,见《中国新文学大系·建设理论集》,良友图书印刷公司1935年版,第105页。

[④] 傅斯年:《怎样做白话文》,见《中国新文学大系·建设理论集》,良友图书印刷公司1935年版,第219页。

的国语，欧化的国语，因而成就一种欧化国语的文学"。①

民族共同语的语源——"新文学的白话"是在和"文言"的对抗中生成的。在西方语言学史上，民族共同语的形成往往和民族意识觉醒、民族独立联系在一起的。地方性语言（方言）与宰制它的权威语言对抗而形成民族共同语。而"新文学的白话"从来不局限于某一个地方性的方言。从一开始，作为"国语的文学"语源的"白话"就纠缠着雅与俗、文言与白话、本土化与欧化、知识分子与大众以及方言、土语的地方性和多样性等等许多有时相互补充，有时却相互冲突的语言因素。因而一个现代作家进入文学书写，他所运用的"白话"，他想象中的"国语"明显"语出多源"。这一方面，为"民族共同语"的建构提供了多重想象的空间；另一方面，也为"民族共同语"同一性的完成带来难度。胡适等人的文学实践也证明，语源本身的"杂糅"，"各人所用的白话不能相同，方言不能尽祛"②，使得"国语的文学"的尝试，最后得到的"文学的国语"只能是一种"杂糅"的"国语"。这种"杂糅"的"文学的国语"在二十世纪三十年代初被瞿秋白批评为"非驴非马的新式白话"。③而"杂糅语"显然不能担负"中国的标准国语"的民族共同语任务。但即使如此，胡适等人的"国语文学"运动毕竟建设性地提出了民族共同语的想象、拟构和生成不是仅仅依赖语言专家凭借体制的权威的制定和推行，而必须参与进文学书写。在民族共同语和白话文学的双重建构中，在文学的生产和传播中，"国语"被锻造、接受和认同。胡适等人的教训是他们以否定文言"言文疏离"，追求"言文一致"为目标，最终又事实上造成了新的"言文疏离"。也正是基于这样的认识，二十世纪三十年代瞿秋白等人主张"俗话文学革命"运动，亦即普洛文艺运动，

---

① 傅斯年：《怎样做白话文》，见《中国新文学大系·建设理论集》，良友图书印刷公司1935年版，第223页。

② 钱玄同：《尝试集序》，见《中国新文学大系·建设理论集》，良友图书印刷公司1935年版，第105页。

③ 瞿秋白：《普洛大众文艺的现实问题》，见《文艺大众化问题讨论资料》，上海文艺出版社1987年版，第78页。

重新回到胡适等人"国语文学"运动的起点。以"俗话"替代"国语",本质上是从"白话"的语源上对于"国语文学"所依凭的语源进行清理和澄清。

普洛文艺运动是二十世纪三十年代左翼文学运动的一部分。1931年11月中国左翼作家联盟执行委员会决议指出:"作品的文字组织,必须简明易解,必须用工人农民所听得懂以及接近的语言文字,在必要时容许使用方言。因此,作家必须竭力排除智识分子式的句法,而去研究工农大众言语的表现法。当然,我们并不以学得这个简单的表现为止境,我们更负有创造新的言语表现语的使命,以丰富提高工人农民言语的表现能力。"[①]普洛文艺运动的文艺语言大众化运动持续的时间并不长。它所涉及的语言问题在随后1934年的"大众语"问题的讨论中才被进一步展开。"大众语"的倡导者认为,"大众语""不但和僵尸式的文言不相容,同时也不能和现下的所谓白话与国语妥协"。真正的"大众语"应该"说得出,听得懂,写得顺手,看得明白"[②]。毫无疑问,无论是文艺语言大众化运动,还是"大众语",都可以说是现代汉语书面语中"去知识分子化"的"大众发现"。二十世纪三十年代现代汉语中的"大众发现"其意义体现在,它使"国语运动"多头语源归结到"乞灵说话",在"随着大众生活的进展而进展"的"大众语"运用中追求新的"言文一致",使杂糅的语源得到部分澄清。"国语的文学"和"文学的国语"也当然地被置换成"大众语的文学"和"文学的大众语"。他们同样期望"标准的大众语,似乎还得靠将来大众语文学家作品来规定"。[③]

现代汉语中的"大众发现",从积极方面看,它一定程度上矫正了五四所行"白话","文言、白话的混用现象","外文词的异译、句

[①]《中国无产阶级革命文学的新任务》,《文学导报》1931年11月15日。

[②]陈望道:《关于大众语文学的建设》,见《文艺大众化问题讨论资料》,上海文艺出版社1987年版,第212页。

[③]陈子展:《文言—白话—大众语》,《申报·自由谈》1934年6月18日。

式的欧化"①等非普通化现象，有利于民族共同语同一性的实现；但另一方面由于二十世纪三十年代左翼特定的意识形态历史语境，对"大众语"的片面强调，忽视了语言的独立性和语言生态的多样性，不利于民族共同语丰富性的实现。从文学书写的角度进而也制约了文学多样化的语言表达。而且，当语源被正本清源后，原来还不明显的方言的地方性问题成为一个不得不正视，但事实上却没有解决的问题。"大众语"之"语"本身存在的方言的地方性和大众的行业性，即便达成"言文一致"，书面语之"文"也必然是地方性和行业性的，并不能兑现超越地域和阶层的民族共同语的同一性。因此，在具体的文学实践中，即使赞同"大众语"的作家也不得不重新拾起"国语运动"中的减法和加法。减去方言中"太僻的土语"，加上"欧化"语中的"新字眼，新语法"②。

所以说，虽然"新文学在二十几年中，一直在自己改造，自己推进的过程中，一九三〇年以来的大众化运动，一九三二年关于'中国普通话'（文学语言）的论争，一九三四年的大众语论战，都可以看出新文学力求充实，力求改进的线索"③，但"在'五四'以后到30年代提出文艺大众化问题之前，白话文运动未能不失时机地继续推向白话文本身的建设，巩固已经取得的胜利成果，发展口语为基础的现代书面语"④。但不管怎么样，二十世纪三十年代普洛文艺和"大众语"的语言理论和实践，从"大众"中间找寻和挖掘正在生长的"活"的语言资源，不失为一条能够顾及乡土中国辽阔的底层社会，最大可能弥合"言文疏离"，实现民族语言同一性的语言方向。这个方向，通过接下来二十世纪四十

---

① 高天如：《中国现代语言计划的理论和实践》，复旦大学出版社1993年版，第140页。

② 鲁迅：《答曹聚仁先生》，见《文艺大众化问题讨论资料》，上海文艺出版社1987年版，第325—326页。

③ 叶以群：《文艺的民族形式问题座谈会》，见《中国抗日战争时期大后方文学书系》（第二编），重庆出版社1989年版，第219页。

④ 高天如：《中国现代语言计划的理论和实践》，复旦大学出版社1993年版，第51页。

年代"大众化"和"民族形式"的论争以及毛泽东的新语言计划被最终确立,并被带入新中国。最终完成民族共同语和新中国文学的双重建构。

二

一定意义上,二十世纪四十年代的民族共同语的想象和拟构是新中国民族共同语确立的前史。未来新中国的缔造者,以毛泽东为代表的中国共产党人,事实上介入并影响了二十世纪四十年代民族共同语的想象和拟构。在延安解放区,毛泽东的新语言计划,无论是语言想象、制度设计,还是路径选择以及运用于文学的语言策略和实践等,都可以理解成未来新中国民族共同语和文学双重建构的预演。

从民族共同语的想象和拟构角度看,始于二十世纪三十年代末的"抗战文艺的大众化"和"民族形式"论争,承自二十世纪三十年代的文艺语言大众化和"大众语"运动。在这两场论争中,民族共同语建构中的一些核心问题,像民族共同语的语源、方言和共同语、地方性和共同性等问题都或多或少地被涉及。所以有人认为,二十世纪四十年代"大众化通俗化的工作,最主要的是语言问题"[1]。二十世纪四十年代的民族共同语想象和拟构仍然是以对"国语运动"的检讨为起点。在他们的视野里,发端于五四时期的"国语运动"由于和大众脱节,并没有渗透到广阔的底层社会,成为真正全民意义上的"民族共同语"。甚至,"少数的智识分子或是生活有着流动性的人们,到处跑码头,于是他们便会说国语或类似的国语了;但一回到家乡,不讲土语好像是一种耻辱,于是便哇啦哇啦地打起乡谈来了"[2]。不仅如此,"北京官话"作为准"民族共同语"的合法性也遭到质疑。当时就有人认为:"定'北京官话'

---

[1] 周文:《文化大众化实践当中的意见》,见《中国解放区文学书系》(文学运动·理论编二),重庆出版社1992年版,第1376页。

[2] 齐同:《大众文谈》,见《中国抗日战争时期大后方文学书系》(第二编),重庆出版社1989年版,第100页。

为国语，多少是不大正确的。'北京官话'，并不能包括所有中国语言的质素，以北方的语言而论，那普通话也不该是地道的'北京官话'。真正的国语在哪里呢？可以说现在还没有，还要在各地的方言统一的过程中成长起来。"①"在各地的方言统一的过程中成长起来"的民族共同语想象和拟构，是地方性方言自主性的择选和趋同。在"抗战文艺的大众化"和"民族形式"论争中，继二十世纪三十年代"大众的发现"，方言的意义被充分揭示出来。"中国语言文字的出路，是要到方言里去想办法的。"②"由高度的多元的发展（方言文化、方言文艺运动）争取一元的统一（未来的民族统一语和国民文艺）。"③与此同时，在华南等非北方语系地区，方言文学的创作也被尝试着实践着。他们认为，"以纯粹的土语写成文学，专供本地的人阅读，这些本地文学的提倡，一定可以发现许多土生的天才。这些作品，我想在将来的文艺运动上，是必然要起决定的作用的。"④

二十世纪四十年代方言的发现和方言文学的倡导和实践，使局限在知识层的民族共同语的想象和拟构与广阔的底层社会和丰富的地方语言资源发生关联。从理想状态看，也许确实可以通过"方言的文学"锻造出"文学的方言"，进而将"文学的方言"提升到民族共同语层次。但如果真的依靠方言和方言之间的自主择选和趋同，民族共同语的生成将会是一个漫长的过程。在"抗战文艺的大众化"和"民族形式"论争中，与地方性方言自主性择选和趋同而成为"民族共同语"的思路不同，毛泽东在解放区提出的新语言计划试图借助政党意志自上而下的想象、阐释，进而在实践中生成语言的同一性。事实上，从世界范围观察，几乎没有一个民族共同语的建构完全凭借地方性方言自主性择选和趋同。往

---

① 齐同：《大众文谈》，见《中国抗日战争时期大后方文学书系》（第二编），重庆出版社1989年版，第100页。

② 严辰：《关于诗歌大众化》，《解放日报》1942年11月1日。

③ 胡风：《论民族形式问题的实际意义》，见《中国抗日战争时期大后方文学书系》（第二编），重庆出版社1989年版，第443页。

④ 黄药眠：《中国化和大众化》，《大公报·文艺副刊》1939年12月10日。

往是"一种现存的方言可能通过默许的惯例被选来作为整个国家一切事务的传播工具。选择的理由可能多种多样:有时候是选择文明程度最高的地区的方言,有时候是选择政治集权和中央统治所在地的方言,有时候是宫廷把自己的语言强加给国家"①。现代中国,"在寻求建立民族国家的过程中,普遍的民族语言和超越地方性的艺术形式始终是形成文化同一性的主要形式。在新与旧、都市与乡村、现代与民间、民族与阶级等关系模式中,文化的地方性不可能获得建立自主性的理论依据"②。

不过,二十世纪四十年代,由于不同政治区域分而治之的现实使自主性"民族共同语"择选和趋同的思路部分地获得了展开的理论话语空间。而且因为救亡和战争动员的需要,也现实地需要给予方言文学以自己的生存空间。这就不难理解在二十世纪四十年代特殊的历史语境中,明明是偏离"共同语"的"方言文学"却被鼓励和提倡。值得注意的是,对方言和方言文学的极端强调必然会导向瓦解民族语言同一性。当时就有人认为:"大众语可以理解做国语——官话——的反面。里面包含方言与俗语。前者是地方性的,后者是阶层性,在以往我们的小说中有很好的代表。"③而民族语言共同语的建构是现代民族国家建构的重要部分,对民族语言同一性的瓦解进而有可能会走向对民族国家共同体的离散。

在延安整风运动中,语言问题作为一个政治立场问题被提出来讨论。1942年2月毛泽东在延安干部会上作了题为《反对党八股》的讲演。这是延安整风运动中整顿学风的纲领性文件。毛泽东指出:"党八股也就是洋八股。……我们为什么叫它党八股呢?是因为它除了洋气之外,还有一点土气。"④在随后不久召开的延安文艺座谈会上,毛泽东发表的

---

① 索绪尔:《普通语言学教程》,商务印书馆1985年版,第273页。

② 汪晖:《地方形式、方言土语与抗日战争时期"民族形式"的论争》,见《学人》(第十辑),江苏文艺出版社1996年版,第304页。

③ 南桌:《关于"文艺大众化"》,见《中国抗日战争时期大后方文学书系》(第二编),重庆出版社1989年版,第35页。

④ 毛泽东:《反对党八股》,见《毛泽东选集》(第三卷),人民出版社1993年版,第830页。

讲话再次谈到语言和文艺大众化的问题。在讲话中，语言成为一个政治立场问题："我们的文艺工作者不熟悉工人，不熟悉农民，不熟悉士兵，也不熟悉他们的干部。什么是不懂？语言不懂，就是说，对于群众的丰富的生动的语言，缺乏充分的知识。许多文艺工作者由于自己脱离群众、生活空虚，当然也就不熟悉人民的语言。因此他们的作品不但语言无味，而且常常夹着一些生造出来和人民的语言相对立的不三不四的词句。许多同志爱说'大众化'，但是什么叫大众化呢？就是我们的文艺工作者的思想感情和工农兵大众的思想感情打成一片。而要打成一片，就应当认真学习群众的语言，如果连群众的语言都有许多不懂，还讲什么文艺创造呢？"①应该说，毛泽东新语言计划更多地基于政治策略和思想统一的考虑，还不是有意识的民族共同语设计，当然更不可能提供具体的民族共同语设计方案。尽管如此，"打成一片"情感基础上的"认真学习群众的语言"的方向和路径，事实上必然会导致文学书写语言在政治规范牵引下的趋近，为民族共同语的建构提供基础。

在各解放区，毛泽东的新语言计划很快进入实践层面。赵树理是"打成一片"最经典的案例。他在1949年6月的《也算经验》中说："我既是个农民出身而又上过学校的人，自然是既不得不与农民说话，又不得不与知识分子说话……向乡间父老兄弟们谈起话来，一不留心，也往往带一点学生腔，可是一带出那等腔调，立时就要遭到他们的议论，碰惯了钉子就学乖，以后即使向他们介绍知识分子的话，也要设法把知识分子的话翻译成他们的话来说，时候久了就变成了习惯。说话如此，写起文章来便也在这方面留神——'然而'听不惯，咱就写成'可是'；'所以'生一点，咱就写成'因此'；不给他们换成顺当的字眼儿，他们就不愿意看。字眼儿如此，句子也是同样的道理——句子长了人家听起来捏不到一块儿，何妨简短些多说几句；'鸡叫''狗咬'本来很习惯，

---

① 毛泽东：《在延安文艺座谈会上的讲话》，见《毛泽东选集》（第三卷），人民出版社1993年版，第850—851页。

何必写成'鸡在叫''狗在咬'呢？"①民族语言共同语不是只局限在知识阶层的知识阶层共同语。民族共同语的想象和拟构必须有着广泛的底层大众参与。文学书写无疑是一个最适宜的中介。赵树理的实践显示，文学书写所运用的"文学的国语"一开始就可以吸收广泛的底层参与，从底层中来，再回到底层。民族共同语和文学书写由知识阶层的独语，变为各阶层的对话和商量。差不多在赵树理开始文学创作的同时代，就有人指出过："新文学却很少有人对现存白话，也即是新文艺现在所用的一种新的民族形式作过慎重选择和挑剔清洗的工作，使它更臻完善，更能成为文学的语言。"②而赵树理的出现使得"慎重选择和挑剔清洗的工作"成为可能，且卓有成效。赵树理"采用了许多从群众的生活和斗争中产生出来的新的语言"，"在他的作品中，他几乎很少用方言、土语、歇后语这些，他决不为炫耀自己的语言的知识，或为了装饰自己的作品滥用它们"③。赵树理"最成功的是语言。不仅每个人物的口白适如其分，便是全体的叙述文都是平明简洁的口头语，脱尽了'五四'以来欧化体的新文言的臭味"④。赵树理的文学语言"不洋"也"不土"，而且赵树理文学书写和语言实践的双重建构，在群众的、普通的、对话的语言同一性和审美的、艺术的和独创的语言个人性之间寻找到了一种微妙的平衡。

解放区新语言计划，民族共同语建构和政治权威之间存在着彼此借力的默契。在现代民族共同语想象和拟构的过程中，虽然从晚清开始就有"政治的强力"介入，但实际上直到1949年新中国成立，才真正意义上结束了现代中国政治涣散、无序的局面，也才有可能在全国范围内

---

① 赵树理：《也算经验》，见《赵树理文集》（第4卷），工人出版社1980年版，第1399页。

② 周扬：《对旧形式利用在文学上的一个看法》，见《中国解放区文学书系》（文学运动·理论编二），重庆出版社1992年版，第1340页。

③ 周扬：《论赵树理的创作》，《解放日报》1946年8月26日。

④ 郭沫若：《读了〈李家庄的变迁〉》，见《中国解放区文学书系》（文学运动·理论编二），重庆出版社1992年版，第1680页。

借助体制的力量进行广泛动员,完成包括民族共同语构建在内的民族国家的构建。"延安整风在更深刻的意义上,是一次整顿言说和写作的运动,一次建立整齐划一的具有高度纪律性的言说和写作秩序的运动。"①毛泽东的新语言计划得以开展的解放区具有民族共同语拟构实验区的意味,它的成功必然会在新中国产生后效。很多语言学家把现代汉语的规范化归功于五十年代后开展的推广"普通话"运动,认为这一运动最大成绩是为全民族确立了典范的现代白话文和普通话,使口语和书面语都有了一种民族共同语为依据。这种看法在一定程度上并不错,比如经过这种规范化之后,不仅文言文完全失去合法性,连半文半白的汉语写作也差不多绝迹。但是语言学家们似乎忽视了毛泽东在延安时期的新语言计划前瞻性的实验意义。民族共同语和文学书写的双重建构,在取得主流地位的政治意识形态的规约下纳入到整个政治意识形态的建构中。二十世纪三十年代文艺语言大众化运动和"大众语"讨论中所暴露出来的"大众语"不纯粹,在政治意识形态的规范下,经过政治的过滤被纯洁化。

三

1949年新中国成立,毛泽东在延安解放区实验的新语言计划可以在现代民族国家框架里借助政党和国家力量在更大范围内推行。1949年10月,与新中国成立同时,中国文字改革协会组成。这个协会,1952年2月合并于国家机关,就是政务院的中国文字改革研究委员会;1954年10月,依照国务院组织法,列为直辖机构之一,改名为中国文字改革委员会。1950年11月22日,毛泽东曾给当时的中央文化教育委员会秘书长胡乔木写信,提出起草一个中央文件来纠正写电报的缺点的问题。1951年6月6日《人民日报》为贯彻毛主席和党中央的有关指示,发表了"社论"《正确地使用祖国的语言,为语言的纯洁和健康而斗争!》。"社

---

① 李陀:《汪曾祺与现代汉语写作》,《花城》1998年第5期,第130页。

论"明确了语言在政治建构中的重要意义,认为"正确地运用语言来表现思想在今天共产党所领导的各项工作中具有重大的政治意义"①。"语言的纯洁和健康"关乎"政治的纯洁和健康"。应该说,经过二十世纪三十年代和四十年代的"去知识分子化",现代汉语书面语至少在中国共产党政治意识形态影响的区域被一定程度地"纯洁和健康",且合于政治规范。但二十世纪四十年代特定的历史语境,使得方言、土语这些瓦解民族共同语同一性的地方性力量也得到充分发展。在初步完成了民族国家统一的新的历史语境中,作为民族共同体想象重要部分的民族共同语必然会对方言和土语设置界限。"社论"的一个重要内容就是针对"土语"的。"社论"指出:"对毛泽东同志和鲁迅先生的这些指示,很多人没有认真执行,甚至根本没有记在心上。他们不但不重视和不肯好好研究祖国的语言,相反地不加选择地滥用文言、土语和外来语,而且故意'创造'一些仅仅一个小圈子才能懂得的各种词。"②土语被与文言和外来语相提并论成为新时代语言纯洁的污染源。事实上,文言和外来语经过多次现代语言变革的清洗,影响力已经被削弱得不足以成为抗拒的力量。因此,新中国的语言纯洁运动一定程度上是"去方言、土语"。

其实,在"社论"发表之前,关于方言和民族共同语的问题就在语言学家和作家之间展开了论争。1950年8月1日出版的《文艺学习》发表了邢公畹的《谈"方言文学"》。邢公畹认为:"'方言文学'这个口号不是引导我们向前看,而是引导我们向后看的东西;不是引导着我们走向统一,而是引导着我们走向分裂的东西。"1950年《文艺报》第10期就此问题展开讨论。讨论中,大量运用方言土语的作家周立波说:"我以为我们在创作中应当继续大量地采用各地的方言,继续地大量地使用地方性的土语。要是不采用在人民的口头上今天反复使用的,适宜

---

① 《正确地使用祖国的语言,为语言的纯洁和健康而斗争!》,《人民日报》1951年6月6日。

② 《正确地使用祖国的语言,为语言的纯洁和健康而斗争!》,《人民日报》1951年6月6日。

于表现实际生活的地方性的土话，我们的创作就不会精彩，而统一的民族语言也将不过是空谈，更不会有什么'发展'。"随后《文艺报》第12期发表了邢公畹的辩论文章，指出周立波混淆了"语言"和"文体"。认为周立波讨论的"方言"是把"方言"引入创作的"文体"因素，并非真正意义上的"言"。这就使得本来可以深入讨论下去的话题，缺少了共同的理论前提。而且从《文艺报》的编辑意图上看显然也不是要把这个重要的理论问题深入探讨下去。一定程度上，从一开始讨论的结果就是预设。不然，就不能理解为什么问题刚刚展开，《文艺报》就以尼·奥斯特洛夫斯基的《争取语文的纯洁》置于双方第二次争论的一组文章之前。一定意义上，尼·奥斯特洛夫斯基的立场也是《文艺报》的立场。①争论的目的不是为方言赢得更多生存空间，而是敦促方言的尽快退场。

不仅是目标规划、机构设置、制度设计和舆论动员，民族共同语想象最为重要的共同语标准也在探讨中。"以北京语音为基础语音，以北方方言为基础方言"，新中国民族共同语拟构在这方面继承了晚清以来"国语"研究的遗产。但民族共同语的语法规范"典范的白话文著作"则需要在新的历史语境下进行择选。

丁声树等的《现代汉语语法讲话》虽然到1960年12月由商务印书馆出版。②但本书的初稿是以"中国科学院语言研究所语法小组"的名义，在《中国语文》月刊1952年7月号至1953年11月号连续发表的《语法讲话》。该书使用例句注明作者的共60人。引用例句条数按从多到少的顺序排列：老舍288条，赵树理255条，毛泽东233条，杨朔155条，袁静136条，鲁迅127条，曹禺87条，杜鹏程32条，周立波19条，丁西林18条，欧阳山11条，巴金、叶圣陶、高玉宝、王向立7条，卢耀武6条，马烽、刘白羽、矫福纯5条，茅盾、朱自清、马烽和西戎4条，王希坚、魏连珍3条，冰心、萧红、孙犁、王愿坚、康濯、何永鳌、萧高嵩、西虹、韶华2条，郭沫若、阳翰笙、安子文、李准、杨尚武、洪

---

① 《文艺报》1950年第12期。
② 丁声树等：《现代汉语语法讲话》，商务印书馆1960年版。

灵菲、周恩来、薄一波、峻青、蓝光、萧平、张仲明、田流、吴梦起、陶怡、曹克英、鲁彦周、黄文俞、王西彦、韩旭、闻捷、胡考、白原、任美锷、许寿裳、梅阡、《老残游记》、《官场现形记》1条。

　　语言的诸种要素中，修辞是体现语言文学性、衡量作家对母语把握能力的一个重要指标。如果从修辞的角度去择选"典范"，肯定会和语法角度的择选存在差异。1953年中国青年出版社出版的张志公的《修辞概要》涉及例句注明作者的共37人。[①]引用例句条数按从多到少的顺序排列：鲁迅50条，老舍43条，丁玲38条，赵树理25条，周立波24条，袁静和孔厥20条，毛泽东16条，巴金、朱自清9条，茅盾8条，欧阳山7条，郭沫若、田间6条，叶圣陶、张天翼5条，闻一多、李季、孙犁、西戎和马烽、李株3条，曹禺、周扬、艾青、杨朔2条，宋文茂、胡乔木、徐光耀、萧殷、刘少奇、夏衍、冯至、黄药眠、董迺相、贾芝、臧克家1条。引用例句涉及作品篇目最多的是鲁迅，共21篇。引用次数超过20条的作品分别是《暴风骤雨》23条，《太阳照在桑干河上》和《新儿女英雄传》20条，均为解放区的代表作，其中两部获斯大林文艺奖。

　　什么是"典范的白话文著作"？两本著作的例句选择值得思考的东西很多。比如，如果不是从二十世纪三十年代末以后毛泽东对鲁迅的不断经典化，语言欧化的鲁迅能够进入这个名单吗？而且从语法和修辞的不同角度，鲁迅的位置也发生了明显的变化。比如毛泽东进入"典范的白话文著作"之列对新中国文学书写在语言方面会带来怎样的影响？比如"小资产阶级作家"为何在两部书中都集体失踪？比如以方言彰显写作特色的周立波为何同时出现在两部著作，而且《暴风骤雨》竟然是引用最多的作品？

　　从这个名单中明显看到新中国文学在确立自己合法性和权威性的同时，重述现代文学谱系的意图。在新中国民族共同语构建的视阈下，现代文学史被重新叙述，而这样的叙述将会通过民族共同语的推广和普及被认同。凭借民族共同语建构，老舍由于他的方言优势在这个谱系中的

---

① 张志公：《修辞概要》，中国青年出版社1953年版。

地位姑且不论。鲁迅、毛泽东、作为新中国文学直接源头的解放区文学和正在生成的当代文学权威性被确认。从语言认同的角度,鲁迅被放置到和解放区文学、新中国文学甚至是毛泽东一个谱系上被再认和识别。

虽然新中国民族共同语的拟构对主流意识形态充满妥协,但又试图在主流意识形态容忍的限度中,尊重语言自身的规律。比如关于毛泽东,虽然在中国共产党内部早在二十世纪四十年代就有人认为:"毛泽东同志的文章是中国当代造诣到最高境地的文章。"[①] 但两部著作引用的条数毛泽东都不是最多的。比如张志公著作,鲁迅成为引用条数和涉及作品数最多的作家。无疑,在鲁迅同时代"小资产阶级知识分子"作家集体消失难以避免的政治语境中,以鲁迅自身的丰富性来弥补这种集体消失所带来的民族共同语的缺失,不失为一种明智的语言策略。同样张志公著作,引用超过10条的7人中,有4人的方言区域非北方语系。这4人虽然都是被主流意识形态所推举或者容忍的,但非北方方言的地方性肯定会遗存在他们的写作中,从而一定程度上丰富民族共同语的语源。如果把这两部当时很有影响的语言普及著作和同时代文学史著作进行比较,就会发现它们之间存在明显的趋同和共构。新中国民族共同语建构是一场空前的革命,而它引动文学经典的再认又是一场新的文学革命。借助推广民族共同语的国家行为,经过新中国重构后的现代文学能够迅速地渗透到民间。与典范确立同时进行的是理论清理。新中国成立后,对胡适的语言学观呈现一边倒的批判。在这场"倒胡"潮流中语言学界的魏建功和文学界的何其芳等人都发表了重要的论文。[②] 他们以新的政治意识形态为尺度,质疑和拆解胡适在现代汉语变革史的权威性。这必然导致对文学革命与现代白话文运动的民族共同语建构的历史起源的质疑和拆解。

新中国民族共同语的完型和确立要到1955年10月召开的"现代汉

[①] 杨献珍:《数一数我们的家当》,见《中国解放区文学书系》(文学运动·理论编一),重庆出版社1992年版,第451页。

[②] 魏建功:《胡适"文学语言"观点批判》,见《"文学语言"问题讨论集》,文字改革出版社1957年版;何其芳:《胡适文学史观点批判》,《人民文学》1955年第5期。

语规范问题学术会议"。此次会议形成的决议被"政治的强力"合法化、权威化。1955年10月,《人民日报》再次以"社论"的形式对"现代汉语规范问题学术会议"的内容在政治和语言两方面的合法性予以确认。1956年2月,国务院作出关于推广普通话的指示,民族共同语进入自上而下的全民共同语认同阶段。置身在新时代的语言工作者和文艺工作者显然都意识到民族语言同一性的大势。新中国民族共同语建构以民族语言的同一性为目标,同时也把和语言关系最密切的作家个人书写的同一性完成了。政治立场和语言立场叠合,几乎成为新中国作家的集体认同。1958年2月25日在《文艺报》举办的文风座谈会上的发言中,赵树理认为:"在文艺界,话剧的语言还好,因为买票的不只限于知识分子,应该承认话剧的文风是接近口语的。……现在好多小说是和口语逐渐接近了。诗的方面还不太好,也许是我看得少。在我看来,比较好懂的接近人民口头语言的还不多。歌词的语言也很不接近群众,听唱歌不象听评剧那样,每个字都可以听清楚。如在太行时,群众把'自由之神在纵情歌唱'唱成'自由之神在宗清阁上。'因为他们不懂得'自由之神'和'纵情'是甚么东西。"①这样的"非知识分子"语言立场,在赵树理的理解中是联系着"政治修养"的,知识分子和劳动人民,"他们的语言也各有各的圈子,知识分子在一起说话是一套,劳动人民在一起说话又是一套"②。

  从观念认同到创作实践中对民族共同语自觉选择不是一个简单的过程,尤其是非民族共同语基础音系的作家。因为他们这样的选择不仅仅意味着一种文体技术,而是言说和话语方式的转换。新中国成立前后,作家创作的转型以及一部分作家在转型过程中中断自己的写作,文学史研究曾经给出过许多解释。那么,从民族共同语建构的角度看,民族共同语建构,使得方言运用过程中生成的地方性和个人化话语空间逐渐逼仄,是不是导致作家创作终止的原因呢?比如沙汀,在现代文学格局中,

---

① 赵树理:《反对八股腔,文风要解放》,《文艺报》1958年第4期。
② 赵树理:《和工人习作者谈写作》,《人民文学》1958年第5期。

沙汀是以"善用俚语",善用"活生生的土话"彰显他个人化的"四川地方性"的。但新中国成立后,那个现代文学史上的"地方性"的四川和"个人化"的沙汀一齐消失了。二十世纪八十年代沙汀谈到他这一时期的写作的时候说:"五十年代初,一位同志在看了两篇建国后写的新作以后,曾经劝我,最好是写自己过去熟悉的生活。新的社会,新的人物,让那些长期战斗在生产战线上的作家,建国后陆续从基层涌现出来的青年同志去写。可是,因为自己头脑里有些条条框框,我没有接收这个明智的建议。"①

和沙汀相比,周立波的方言运用更为突出。他在新中国成立后却保持着持续的写作,"地方性"和"个人性"也一定程度上得到实现,并且为时代有限度地容忍。茅盾在1960年第三次"文代会"报告中谈到周立波,认为:"作者好用方言,意在加浓地方色彩,但从《山乡巨变》正续篇看来,风土人情,自然环境的描写已经形成足够的地方色彩,太多的方言反而成了累赘。"②茅盾说这一段话显然是从运用方言的角度,把《山乡巨变》和之前出版的《暴风骤雨》进行对照的。因为,在所谓的工业题材小说《铁水奔流》中,周立波几乎没有使用方言。《暴风骤雨》作为解放区文学的重要收获,其经典性被"斯大林文艺奖"所巩固。这就不难理解这部和《山乡巨变》相比在方言运用上更多地"充满了不必要的方言土话和生、僻、怪字"的小说却得到语言学界和文学界的双重认同。研究《暴风骤雨》和《山乡巨变》两部小说不同历史语境下的生成史,可以进一步揭示在对待方言问题上从解放区到新中国政治策略的微妙调整。在创作《暴风骤雨》之前的1943年,周立波曾经在一篇名为《后悔与前瞻》的文章中检讨自己,"在心理上,强调了语言的困难,以为只有北方人才适宜于写北方"。③《暴风骤雨》出现在二十世纪四十年代的东北解放区,是南人操北腔,知识分子用土语,是知识分子改造自己、实践毛泽东新语言计划的产物。因而,即使这部小说方言

---

① 沙汀:《沙汀文集》,四川人民出版社1982年版,第2页。
② 《人民文学》1960年第8期。
③ 周立波:《后悔与前瞻》,《解放日报》1943年4月3日。

运用得很"隔",但由于"政治正确"保证了它顺畅地被经典化。并且在接收的过程中把其中方言因素强调出来。而写《山乡巨变》的周立波,从北方回到他最熟悉的南方故乡,因而在方言、土语的运用上完全不是《暴风骤雨》中的"异乡人"。在新中国民族共同语建构的时代语境下,周立波也做出了很多妥协和迁就。"……使用方言土语时,为了使读者能懂,我采用了三种方法:一是节约使用过于冷僻的字眼;二是必须使用估计读者不懂的字眼时,就加注解;三是反复运用,使得读者一回生,二回熟,见面几回,就理解了。方言土语是广泛流传于群众口头的活的语言,如果完全摒弃它不用,会使表现生活的文学作品受到蛮大的损失。"① 但即使做出了这样的努力,《山乡巨变》仍然成了一部在他所处时代的问题之作。那么问题出在哪里呢?问题当然是在,《山乡巨变》时代的周立波要在方言和民族共同语之间寻找个人性和地方性的书写空间。《山乡巨变》纠缠着方言和共同语两种腔调,呈现两种不同的话语世界。而且那个方言主宰的世界在共同语的压抑下,不但没有臣服,相反却和它从容地周旋,甚至是反制。这样的背离,在一个以追求同一性为目标的时代是不被容许的。

文学是语言的艺术。文学语言的变化对作家文学创作的文体选择的实际影响力,很大程度地决定了中国现代文学的形式发展。既然中国现代文学产生于以反对文言文提倡白话文为重要内容的文学革命之中,那么,五四初期的这场语言革命对现代文学形式的产生和发展也就有着决定性的意义。中国现代文学是这场语言革命的产物,同时它也必然地在很大程度上承担了语言革命的后果。如果忽略了中国现代文学产生的特殊语言背景,忽略了白话语言为文学的艺术形式的发展提供的便利条件和不利因素,忽略了文学语言在不同历史时期的变迁给文学的艺术形式带来的影响,可能难以对各种现代文学的文体现象和艺术征候作出合理评价。胡适等人的语言和文学革命所缠绕的现代汉语变革的目标追求和效果指向与文学语言的本体要求、"国语"想象共同性与"白话文"书

---

① 周立波:《关于〈山乡巨变〉答读者问》,《人民文学》1958年第7期。

写个人性、"言"与"文"、欧化与本土化、知识阶层与底层大众、文学书写、语言研究个体实践与体制等等之间的复杂关系，使得"国语"和"白话文"的双重建构从一开始就存在许多歧义，甚至背离。胡适等人希望通过"国语的文学"的尝试，锻造"文学的国语"，在与"文言"的对抗中把现代汉语"白话"的可能性充分地呈现出来，实现"国语"和"文学"的同构和双赢。其结果是，不但没有理顺这些复杂关系，反而造成了"白话"和"国语"之间更深刻的断裂。二十世纪三十年代"普洛文艺"和"大众语"、二十世纪四十年代的"大众化"和"民族形式"论争中的语言实践，试图通过知识阶层和大众之间语言共同体缔约来弥合断裂。但因为"大众语"客观存在的地方性和行业性，使他们的语言实践一定程度上为"国语"同一性实现带来困难。和这些语言变革实践不同的是，解放区的新语言计划在有效的政策和制度保障下，推动知识分子沉入民间，融入大众。文学书写成为制度框架下规定了方向和路径的"写大众"和"为大众写"。而文学书写一体化的完成，通过广泛的阅读和传播客观上实现了一体化的语言认同。而新中国的成立使文学和语言之间的这种双重建构可以在更广阔的范围成为可能。在有效的政策和制度保障下，短短五六年，新中国就迅速完成了汉语规范化，并通过国家动员机制开始推广普通话，民族共同语的建构基本实现。而建构完成的民族共同语转而成为规范文学书写的前提和现实基础，决定不同的文学体裁和文学样式的形式发展，导致了一些重要的文学文体特征和独特的文学文体风格的形成。从新中国文学的现实看，在这样的过程中，作家必然对语言同一性存在顺应和偏离，但最终被纳入文学一体化的轨道，完成新中国文学的建构。通过汉语规范化和普通话的推广，新中国在"言"的逐步趋同前提下规范个人书写，实现真正意义上"言文一致"基础上的文学一体化。这中间虽然依然存在着有限度的反抗，从整个格局上看，新中国在完成民族共同语建构的同时也实现了文学在语言上缔结的一体化。事实上，民族共同语和个人书写之间的紧张甚至对抗是每一个时代都存在的问题。这个问题在多方言的中国表现得更为激烈。处在冷战的紧张对抗的格局中，对战时思维和政策的延续是新中国所不得不选择的全球语境。新中国民族共同语建构在自上而下的政治动员中迅速完成，其实使一些问题并没有被充分展开就给出了答案。一个泛政治化的时代，对语言立场和政治立场同一性的强调可能会暂时把这样的紧张和对抗遮蔽、悬搁和压抑。但一旦我们意识到语言问题、文学问题有着和政治问题不同的独立性，并给予这种独立性充分的表达空间，原来遮蔽、悬搁和压抑的问题迟早要被揭示出来。

（《当代作家评论》2008年第4期）

重勘 1985 年新小说

1985年开年，中国作家协会第四次会员代表大会仍然进行中。受中共中央书记处委托，胡启立在开幕式致祝词。1月5日新当选的中国作家协会常务副主席王蒙作闭幕词宣告："中国社会主义的文学的黄金时代真的到来了！"[①]祝词及闭幕词在文艺界激起热烈的反响。《人民日报》《文汇报》《解放军文艺》《当代电影》等报刊先后发表参会代表的笔谈。《新华文摘》也以"中国社会主义文学的黄金时代到来了"为题转载了柯灵、袁鹰、王蒙、白桦、公刘、李存葆、蒋子龙和乌热尔图等的笔谈。[②]除了中国作家协会第四次会员代表大会的召开，文学史上的"杭州会议"，因为"与而后兴起的'寻根文学'有着种种直接和间接的关系"，[③]成为1984年年底另一个重要文学事件。但这种说法并不是唯一答案，参加会议的陈思和多年以后回忆："平心想来，在那个会上，似乎也没有为寻根命名，或者提出类似宣言的倡议。""当时大家的兴趣还是在西方现代派文艺方面，李陀等从北京来的作家们还是在不断鼓吹现代派作品"。陈思和还提到"杭州会议"的时代氛围——"人道主义思潮和西方现代派文艺又开始在创作中慢慢复活"。[④]1985年文学正是这种"复活"的症候或者说结果。

马尔克斯的《百年孤独》和福克纳的《喧哗与骚动》于1984年先后

[①] 王蒙：《社会主义文学的黄金时代到来了——中国作家协会第四次会员代表大会闭幕词》，《文艺报》1985年第2期。

[②] 柯灵等：《中国社会主义文学的黄金时代到来了》，《新华文摘》1985年第2期。

[③] 蔡翔：《有关"杭州会议"的前后》，《当代作家评论》2000年第5期。

[④] 陈思和：《杭州会议和寻根文学》，《文艺争鸣》2014年第11期。

由上海译文出版社出版。①青年莫言谈到他个人写作的 1985 年："我在 1985 年中，写了五部中篇和十几个短篇小说。它们在思想上和艺术手法上无疑都受到了外国文学的极大的影响。其中对我影响最大的两部著作是加西亚·马尔克斯的《百年孤独》和福克纳的《喧哗与骚动》。"福克纳邮票大的小镇，马尔克斯的马贡多镇，两位小说家"立足一点，深入核心，然后获得通向世界的通行证，获得聆听宇宙音乐的耳朵"。以此为起点，莫言也要去"创造一个、开辟一个属于自己的地区"。②同一时期的批评家还在谈论莫言小说的感觉和意象，③莫言已经被马尔克斯的"哲学思想"和"认识世界，认识人类的方式"④所触发，开始了他 1985 年的文学创世纪。

一

1985 年第 1 期《人民文学》全文发表了张光年的"作代会"报告《新时期社会主义文学在阔步前进》。该期"编者的话"毫不避嫌地推荐了主编王蒙的小说《高原的风》。自己推荐自己，这在中国当代文学期刊史是罕见的，但就整期杂志而言，并无多少新气象。变化应该到第 2、3 期

---

① 黄锦炎等翻译的《百年孤独》，首印 48500 册。而李文俊翻译的《喧哗与骚动》首印则高达 87500 册。此前，1982 年 10 月，由赵德明等翻译的《加西亚·马尔克斯中短篇小说集》列入"外国文艺丛书"由上海译文出版社出版，首印也达到 42000 册。其实，做个比较，中国文学新作首印数也不小，与《百年孤独》和《喧哗与骚动》差不多同期出版的张贤亮的《绿化树》首印 21500 册，从维熙的《雪落黄河静无声》首印 34000 册，《1983 年全国优秀短篇小说评选获奖作品集》首印 17 万册。马尔克斯和福克纳是在这个文学阅读能量空前释放的时代来到中国。

② 莫言：《两座灼热的高炉——加西亚·马尔克斯和福克纳》，《世界文学》1986 年第 3 期。

③ 吴亮、程德培编：《新小说在 1985 年》，上海社会科学院出版社 1986 年版，第 184、197 页。

④ 莫言：《两座灼热的高炉——加西亚·马尔克斯和福克纳》，《世界文学》1986 年第 3 期。

才慢慢显现出来。第2、3期《人民文学》发表了因为《棋王》被关注的"文坛新人"阿城的《孩子王》和"年轻的女作者"刘索拉的《你别无选择》。[①]作为新时期初深具探索精神和极富创作活力的小说家,王蒙的小说引人瞩目,这种锐意进取似乎对他担任主编的1983—1984年的《人民文学》影响不大。检索1983—1984年的《人民文学》,远远不如同一时期的《上海文学》《收获》《十月》等。世人都云王蒙主编的《人民文学》如何新锐,但王蒙主编的《人民文学》不只1985年的,而是包括1985年之前的1983—1984年和之后的1986年在内的总和。整体观之,1985年的《人民文学》和其前后两年相比,恰似突兀耸起的山峰,这正对应着时代的文学风向。谈论1985年文学变革,往往强调偏离和远离政治,获得文学的自觉,可能忽视了,恰恰是中国作家协会第四次会员代表大会上,政治对文学的慨然允诺才打开了1985年的文学空间。具体到《人民文学》,主编王蒙是小说家,也是政治人。王蒙对"中国社会主义的文学的黄金时代真的到来了"的研判,事实地影响到他主编的1985年《人民文学》。考察王蒙的精神构成,除了"少共"情结,还有文化越境和青年崇拜的底色,故而作为一个"文学的黄金时代"的迎接和领受者,王蒙个人的精神气质被充分地释放,激荡和灌注在1985年的《人民文学》。

1985年5月,《人民文学》编辑部专门邀请全国各地最活跃的四十位青年作家召开座谈会。马原、莫言、阿城、刘索拉、徐星、何立伟、周梅森、扎西达娃等新锐青年作家悉数到场。这些作家是1985年新小说的基本班底,先后都在1985年的《人民文学》发表了作品。《人民文学》因此"成为声势浩大的新小说运动的旗手"。[②] 相比而言,1985年新小说的推动者之一吴亮回忆起1985年则淡定了许多。2008年,他接受杨庆祥访谈时说:"这一年实际上没有什么重大的事情,假如我们仅仅是从发表作品看,比如《收获》《上海文学》《人民文学》等等,这一年确实有一

[①]《人民文学》1985年第2、3期"编者的话"。
[②] 朱伟:《亲历先锋小说潮涨潮退》,见《追寻80年代》,中信出版社2006年版,第57页。

些很好的作品，比如韩少功的、莫言的、马原的、阿城的。"①尽管事后回忆中的感受有所不同，但1985年确实"打破了六十年中国文学的'大一统'、'定于一尊'的传统"。②这一点是确信无疑的。

就像当时一本1985年小说年选"编委的话"所说："确认历史，方法极多，这一次是用小说"。③用小说确认历史，这种中国现代文学史叙述方式，应该从二十世纪五十年代王瑶他们的"新文学史稿"就开始了。但事实上，这种"确认历史"的方法可能因为文类单一，对历史构成遮蔽，甚至歪曲。因此，虽然我们现在也"用小说"重勘历史，但需要提醒注意到1985年和小说同时在场的诗歌、话剧等其他文类以及"新潮艺术"的变革可能比小说更激烈。1986年9月，吴亮和程德培于年初编定的《新小说在1985年》正式出版。这个选本及时命名了正在发生的"新小说"。吴亮和程德培还为上海文艺出版社的"文艺探索书系"编选了《探索小说集》，和《新小说在1985年》同时出版。

入选《新小说在1985年》的小说家，除了陈放和刘心武，都有作品被选入《探索小说集》。《探索小说集》中，只有孙犁、林斤澜、汪曾祺和吴若增等的数篇小说发表于1985年之前一两年，其余入选的小说基本是1985年发表的。因此，把《探索小说集》看作另一版本的《新小说在1985年》也未尝不可。王蒙和茹志鹃分别给《探索小说集》作序，他们的中心话题也都是围绕着小说之"新"。和《新小说在1985年》相对集中在方兴未艾的寻根小说以及取径域外资源形式实验的小说不同，《探索小说集》将新时期小说家更多面向的可能性，以专题单元呈现出来，比如孙犁、汪曾祺、林斤澜、高晓声和李庆西等的专题单元，编选者显然关注到笔记小说等中国古典小说传统资源的当代转换和再造。顺便提及的是，《探索小说集》的编选思路可能影响到后来吴亮参与编辑的"新

---

① 吴亮等：《八十年代的先锋文学和先锋批评》，《南方文坛》2008年第6期。
② 夏衍、李子云：《文艺漫谈》，《人民文学》1988年第5期。
③ 《1985年小说在中国》，中国文联出版公司1986年版。

时期流派小说丛书"。①

强调1985年新小说新的时间开始了的意义,应该意识到的是"历史的断裂并非线性过程的终止,并非异质空间的清晰划分,而是在历史的断裂处裸露出的一个共时的剖面"。②新小说既是新时期小说革命发展到1985年自然的结果,也是新时期小说革命的历史向未来的敞开,故而《新小说在1985年》虽然是年度选本却有着自觉的总体性的文学史意识。1985年新小说是不是达到"声势浩大"的量级?尚待仔细考证和深究,但说1985年是新时期文学革命的一个阶段性小结应该是事实。取得这个文学革命的阶段性成果涉及和新小说相关联的新文学观念如何形成,也关联到形成过程中各种文学立场和力量之间的博弈,包括文学和政治之间的张力关系,比如包括此前冯骥才、李陀和刘心武关于现代派的通信在内的文学界广泛的现代主义文学讨论的预演,就是1985年新小说的一个重要前史。③

二

《新小说在1985年》选入小说共20篇,其中韩少功3篇、莫言2篇、刘心武2篇(均为纪实小说)。④《人民文学》共有6篇小说入选《新小

---

① "新时期流派小说丛书"由吴亮、章平和宗仁发编,包括《现实主义小说》(上、下)《结构主义小说》《荒诞派小说》《意识流小说》《象征主义小说》《魔幻现实主义小说》和《民族文化派小说》等,1988年由时代文艺出版社出版。

② 戴锦华:《隐形书写——90年代中国文化研究》,江苏人民出版社1999年版,第72页。

③ 1982年,冯骥才、李陀和刘心武曾以通信的方式讨论现代派的相关问题。这三封信件分别为《中国文学需要"现代派"——冯骥才给李陀的信》《"现代小说"不等于"现代派"——李陀给刘心武的信》和《需要冷静地思考——刘心武给冯骥才的信》,见《上海文学》1982年第8期。

④ 纪实小说,刘心武一人入选两篇,而1985年在《收获》《上海文学》《钟山》《作家》《青年作家》等8家文学期刊同时发表《北京人》系列的张辛欣和桑晔无一篇入选《新小说在1985年》,显然不是因为《北京人》发表的时候标注为口述实录报告文学,《探索小说集》就收入《北京人》的两篇。个中原因,尚待研究。

说在1985年》，分别是《爸爸爸》《花非花》《无主题变奏》《五个女人和一根绳子》以及刘心武的《5.19长镜头》和《公共汽车咏叹调》，排在其后的是《上海文学》和《北京文学》，都是4篇。《收获》入选1篇，贾平凹的《天狗》。入选1篇小说的杂志还有《芙蓉》《十月》《中国作家》《西藏文学》《文汇月刊》。《人民文学》《北京文学》和《上海文学》位列前三，确定了它们1985年新小说重镇的地位。文学期刊和新小说之间的关联性，可以从为《探索小说集》作序的三人的身份看出端倪。1938年入党的严文井，曾在延安鲁迅文学院文学系任教，1961年即以中国作家协会书记处书记的身份兼任人民文学出版社社长和总编辑。1985年，严文井仍然是《人民文学》唯一的顾问。而王蒙1983年开始任《人民文学》主编，茹志鹃当时是《上海文学》副主编。

不是从1985年才开始，比《人民文学》更早，从新时期开始，《上海文学》一直是新文学观念以及现代派、寻根文学实践的推动者。令人意外的是，反思文学中有出色表现的《收获》，在《新小说在1985年》仅一篇小说入选。其实，1985年《收获》发表过张辛欣和桑晔的《北京人》（第1期）、扎西达娃的《巴桑和她的弟妹们》（第3期）、徐晓鹤的《院长和他的疯子们》（第3期）和张承志的《黄泥小屋》（第6期）等小说，它们也都符合新小说的标准，尤其是第5期，几乎是1987、1988年新潮小说专号的预演，除了王蒙最重要的长篇小说《活动变人形》，张贤亮的《男人的一半是女人》、莫言的《球状闪电》和马原的《西海的无帆船》集体登场。莫言和马原的作品都是典型的1985年新小说。

《人民文学》1985年第2期集中发表了湘籍小说家韩少功、叶蔚林和王一武的3篇小说《爸爸爸》《五个女人和一根绳子》和《船媳》。有意思的是"编者的话"承认王一武的小说"稍嫌稚嫩"，但目录还是把韩少功的《爸爸爸》排在三个人最后，只是发表时排序提前，但还是在叶蔚林后面。该期杂志目录排在他们前面的小说家是解放军艺术学院的宋学武、张波和李本深。"编者的话"认为三位湘籍小说家的小说"是从湘山鄂水吹送来的'楚声'。湘山鄂水，民情乡俗，历历在目了。""叶作精致美妙，凄婉含于清丽；韩作气度恢弘，冷峻出自洒脱；曲调音色各异，皆有沉郁凝重之意。""几篇作品展示的生活图景，对于正在走向四个现代化的今日中国,既有严峻而清醒的回顾和反思,又有充满乐观自信的展望。"①《新小说在1985年》同样认为《五个女人和一根绳子》"行文凄婉清丽",但强调小说的故事"怵目惊心""贫困、愚昧、礼教和习俗是怎样绞杀了五个天真懵懂的年轻女孩子,在她们死后人们又是怎样麻木不仁"。②《新小说在1985年》评价《爸爸爸》是"峻冷"的风俗图,但容量惊人,"它像一把有许多个匙孔的锁,可以用不同的钥匙去打开"③。除此之外,还涉及《爸爸爸》语言表层和精神内涵、词组和久远的历史、人性与生存状态和文化氛围以及小说丰富多姿的叙事语态等等。对比了看,《人民文学》"编者的话"和《新小说在1985年》的短评,前者就浅,后者入深,且《人民文学》"编者的话"刻意将小说的非现实性,向"四个现代化"的时代政治意识形态接引。1978年《中国共产党第十一届中央委员会第三次全体会议公报》指出:"全党工作的着重点应该从一九七九年转移到社会主义现代化建设上来。"④1979年,邓小平《在中国文学艺术工作者第四次代表大会上的祝词》提出文艺要通过塑造社会主义新人的形象,"来激发广大群众的社会主义积极性,推动我们从事四个现代化建设的历史性创造活动"。⑤新时期文学发生和发展与整个改革开放时代共享现代化的路线图,《人民文学》作这样的阐释,似乎在提醒韩少功和叶蔚林的两篇小说仍然在既有文学秩序和阐释系统之中。

无论是1985年当时,还是文学史叙述的后来,因为发表徐星的《无主题变奏》且将其"放在了显著位置",被作为《人民文学》提携文学青

---

① 《人民文学》1985年第2期。
② 吴亮、程德培编:《新小说在1985年》,上海社会科学院出版社1986年版,第488页。
③ 吴亮、程德培编:《新小说在1985年》,上海社会科学院出版社1986年版,第1页。
④ 《中国共产党第十一届中央委员会第三次全体会议公报》,见中共中央文献研究室编:《改革开放三十年重要文献选编》(上),中央文献出版社2008年版,第13页。
⑤ 邓小平:《在中国文学艺术工作者第四次代表大会上的祝词》,见中共中央文献研究室编:《改革开放三十年重要文献选编》(上),中央文献出版社2008年版,第81页。

年、开拓进取的案例。另外一个例子是刘索拉的《你别无选择》,甚至有人认为1985年第3期刘索拉的《你别无选择》改变了《人民文学》的形象。①事实上,《无主题变奏》在当期刊物排序第三,排在它前面的是刘心武的纪实小说《5.19长镜头》和理由的报告文学《倾斜的足球场》。这个位置能算显著吗?纪实小说和报告文学被放在比"显著位置"还"显著"的位置,至少反映《人民文学》在鼓励和提携青年文学探索的同时,也更主动地引领文学参与现代化时代主题的动向。而且在《人民文学》视野里,刘索拉和徐星的小说也是现代化时代主题的一个部分。《5.19长镜头》和《无主题变奏》同时入选《新小说在1985年》,也可以看出批评家吴亮和程德培当时理解的新小说之新,并不像后来某些文学史叙述所强调的只是寻根小说和形式实验的探索小说。《人民文学》"编者的话"认为《无主题变奏》"立意出新,实是对当前某些流行观念的一种反拨"②。但反拨的是当前哪些流行观念,编者没有给出确指的答案。和《人民文学》不同,《新小说在1985年》为《无主题变奏》给出全书20篇小说中几乎最长的评语。在《新小说在1985年》编选者看来,《无主题变奏》显示了"一种真实","是坦率而出色的——用十九世纪的文学史知识显然无法衡量这篇小说,更不要说用堂吉诃德精神了——它如实地记载了一个年轻平民的日常心态以及他对世事的嬉讽,他没有丝毫的伪饰,幽默得近乎冷酷。""这篇小说没有故事,却有戏剧性。没有情节,却有高潮。它忠实地描写了这个年轻人的日常感觉和内心的调侃。"③这则短评几乎可以直接移用到两三年之后的王朔,以及刘震云、方方和池莉的那些所谓还原日常生活的新写实小说。问题是,短评选择的参照系为什么是十九世纪,是堂吉诃德,不是二十世纪,也不是中国的某个小说人物?《无主题变奏》文学可能性的未来前景没有被揭示出来。至于刘心武的《5.19长镜头》,

---

① 朱伟:《亲历先锋小说潮涨潮退》,见《追寻80年代》,中信出版社2006年版,第56页。

② 《人民文学》1985年第7期"编者的话"。

③ 吴亮、程德培编:《新小说在1985年》,上海社会科学院出版社1986年版,第64页。

《新小说在 1985 年》和《人民文学》，不约而同都以为问题文学（小说）"并没有过时"，①"仍然具有生命力"。②"并没有过时"也是一种"新"，这也许能够理解为什么叶蔚林的《五个女人和一根绳子》、王安忆的《阿跷传略》、贾平凹的《天狗》等，包括《黄泥小屋》《炸坟》《狗头金》这些更像当时的汪曾祺、邓友梅、冯骥才、陆文夫等人地域文化小说的所谓寻根小说能够入选《新小说在 1985 年》。寻根小说在 1985 年前一两年才起来。1985 年，真正代表寻根小说之"新"的，已经不是阿城、李杭育、郑万隆等的小说，而是韩少功的《爸爸爸》和王安忆的《小鲍庄》。《新小说在 1985 年》为了避免和同时出版的《探索小说集》重复，舍弃了王安忆的《小鲍庄》。同样的原因，被舍弃的还有刘索拉的《你别无选择》、莫言的《透明的红萝卜》以及残雪的《山上的小屋》，这对标榜 1985 年小说之"新"的年选，无疑是重大的缺失和遗憾。《人民文学》对何立伟显然有所偏爱。一年两期，一长三短，四篇小说，且都是排在当期首篇。《人民文学》"编者的话"认为《花非花》"没有故事"，这种对小说形式的感觉是准确的，但评价其"更在改革洪流中发现社会深层的前进力量"，则显得稍微牵强。相比较而言，《新小说在 1985 年》的短评认为其是"一首古韵十足的诗，不仅在文字上有中国画的气韵，而且整个的情感流露也体现了'哀而不伤，怨而不怒'的传统美学风貌"，③则可算新事一桩。中国现代小说是西化的产物，但一直对中国传统小说资源念念在兹，也常常能够旧韵翻新声。前辈作家废名就把小说当作唐人绝句写过，何立伟同辈作家和古典小说传统隔膜得多，故而，阿城和何立伟向"旧"取径，无意造成的陌生感，却开了时代新风。事实上，他们和《探索小说集》的孙犁、汪曾祺、林斤澜和李庆西差不多是一个路数上的。

---

① 吴亮、程德培编：《新小说在 1985 年》，上海社会科学院出版社 1986 年版，第 526 页。

② 《人民文学》1985 年第 7 期"编者的话"。

③ 吴亮、程德培编：《新小说在 1985 年》，上海社会科学院出版社 1986 年版，第 93 页。

三

　　《新小说在1985年》有署名吴亮的前言和署名程德培的后记。《探索小说集》则有三篇序和一篇吴亮和程德培共同署名的代后记。《人民文学》"编者的话"虽然可能是个人撰写,但某种意义上可以视作《人民文学》的刊物态度。作为一份中华人民共和国成立后即创刊的文学期刊,《人民文学》一直承担着"国刊"的职责。观察《人民文学》历史,每一个历史时期政治对文学的要求总能在《人民文学》得到及时应答,这是《人民文学》"主调鲜明"[①]的刊物定位,1985年自然也不例外。1983—1986年,王蒙主编的时间不算最长。但1985年,无论对整个《人民文学》史,还是对王蒙个人的主编史,都是"突兀"的。当然可以认为王蒙躬逢一个"新小说"时代,但事实上,回应这个"新小说"时代的文学期刊除了《人民文学》《上海文学》《北京文学》《中国》《中国作家》等可数的几家,其他数百家中国文学期刊在"新小说"之外。因此,与其说王蒙和《人民文学》躬逢新小说时代,不如说他参与发明了这个1985年新小说的时代。1985年第1期《人民文学》"编者的话"指出:"本期作品体现了百花齐放的精神,又抒发了时代的强音。"[②]研究者往往刻意强调1985年《人民文学》出格的一面,忽视其抒发时代强音的另一面,忽视其和普通读者的沟通、交流。可以作为参考的是1985年《人民文学》"我最喜爱的作品"的推选结果。按照《人民文学》每年发布的"我最喜爱的作品"推选说明,"我最喜爱的作品","由读者投票,列举自己所喜欢或比较喜欢的作品篇目(注明体裁,发表刊期),以得票多少为序,前二十名本刊公布"。读者参与文学建构和审美定义一直是中国现代文学的传统。从五四新文学运动开始一直到我们讨论的1985年,文学期刊基本上都有读者反馈的栏目。而1949年之后的中国文学,"读者"更是成为政治对文学想象和规

[①] 张光年:《文坛回春纪事》(下),海天出版社1998年版,第679页。
[②] 《人民文学》1985年第1期"编者的话"。

约的广泛群众基础，甚至有时文学的组织者和批评家也假借读者发言。《人民文学》"我最喜爱的作品"推选和它承担的1978年"全国优秀短篇小说评选"确立"群众推荐与专家评议相结合"的评奖方法一脉相承，就像当事人回忆1978年"全国优秀短篇小说评选"，"初选篇目中的大部分作品，都是群众'投票'最多和较多的。"①《人民文学》1985年度（第1—10期）"我最喜爱的作品"推选结果共20篇作品，其中诗歌1组，纪实小说1篇，报告文学5篇，小说13篇。查阅发现，所有"我最喜爱的作品"均为每期"编者的话"推介作品，且13篇小说有9篇为当期头题。②1985年《人民文学》第1—10期发表报告文学12篇，其中柯岩和乔迈发表两篇，即有5篇进入"我最喜爱的作品"，占其中的1/4。考虑到《人民文学》1985年发表的中短篇小说的篇数是110篇，报告文学入选"我最喜爱的作品"的比例之高，值得注意。《人民文学》1986年度"我最喜爱的作品"推选结果，报告文学5篇，另外还有3篇纪实小说，共8篇，几近半数。1987年11月《人民文学》发布《"中国潮"报告文学征文百家期刊联名启事》，共同发起这次以"改革"为主题报告文学征文活动的百家期刊囊括了《人民文学》《收获》《十月》《当代》《花城》《钟山》《上海文学》等在内的全国文学期刊。在经典的中国当代文学史线性叙述中，"一种文学的现代运动正悄悄到来"③是新小说对伤痕、反思和改革文学的僭越，而回到文学自身。这种僭越所指向的是审美文本被作为社会文本，体现在伤痕、反思和改革文学，它们都对应着社会转型期的公共议题。在大众传媒发育不充分的八十年代，文学文本作为社会文本一定意义上是大众传媒的替代物。文学报刊就是有影响力的大众传媒，因而暧昧了文学专业传媒和普通大众传媒的边界。退一步说，我们承认1985年及其以后是新小说的时代，但这不妨碍作为新小说假想敌的旧小说也在尝试各种涤新的可能，包括向纪实小说和报告文学等文类转场。在1985年，文学的转场现象，

---

① 刘锡诚：《在文坛边缘上》，河南大学出版社2004年版，第187页。
② 阿城的《孩子王》目录排在李準的《瓜棚风月》之后，但正文排在第一位。
③ 吴亮、程德培编：《新小说在1985年》，上海社会科学院出版社1986年版，第1页。

没有被充分关注的，还有经由电影、电视和广播电台放映和播出的文学衍生。因此，就这个时代文学的总体性观察1985年文学，不能轻易地以"新小说"代全体小说，甚至全体文学，进而把八十年代中后期文学描述为先锋文学一枝独秀的时代。值得注意的是，1985年也是通俗文学复兴的年份。金庸和琼瑶等的港台通俗小说强劲登陆内地，同时诸多通俗文学期刊均在1985年创刊。"消遣读物大量刊行，文学园地颇受冲击。"① 这也直接影响到八十年代文学史叙述。在目前主流的想象的"黄金时代的八十年代文学"并没有通俗文学的位置，但是1985年通俗文学和消遣读物的"复兴"开启了文学和市场的通道，这条线索可以梳理到今天的网络文学。

回到1985年"我最喜爱的作品"，得票前三位的是贾平凹、刘心武和王蒙。而刘索拉的《你别无选择》和徐星的《无主题变奏》分别排第8、13名。同样被"编者的话"推荐的韩少功的《爸爸爸》、残雪的《山上的小屋》、张承志的《九座宫殿》、马原的《喜马拉雅古歌》② 未能进入"我最喜爱的作品"。③ 是否因为这些小说都不能算作"时代的强音"？而且仔细研究会发现，这些小说在"编者的话"中几乎都是列其名式的一笔带过，或者将其和四个现代化、和改革这些时代的强音"现挂"，比如前面提到的《爸爸爸》等等。经由转化、软化、弱化和淡化等编辑策略，大多数"新小说"成为1985年《人民文学》"主调鲜明"下隐微的低语者。张光年日记1985年10月5日记载了一件事："昨天冯牧点名批评的《人民文学》7月号上的短篇小说《无主题变奏》。冯牧斥之为'垮了的一代'的文学，有一定道理。我看了吃惊，知道有些青年的思想可以走到这个地步，是值得注意的。"④ 1985年，主编王蒙可谓支左绌右，"声势浩大的新小说运动的旗手"究竟是当时的事实，还是事后回忆者的想象和重构？

而《新小说在1985年》《探索小说集》的编选者吴亮和程德培，他

---

① 《人民文学》1985年第9期"编者的话"。
② 莫言的《爆炸》和洪峰的《生命之歌》发表于第12期，不在推选之列。
③ 《人民文学》1986年第1期。
④ 张光年：《文坛回春纪事》（下），海天出版社1998年版，第678页。

们的身份只是新小说发现和发明的批评家,不是"国刊"主编,如其所言:"从一九八五年夏季起,德培和我着手进行新发表小说的相互推荐、评析、筛选、归类和存档的琐碎工作,并一直牢牢注视着各种文学期刊每一月度推出的新作。"①其实他们不是1985年才进场的,"程德培对当代小说的关注已有七八个年头了",②正是基于文学现场的充分田野调查,吴亮作出"一种文学的现代运动正悄悄到来"③的判断。在吴亮这里,新小说的"新"首先是批评家自我涤新——新的精神层次、新的经验和新的叙述形式,"像是一部亟待修改的法典"。④在他们的视野里,新小说是"小说家们创造了艺术中的新事实"。⑤这些新事实具体而言就是《新小说在1985年》《探索小说集》两个选本。新小说之"新"是包容的,它是寻根的、现代派的,也是现实主义的;是潮流的群体的,也是边缘的个人的;是大众的问题小说的,也是精英的形式革命的,等等。

说到新旧之争,自然需要进一步反思,所谓新小说是谁的新小说?首先,是谁在写新小说?就像当时的研究者指出的是"喝'狼奶'的充满着野性和生命活力的,三四十岁的罗谟鲁斯们","他们大多是一些上山下乡的知识青年"。⑥因此,从文学代际的角度,"新小说"是新小说文本的诞生,也是新小说家的诞生。问题还应该包括这些新小说被谁定义、阐释和确认?在怎样的文学场域被定义、阐释和确认?再有就是新小说在1985年究竟有多大的影响力?

《人民文学》的支左绌右同样体现在《小说选刊》中。"向读者推荐中短篇小说创作最新成果,为全国中短篇小说评奖提供候选篇目"一度被印在《小说选刊》的扉页。1986年第10期李国文取代葛洛担任《小说选刊》主编。同时,这两句话也从刊物消失。不过,这两句话不能说不是事实,

---

① 吴亮、程德培编:《新小说在1985年》,上海社会科学院出版社1986年版,第4页。
② 吴亮、程德培编:《新小说在1985年》,上海社会科学院出版社1986年版,第3页。
③ 吴亮、程德培编:《新小说在1985年》,上海社会科学院出版社1986年版,第1页。
④ 吴亮、程德培编:《新小说在1985年》,上海社会科学院出版社1986年版,第2页。
⑤ 吴亮、程德培编:《新小说在1985年》,上海社会科学院出版社1986年版,第2页。
⑥ 刘再复:《近十年的中国文学精神和文学道路》,《人民文学》1988年第2期。

因为《小说选刊》承担着评选工作。入选《新小说在1985年》的小说家除了李杭育、陈放、刘心武、马原和叶蔚林，都有小说被《小说选刊》转载，分别是贾平凹的《腊月正月》（2期）《冰炭》（6期）、何立伟的《白色鸟》（4期）、刘索拉的《你别无选择》（5期）、郑万隆的《老棒子酒馆》（6期）、张承志的《残月》（7期）、莫言的《大风》（8期）、王安忆的《小鲍庄》（9期）、徐星的《无主题变奏》和郑万隆的《异乡见闻》（10期）、韩少功的《归去来》以及扎西达娃《系在皮绳扣上的魂》（11期）。这中间也包括《人民文学》1985年力推的刘索拉的《你别无选择》和徐星的《无主题变奏》。李杭育的《沙灶遗风》这篇寻根文学前期代表作，《小说选刊》1984年曾经转载过，而叶蔚林的《五个女人和一根绳子》虽然迟到1987年第2期，也被《小说选刊》转载，这时的主编已经是李国文。韩少功的《爸爸爸》、莫言的《透明的红萝卜》、马原的《冈底斯的诱惑》和残雪的《山上的小屋》，均没有被1985年葛洛主编的《小说选刊》转载。可以注意到的是，李国文担任主编之后不久，残雪的《阿梅在一个太阳天里的沉思》（1986年第12期）、马原的《游神》（1987年第3期）和洪峰的《瀚海》（1987年第3期）等即被《小说选刊》转载。此后，《小说选刊》还转载过余华的《河边的错误》（1988年第5期）和《鲜血梅花》（1989年第8期）、格非的《风琴》（1989年第6期）以及王朔的《橡皮人》（1987年第1期），但不知什么原因，八十年代末九十年代初，苏童的小说一直没有被《小说选刊》转载。如果依据这样的选刊目录，我们确实可以肯定《小说选刊》对新小说的推动和声援之功。但就像我们需要将新小说放在1985年整体的《人民文学》来看，《小说选刊》"选"是一回事，和《小说选刊》有关联的全国优秀中短篇小说评奖的"评"又是另外一回事。1985—1986年全国优秀短篇小说获奖作品共10篇，其中1985年6篇，分别是《五月》（田中禾）、《系在皮绳扣上的魂》（扎西达娃）、《满票》（乔典运）、《今夜月色好》（彭荆风）、《窑谷》（谢友鄞）、《远行》（何士光）。1985—1986年全国优秀中篇小说获奖作品也是10篇，1985年入选3篇，分别是《桑树坪纪事》（朱晓平）、《小鲍庄》（王安忆）、《你别无选择》（刘索拉）。因为是两年一评，要参照1986年的获奖作品，才能最后下判断。1986年获奖的 4 篇全国优秀短篇小说没有一篇"新小说",而 1986 年获奖的 4 篇全国优秀中篇小说只有《红高粱》一篇算得上"新小说",其余 6 篇皆为"旧小说"。两项相加,1985—1986 年获奖的全国优秀短篇和中篇小说中的"新小说"只有《系在皮绳扣上的魂》《小鲍庄》《你别无选择》和《红高粱》4 篇,占获奖比例的五分之一。1985 年,《人民文学》的短篇小说《远行》《今夜月色好》和中篇小说《你别无选择》获奖,其中《今夜月色好》在当期的"编者的话"未有一字提及,而且也没有入选 1985 年度"我最喜爱的作品"。

对 1985 年新小说定义的不只是这些批评家和期刊编辑,我们注意到 1986 年和《新小说在 1985 年》同时在中国文联出版公司出版的《1985 小说在中国》。两个小说年选连书名都有些接近,但不同的是,《1985 小说在中国》从它的"本书编委名单"看,是小说家自我定义的选本。19 位编委,宋文郁和李庚来自中国文联出版公司,可以不计。李陀是小说家,但他当时更重要的身份是新小说的推动者。故而,这个选本,李陀发挥着怎样的作用,需要进一步调查。除了他们 3 人,其余 16 人,都是小说家。小说家中,谌容、冯骥才、陈建功和乌热尔图 4 位出道稍早。其他 12 人都是 1985 年的新小说作者,即王安忆、陈村、阿城、张辛欣、郑万隆、贾平凹、韩少功、扎西达娃、史铁生、何立伟、张承志和莫言。考虑到冯骥才和李陀都是现代派的倡导者,陈建功的小说和地域文化之间的密切关系,谌容部分小说和新小说的近缘关系,①《1985 小说在中国》虽然没有标明是"新小说",但事实上是又一个"新小说"选本。这个选本选入的小说也是 20 篇,每人只选 1 篇。入选《新小说在 1985 年》的作者有 10 人和《1985 小说在中国》重合,但重合的小说只有扎西达娃的《系在皮绳扣上的魂》和韩少功的《归去来》。《1985 小说在中国》附有除入选篇目之外的"编委推选篇目"42 篇。对照这个篇目,只有陈放的小说不是入选作品,也不是编委推选篇目。从作者构成看,批评家定义的 1985 年新小说,和批评家认定的新小说家自我定义的 1985 年小说,基本一致。

---

① 谌容的《大公鸡的悲喜剧》入选《探索小说集》。

因为《1985小说在中国》没有刻意强调新小说，蒋子龙等的入选不算意外。从另外一种角度，蒋子龙1985年的《阴差阳错》和他此前改革文学代表作《乔厂长上任记》相比，显然也可以算得上他个人意义的1985年新小说。如果考虑到个人意义上的"新"，张贤亮的《男人的一半是女人》也许更应该参照蒋子龙入选。排在入选刊物前两位的还是《人民文学》和《上海文学》，分别是5篇和6篇，《收获》仍然只有1篇，《丑小鸭》两篇入选，超过《收获》《中国作家》和《北京文学》。《丑小鸭》是一家青年文学刊物。《丑小鸭》《萌芽》《青年作家》《青春》等青年文学刊物的活跃，是八十年代文学一个值得研究的现象。编委推选篇目，第一第二的还是《人民文学》和《上海文学》。除它们之外，《北京文学》入选5篇，《中国作家》4篇，《收获》3篇。以这两个选本看，相比较当时的数百家文学刊物，所谓新小说来源于不到20家刊物，基本集中在三五家刊物。无论怎么说，1985年的新小说已然是一个部分刊物、批评家和小说家的文学共同体。李陀曾经观察二十世纪八十年代中国的小团体和"小圈子"，他认为改革引起市场经济的"猛烈的，甚至可以说发烧式的发展"，这种发展在社会主义中国的固有结构中形成无数缝隙、裂纹，这些小团体、"小圈子"实际上已经成为某种"公共空间"的雏形。[①]戴锦华也认为："80年代后期，中国大陆社会的同心圆结构经历多重裂变，已然蕴含着90年代的政治文化、消费文化，浮现着准市民社会与公共空间的权力裂痕；蕴含着金钱作为更有力的权杖、动力的润滑剂的'新神即位'；蕴含着文化边缘人的空间的'位移'与流浪的开始，以及都市边缘社区的形成。"[②]1985年新小说是主动的"位移"，是一次自我选择文学的某一部分成为边缘社区、小团体和小圈子的位移。

还可以看看1985年新小说之外的"小说"，这一定程度上也可以视作"他者"对新小说边界的厘定。1985年11月时任中国作家协会书记处

[①] 李陀：《1985》，《今天》1991年第3—4合刊，见李陀：《雪崩何处》，中信出版社2015年版，第91页。

[②] 戴锦华：《隐形书写——90年代中国文化研究》，江苏人民出版社1999年版，第72页。

常务书记的唐达成为《瞭望周刊》撰写的《答客问》提交中国作家协会第四次会员代表大会之后近一年的文学情况，他举了一些代表主流的例子，其中包括：郑义骑自行车沿黄河进行考察，对沿岸的风俗人情、生活状况以及近年的变化，都作了比较细致的了解；又深入到太行山区，对那里人民的质朴生活和历史命运，有了深刻的认识和思考。据此，写出了《远村》和《老井》等作品。湖南的孙健忠，长期在湘西土家族群众中生活，发表了长篇《醉乡》。陈村沿着红军长征走过的路，采访几个月，写出《走过大渡河》等中篇佳作。张承志、张辛欣、郑万隆、谭力、张曼玲等等中青年作家，也都各自选择对他们有吸引力的地区，去实地了解生活，研究生活。他们"艺术上有新的追求，新的开拓，新的突破"，"寄托着作家们的时代使命感和社会责任感"。除了这些青年作家，唐达成认为："长篇还有矫健的《河魂》、柯云路的《新星》、刘心武的《钟鼓楼》等，都是有历史感而又有深度的力作，中篇则有陆文夫的《井》、朱晓平的《桑树坪纪事》，还有张辛欣与桑晔合作的纪实体小说《北京人》等。"①唐达成认为1985年主流奔腾之外有支流和泥沙，他特别提到理论批评上对于时代精神、对于深入生活重要性的贬低，以及把艺术性与思想性对立起来、对文学的社会性加以否定的论调等。明显感到唐达成的批评指向的正是1985年的那些新小说，尤其是形式革命的新小说，但值得注意的是，唐达成肯定的这些青年作家半数都出现在新小说的名单上。这些青年作家基本上是寻根和纪实倾向的。李陀认为："'寻根文学'公认的代表人物有汪曾祺、何立伟、阿城、扎西达娃、郑万隆、韩少功、贾平凹诸人，但还有一批作家的小说创作与'寻根文学'有着相互影响、彼此呼应的密切关系，我以为也可以算做是'寻根文学'的另一条线索，或另一种发展，如王安忆、张承志、莫言、史铁生、郑义等。"②这份大名单就包括唐达成肯定的郑义、张承志、郑万隆等，这提醒我们注意1985年小说之新旧是否像我们想的那样泾渭分明？事实也许是我们刻意强调彼此的对抗，忽

---

① 唐达成：《答客问》，《瞭望周刊》1985年第51期。
② 李陀：《1985》，《今天》1991年第3—4合刊，见李陀：《雪崩何处》，中信出版社2015年版，第93页。

视了可能的相互汲取。有研究者梳理新时期文学十年主潮，从伤痕文学的反思到文化反思，"这种带文化性质的反省，从高晓声的《陈奂生上城》到青年作家的'寻根'思潮到产生王蒙的《活动变人形》"。①而在李陀，寻根文学则出现在新时期另外的文学路线图上，这条线索比较接近唐达成所说的"支流"。在李陀看来，从汪曾祺《受戒》到何立伟到1985年的"寻根文学"的线索，正是寻根文学"使中国大陆的文学告别了毛泽东所创造的'工农兵文艺'的时代而进入一个全新的境界"。②在李陀的新时期文学版图上，边缘即正义，边缘处在审美鄙视链的上游，他对主流文学评价不高，认为文学和新闻混淆不清，文学起着类似新闻的作用。"伤痕文学"和社会之间"互相激动、彼此唱和那种互动关系"。③作为一个佐证，我们可以看他和冯骥才编选的《当代短篇小说43篇》，这个时间限定在1979年初至1983年春的小说选本，迟至1985年3月才由四川文艺出版社出版。如果说，同一时间的全国优秀中短篇小说评选代表着时代主流，《当代短篇小说43篇》和这个主流重合的只有两篇，即茹志鹃的《剪辑错了的故事》和韩少功的《飞过蓝天》，包括他们自己的获奖小说《愿你听到这支歌》和《雕花烟斗》。现在可以进一步思考的是，李陀和冯骥才的《当代短篇小说43篇》这个选本恰恰证明了他所说的"工农兵文艺"时代的多种可能性。正是有了这种多种可能性的存在，新小说一定意义上是在《当代短篇小说43篇》的历史延长线上，而同样的，"工农兵文艺"在1985年及其以后通过转场和涤新也在拓展自己的历史延长线。余华在1985年过去30年以后认为："先锋文学之前有伤痕文学、反思文学、寻根文学，短短十年时间里中国几代作家所做的努力就是给予文学应有的丰富性，给予文学原本就应该有的，那时候中国的文学好比一个人的血管99%被堵住了，需要装上几个支架，先锋文学在中国文学所起

---

① 刘再复：《近十年的中国文学精神和文学道路》，《人民文学》1988年第2期。
② 李陀：《1985》，《今天》1991年第3—4合刊，见李陀：《雪崩何处》，中信出版社2015年版，第92页。
③ 李陀：《1985》，《今天》1991年第3—4合刊，见李陀：《雪崩何处》，中信出版社2015年版，第91页。

到的作用就是装了几个支架而已。"① 这其实是承认积累和延续的变革，而不是断裂的取代，以此可以观察到改革时代中国文学的走向自身的多样性和丰富性。

1986年的《人民文学》取消了"编者的话"，代之以当代著名作家的一段话，第一期是中国作家协会主席巴金的。巴金说："有人问：文学的黄金时代是不是就要回来？我说，它会来，它一定要来。但是它不会自己走来，要迎来一个灿烂的黄金时代，我们应当付出高昂的代价，其中也包含着作家的辛勤劳动。空谈是起不了作用的。我的意见还是，大家团结起来在创作实践上争长短，比高低吧。"② 这段话出处是巴金发表于1986年1月6、7日香港《大公报·大公园》的《再说"创作自由"》。新小说不是发生在文学实验室的，而是在由批评家阐释、文学刊物发表、读者阅读和评奖推选等各种力量构成的文学现场协商和斡旋中生成。正是新小说在如此复杂的文学现场不同盘面的表现和反馈勾勒出"新小说在1985年"的真实面目。所谓新小说，说穿了，只是新小说作家、新批评家（比如吴亮、程德培）、新编辑（比如朱伟）和开明的文学组织者（比如巴金、严文井、李子云、茹志鹃、王蒙）等共同的圈子里的文学。新小说在国家评奖和普通读者的边缘化，说明其社会影响力是有限的。但是与此相关的，新小说定义、阐释和确认的新小说家、新批评家和新编辑等在1985年之后渐渐地现实地控制着文学史叙述。他们在文学史叙述中对1985年"新小说"进一步做减法，仅仅保留形式革命的部分，其结果是1985年新小说将如黑暗中的手电筒的光柱被突出地"亮"，而被做减法的新小说部分，以及更复杂和广大的1985年"旧小说"则可能不被他们的文学史看到，渐渐地，文学史的1985年蜕变为新小说的1985年。

（《南京师大学报·社会科学版》2022年第4期）

---

① 余华：《"先锋文学在中国文学所起到的作用就是装了几个支架而已"》，《文艺争鸣》2015年第12期。

②《人民文学》1986年第1期。

作为"文学共同体"的多民族中国当代文学

"文学共同体书系·中国当代多民族经典作家文库"(第一辑)收入蒙古族、藏族、维吾尔族、哈萨克族和彝族五个民族的中国当代小说家或诗人阿云嘎、莫·哈斯巴根、艾克拜尔·米吉提、阿拉提·阿斯木、扎西达娃、叶尔克西·胡尔曼别克、吉狄马加、次仁罗布、万玛才旦等的经典作品。这九个小说家、诗人不仅是各自民族当代文学发展进程中杰出、极具影响力的代表人物,即使放在整个中国当代文学史亦不可忽视。基于当下中国文学生态场域的特质和属性,这些作家应该在中国当代多民族文学之"多"之丰富性的论述框架中进行考察、识别和命名。中国当代多民族文学内蕴着独特自足的民族性,包括与之相对应的民族文化和文学传统。在此前提下,需要思考,在今天的中国当代文学语境,多民族文学是否已被充分认知与理解?怎样才能更为深入、准确地辨识文学的民族性?

不同文化空间漫游者的文学版图

中国当代文学版图是由不同民族的写作者共同完成的。当今流动不居的世界,写作者自然而然地成为不同文化空间的漫游者,而不同文化空间的漫游带来的是不同文化的接入、折叠、对话和融合,流动中的接入、折叠、对话和融合也是不断地选择和再造。缘此,从中国多民族作家的书写中能捕捉到流动世界的丰富光影。

蒙古族作家阿云嘎的《天上没有铁丝网》中的六篇小说都是新世纪后

的新作,由有着诗人、小说家和翻译家诸种身份的蒙古族的哈森直接从蒙古语翻译过来。阿云嘎的小说时间往往是传统和现代交接的临界时刻。当此时刻,现代化进程的犹疑、困惑和前行成为阿云嘎重要的文学母题。也因为此,深刻的文化忧思是阿云嘎小说的底色。一定意义上可以说,阿云嘎不仅是扎根本民族文化的思想者和代言人,也是中国现代文学遗产的继承者,他的写作接续的是近代以来一代又一代中国作家对传统和现代关系这个文化命题的思考。阿云嘎的小说中,良善近乎卑微的牧民出走,找寻失落家园;神枪手纡郁难释,与狼群惺惺相惜;庞然如怪物的汽车左冲右撞,打破牧民古老稳固的日常生活;不受规训的女子,剽悍中却自有坚守;嫁入衰微侯门的年轻生命,选择为爱与自由湮灭……阿云嘎从本民族历史、风习和日常生活中勘探和挖掘游牧民族的思想、价值观念和宗教信仰的力量,他的小说可以作民族寓言和受工业文明侵蚀而流变的游牧文化牧歌消逝的挽歌观之。

莫·哈斯巴根的《有狼有歌的故乡》中的三部中短篇小说亦由哈森翻译。1950年生于内蒙古鄂尔多斯草原的哈斯巴根生于斯长于斯。和阿云嘎怅惋不同,莫·哈斯巴根写历史之变下的恒常,这些"常"存在于亲人同胞和生灵万物:无论是《有狼有歌的故乡》中坚守沙漠深处的老汉一家,还是《黑龙贵沙漠深处》中朴拙却大智的宝日呼,抑或《再教育》中机敏慧黠的陶力木大队队长,他们纯粹执守着不变的初心,始终葆有爱与包容。莫·哈斯巴根小说可资辨识的不仅仅是蒙古草原风俗史意义的地方性,更重要的是蒙古族自有来处的草原文化精神遗存以及独具的美学观念灌注其间。

《珍珠玛瑙》包括阿拉提·阿斯木两部各具风韵的中篇小说代表作《珍珠玛瑙》和《马力克奶茶》。前一篇,以"金子不是正道的秤砣,人心才是大地恒久的天平"为恒常伦理正名,新娶不久的父亲意外身亡,儿子们在金子和人心面前犹疑不决。后者,则以"一个男人看不见的嘴脸,才是他真正的敌人"为写作原点。饱经赞誉、备受拥戴的前市长过世未久,家人却收到来自陌生女人的银行卡与地契,顿时谜点丛生,马力克的斑斓一生重浮水面,铺展在世人眼前。

因由双语写作所带来的语言"互看"对文学提升的可能性,阿拉提·阿斯木的小说语言尤为突出，其汉语写作的小说呈现出维吾尔语思维下的词法和句法特点，选词、词形变化、语序等与汉语表达有所不同，如小说中化抽象为具体的比喻句非常多，谓宾倒置、排比句比比皆是等。阿拉提·阿斯木的小说属于现实主义一脉，却有寓言、故事、神话的影子，动植物同人类一样有感应、可言语，故营造出神奇幻化的色彩，有魔幻现实主义的风格。全球化时代，民族传统文化如何取舍，使之既保有民族特色，也不被卷入到一体化、同质化的浪潮中，这方面，阿拉提·阿斯木提供了一个有启示的范例。

哈萨克族是一个崇尚自然的游牧民族。二十世纪中期以前，哈萨克族更多地生活在牧区、山区，他们迁徙、转场，逐水草而居。之后，他们的生活悄然改变，许多牧民定居下来。在定居的过程中，改变的不仅是生活方式，而是重建生活的理由和精神的根基。《我的苏莱曼不见了》收入哈萨克族小说家艾克拜尔·米吉提中短篇小说十五篇。作为当代哈萨克族的代表作家，从他的小说景观可见群峰莽野、晴天艳阳和牛羊自如，仿若"塞外江南"；其题材内容有草原的男子汉勇可短剑斗黑熊的果敢，亦有和姑娘探听泉水秘密的柔肠。是柯尔博戛乐师，在四角帐幕演奏他的绝响；是翻飞的蓝鸽，映照着青年的梦与希望；是远逝的雪山，绵延着对故乡的眷恋。在《瘸腿野马》《蓝鸽，蓝鸽》《红牛犊》《巡山》《我的苏莱曼不见了》等篇目中，艾克拜尔·米吉提的语言出乎天地万物，哈萨克民族诗意的生活、草原圣洁的生灵以及瑰丽与热腾的土地亦浑然无间焉。《一个村庄的家》是另一位哈萨克族著名女作家叶尔克西·胡尔曼别克的全新短篇小说集。北塔山位于中蒙边境，是叶尔克西的故乡，地理位置偏远，交通不便，较少受到现代文明的侵扰。叶尔克西在牧场度过了短暂的童年时光，此后在城市里求学、工作，然而这段童年的经历最难以忘怀。她写村庄里平凡的一家人，写大风里的油菜花，写与父亲打草时发现的岩壁上的马，写村里的新娘……作家刘亮程说："这个少小离开毡房牧场的哈萨克牧羊女，在外面世界转了一大圈又终于回到了她的出生地——北塔山牧场。她回得那么彻底，完全忘掉了城市，忘掉了她的汉文化熏陶，甚至忘掉了时光，一下就回归到了生活的最根本处。"叶尔克西的小说，一个个家庭，一则则故事，反映着在新兴事物与思潮的冲击下，人们对所谓现代性的观察、认识和困惑,以及文化转型时刻,游牧民族的渴望与希冀,失落与彷徨。借此,她也完成了对生命、繁衍、爱情、死亡等主题独特而深刻的探讨。可以这样认为,"一个村庄的家"就是哈萨克族无数个平凡的日日夜夜,沉淀了生活的质感,传递着信仰的光亮。叶尔克西的哈汉双语背景,使她能够以独特的跨文化优势,在两种生活、两种文化之间自如地穿行和漫游。不仅如此,她的作品使人们看到了习见的戈壁大漠或者新疆风俗之外的"新疆"。无疑,她的文学使得新疆的面目得以丰富。如果我们将视野放得开阔一点,新疆多样化的文学生态,让作为整体的新疆文学可能是中国当代文学版图最为斑斓多姿的。

《迟到的挽歌》是当代著名诗人吉狄马加的诗文集,收录了他近年来创作的多首长诗和包括演讲、致辞、序言、评论、对谈等形式在内的多篇散文以及数十幅插画。在诗歌中,吉狄马加的诗既有对父亲的挽歌、对民族的赞歌,也有对自我存在的剖白、对人类命运的思考。在散文中,吉狄马加谈论民族的认同、诗歌的意义和文学的力量。奇异线条描绘的插画,充满了彝族风情,是吉狄马加"彝人歌者"身份的艺术扩张。诗、文、画,自我、民族、世界,自我又不限于自我,民族又不限于民族,放眼现实世界又不限于现实世界,作为一个被多语种译介的诗人,吉狄马加真正具有和世界对话的可能。

他们属于同一个民族,却发明着属于自己的审美

"文学共同体书系·中国当代多民族经典作家文库"一共收入三位藏族作家:扎西达娃、次仁罗布和万玛才旦。扎西达娃是"文学史"的作家,他的几篇民族性突出的小说被编织进中国当代文学史,代表二十世纪八十年代中国文学的神异和瑰丽的部分。他生于西藏,西藏也是他读书、工作、生活的地方。扎西达娃小说是文学的藏地民族志。广袤荒凉的世界屋脊、藏南的山川河流、屋顶飘拂的彩色经幡、康巴人的流浪帐篷、甜茶馆里闲坐唠嗑的青年人、捏捏指头讲价钱的老妇人……"我们藏族人世世代代就这样坐着生活,坐着聊天,坐着做生意,坐着念经,坐着晒太阳,坐着喝酒,坐着做手工活,喇嘛坐着就地圆寂。"扎西达娃的小说一幅幅日常小景,

源自他对故乡的理解，源自血液和信仰。"二十世纪七十年代末到八十年代初，那是一个新旧交替的时代，遥远的高原古城也不可避免地受到冲击，现代物质生活开始影响着西藏青年，并且不自觉地改变着他们的宗教信仰、哲学、道德观念。"于是，扎西达娃将目光投注于城市中下层形形色色的青年人，有民警、流浪汉、护士、学生、闲人、售货员，他们有的振奋，有的沉思，有的观望，有的心灰意懒，有的迷恋时兴的牛仔裤和迪斯科……他们脱离了旧的轨道，又一时找不到生活中应有的位置。扎西达娃小说魔幻现实主义的文学史认证，可能遮蔽他作为藏族普通人当代命运书写者的丰富性和贴地性。尽管如此，扎西达娃在整个中国当代文学最具冲击力的意义肯定仍然是以1985年初《西藏，系在皮绳扣上的魂》发表为标志的多向度空间和超现实叙事，这些小说，故事、情节、人物不再重要，他以魔幻现实主义来探寻本民族的生存历史和文化心理，成为从边境进入文学中心的典范。

次仁罗布的《强盗酒馆》收入他2009至2018年间发表的八个短篇小说，皆为首次结集。《红尘慈悲》中有着观音般眼眸的藏族姑娘阿姆，终生怀揣着不为人知的热望；战争中遗留的亡魂，夜夜与"故地重游"的雕塑作者相会于《曲米辛果》的路边房间；《兽医罗布》的两个老婆结伴到拉萨甘丹寺祈祷他早日投胎，相亲如姐妹；《奔丧》中，藏族母亲与汉人父亲因缘际会结合，又因相异的地域认同而分离，酿成绵延后代的悲剧；金色的草坡上，漫山遍野跪伏着《长满虫草的心》……很容易从次仁罗布的族裔身份想象他小说的世界观和文学资源，这一点无可厚非，但问题是，对于他这个"个别"作家，当我们谈论族裔身份和文学关系时，要具体到民族中的哪一部分影响到他的文学，如何影响到的。对于文学批评而言，次仁罗布是一个"实践性"的个案。

万玛才旦的《气球》中的十个短篇小说，在发表时间上位于首尾的是《诱惑》（1995年）与《气球》（2017年），时间跨越二十余年。万玛才旦曾说过："我渴望以自己的方式讲述故乡的故事，一个更真实的被风刮过的故乡。"其中既有像《嘛呢石，静静地敲》中，传统的藏文化对人们日常生活的影响，亦有如《塔洛》《气球》这样因外部环境的变化牵动了平静的藏区生活。值得注意的是，《气球》和《塔洛》两篇已经被改编为同名电影，两部影片都曾入围威尼斯电影节地平线单元。此外，《塔洛》获金马奖最佳剧本改编奖、金鸡奖最佳中小成本故事片奖，《气球》在上海国际电影节中获得最受传媒关注导演奖、编剧奖，在海南国际电影节捧得金椰奖。《嘛呢石，静静地敲》里死去的刻石老人、《乌金的牙齿》中转世活佛乌金、《寻找智美更登》中一直蒙面的少女、《塔洛》里放羊的塔洛……他们一直就是那样真实活着的人。风景风情风俗的民族性和地域性当然和人之间有着彼此塑造的"影响"，但当下文学艺术中涉及藏地时，对风景风情风俗过于夸张夸饰的强调，事实上已经妨碍到文学艺术可能抵达的人性省思和艺术探索的深刻和高度。万玛才旦的小说和电影一定意义上是藏地普通人的史诗。万玛才旦在采访中曾坦言，文学对于其后来的电影创作产生了巨大的帮助。从当下传播的角度，电影可能比小说更强大。万玛才旦的电影也有藏地的天空、河山、寺庙，但这些没有仅仅成为"景观"，在《老狗》《静静的嘛呢石》，甚至最早的《草原》，他的风景是心理的。其电影的风景恰恰对应着藏族人内心的沉默，无法言说，像《老狗》和《静静的嘛呢石》中的老人，《塔洛》中小辫子塔洛的"沉默"，有一种动人的力量。是不是，我们进一步猜想，万玛才旦的"说出"其实恰恰是藏族"说不出"的部分、"沉默"的部分。还有，万玛才旦的电影，特别是《老狗》《寻找智美更登》《塔洛》中的小镇都是正在被建造中的。我留意了下，这些电影中，不但有酒吧、KTV、派出所、照相馆、发廊等空间，而且"工地"也是反复出现的一个场景，还有拖拉机、摩托车不停驶过的尘土飞扬、积满污水的街道……这些风景和"空间"是万玛才旦"藏地"的重要结构元素。他更关心人间日常和行进变化的藏地，即便是"神"，也是和人相关的，比如《静静的嘛呢石》里的寺庙和小活佛。

  我一直期待有人认真研究共同族裔作家写作的差异性，比如同样涉及神灵犹在的世界，次仁罗布和同为藏族小说家的扎西达娃、阿来以及万玛才旦等完全不同，他的小说将民族宗教的"神性"转换成了人的"精神性"，"神性"和"精神性"虽然只是一字之差，但"精神性"更多指向的是日常生活的宗教感，所以次仁罗布的小说有一种"精神性"的东西灌注在人的生命里，而不只是"神性"的在。

多样与共生的辽阔和丰饶的"文学共同体"

民族性并非抽象的标签。读这些作家的小说和诗，民族性最直接的感受和表白是自然风物、风景、风俗和风情，是日常生活，更是思维方式、文化传统和审美精神，等等。这些不同民族的作家和诗人，从辽阔中国的某一个地点出发——这个地点即我们常常说的"故乡"，往往也是他们写作前行的不断回望之处。他们的小说几乎都有肉身离乡和精神返乡的结构图式，而且无一例外他们自己都是文化的"越境者"。值得一提的是，无论他们属于哪一个民族，生活在什么地方，都无一例外地置身二十世纪中期至今的变革时代。因而，变与常，流逝与永在，惊惧、犹疑的心理惊颤以及深广的忧思也自然而然成为他们共同的文学母题。也因此，他们的写作是同时代现代化进程的中国当代文学的一部分，也是更长历史时段文学史的中国现代文学的一部分。从五四新文学发端到今天，这些小说家和诗人敏感的心灵回响着不同民族的秘密声音。所谓"文学共同体"正是在保有民族性的前提下经由充分对话的丰饶和丰富的众声喧哗，这种丰饶和丰富也正是中国当代文学的丰饶和丰富。当然，这不妨碍我们识别出这些作家文本的时代性、世界性或者人类性的部分，但我以为"共同性"不是简单求同进而取消差异性的理由，从追求文学生态多样性的角度需要充分尊重并达成众声喧哗汇流的不同声部和声音的多民族文学"共同体"。

不管文学史编撰者在编撰过程中如何强调写作的客观性，文学史必然葆有编撰者自身独特的情感态度和价值立场，这当然会关乎多民族文学的论述。诸多中国当代文学史著作时常暴露出这样的局限：相关作家只有以汉语进行写作，或是他们的母语作品被不断翻译成汉语文本，他们才具有进入中国当代文学史框架范畴的可能性。事实上，如蒙古族、藏族、维吾尔族、哈萨克族、彝族等都有着各自的语言文字和久远的文化和文学传统，至今依然表现出语言和文学的双向建构。当然，要求所有中国当代文学史编撰者都能够掌握各民族语言是不切实际的。且像巴赫提亚、哈森、苏永成、哈达奇·刚、金莲兰、龙仁青等拥有丰富双语经验的译者、研究者原本可以加入中国当代文学史的编撰工作，然而实际情况是他们鲜少被当代中国文学史编撰所吸纳。这也就随之带来了一个问题：使用蒙古语、藏语、维吾尔语、哈萨克语等及其他各自本民族母语进行写作，同时又没有被译介为汉语的文学作品怎样才能进入中国当代文学史的论述当中？

需要指出，中国当代文学的版图中，进行双语写作的作家在数量上并不少，如蒙古族的阿云嘎、藏族的万玛才旦、维吾尔族的阿拉提·阿斯木都有双语写作的实践。双语作家通常存在着两类写作：一类写作的影响可能生发于民族内部；另一类写作由于"汉语"的中介作用从而得到了更为普遍的传播。由此而言，中国当代文学史指向多民族文学的阐发，实质上是对于相应民族作家汉语写作的论述。而文学史编撰与当代文学批评面临着相类似的处境。假如中国当代文学史的叙述难以覆盖到整个国家疆域中除汉语以外使用其他民族母语的少数民族作家及其作品，那么中国当代文学版图是不完整的。

二十世纪八十年代所谓"文学黄金时代"，是很多人在言及中国当代文学时的"热点"：为何需要重返八十年代？八十年代给中国当代文学提供了哪些富有启发性的意义要素？但即使是在八十年代这样一个"假想的文学黄金时代"，蒙古族、维吾尔族、哈萨克族、彝族等及其他多民族的文学也并没有获得足够的认知与识别。也许这一时期得到关注与部分展开的只有藏族文学，如扎西达娃的小说在八十年代深刻影响到了中国文学对于现实的想象，从扎西达娃八十年代小说创作所展现出的能力，他具有进入世界一流作家行列的可能。而鄂温克族作家乌热尔图在八十年代也给国内文坛带来了一种全新的文学经验，这也影响到当时寻根文学思潮的生发。而作为对照，我们不禁要问：现在又有多少写作者能如八十年代的扎西达娃、乌热尔图去扭转当下文学对于现实的想象和文学的地理版图？而时常被人忽视而理应值得期待的是，国内越来越多的双语写作者从母语写作转向汉语写作，成为语言"他乡"的文学创作者。长期受限于单一汉语写作环境的汉语作家，往往易产生语言的惰性，而语言或者不同民族文化之间的"越境旅行"却有可能促成写作者的体验、审视和反思。

当我们把阿云嘎、莫·哈斯巴根、艾克拜尔·米吉提、阿拉提·阿斯木、扎西达娃、叶尔克西·胡尔曼别克、吉狄马加、次仁罗布、万玛才旦等放在一起，显然可以看到他们怎样以各自的民族经验和语言、文化资源和审美经验作为起点，怎样将他们的文学"细语"融入当下中国文学的"众声"。中国作为统一的多民族国家，它的文化景观（其中当然包含文学景观）的真正魅力，很大程度上植根于它的丰富性和多样性，植根于它和而不同、多样共生的厚重的丰富性和多样性。植根于它和而不同、多样共生的厚重标志，是国家值得骄傲的文化宝藏。与此同时，中国多民族文学在继承与发展的进程中逐渐成为中国文学，乃至世界文学的重要组成部分。他们所具有的民族身份在文学层面展现出了对于相应民族传统的认同与归属。因此他们的写作能够更加深入具体地反映该民族的生存状态与生活景象，为当代多民族文学的写作提供了一种重要范式。

"文学共同体书系·中国当代多民族经典作家文库"是国家社会科学基金重大项目"社会主义文学经验和改革开放时代的中国文学研究"的阶段性成果，2019年获得了国家出版基金资助。

应该意识到，作为具有独特精神创造、文化表达、审美呈现的多民族文学，为中国当代文学，特别是改革开放以来社会主义文学提供了丰富的审美经验和广阔的阐释空间。改革开放以来，迅猛的现代化进程使得各民族的风土人情、生活模式、文化理念发生改变，社会流动性骤然变强，传统的民族特色及其赖以生存的根基正在悄然流失，原本牢固的民族乡情纽带出现松动。相对应的，则是多个民族的语言濒危、民族民俗仪式失传或畸变、民族精神价值扭曲等，各民族中的优秀文化传统正面临巨大的挑战，这也是各民族共同存在的文化焦虑。"文学共同体书系"追求民族性价值的深度，这些多民族作家打破了外在形貌层面的民族特征，进一步勘探自我民族的精神意绪、性格心理、情感态度、思维结构。深层次的民族心理也体现了该民族成员在共同价值观引导下的特有属性。从这个意义而言，多民族文学希望可以探求具有深度的民族性价值，深入了解民族复杂的心理活动，把握揭示民族独特的心理定势。

我们常能听到一句流传甚广的话："越是民族的，越是世界的。"但假如民族性被偏执狭隘的地方主义取代，那么，越是民族的，则将离世界越远，而走向"文学共同体"则是走向对话、丰富和辽阔的世界文学格局的多民族中国当代文学。

（《中国图书评论》2021年第6期）

文学：上海青春的秘密和成长

本文题目出自《东方早报》2003年12月31日特刊。该期特刊以160页的巨大篇幅说"160年：上海青春的秘密和成长"，这在中国当代报刊史可能也是并不多见的事情。只是我不理解的是编者所谓的"上海青春"究竟是上海的城市年龄，还是上海这座城市的"青春"气质？是的，从城市年龄看，160年，和国内的北京、西安、洛阳、南京比，甚至和苏州、杭州比；和域外的纽约、巴黎、东京、伦敦这些世界大都比，上海确实是"青春"的，但我更希望编者所说的"上海青春"，是上海的精神气质。不过，特刊好像不是这么想的。以文学为例子，"上海青春"至少应该包括五四新文学发端时期的《青年杂志》《小说月报》"创造社"、二十世纪三十年代的"新感觉文学"和"左翼文学"、八十年代的"先锋文学"吧？但遗憾的是，特刊述及文学只潦草地提及了鲁迅和王安忆。所以我这里挪用特刊的题目，不是想谈上海的文学年龄，或者一座还"青春"着的城市的文学史；而是想看看上海这十几年来和"青春"相关的文学究竟发生了什么。因此，我这里文学的"上海青春"指涉的是新世纪前后上海崛起的年轻作家群体中与青春的精神气质相关联的部分。年轻的作家也可能写出"不青春"的文学，当下中国大量的年轻作家蹈袭着前辈的文学遗产，书写着年轻人的"中老年写作"。人犹未老，文已陈腐和世故。

新世纪中国，很少有一个城市像上海这样集结了这么多"80后"作家（含部分"70后"），他们有的是来自外省的"沪漂"的文艺青年，有的是城区或郊区从读中学时"作文"转身到"文学"的年轻的资深作家，有的则是边写作边经营的作家兼商人。讨论上海和"80后"作家成长之间的关系，我们自然会想到"新概念作文"大赛的造星神话、《萌芽》《小说界》《收获》《上海文学》对新作家的提举，复旦大学写作专业研究生的培养，作家协会的"上海新锐作家文库"的连续出版，韩寒、郭敬明巨大的粉丝聚合力等，而且《独唱团》《鲤》《文艺风赏》《最小说》《Zer零》这些"80后"作家主编的刊物也都和上海有着或深或浅的渊源，但这些可能都是表面现象。往深处想，"80后"年轻作者的写作从它在世纪之交出现伊始，其实就是青年文化的一部分，而上海这个城市的精神气质天然对青年文化中的叛逆、夸饰、矫情等异端品质有着包容性。有一个流传甚广似乎从来不需要证明的看法是，上海这个城市是最排外的。但事实上，近现代中国，上海这个城市市民的保守性、逐利者的商业性和城市精神气质中与生俱来的先锋性往往并行不悖的。所以，这就不难理解自二十世纪八十年代，上海屡次成为先锋文学的策源地，也不难理解新世纪上海成为"80后"作家的聚集地。

这十几年文学的"上海青春"已经、正在、还将改写着中国当代文学的方向，只是我们可能还在因袭着已有的文学教条，对文学的"上海青春"抱持傲慢和偏见。

傲慢和偏见的产生肯定不只是来自文学观的滞后，而是我们整个对近二三十年中国，当然也包括上海，当然也包括文学所发生的剧变无法做出一个"肯定的"和"共识的"判断。还从特刊说起吧。在评价二十世纪九十年代以来的上海的变化，特刊说：二十世纪九十年代以来，"上海经历了历史性的过程。这也是高速的过程。美国记者托马斯·坎帕内拉在报道浦东机场建设时说：'由于上海的发展步伐，（浦东机场）不得不以创纪录的速度发展。'""经济飞速发展、国际地位日益提高，人的思想观念正发生巨大变化。这让很多来自更为发达地区的人们感到不解。就连美国通用汽车公司董事长约翰·史密斯也惊叹道：'这里的人们毫不犹豫地大把花钱。他们对未来充满了自信，这与美国人对未来的恐惧形成了鲜明的对比。'"显然这是在肯定上海的速度和被激发的物欲，但当这种物欲被郭敬明的《小时代》欣赏的时候却遭遇到"物质主义"的指责。因此，我们可以理直气壮地肯定着上海的"物质主义"，甚至我们自己就是欣赏和沉溺"物质主义"的一个微小的分子；却一边又在批判着郭敬明的"物质主义"。当然，指出这种漂移不定的价值标准，并不意味着郭敬明《小时代》的"物质"崇拜不需要警惕和批判，而是我们需要一种整体的、共同标尺下的批判。更有意味的是,郭敬明的《小时代》之"折纸时代"和《东方早报》特刊封面的截图几乎是一模一样的向天空直耸的建筑。东方明珠塔这个城市新地标被醒目地突出出来。"长长的钢柱像阴茎直刺云霄",东方明珠塔在卫慧的《上海宝贝》被描述为上海这座城市"生殖崇拜的一个明证"。同一个世界,同一个梦想,只不过郭敬明的《小时代》将我们大多数人压抑着的"上海梦"赤裸裸地"小说"了。值得指出的是,郭敬明并不是像我们想象的对"物质主义"毫无自省,小说开篇,他即写道:

> 这是一个以光速往前发展的城市。
> 旋转的物欲和蓬勃的生机,把城市变成地下迷宫般错综复杂。
> 这是一个匕首锋利的冷漠时代。
> 人们的心脏被挖出一个又一个洞,然后再被埋进嘀嗒嘀嗒的炸弹。财富迅速地两极分化,活生生把人的灵魂撕成了两半。
> 我们躺在自己小小的被窝里,我们微茫得几乎什么都不是。

在小说的第194页,郭敬明继续写:

> 上海像是突然变成了一个我从来没有见过的巨大洞穴,无数的黑暗气流唰唰地朝地底深渊里卷去,我在洞穴边上摇摇欲坠。
> 瞬间从水泥地面下破土而出的那些疯狂的黑色荆棘,哗啦啦地摇摆着,随风蹿上天空。
> 长满尖刺的黑色丛林,一瞬间牢牢地包裹住了整个上海。
> 然后,肆无忌惮的吞噬开始了。

批判巨大城市上海对人的吞噬在郭敬明是整个《小时代》三部曲一直贯彻到底的声音。与郭敬明差不多同年龄的同时代批评家黄平为一代人的写作自我命名,也为郭敬明辩护道:

> 无论是纯文学写作还是市场化写作,都存在着写作的交叠,一代人其实面对着类似的问题。比如城市化时代青年无力把握自

身命运的茫然之感，不仅在甫跃辉等人的小说中出现，也在郭敬明小说中出现。《小时代》三部曲结束于"胶州路大火"，郭敬明安排他的所有人物在胶州路707弄1号聚会，时间是2010年11月15日。在现实世界中，上海同一天同一地点发生震惊全国的火灾，五十余人葬身火海。现实中的"上海"终于无比酷烈地闯进"小时代"的世界中，将里面的男男女女焚烧干净。

这样一个猛烈而意味深长的结尾，提升了《小时代》三部曲的境界。同宿舍的四个女孩子组成了"小共同体"，以抱团取暖的方式，扮演着"大时代"的局外人、"小时代"的剧中人。然而，这种与历史疏离的态势无法持久、纸醉金迷的"上海梦"化为灰烬，宛如幻城一梦。郭敬明写完《小时代》最后一行，也许会想到十四岁时发表的处女作《孤独》，这首预言般的小诗结束于这一句："我们不知道要去哪里。"

事实上，在新世纪以来的上海，所谓的"一代人"在相同的城市经验下可能是"跨代却成为一代人"。比郭敬明早出的"70后"作家卫慧也因为"物质主义"同样一出道就备受争议和诟病。同样，卫慧最为争议的小说《上海宝贝》最后恰恰结束于"是啊，我是谁？我是谁？"的诘问。回到《上海宝贝》出版的1999年，应该是上海文学，乃至中国当代文学的一个重要的转折点。该年，安妮宝贝的小说在《萌芽》发表，而1999年也是《萌芽》"新概念作文"的元年。就前一年的1998年，在相邻的城市南京，鲁羊和韩东们发起了"断裂"。"断裂"被评价为青春的"弑父"仪式。"上海青春"的登场表面看没有"断裂"那么剧烈。但《上海宝贝》的青春"上海想象"至少在中国当代文学谱系上，和远一点的《霓虹灯下的哨兵》《上海的早晨》完全不同，和程乃珊、王安忆也不同。这是新世纪"上海青春"的文学起点，也可以说是中国当代"都市文学"新的起点。

应该看到在二十世纪七十年代后期启动的现代化进程中，上海不是最早享受到改革开放福利的。邓小平在1990年说过，1979年开放四个经济特区时没有开放上海，是他犯的一个错误。但他在二十世纪九十年代初意识到中国想在金融领域获得国际地位,得靠上海。[①]这成为未来上海迅速发展的一个重要契机,而且上海也抓住了这个契机。王晓明指出过:"能像上海这么炫耀昔日的繁华这么顽强地迷恋繁华又这么自信地以为可以迅速重现这繁华的城市,大概没有第二座了。"[②]这座"没有第二座"的现代都市所发育出来的都市经验在中国也同样"没有第二座",这成为年轻的一代写作者的重要资源。在中国,只有上海的都市经验有着自己明显的风格印记。上海的新旧地标以及上海的城市气质是可以放在世界城市发展谱系中识别出它的"都市性"的。这座城市发育不久就成为西方世界在古老中国天外来客般的"飞地"。上海的城市性不是它的本土性,而是在中国成为一个中国的"他者"和想象的"异邦"。只有肯定这一点,才能肯定上海的"都市性",也才能肯定文学"上海青春"的异质性。新世纪上海的年轻作家或者生于斯长于斯,或者在这里完成他们的大学教育,像甫跃辉这样的有着强大的"故乡"的并不多见,因此,他们所有的爱与恨都是从这座城市里生长出来的,且没有一个记忆的故乡可以逃避。而且,因为年轻,上海昔日繁华之"旧"也不属于他们。于是,新世纪文学的"上海青春"只能和"新"上海厮缠着。所以,"写上海""写新的上海"往往成为他们写作的起点。

而之前的上海作家不是这样的。即使《长恨歌》不是怀旧",[③]但《长恨歌》这部当代文学中声名卓著的小说产生于上海怀旧风的时代则是无疑的。这个可以"怀"的"旧"是和上海三四十年代的殖民记忆纠缠在一起的。《上海宝贝》写马当娜邀请我们参加一个叫"重回霞飞路"的怀旧派对,地点选择在位于淮海路与雁荡路交叉口的大厦顶楼。三十年代的霞飞路,如今的淮海路,一向是上海旧梦的象征,在世纪末的后殖民情调里,它和那些充斥着旗袍、月份牌、黄包车、爵士乐的岁月重又变得令人瞩目起来,

---

[①] 傅高义:《邓小平时代》,冯克利译,生活·读书·新知三联书店2013年版,第616—618页。

[②] 王晓明:《从"淮海路"到"梅家桥"——从王安忆小说创作的转变谈起》,《文学评论》2002年第3期。

[③] 王安忆、张旭东:《理论与实践:文学如何呈现历史?——王安忆、张旭东对话》,《文艺研究》2005年第2期。

像打在上海怀旧之心里的一个蝴蝶结。王晓明认为:"对于旧上海的咏叹,几乎和浦东开发的打桩声同步,在老城区的物质和文化空间里,一股怀旧的气息冉冉升起。""可是,在今日的怀旧风中,上海的历史被极大地简化了,而且是一面倒地简化:凡是悲苦的往事,能不提就不提,凡是豪华和繁荣的传奇,则一定着意渲染,详细铺陈。"① 这种删繁就简式的上海之"旧"在上海作家陈丹燕的写作中最为明显,甚至她连一个虚拟的历史场景也懒得设计,而是径直地以一个共和国时代的"新人"成为一个殖民的"旧时代"的在场者和目击者,成为一个"看到"的书写者:

> 到了上海真正成为都市的时候,在大街小巷里,到处都能看到咖啡馆。看到时髦的都市青年侧着身体进出于大街小巷的咖啡馆,宋家的姐妹宋庆龄和宋美龄在没有为了政治反目以前,也常常一起去法国租界的咖啡馆吃蛋糕,当年是现代主义先锋人物的施蛰存,还有他震旦大学的好朋友戴望舒,邵洵美去外滩边上的书店买了新到的法文书以后,也一定要去咖啡馆坐一坐,那时候施蛰存学会了抽雪茄,这个习惯一直保持到了现在。而共产党人周扬,也穿着当年时髦的白西装出入在咖啡馆,谋划左翼文化圈的活动。那时,能看到咖啡馆的大玻璃窗里面,摩登的人们临窗坐着,叫一杯咖啡,咖啡碟子上斜斜放着两块曲奇饼,或者一小碟子奶油蛋糕。(陈丹燕:《陈丹燕和她的上海》)

狄特迈尔·雅兹宾塞克评介格奥尔格·西美尔对大都市的观察时曾经指出类似陈丹燕这样"装置出来的幻境":"西美尔相信自己认识到了这种'对休闲的渴望'的传染性,这种渴望也能够在乍看上去与娱乐无关的社会环境中爆发。例如,1896年的柏林贸易展览会绝不仅仅是商业交易会和德国工业技术的陈列场所,在狂欢河两岸的特烈波通公园基础上产生

---

① 王晓明:《从"淮海路"到"梅家桥"——从王安忆小说创作的转变谈起》,《文学评论》2002年第3期。

的是一个普鲁士人的奇妙幻境,这种幻境包括这样一些景观:一个被称为'旧柏林'的、具有怀旧布景的城镇;包括一个巨大显微镜和一个阿尔卑斯山全景;包括一个 36 米高的奇奥普斯大金字塔模型,它有内置楼梯;包括一个用于上演海战的手工蓄水池,所有这些海战都是德国舰队获胜,这是皇帝威廉二世引以为豪的事情。……"① 事实上,以陈丹燕和上海之间的关系,她的在场和目击可能恰恰是上海之"旧"的消逝和埋葬。"并不是无产阶级革命埋葬了上海,那时的老上海只是被封存,被贴上了一张意识形态的封条而已,其各种实质性的内容都还存在。但在新一轮的资本进来以后,尤其是消费大众的兴起,才使得上海发生了一种彻底的转变。从上海怀旧的角度来看,很多人认为老上海是被社会主义阶段埋葬了,但这并不确切,因为事实上那时的老上海被保存得很好,只不过是越来越破败,仿佛是历史博物馆里的老古董虽然被灰尘所覆盖,但其实却好好的,没有从内部瓦解。倒是进入了二十世纪九十年代以后,尤其进入二十一世纪以后,上海才被广告牌、星巴克、麦当劳和成群结队的'新人类'消费大众真正淹没了。各种各样的怀旧者都会感到,老上海的感觉和韵味确实是被新一轮的市场化、国际化所埋葬了。"② 以陈丹燕一己之力显然无法阻挡一座城的消逝和埋葬,她所能做的只能是在纸上再造一座城市,但陈丹燕不是一个挽歌的书写者,而是固执地勘探着上海依然活着的"旧"。王安忆之所以不承认自己是一个"怀旧者",是因为她认为一百多年的上海只是"新事"难论"旧史",她把上海和北京比:"北京有着两千年的旧事可以追怀,而上海呢?一百年的时间在历史中只是一瞬,样样事情都好像发生在眼前,还来不及赋予心情。……比起北京的故事来,上海的竞利场的新人新事则显得太鄙俗,太粗野,太不够回味,太缺乏人生的涵义。"③ 王安忆写上海是替上海写"来不及赋予"的"心情",所以,无

---

① 狄特迈尔·雅兹宾塞克:《大都市和格奥尔格·西美尔的精神生活:论一种不相容的历史》,郭子林、李岩译,见《阅读城市:作为一种生活方式的都市生活》,上海三联书店 2007 年版,第 43 页。

② 张旭东、王安忆:《上海与"小文学"》,《书城》2002 年第 8 期。

③ 王安忆:《寻找上海》,学林出版社 2001 年版,第 142—143 页。

论是别人上海的《长恨歌》,还是"我"的上海的《忧伤的年代》,王安忆说的都是自己的"问题"和"心情"。所以如果不从"怀旧"的角度看《长恨歌》,王安忆的这段话应该成为解读她笔下上海的起点:"上海这个奇异的城市,处于发展中情形,却飞速走向现代化。于是,每一种诠释都可在强势文化的词典中找到出处,建设起观念的堡垒。感官更加脱离触摸的实体,衰退了功能。人们不是以身体生活,而是以概念、比概念更为简单,是以词生活。"①王安忆,应该还有程乃珊、金宇澄,还有稍微年轻一点的夏商,他们的上海书写都是"身体生活"的实践者,就像法国思想家德都赛对观察城市"俯瞰"还是"行走"的区分。德都赛把城市看作是一个实践场所,市民在城市的不同场所中的实践活动串联起来了生动的城市空间。所以,在他看来,对于一个城市的了解和传达不在于描述城市和城市生活,而在于从日常生活之中去了解城市的空间实践。"'俯瞰'无法构成生活,要进入城市的经历中,进行身体经历,才能了解城市。"②

"身体生活"或者"身体经历"的上海,之于更年轻的写作者更短,很短,最长的也就三四十年吧。对他们而言,搭建"旧"上海的幻境和书写"旧"上海的消逝和埋葬一样困难。苏德是世纪之交出道的这批年轻作家中少有的有着溢出自己"身体经历"的历史感一个,她的《钢轨上的爱情》有上海的旧痕,但"旧"上海并不和小说中人物的命运有着什么深刻的纠缠,苏德写不出这种不是自己"生活"和"经历"的上海往事,她关心的还是那些和她一般大的出生于二十世纪八十年代的上海新人的青春期的抑郁和忧伤。上一辈、上上辈的往事虽然生生斜插进正在进行中的青春,不过,对苏德而言,它的传奇性和小说的形式意义可能还比不上"在别处"的呼玛河村和亚龙湾。你不能指责这些年轻的作家匮乏一种深度和深刻的历史感,他们的"小历史"真的就是一己之身的那一点"小历史",而不是"宏大"对比出来的"小历史"。张怡微在很多地方说过王安忆对她的影响,我不知道王安忆究竟是哪一部分影响了张怡微,是不是同样写"我城"上

---

① 王安忆:《我读我看》,上海人民出版社2001年版,第354页。
② 练玉春:《城市实践:俯瞰还是行走》,见《都市空间与文化想象》,上海三联书店2009年版,第74、77页。

海的往事和记忆,如果这么看,张怡微和王安忆肯定是不一样的,王安忆的上海有着更久远的旧上海繁华旧梦,有着共和国的革命记忆,当然还有"知青"闯入者的异者视镜。至少到目前为止,张怡微的"我城"上海还没有这么沉重和深刻的东西,还没有成为小说的结构性因素,甚至在张怡微的小说中上海作为一个地域标志的景观都是暧昧的。因此,这个话题如果笼统地来讨论意义不大,当然张怡微说到过王安忆的《忧伤的年代》。是的,《忧伤的年代》和张怡微目前绝大多数小说一样都写到了忧伤的青春期,但此一时彼一时,撤出王安忆《忧伤的年代》中的革命场景,忧伤的年代就不是王安忆的忧伤的年代了。所以,如果王安忆对张怡微有影响,这种影响就我来看也是"节奏"和"语气"控制上的,但过于沉湎于"节奏"和"语气",其实妨碍向更深刻的世界拓进。而如果阅读者观摩的也是"节奏"和"语气",同样也妨碍了对张怡微小说更深刻的把握。"过时的风格与生活方式,也许会赢得那些处于个人风格形成时期的人的赞同,并由此得到合法的普及与推广,但先锋派人物总是站在其对立的立场上。"①其实张怡微完全可以像《时光,请等一等》"后记"里那样更多地说自己:"在这个世界上,最广泛的自由,也就是与无家可归之感无异。而身为八十年代后的我们,除了比上一代增添了无数'自由',同时也承担了更多因自抉而随之产生的风险。可以世界各地走遍,也可以囿于自己的都市;可以因为梦想或伤痛的记忆背井离乡,也可以兜兜转转绕回到原点。但仿佛是,花了更大的气力,却不曾得到更明晰的解脱。尤其是关于人心、关于爱情,绝不会因为脑中积淀的风景,而随意调节或轻或重的念想。也许,每一个路过的爱人都曾点亮你心中的某个角落,他走了,那里就变得很黯淡。下一个爱人同样会温暖你他最擅长的一隅,他走了,另一处也变得黯淡。不同的人,看世界会有不同的侧重与角度。爱上一个人,就是陪伴一种世界观或长或短地走上一阵。永远丧失一个人的时候,却不会永远丧失那个看世界的视角,因为视野一旦被打开,也就即刻被习得。你也总

---

① 迈克·费瑟斯通:《生活方式与消费文化》,刘精明译,见薛毅主编:《西方都市文化读本》(第四卷),广西师范大学出版社2009年版,第367页。

会找到最适合自己与世界相处的位置，找到回溯过去与凝望未来的姿势。虽然偶然难免会想起，这件事情，他曾这么看、他一定会这么说。"一代人有一代人的"忧伤的年代"，一个人有一个人的"忧伤的年代"。张怡微的精神气质似乎让她更倾心书写的是家庭破碎和生活凋敝的潦倒者，像魏柔（《时光，请等一等》）、夏冰冰（《最慢的是追忆》）、罗清清（《岁除》）、罗肃（《婚事》）、妮妮（《妮妮》）、陈谏（《独立寒秋》）……还不只是无家可归的忧伤，张怡微骨子里有属于她的虚无感。"我甚至几乎忘却了，曾经是怀着怎样的心情消磨时间，艰难地打发他们。只可惜契阔知交，当日竟不知罕有。"所以，写作于她可能是一种纸上的自救和拯救。"我力所能及的，便是将这些美好的记忆和想象，融入写作。我所期待的是，那些富有生命力的期望、悲欣，亦能通过文字的力量，传递给更多与我一般生活在城市、体验着城市的年轻人们。"张怡微对世界有着难得的肯定和信心。"没有故乡，我们也能相互取暖。"（张怡微：《时光，请等一等·后记》）因此，张怡微小说不只是能够让我们观摩到"节奏"和"语气"这些修辞和技术的东西，她这样的年纪就怀旧了，张怡微是可以写出，也正在书写"没有故乡"惶惑、焦虑和惊惧的城市边缘人。这些小人物从年龄上可以归在一代，但从他们各自领受的一份生活和命运看又貌似不是一代，他们有的沉重有的肤浅有的装腔作势，但几乎无一例外，他们的前景都黯淡局促。即便如此，不能因为张怡微目前的写作基本框定在她自己"同龄人"的大学和后大学时代就想当然地以为张怡微有着为一代人书写历史的野心。事实上，在一个"代不成代"的时代，张怡微他们怎么可能将一个个散成碎片的个体拼凑成一个有着宏大逻辑的"代"呢？

上海"80后"的批评家金理和黄平这些年一直在推动着"80后"作家的经典化。在他们对"80后"的诸多描述和概括中，我认为最有意义的事情是呼应同样是"80后"的北京批评家杨庆祥，用"小资"来给自己这一代命名。在他们的新作《反思围绕"80后"文学的种种成见》中，他们这样认为：

> 李陀先生在《"新小资"和文化领导权的转移》一文中，勾勒"小资"的历史谱系，指出当今的文化领导权控制在小资一代手中，"小资文化"外在的追求是中产阶级想象，骨子里则是虚无主义。随

即杨庆祥发表《"80后",怎么办》一文,将李陀对于小资的讨论,落实到对于"80后"与"80后"文学的具体分析之中。杨庆祥认为:"如果非要为'80后'的阶级属性作一个界定,似乎再没有比'小资产阶级'更合适的了。"而"80后"的小资产阶级之梦不过是全球化资本秩序加之于我们的一种规划和想象。在这种资本秩序的迷梦中,"80后"一代无法找到历史与个体生活之间真实有效的关联点,不能在个人生活中建构起有效的历史维度,这导致了一种普遍的历史虚无主义,以及"搞笑""油滑"的艺术特征,以一个局外人的身份和语气来嘲讽和戏谑。①

终于可以坦然承认"80后"这一代的写作,哪怕不是全部,至少新世纪之后"上海青春"这一部分是"小资写作"。我们可以重新来描画中国当下作家的版图了。浙江《义乌日报》的一位记者朋友来信说,他对《萌芽》的第一印象则是"太上海。"这里的"上海"该是一种特定的风格与意味吧。②一定意义上,必须意识到"代际"不仅仅是一个时间概念,而且也是一个空间概念。"时间和空间一直是个性化和社会差异的基本手段。将空间单位界定为行政的法律的或者会计的机构,就限定了对组织社会生活有着广泛影响的社会行为的范围。事实上,命名地理个体的动作,意味着凌驾于地理个体上的一种权力,特别是对某地居民和其他社会功能阐释的方法上的权力。"③如果仅仅从时间的"代际"上去看"80后",新世纪的"上海青春"的写作是"断裂"了的文学史——"小资写作"的群体登场以他们的忧伤覆盖了中国现代文学必须在宏大的历史中确立"小历史"意义的写作传统,仅仅就是自己的一己忧伤就可以获得独立和自足的审美意义;是的,"代际"也是空间的。如果从空间的"代际"上看,"上海青春"的写作则和前代、前几代作家是并置和交缠的。这证明,当

---

① 金理、黄平:《反思围绕"80后"文学的种种成见》,《名作欣赏》2014年第9期。
② 《萌芽》1998年第5期。
③ 大卫·哈维:《时空之间:关于地理学想象的反思》,朱美华译,见《都市空间与文化想象》,上海三联书店2009年版,第4页。

下中国文学可以突破新陈代谢的代际移交的铁律。数代作家共存于当下之上海，他们各写各的。年轻等不得做"接班人"，青涩地做了自己世界的主人。空间是一种权力。"上海青春"文学空间的获致却不是通过反抗和篡位。上海开放和包容的城市性决定了新的文学空间可以通过部分的权力让渡来实现。从"新概念"到"创意小说"大赛，以及除了《萌芽》上海其他的文学刊物不断以专辑的形式力推年轻作家，所改变的绝对不只是上海文学的空间格局，而是整个中国文学的格局。进而，我们可以思考的是，已经被污名化的"小资写作"是不是该到了正名的时刻了？我在很多场合说过，"小资写作"是新世纪以来中国的先锋文学——面向没有"第二座"都市上海敞开的先锋文学。王若虚在2004年的一篇短文中勾勒了"小资文学"在中国的路线图，村上春树的广泛阅读和安妮宝贝在纸媒《萌芽》的登场被认为是"小资文学"的大炽。按照他的统计，从2001年第1期萌芽的《八月未央》开始，一直到2004年7月刊，累计近五十部作品，仅2002年1月刊的《宠儿》不属于小资风格，只有2001年6月刊的《私奔》、11月刊的《白鼠》和2003年的《奶茶店奇遇》、2004年4月刊的《荒村》等少数几部不带有明显的忧伤情节。"或许《萌芽》的确是一本以小资风格为特色的杂志，但是过度地将小资与忧伤交杂在一起，只会让它走进一条漫长的死胡同。"[①]在同年第6期《萌芽》的另一篇文章中，也有人认为："小资是《萌芽》提供的主食——当有人说出'萌芽'这个词，肯定十有八九读者马上联想到小资。"[②]有海外中国当代文学研究者也指出："中国的村上之子主要崛起于上海、北京，因为邓小平的改革开放政策，在这两个都市产生了由高学历精英分子组成的中产阶级雄兵。中华人民共和国首次出现民间公寓、咖啡馆、酒吧、高级餐厅、私人旅行等都市文化。与'后邓小平时代'几乎同时代发生的村上热潮，其消费者是新兴'小资'或中产阶级，其中诞生了所谓村上之子的作者群，小资女性尤其人才辈出。"[③]

---

① 王若虚：《萌芽：身陷十字路口》，《萌芽》2004年第11期。
② 刘一寒：《解读"萌芽"几个关键词和"80后"读者的心理》，《萌芽》2004年第6期。
③ 藤井省三：《村上春树心底的中国》，张明敏译，台湾时报文化出版企业股份有限公司2008年版，第197—198页。

那么，什么是"上海青春"的先锋性呢？也可以将村上春树作为参照系，如有论者指出的："困惑与追求历来体现在青年人身上。以村上春树为主要代表的一批文学新锐，从城市生活这个独特视角，探讨当代日本青年心灵奥秘的'都市文学'，便是这种困惑与追求的产物。""现代科技带来的令人目眩的丰富的物质生活，潜伏着没有主体意识和没有责任心、逐渐丧失主体意识和自我，这种急遽得令人目不暇接的变动，正在向他们提供不尽的启示和源泉。可以认为，他们是继五十年代崭露文坛的安部公房、大江健三郎后的又一批现代派。"[1]从这种角度，也许我们能给卫慧、安妮宝贝、苏德、张怡微、周嘉宁这些文学的"上海青春"一个恰当的评价，新的城市"与作为个体生活在其中的我们无关"（卫慧《上海宝贝》），"跟你们这些资本家看到的上海不一样，你在哪儿，法租界？你们看到的上海是一个幻觉。当然我的上海也是，不过是另外的幻觉。"（周嘉宁《密林中》）他们是上海的新人，却是一群"没有故乡"的人，怎么能不"忧伤"呢？至于，判定他们写作的速朽和"死胡同"，也许他们写作的意义也就是一个过渡。事实上，"先锋性"也只是短暂的过渡，它注定要被后起者效仿和消费，磨钝先锋的锋芒。这在"上海青春"不仅是从卫慧、安妮宝贝到苏德、周嘉宁、张怡微整体性的不同，也是每一个个体，比如周嘉宁这两年的《荒芜城》《密林中》发生的自我蜕变。

我们肯定"上海青春""小资写作"部分的意义，但不意味着否定和取代其他部分写作的意义，比如韩寒的《他的国》，这个上海郊区小镇的变形记无疑丰富了"上海青春"的文学上海地理版图，它更有价值的是即便意识到"我像蚂蚁一样渺小"，依然要愤怒、批判和发声。事实上，《他的国》是一部比阎连科的《炸裂志》更早的"炸裂志"，他还有比阎连科多出的看到一代人之外的"他的国"的青春的受伤和毁灭。

你说你像个机器，别人说自己像包屎，方圆几百公里内，连

---

[1] 李德纯：《挪威的森林译本序——物欲世界的异化》，漓江出版社1989年版，第1、5页。

个现实的励志故事都没有,这就是很多年轻人的生活。……在未来的十年里,这些年轻人都是无解的,多么可悲的事情,本该在心中的热血,他涂在地上。(韩寒《青春》)

如果还从粗糙的代际来描述,作为一个所谓的文学群落,"80后"作家肯定已经是当下中国文学版图的重要构成,其人数之众、写作量之大和前面任何一代作家相比毫不逊色。但应该看到的是,"80后"作家在当下中国文学中的显赫地位,一部分当然由"80后"作家早熟的写作才华所奠定;而另一部分则更多的是因为大众传媒和商业资本参与其间的塑造和自我塑造。一定意义上,"80后"作家的文学生产已经成为我们时代整体上并不景气的文学出版中的支柱产业。因此,自然而然一些"80后"作家成就的不是文学天才的神话而是迅速致富的商业神话。当然这样说我并不否认任何一代作家中都不乏掘金客和投机者,只是"80后"作家在他们青涩的时代就躬逢商业和网络盛世,他们轻捷地就跨越了前几代作家漫长磨砺的学徒期。所以,讨论所谓的"80后"作家群落,一个重要的事实首先必须被追问:当我们谈论"80后"作家的时候,我们谈论的是谁?当我们谈论他们的时候,我们是在谈论文学吗?简单地说,"80后"作家个体书写的差异性远远要比我们想象的大得多、复杂得多,而且这种差异性往往从他们写作的学徒期、从他们写作的起点就开始了。因此,在我们对"80后"作家缺少针对个体的普查式的文本细读和作家研究之前,就以某几个曝光率比较高的所谓代表作家作为样本,以一总多地去描述这一代或者这一群作家,其局限性和片面性是明显的,就像我们现在说的新世纪的"上海青春",没有那多、王若虚、徐敏霞和小饭等人,没有诗歌、散文和戏剧等其他文本,就是一个触目的局限和片面。但从另外的角度,他们的写作在我们描述的"上海青春"之外各自生长出自己的"上海青春",恰恰也证明着上海这座城市所着力宣扬的"海纳百川"吧。

(《上海文学》2015年第1期)

媒体新变和短篇小说的可能
——《二〇一一中国最佳短篇小说》① 序

一

文学年选和年评的工作年年有人做，这种考量选家识见的工作能不能站得住脚，有的不是当时就能看出来的。好的选本肯定要考虑入选作品的代表性。从整个二〇一一年发表的短篇小说拣选出这些作品，至少在入选作品来源的媒体样态，作家的代际、性别、民族、地域身份以及文本的类型、格调、题材和技术等方面是一个想象性年度文学版图的再建构。即便如此，遗珠之憾当然难免。但好的选家是不会在一城一地得失上锱铢必较，要知道求全的结果往往会自缚手脚，且使自己的尺度变得暧昧不明。一个好的文学选本应该有自己的立场、意见和准则，应该学会抓大放小，抓住文学进程中那些头头脑脑筋筋络络，让每一篇入选的作品都成为独立判断之后所建构整体不可或缺的一个部分。

就短篇小说这个文类和"二〇一一"这一年而言，一个好的选本必须回答：在这个规定的时间区间，除了参与其间的作家在数量上的累积，为短篇小说的文类生长做了什么？在守常与趋变方面有了些什么新作为？这当然最好能拿作家在这一年的作品来说话。但问题是，从长时段的文学史来看，它绝不会宽待某一种文类，像《狂人日记》《洼地上的战役》《组织部新来的青年人》《伤痕》《班主任》《受戒》《桑园留念》等和某一

---

① 林建法主编：《二〇一一中国最佳短篇小说》，辽宁人民出版社2012年版。

个年份的对应和证明关系并不是每年都会发生的。而且这种对应和证明往往是追认性的。因此，我们不能保证在未来的文学史中二〇一一年的某篇或某些短篇小说就能够在该年度获得一种"史"的意义。

如果我们不囿于文本呢？某一文类的源流、迁变其实联系着更广阔和复杂的文学制度。就像有论者在论及短篇小说这个新文类晚清的现代起源时所指出的："在《时报》的文类格局中，'短篇小说'是与'报纸'作为新式印刷媒体而同步兴起的，它不是从既有的'小说'文类中分离出来的次级文类，与'时评'一样，也是趋向于'意旨论说之时代'里的新媒体的'创造'。……长篇的白话小说因为延续着传统的文类成规，其文本中所呈现的作者与读者之间的'听—说'模式不易打破，但这种几乎被新式传媒所'召唤'出来的'短篇小说'，则很有可能在与现代'报纸'所共享的新的阅读制度中，改变读者对其功能乃至形式的想象。……近代报纸所召唤的读者公众以及它在作者与读者之间建立的特殊关系，必然影响到共享这一阅读制度的'小说'。"① 这里其实揭示了现代短篇小说作为一种新兴文类从一开始就建立在作者、读者和报纸等大众新媒体共同构成的生产和消费的开放场域里。正是这样的场域塑造了短篇小说"在场""介入现实"以及以普通读者为假想潜在读者的文类特征。从传播和接受的角度上看，相当长的时间里，短篇小说是与报纸和新闻、政论、文化、都市时尚读物的非文学文类镶嵌、并置和共生在一起的。比如鲁迅的《狂人日记》等小说就发表于新文化刊物《新青年》，它当然地和同样发表于《新青年》那些谈论新旧文化之别、东西文学高下的言论构成一种潜在的对话关系。甚至在《小说月报》《现代》等专门的文学刊物出现了以后，短篇小说，当然也包括其他文学文类，仍然栖身于《新月》等政论、文化刊物，仍然和普通大众阅读的报纸纠缠在一起——一个显而易见的事实是民国的重要报纸几乎都有着同样有名的文学副刊，而二十世纪三十年代的"新感觉作家"更是和《良友画报》有着深厚的渊源。栖身和纠缠的结果使得

---

① 张丽华：《现代中国"短篇小说"的兴起》，北京大学出版社2011年版，第69—70页。

短篇小说成为一种有着强烈的现实关怀和问题意识的文类。这是我们应该意识到的一个现代中国短篇小说的重要传统。现代短篇小说，甚至现代中国文学发展史，是文学在普通大众传媒的扎根史。有人说，短篇小说是有力量的文类。"拿对现实的介入和社会的发言来说，好的短篇小说还是有力量的。恰恰因为它，它的力量才显得尖锐，更具有穿透性。与中篇小说相比，短篇小说的力量不是压力，是压强。它像一枚钉子，一下子就穿透现实，并楔入现实内部去了。……短篇小说的力量，还在于它的快捷。……以短篇小说的形式对现实生活做出快速反映，它的力量是显而易见的。"①刘庆邦这段话不是专门针对短篇小说和现代大众传媒的双生双栖来说的。但如果我们明乎短篇小说和现代大众传媒之间的这段前史，自然可以从另一方面佐证短篇小说力量的来源。所以，沈从文在二十世纪四十年代总结现代短篇小说发展时说："有个读者传统习惯，来接受作品，同时刺激鼓励优秀作品产生。"②

文学刊物彻底地"纯文学化"是一九四九年之后的事，短篇小说从普通的大众传媒"拔根"，龟缩到狭隘的文学刊物则是很近的事。至少二十世纪五六十年代还不是这样的。二十世纪五六十年代的情况是："凡是《人民日报》《中国青年报》和省地两级报纸发表或转载了的短篇，就在农村读者中发生了影响，这篇作品就流传开了。"③就像大家所熟悉的新时期之初《伤痕》这样有影响的小说，也是首发在《文汇报》这样的非专门性文学报刊上的。从我现在查阅到的资料看，短篇小说退出普通大众传媒，特别是报纸副刊，独占文学的山头，是二十世纪七十年代末大量文学期刊创刊和复刊之后的事。体制较长的短篇小说成为文学期刊的专营，报纸副刊只负责栽种些"小散文"和"小小说"的花花草草。这以后，好像只有《羊城晚报》的"花地"还坚持着发表短篇小说的传统，但时至今日也只剩下周一的"小小说"版，像曾经的尤凤伟、麦家、刘心武、鬼子、荆歌、

---

① 刘庆邦：《短篇小说的力量》，见《在雨地里穿行》，百花文艺出版社2010年版，第153—154页。

② 沈从文：《短篇小说》，《国文月刊》1942年第18期。

③ 侯金镜：《几点感触和几点建议》，《文艺报》1963年第2期。

阿成、戴来等名家荟萃的盛景早已一去不返。值得一提的是，短篇小说和报纸副刊的生栖传统在港台地区一直延续下来了，比如台湾《联合报》"联合副刊"之"当代小说特区"就经常发表体制比较大的短篇小说，有时甚至动用两三期的整版发表一篇短篇小说。这种铺张的手笔在大陆报纸，现在恐怕只有《南方周末》偶尔为之，比如贾平凹的《一块土地》、刀尔登的《希里花斯》等就发表在《南方周末》的"写作版"。鲁迅在总结现代短篇小说繁荣的原因时认为："在现在的环境中，人们忙于生活，无暇来看长篇，自然也是短篇小说的繁生的很大原因之一。"[1] 这样一个判断的基本前提应该建立在短篇小说作为普通大众传媒的一个重要构成元素而存在。今天我们讨论短篇小说的衰落往往归咎于其不能给作者带来较之长篇小说丰厚的经济效益，而恰恰忽视了短篇小说的没落更是因为它只能借助作品集、文学期刊被有限度地接受，而不能通过大众传媒直接进入更广泛的普通读者的阅读视野。

二

交代完这个前史为的是说二〇一一年短篇小说和传媒关系重建的新动向。一些变化正在发生，短篇小说得以在大众传媒"再扎根"。可以作为例子的是，财经新闻类媒体《新世纪周刊》文化栏目中的"小说"和标榜"新生活的引领者"《城市画报》"艺文志"中的"热爱LOVE"成为"非文学刊物"染指短篇小说的新地。如果说，《城市画报》之"热爱LOVE"中只是文学青年浅斟低唱的"小布尔乔亚"风，那么《新世纪周刊》之"小说"所发表的盛可以的《德懋堂》、须一瓜的《叫清净的狗》《膀胱害羞症》、陈河的《水边的舞鞋》、韩松的《死神边缘》、刘春的《帮凶》、阿乙的《儿子》、李大卫的《高更的成功学》、哈金的《英语教授》、薛忆沩的《女秘书》、张大春的《民意围诛端午桥》，小说作者则几乎都

---

[1] 鲁迅：《〈近代世界短篇小说集〉小引》，见吴福辉：《二十世纪中国小说理论资料》（第三卷），北京大学出版社1997年版，第78页。

是当下活跃的小说家。

就文学媒体这一面看,毫不夸张地说,二〇一一年是文学媒体的"变身年"。此前,文学媒体的变革在二十世纪末文学期刊的生存危机中也发生过。这中间变革而以新面目呈现的且延续至今的大概只有《天涯》和《作家》。其中,《作家》的"金短篇"也成为近年出产优秀短篇小说的重镇之一。发生在二〇一一年,以《天南》《独唱团》《大方》《文艺风赏》和《信睿》《超好看》等为代表的文学新媒体变革对短篇小说影响很大。和传统的文学媒体不同,这些文学新媒体不再坚持诗歌、散文、小说、文学评论按文类划分单元的传统格局,而是在"大文学""泛文学"的"跨界""越界"观念左右下重建文学和它所身处时代之间的关系。由于短篇小说适宜的长度,除了发行一期即告停刊的《独唱团》和以长篇类型小说为目标的《超好看》,其他几本刊物在小说文类中无一例外地舍弃了中长篇小说而偏向短篇小说且从一开始都不一而同地关注全球短篇小说动态。安妮宝贝主编的《大方》八月的第二期发表了太宰治的《Goodbye》、钦努阿·阿契贝的《战地女郎》、大卫·康斯坦丁的《米德兰的下午茶》、董启章的《与作》、陈雪的《沙之书》等短篇小说。从《SOHO小报》变身过来的《信睿》的短篇则有奥利维耶·亚当、虹影、骆以军、周伶芬、柴纳·米耶维等的短篇小说亮相。值得一提的是《文艺风赏》和《天南》对于短篇小说和刊物整体构思的自觉规划和塑造。《文艺风赏》力推的是"封面故事"的命题写作。以二〇一一年二月号"除夕"为例,其主编手记写道:"我们要感谢本期《封面故事》的四位小说作者对我们选题的理解和支持,因为他们四篇气息迥异的短篇小说,我们才能做到呈现一场如此精彩的关于'春节'这个意象的变迁。……沿着五十年代、六十年代、七十年代、八十年代的时间轴,'春节'渐渐变得表情呆板,变得语焉不详,变成了高速公路旁指引方向的路牌,似乎只差一点点,就剩下工具性的作用。"[①] 而《天南》则有意强调组织的短篇小说相对一致性的主题以及与每期"特别策划"的互动和对话。第一期有"超现实"和"虚构"两个短

[①] 笛安:《主编手记》,《文艺风赏》2011年2月号。

篇小说栏目。如其所说:"小说作者阿乙、唐棣、郑小驴和徐则臣各写了一篇发生在农村的故事";"顾前、曹寇和贺彬在城市和小镇展开了他们的虚构"。[1]与此相较,本期的"特别策划"是"亚细亚故乡"。第二期的"特别策划"是"星际叙事",组织了"四个英语作家(威廉·吉布森、尼尔·斯蒂芬森、保罗·巴茨加洛皮和杰夫·努恩)和四个中文作家(韩松、飞氘、陈楸帆和杨平)的八篇小说。他们都在用一种崭新奇异的时空观在讲故事,用'科幻'这样的字眼去定义他们已经力有不逮"[2]。需要指出的,在强劲的资本和市场运作中,这些变革中的文学新媒体同样无一例外成为畅销读物,这不仅为在电视剧和长篇小说合力夹击下的步履维艰的短篇小说提供了新的生长空间,也一定程度上填补了短篇小说淡出报纸副刊后在大众传媒的空白。

"已经是下午三点多了,因为急着进城,有些心焦。小城东边的主要道路都封了,警察不少,警车来来去去。路口上的车辆行人越积越多,都在等,知道一会儿有重要车队通过。可是这次封路时间太长了,半个钟头过去还没有动静。我想绕路又想等下去。突然警车嘶鸣:最前边是两辆摩托,然后是一边闪光一边疾驰的吉普,再后边是引路车、几辆黑色轿车——最后又是警车。一定是来了要人,比如外国元首什么的。进城后,中午吃饭闲聊才得知:今天来的是东部城市的一个头儿。这人是我的初中同学,再熟悉不过了:个子不高,臀部肥大行动迟缓,当年的外号叫'老蛋'。我本来对车队通过这种事儿再习惯不过了,可因为这回来的是老蛋,心里很不高兴。"(《这回来的是老蛋》)这是张炜发表在《南方周末》改版后新设的"微叙事"栏目的作品。粗略地看,"微叙事"比传统的"小小说"少了刻意经营,多了生活的质感。"微博"时代催生了"百字文""段子"的写作。短篇小说何为,是一个很现实的问题。"微叙事"开栏不久,即发表了周涛、张炜、何立伟等名家之作,且已经引起一些关注。网络上有评价说:"近来《南方周末》改版,新增设了一个小栏目叫'微叙事',

---

[1]《天南》2011年第1期。
[2]《天南》2011年第2期。

很有意思。翻开报纸，第一个先去看那些小文字，简短却叙事完整。记得张爱玲第一次写小说获奖，就是因为看错了征文要求的字数，只写了几百字，但还是凭借才华获得了二等奖。想必微叙事蕴藏着微妙的机理。"（泰奥朵拉·兰茨博客）但何为"微叙事"？它和传统的"小小说"区别在哪里？这些理论话题都值得深入探讨。比如何立伟的《父与女》："生产队长是光头，矮，精瘦，力气却大，掰扁担拗手劲，无人能赢他。大汉输他不服气。他道：来，再来！很是自雄。""队长对哪个皆是凶，唯对十八岁女儿一脸慈祥。女儿在公社念完高小即不再往上念。干活，赛过后生。同父亲一样，手力亦是无穷。粗粗咧咧之中，也还是有女孩子的精致，五官好，牙齿尤白，然而笑是棉花白的笑。"其中笔法当在中国传统列传、志人和笔记小说之间。

蒋一谈的短篇小说集《赫本啊赫本》，连同前两年的《伊斯特伍德的雕像》《鲁迅的胡子》"规划好的""写作和出版"使短篇小说的规模生产和自我操控成为可能。蒋一谈的"规划"是有所针对的，他认为："现在的作家出版短篇小说集，依照行规会先在文学期刊上发表一遍，选刊选载几篇，然后结集出版。我是作者，也是出版人，封闭式写作更让我有兴奋感。未来短篇集里面的作品，我会选择刊登几篇，而不是全部。这是欧美短篇小说集的出版思路，我特别喜欢这种思路，更愿意让读者阅读完整的小说集。"蒋一谈将他的短篇小说写作"规划"具体描述为："第一，单篇灵感的写作和组合出版，第二，主题性写作和出版，第三，橘子瓣式写作和出版。只有这三个方面的写作形式内容分别完成，我的短篇小说整体面貌才能呈现，也才能让自己满意。"①

应该看到命题写作和预设主题客观上对作家写作带来制约和规训。文学新传媒的变身正在改变着传统短篇小说的小说版图。王安忆说："小说还有可能是有着另一种较为公众性质的生活，第一次真实在不断地转述中变成虚假，向又一次真实渡去。但这需要诚恳的性格，还有纯真的情感。所以这是一条危途，在任何时候都可能夭折，流传下来的便是天助人佑，

---

① 蒋一谈、王雪瑛：《中国需要这样的作家》，《上海文学》2011年第9期。

比如话本传奇，还有无数民间传说，都是钟灵毓秀。而在现代社会中，传媒的覆盖性其实剥夺了转述的自由，使得转述变成学舌，没有新鲜的假定参加进来，事情只得停留在第一次真实的状态里。"① 因此，作家如何在出版运作中彰显个人创作力和想象力，反抗被大众传媒塑造，将是对作家写作能力的考验，像苏童的《拾婴记》和毕飞宇的《一九七五年的春节》一定程度上都是反制成功的案例。

三

回到二〇一一年短篇小说的文本。虽然短篇小说早已退出普通大众传媒，株守文学刊物，但其对敏感于敏锐于社会问题的传统承续却是血缘性的。短篇小说的可能是其以敏感敏锐的触须伸展到我们时代的每一个角落。二〇一一年，贾平凹《一块土地》的"土地"问题、范小青《哪年夏天在海边》的"情感"问题、铁凝《飞行酿酒师》的"品质"问题、金仁顺《神会》的"信仰"问题、林白《豆瓣，你好》的"城乡"问题、须一瓜《小学生黄博浩文档选》的"教育"问题、蒋一谈《刀客》的"文化断续"问题等，都是当下中国的"大"问题、现实问题。当此社会转型，问题多且尖锐。短篇小说以介入现实的力量充分显示其文类优势。但"问题"如何摆渡到"小说"呢？现实问题最终必须在文学问题上得到有效化解。

首先提下劳马的小说。劳马的小说有的几近速写，有的俨然笔记，但都有着现世问题的内核。他的写作在整个当下中国文学是具有独特风格印记，但又没有被深入研究的。这种"攫取能够表现本质的要点"②的写作曾经在二十世纪三十年代很风行，它需要写作者独具强大的从形象看取本质的能力。我们可以想象，如果劳马的这些小说不是发表在《十月》《作家》这些专门的文学刊物，而是《南方周末》这些普通传媒，是不是会产生更广泛的影响力？

---

① 王安忆：《稻香楼·序三》，春风文艺出版社2005年版。
② 胡风：《关于速写及其他》，《文学》1935年4卷2号。

铁凝有对社会风尚的敏感，这从她早期成名作《村路带我回家》《哦，香雪》就可以看出。《飞行酿酒师》吹的是时代新贵新生活的新风。新贵们腰包鼓起来之后开始追求所谓的"品质生活"，葡萄酒、橡木桶、酒庄、葡萄园这些都是当下新贵阶层的身份标识。他们急功近利、人云亦云，他们的身边行家掮客骗子各色人等云集，他们貌似追求品质，却露出庸俗的麒麟皮下的马脚。《飞行酿酒师》中四五个人物一场各怀心事不欢而散的酒宴打开了一个新世界。同样，金仁顺《神会》中的"修行"又是一桩时尚的"品质生活"。"聂珊的佛友众多，我跟她平均半年见一面，也认识了七八个人。这些佛友十之八九是女生，差不多都经历过一些神奇事件或者某些神秘时刻，她们分享的时候，就仿佛在晾晒各自的私藏珠宝。先不说这种神奇性的主观臆造占多大比例，就算都是事实存在，不修行的人其实也同样拥有类似的事件或者时刻，只不过，水消失在水里。不像佛友们迷恋这类事件，喜欢渲染和强调它的特殊意味或者启示性。"偶然的事件被夸张为神迹异相，装神弄鬼的渎神者却被奉为神灵，这是我们今天时代的"奇观"。从形式上看，这两篇小说都算谨守现实主义法度。对世道人心蠡测和洞悉到何种程度是考量这类小说的基本尺度。

林白的《豆瓣，你好》和须一瓜的《小学生黄博浩文档选》写的都是当下中国的孩子。前者写有过北京生活经验的王榨少女豆瓣对北京往事的记忆和遗忘，城和乡跨不过的鸿沟是当下中国的真相。"现在豆瓣的普通话仍然讲得不错，但她的家乡话讲得更流利，简直跟一个生下来就在王榨长大的孩子没什么两样。"我们是不是该庆幸豆瓣"消灭了城乡差别"？小说的惊艳之笔还不只在这个苍凉的故事，而是小说的最后："2012年尚未到来，我提前登上它的屋顶，看到河边田岸沟坎里，野草繁盛，芭茅艾草丝毛草野菊花狗儿草芸芸涌动，庄稼和百草连成一片，苍苍荡荡。"站到未来高处的作家究竟想说什么？小说又多了一层的寒凉。须一瓜的《小学生黄博浩文档选》征用了当今小学生可能书写的文类：作文、检讨书、发言稿、书信和博文。杂语喧哗，一种文类一种腔调，当然也是一种叙述声音。活在家庭、学校和自己世界中的中国孩子神奇地分裂着，他们有的是自己的真身，有的是自己的假面。这篇显然是刻意做出来的"拟童腔"的小说在短篇小说的形式上做出了有益的探索。

范小青的《哪年夏天在海边》涉及的是当今中国人情感世界的迷离暧昧。和上面这些"拟真"的小说不同,《哪年夏天在海边》是一篇奇幻之作。范小青的写作每每给人惊异,这篇小说同样如此。世界之偶然巧合、神秘不可知等,这些应该成为文学试图抵达的地方。权聆的《哈代诗篇中的神秘终结》、叶弥的《局部》也都是在世界幽暗的黑洞展开想象。有意思的是这三篇小说都发表在《收获》杂志。这些年《收获》的先锋性似乎不如从前那么张扬凌厉,但从这三篇小说来看《收获》杂志的趣味,先锋性于它则更为沉潜内敛。比这些作家走得更远,以"一种崭新奇异的时空观在讲故事"的是《天南》第二期"星际叙事"发表的八篇小说所代表的小说发展趋势。

四

短篇小说以轻盈精粹见其长,如有作家体认的那样:"短篇小说更注意故事的精粹性,而且更能集中准确传达出作家的艺术气质,因为它大都是一气呵成。"① 但具体到以短篇小说文类之"轻"去搏现实、历史之"重",可能又需要作家的温婉深挚。因此,一个需要讨论的问题是,短篇小说是不是一定就是轻盈精粹?短篇小说是"一个作家成熟后的产物"。② 成熟后可能是经过岁月淘洗之后的晶莹通透,即使有创痛也能淡然处之。如果把迟子建的《四季歌》和她早期同一题材的《北极村童话》《原始风景》进行比较,是能够找到"精粹性"理路的。粗糙的批评家往往识别不出重复中蕴含的丰富变化、混沌激荡之后的淡定澄清。年龄更是气质使然,短篇小说当然可以向另外的方向走。宗璞的《琥珀手串》就是一个渐入老境作家的秋熟之作。刘庆邦的《后事》在一个磨砺短篇小说多年的作家手下同样显示了绚烂归于平淡的沉着气象。鲁迅说:"以一篇短的小说而成为时代精神所居的大宫阙者,是极其少见的。……细看一雕阑一画础,虽然

---

① 迟子建:《迟子建文集·跋》,《作家》1996年第4期。
② 莫言:《独特的声音》,见《锁孔里的房间——影响我的10部短篇小说》,新世界出版社1999年版。

细小，所得却更为分明，再以此推及全体，感受遂愈加切实，因此那些终于为人所注重了。"[①]"一雕阑一画础"是短篇小说世袭的封地，而"大宫阙"则为中、长篇小说辽阔的王土。但"极其少见"不是没有，贾平凹的《一块土地》、王手的《坐酒席上方的是谁》和阿拉提·阿斯木的《最后的男人》都有直接做"大宫阙"的野心。先说贾平凹的《一块土地》"五代人""十八亩土地"和"几个时代"，"他说十八亩地，是他看到的也是他经过的，收了，分了，又收到，又分了，这就是社会在变化。社会的每一次变化就是土地的每一次变革，这土地永远还十八亩呀，他改革者，却演义着几代人的命运啊！"在新历史主义写作已经折腾了几十年的今天，解构正史、戏说正史、"小历史"叙述反而是文学历史观的常态，而贾平凹这种将人的命运安放到正史框子的写法简直是"倒行逆施"的复辟。但问题是，当我们今天宽容地承认人和历史相遇的种种可能，恰恰可能有意疏忽了人和历史的正面相遇和冲撞。近现代中国史并不缺少伟大小说的题材，缺少的可能是作家正面强攻的勇气。还不止于此，当一个作家选择了人和历史正面相遇之命运作为文学表现的内容，给出一个结论性的答案也许是容易的，甚至答案都是现成的。在今天，我们都知道"反右""文革"的罪恶和残暴，但文学如何去回答这个问题呢？所以，《一块土地》胸怀敬畏敬爱土地之心从"一雕阑一画础"去写人和土地，写人和土地上的万事万物的厮缠，最后自己做成"大宫阙"。王手的《坐酒席上方的人是谁》是一个关于好汉退出江湖余威犹存的故事。我在谈论王手的评论里这样说这篇小说："一九八三年的时候，龙海生正在上海跑码头。""这时候的龙海生，已渐渐厌恶了江湖的打打杀杀。"小说的开始这样写只能说龙海生心生退意。但龙海生何以能够退出江湖？人在过江湖就这样想退就退吗？这是小说必须回答的问题。龙海生之所以能够退出江湖，王手必须把他退意之心、把他"心底的追求"做饱满、做足。《坐酒席上方的人是谁》的"大宫阙"是龙海生这个气韵流动的江湖好汉。这样的江湖好汉，

[①] 鲁迅：《〈近代世界短篇小说集〉小引》，见吴福辉：《二十世纪中国小说理论资料》（第三卷），北京大学出版社1997年版，第78页。

我们在长篇小说《水浒传》《射雕英雄传》中遇到过，而王手《坐酒席上方的人是谁》以一个短篇小说的体量让我们感受到同样的艺术满足。

说到写人，徐则臣的《轮子是圆的》中言必称"轮子是圆的"的咸明亮是个生活在底层的扎实执着的一根筋理想主义者，一个倒霉蛋。"说啥我就干啥。又不是杀人放火，操那份心干吗。能开我的车就行了，轮子是圆的，你说对不对？"福兮祸兮，咸明亮两次开上了车，两次都以车祸将别人的命丢了收场。第二次开的车竟然是他自己创造性地用修车铺的废铜烂铁组装的一辆"野马"。小说写："'野马'影响之大，超出我们的预料，十天工夫就成了胖子修车铺的店标。它停在那地方一声不吭就是个活广告，哪里是车，分明是件粗野的艺术品。用废弃的零件拼出一辆性能强劲的车，如此奇形怪状，这铺子和师傅的手艺该有多好。开始胖老板很开心，接着就不高兴，咸明亮经常把车停在自己的巷子里，前来参观顺便修车和买零件的客人一看门前光秃秃的，油门一踩走了。"在徐则臣笔下，咸明亮似拙但却有着丰富的内心世界。和徐则臣一样，《爱》的作者张惠雯、《一个叫得顺的狗》的作者艾玛都生于二十世纪七十年代。她们出道比徐则臣还要晚，但此前她们分别写出了《垂老别》和《浮生记》这样有力量的作品。《爱》和《一个叫得顺的狗》的故事一个发生在牧区，一个发生在湘西的"浐水镇"，都是我们今天浮华世界之外的边疆，但生活在那个世界的人们都还褒有浮华世界稀缺的素朴柔软的"爱"。仅就二〇一一年这三个"70后"作家的表现，他们远远已经不是被塑造出来的沉浸在一己之私的那群所谓的"70后"作家，他们正在走向自己的开阔和深湛，他们正在完成着自身的精神蜕变，就像《爱》的最后所写：

不知道为什么，他想起他母亲，想象着她年轻时候的样子，她经历过的那些爱慕、追求、思念……他把这美好的事联想到他认识的每个人身上，正在唱歌的阿里木江，像小孩儿一样轻轻拍着手跟唱的帕尔哈特……他甚至联想到过去和未来，各个年代的人，各个地方的人，死去的、活着的、还未曾来到世间的人，无论窘困还是安逸，无论生活卑微或是出身高贵，他们都有那精细入微的能力感受爱，他们都会幻想爱、经历爱，这种美好的东西从不曾从世间消失过，这是多么不可思议！于是，他觉得那个美梦般的夜晚，还有这月光下的草原、这露珠的湿润、乐器的动人、马儿的忠诚、溪水发出的亮光、人脸上那突然闪过的幸福忧伤表情都不是毫无理由地存在着，这一切，也许就是因为爱，因为它作用于世间的每个角落、发生在每一个人的身上。

年轻人喝完了酒，收起热瓦普，要往回走了。他们不知道时间，但从月亮在天空中的位置看，已经是后半夜了。潮润的夜气就像沁凉的井水流遍了草原，风完全沉寂了，连天边那几颗星星也仿佛昏睡了。路上，他们比来的时候沉默了一些，各自想着心事。而艾山想的是，尽管他毫无线索，甚至也不知道如何向别人问起，但他总会找到他的巴哈尔古丽——那娇小的她。她那双灵活的眼睛，她的柔软飘动的衣服，她曾碰过他的手臂，她的前头翘着新月般尖角的小毡靴，这一切就在某个地方等着他。带着这有点儿盲目的乐观信念，他在马背上低声唱起了歌。

阿拉提·阿斯木的《最后的男人》虽然不是用本民族语言创作的，但我们依然能够感到维吾尔族文学的智慧和幽默在小说中遗存。这是二〇一一年汉语短篇小说一个独特的收获。它启发我们去关注非汉族作家将其他民族写作资源注入汉语写作中杂糅的活力。小说貌似一个寻找、丢失、再找回的封闭结构，但世事的风流云转、人物命运的波谲云诡以及心灵世界的幽暗叵测在重复跌宕的事件中酝酿出厚醇的韵味。

事实上，"短篇小说并没有什么单独的处境，它是与庞大的文学集体同呼吸共命运的，未来的所有《城堡》和所有《审判》，她们会出示一纸证明，来证明短篇小说的正确。"[①] 以此来观察，《回头客》和《中国1957》《夹边沟纪事》等著名小说，《局部》和"知青文学"，《灰房子》《编织谎言的人》《一九七五年的春节》《七十年代的四季歌》与伤痕文学之后的"文革"叙事之间的关系是一个很有意思的话题。如同"反右""文

[①] 苏童：《我看短篇小说》，见《苏童短篇小说编年序》，人民文学出版社2008年版。

革"这些当代精神事件具体到每一个个体是不同的。在"反右""文革"题材被竞写的当下,更需要重提"反右""文革"叙事的多样性和互文性。二〇一一年同样写"七十年代"的《一九七五年的春节》风格冷酷凛冽、《七十年代的四季歌》格调忧伤抒情。个人经验和记忆的差异性带来了文本的差异性,这就使得征用历史资源的文学叙事不是彼此征服、覆盖的"单独的处境",而是众声喧哗、彼此互证的多义性主题选择和多文类介入的参与。也正是在这样的背景下,个人记忆获得意义而从"我"出发走向更辽阔的世界。这样,文学在彰显艺术性审美性的同时,获得一种立此存照的"历史意义",也就绝不是一种"史余"了。

  转年就是二〇一二年了。七十年前沈从文就预言:"若讨论到'短篇小说'的前途时,我们会觉得它似乎是无什么'出路'的。他的光荣差不多已经变成为'过去'了。它将不如长篇小说,不如戏剧,甚至于不如杂文热闹。"但沈从文接着又说:"它的转机即是因为是'无出路'。……短篇小说的写作,虽表面上与一般文学作品情形相差不多,作者的兴趣或信仰,却已和别的作者不相同了。支持一个作者的信心,除了初期写作,可望从'读者爱好'增加他一点愉快,从事此道十年八年后,尚能继续下去的,作者那个'创造的心',就必得从另外找个根据。很可能从外面刺激凌轹,转成为自内而发的趋势。作者产生作品那点'动力',和对于作品的态度,都慢慢地会从普通'成功'转为自我完成,从'附会政策',转为'说明人生'。"① 因此,文学新媒体的变身固然给短篇小说的发展带来新机,但更重要的是当短篇小说的写作需要对作家的耐心、定力、想象力、创造力进行考验时,我们的作家准备好了吗?

(《当代作家评论》2012 年第 1 期)

---

① 沈从文:《短篇小说》,《国文月刊》1942 年第 18 期。

文学出圈：怎样的一个圈？出了做什么？

　　2021年开年，在有金宇澄、猫腻、常江、蔡骏、海飞、何袜皮等参加的"第五届收获文学榜"系列活动之"无界对话：文学辽阔的天空"，严肃文学的"圈地自萌"被提出来讨论。更早的时候，2019年中，易烊千玺在社交媒体贴出班宇小说集《冬泳》封面。此次也许是偶然的小事，因为易烊千玺是娱乐圈流量明星，班宇和他的小说被媒体假想为"出圈"了。2020年4月，在薇娅直播间，麦家的《人生海海》三万册五秒售罄。这次带货的胜利也被描述为文学的胜利。一年后的4月，"文学脱口秀"决赛在上海作家书店登场，出圈依然是主办方的诉求和媒体报道的主题词。还可以举出一些例子，比如在青年文学出版中渐渐有影响力的"宝铂文学奖"，从第一届就约请和文学略有亲缘关系的文艺界达人作为终评委。刚刚结束的《收获》APP"无界文学"大赛，中评委和终评委名单中也有音乐人的名字。不只是文学的发表、出版和评奖环节，这一两年，文学活动往往都以是否调动大众传媒、做出圈去作为成功与否的指标。与此同时，文学出圈和破圈也被文学批评从业者作为议题频繁地提出来讨论。

　　显然，这些文学事件都建立在我们有一个假想的文学圈，我们也大致知道哪些人哪些部分写作在圈内。这个文学圈说穿了，不过是以传统文学期刊为中心的严肃文学——有时也替换为精英文学或者纯文学、雅文学的文学"朋友圈"。在很长时间里，这个文学朋友圈已经形成了自己的文学传统和谱系，有着自己的生产方式和运行机制，它是自足的、自洽的，甚至是排他的。简单地说，就是圈子里的文学事业。除了非文学因素的强力干预，我们可以在圈子里制造我们想象的文学，也制造我们的文学趣味。青年小说家三三近日接受澎湃新闻记者罗昕的采访时说："近几年，有一个怪异的现象。一个作者的书如果卖得好，我们就说他'出圈了'。这说法很好玩，仿佛默认文学是一个圈子内的游戏，出圈反倒惊怪起来。可能也因为，许多当代小说实在缺乏读者，细想十分心酸。""默认文学是一个圈子内的游戏"，往好处说，是在坚守某种传统和审美品格；但往深处想，我们默认的也许是某种文学鄙视链自负的自得自适。因此，一方面，今天文学的出圈或破圈已经被替换成大众传媒推动的"注意力经济"。大众传媒有意识地培育符合他们规格的作家，遴选一些有故事的作家成为招徕读者的"卖点"；另一方面，更多写作者想象的所谓出圈和破圈，出的、破的这个圈可能连文学朋友圈都算不上——就像我们大多数人每天都在用微信转发各种文学消息，我们共同制造着我们文学朋友圈的繁荣，但似乎忽视了一点，朋友圈就是朋友圈，朋友圈里虽然不都是真正意义的"朋友"，但至少都是通过添加好友才成为一个朋友圈的。因此，朋友圈的文学繁荣至多只是一个文学的小时代。

毋庸讳言，五四新文学从一开始就在重建一个审美等级秩序。古典文学时代处在审美低位的小说得以翻盘到"上乘"。但需要指出的是，具体到实践意义上"写"的现代小说，却不是回到中国固有的古典小说，而是西方的现代小说。二十世纪二十年代，文学研究会宣言"将文艺当作高兴时的游戏或失意时的消遣的时候，现在已经过去了"。这意味着文学的新旧之别不仅仅是白话和文言，新文学之新也是文学趣味意义上的有别于游戏和消遣的"严肃"。因此，新文学的排他性，在时间上选择了以新易旧；在共时性的空间上，则是避俗就雅，避游戏和消遣就严肃。新文学发端之初，胡适《文学改良刍议》提的想怎么说就怎么写，陈独秀《文学革命论》提的国民文学，而实践中形成的新文学圈无疑有所偏移，也收缩了很多。胡适和陈独秀，包括更早的梁启超，他们的文学理想落实在新民和启蒙，自然要诉诸通俗和平易的表达和传播。但观察五四新文学后来发展的路线图，即便我们说文学研究会形成的文学意义系统是"为人生"，但它的文学技术路径走的却是精英道路。及至二十世纪三十年代《中国新文学大系》出版，我们现在坚守的文学圈大致已经圈定了。这就是一个相对于通俗和大众文学而圈出来的高雅、精英也是纯且雅的文学圈。

需要指出的，雅俗两分并不是并行不悖的审美平行宇宙，而是分出雅高俗低的垂直等级。这种等级可以进一步换算和增殖，比如将文学之雅俗、审美之高下对应到社会分层的精英和大众、上流和底层。我们承认中国新文学雅俗之间并非老死不相往来，这可以举出很多写作者的实例，比如张恨水、张爱玲、赵树理、金庸、麦家等等，这也是二十世纪八十年代钱理群等希望能够建构起雅俗合体的中国现代文学史的前提。但也应该看到，五四以降，雅俗文学事实上已经形成不同的知识谱系、文脉传统和想象读者群落，自然也有了各自的文学圈，甚至社交圈。

到这时候，应该看到的一个延续至今的基本事实是，因为国民的文学教育和审美启蒙接驳、接续不上，从五四新文学之初，客观上已经将绝大部分的文学市场和读者拱手让给被其排除的通俗文学，进而也很难兑现文学新民和启蒙的实用价值。可以这样说，预先设定了精英身份和文学理想，也设定了精英和大众的关系方式，才有所谓的出圈和破圈一说。我们很少听说通俗文学会提出圈和破圈的。所以，我们今天常常说的出圈的圈是特指的，而不是全部的文学。

新世纪前后，文学的边界和内涵发生巨大变化。虽然说，这些变化关乎中国现代文学史，自有来处、各有谱系，雅俗两分的基本文学板块从来就存在着，但经过二十世纪九十年代的市场化和随后资本入场征用网络新媒体，以审美降格换取文学人口的爆发性增量，其后果不仅是严肃文学的地理板块骤然缩小，而且五四到二十世纪三十年代中期所确立的文学定义、雅俗之分的文学垂直等级秩序也被突破和打破。文学平权带来基于不同的媒介、文学观、读者趣味等不同的文学生产和消费方式的划界而治。被五四新文学清算而下沉的通俗文学和数码时代的新兴网络文学合流在新媒体扎根，拓殖文学边界，重新定义文学。当然，需要指出的是，即便使用同一种媒介来进行文学的发布和传播，也进行着分化和重组。比如纸媒这一块，传统文学期刊和改版的《作家》《山花》《芙蓉》《萌芽》《小说界》《青年文学》《中华文学选刊》以及后起的《天南》《文艺风赏》《鲤》《思南文学选刊》《单读》，传统文艺出版社和理想国、后浪、文景、磨铁、凤凰联动、博集天卷、楚尘文化、副本制作、联邦走马等新的文学出版机构，都有着殊异的媒介形象和审美诉求；比如网络这一块，从个人博客到微博、微信的自媒体，从网络论坛到小鸟文学、豆瓣的文学社区，从非营利文学网站到大资本控制的商业网文平台，都沿着各自的路径,分割不同的网络空间。

故而,回到当下文学的出圈和破圈,与其说是为严肃文学的审美探索开辟新路,不如说是可以折现地争夺发表空间、读者和市场份额。说得更具体一点,五四新文学传统发展到今天已经没有能力收编中国文学的很多板块,在读者拥有量更是没有优势可言,网络文学只是这些板块中挟资本而雄者。虽然有研究者试图去追溯网络文学的中国现代文学的俗文学前史,但只有网络文学真正改变了汉语文学创作和国民阅读的路线图,甚至纸媒的存在意义也遭遇到挑战。因为类似豆瓣阅读这样的网络平台,已经集成了传统严肃文学发表和出版的所有功能。

极端地说,作为传统严肃文学栖身之所的报刊和图书,尤其是文学期刊,最大的存在理由可能只是一部分国民的阅读习惯而已。这种阅读习惯经由代际传递肯定还会持续相当长的时间,但可持续多久,值得思考。可以观察网络文学发展史,虽然纸媒出版在网络文学发展的某个阶段是其获益的重要来源,但时至今日,网络文学并不以纸媒出版作为终端,它会优先选择获利更丰的影视、网络剧、游戏、动漫等等。

事实上,也应该看到,传统意义上的纸媒文学期刊及其文学圈,无论是发表、评奖,还是选本和排榜,都尝试过从网络引流"入圈",并视作开放的标签。我曾经观察过文学从网络向文学期刊的转场。早在网络草创期,1999年第5期《天涯》杂志就发表过《活的像一个人样》,2001年从"心有些乱"开始,不遗余力推介新生代作家的"联网四重奏",将关注的重点转移到网络作家。2019年第7期《青年文学》"生活·未来·镜像"专号是网络文学转场到文学期刊的一个标志性事件。此前的一个标志可能是2005年《芳草》杂志改版为《芳草网络文学选刊》,虽然这个时间不长。这一期《青年文学》的稿件来源——"未来事务管理局""豆瓣阅读""骚客文艺""押沙龙""网易·人间""读首诗再睡觉",无一例外都是网络文学新媒体。显然,这一期《青年文学》不是网络写作转场纸媒的印刷品或者"副本",而是希望经过纸媒文学期刊的挪移、编辑和再造,生发出"超出文本"的效果。但如果仔细辨析,会发现能够转场到《青年文学》这一期的文本并没有真正意义的"网络性"。这些文本是传统文学向网络的移民。网络提供的文学"飞地"成为它们的栖居地。而更典型的网络文学已经完全脱离了对传统纸媒出版和发表的依赖，是借助资本和数码技术只提供给当下中国审美现场的"网生文学"。

今天，严肃文学赖以生存的文学期刊自身的运行轨迹只能维持自洽而已。2020年12月，《中华文学选刊》更名为《当代长篇小说选刊》。稍感意外的竟然没有引起文学界强烈的反响。《中华文学选刊》终刊号"致读者"给出的理由是：为更好地满足广大读者的阅读需求，《中华文学选刊》将于2021年正式更名为《当代长篇小说选刊》，秉承《当代》杂志原有"长篇小说选刊"版的宗旨，推介关注现实人生的最新长篇精品。为什么要重提这件已经过去一年的往事？且假定，如果《中华文学选刊》能给出版社交出盈利的满意答卷，会不会"更名"？但这并不是最重要的。出版社对于自己旗下的刊物做出调整是内部的事情。我感兴趣的是2019和2020年《中华文学选刊》所做的改版。改版之后的《中华文学选刊》不再是现在一般文学期刊那样按文体设置栏目，而是分为"聚焦""实力""锋锐""非虚构""读大家""对话""书架""行走""肖像""艺见"互动等板块，尤其是介入文学现场的"聚焦"，延展文学代际的"锋锐"和向大文艺扩张的"艺见"，都是有创见且澎湃着激情的出圈，但是包括2019年针对一百余位1985年之后出生的青年作家的"新青年、新文学：当代青年作家问卷调查"，都没有从我们假想的文学圈扩散到大众传媒和公共领域。其实，类似《中华文学选刊》的"期刊变法"在世纪之交就由《青年文学》《萌芽》《作家》《山花》《人民文学》《芙蓉》《钟山》《天涯》《花城》等文学刊物发动过，但除了《萌芽》，几乎没有一家文学期刊真正意义出圈的。

二十世纪八十年代我们定义为文学的黄金时代，文学和文学期刊的繁荣，部分由于它们承担了大众传媒的功能，部分是由于国民文学审美生活的匮乏。在今天的传媒形势和审美生活背景下，回到常态的文学期刊及其我们假想的文学圈，只是大文学版图的一部分。因此，比出圈和破圈更重要的是，这个圈有没有对标它标榜的文学理想的自我创造和更新的活力。是自新，而不是自萌。

可以检讨的是，不能将今天中国文学基本生态都归因于资本和数码技术。从二十世纪九十年代开始，五四新文学谱系的严肃文学越来越疏离公共生活,尤其二十一世纪以来,再难出现二十世纪八十年代那么多现象级的文学作品。文学被赋予的参与公共生活,推动国民审美和社会进步的担当持续走低。今天的文学表面上拓展了边界,但是以流量为中心的泛文学写作也在稀释五四新文学的传统。拥有最多读者、被资本定义的网络文学,固然承担了国民日常娱乐生活,但我们是不是要追问,网络文学的思想和审美贡献有多少?事实上,中国新文学从一开始的设定就不是规模化的出圈,而是承担着国民的思想和审美启蒙的渐进式的文学革命。因此,新文学意义上的个人化书写,带来了新文学的审美自立和自律,但同时也带来它与生俱来的局限。它只能是少数人的文学事业。但这少数人的文学事业,如果关乎国民的审美和精神,当然需要出圈和破圈。不过,心知肚明的是,今天假想的文学出圈和破圈其实只是希望赢得更大的市场份额和文学读者。这个层面的出圈和破圈,我们已经解决了通俗文学的文学合法身份,认可了数码时代的新兴文学现象,比如网络文学,且固守着的文学圈也早已经分化出去商业化写作部分,何来文学出圈之说?因此,如果还在我们假想的文学朋友圈讨论文学的出圈和破圈,就要充分尊重文学市场和读者分层、分众的平权,每个人都有权选择自己"写"和"读"的文学之后"大文学"版图的文学现实,进而反思国民审美启蒙的可能。

缘此,姑且承认我们假想的严肃文学圈代表着国民审美的金字塔。如果没有圈内自身冒犯性和革命性的审美涤新,吃的还是五四新文学的祖宗饭,那么,出了这样一个文学圈,并不能输送创造性的思想和审美,那么,出圈不过是一个自我想象的幻觉而已。因此,出圈和破圈,首先要做的不是虚造文学繁荣的幻象,而是汲取、拿来和学习,是面向世界敞开自己,是去重建文学和公共生活的关系,是持续有力的审美拓殖。这样,真有所谓的"圈",也是有机的、开放的和创生的"圈"。破圈而出,也不只是觊觎和争夺没有圈进来的市场、读者和话语权,而是基于文学未来的实践性的国民文学教育和大众审美启蒙。在发微新审美的同时,启发新读者。

(《文艺争鸣》2022年第2期)

"非虚构写作"和时代精神

我理解工作坊发起者提出"非虚构写作"与时代思想关系的议题，可能是想重新召唤写作者对他们所置身的当下中国现场和现实的行动、思想和发言能力，它隐在的议题应该是我们的写作传统曾经有过也应该先天被赋予这种能力，但在我们讨论这个议题的当下，这种能力变得稀缺和匮乏。

但谈论这个议题，有些前提必须澄清。首先，以中国现代文学史为立足点进行观察，不难发现，时代思想的能力和高度并不必然由"非虚构写作"所提供、承担和显示，甚至如果对中国文学史做整体性的考察，"时代思想"往往恰恰是"虚构写作"实现的。即便我们不去举鲁迅小说和新文化运动关系的例子，在中国现代文学史的各阶段，"虚构写作"更多地承担了"时代思想"的功能。所以，"非虚构写作"并不先天性地比"虚构写作"在对时代思想和发言上更具有优势，而之所以对"非虚构写作"感兴趣的圈层已经从文学扩容到社会学、人类学、历史学、新闻学等人文社科全领域，不排除有争夺话语权的考量。其实，有时候只是定义和命名而已，社会学、人类学、历史学、新闻学等从来就是非虚构大家族的一员，并非今天有了"非虚构写作"的概念使然。至于它们和文学的交叉，也先于十余年来对"非虚构写作"概念的强调，比如梁鸿和黄灯等近年有着广泛影响力的非虚构文学写作者，他们的写作应该和二十世纪九十年代以来以社会学田野调查为基础的《黄河边的中国》《中国农民调查》等文本之间有着亲缘性的谱系关系，而像袁凌这样一直申言"非虚构"文学性的写作者其写作前史直接就是深度报道。因此，无论是从文学史传统和讨论问题逻辑上，都不能简单地绝对化"非虚构写作"和时代思想的关系，从而使得"非虚构写作"成为一种被征用的话术。

其次，如果收缩在文学领域来谈论"非虚构写作"，我们现在通行的所谓"非虚构写作"和已有的文体散文和报告文学并不能相互替换。"非虚构写作"不能漫无边际地收编报告文学，甚至一般意义上的散文。二十世纪九十年代末，《大家》《钟山》等文学期刊设置"非虚构写作"栏目，其实是在大散文的框架里发表一种有长度有深度的散文，它的出场背景应该是对同时期报刊以专栏为代表肤浅和轻盈的媒体散文的反抗。不只是单纯的文体实验，2010年前后《人民文学》杂志倡导"非虚构写作"显然基于写作者和知识分子的复合身份，强调写作者以知识分子的批判和反思精神介入他们生活的时代。在报告文学这个存续很久的概念并未废黜的前提下，"非虚构写作"这个带有"挑衅"意味的概念被提出，"非虚构文体"先天被赋予了和我们时代思想相关联的文学文体想象。因此，看中国"非虚构写作"的出场，除了域外非虚构写作的介绍和激发，一个重要背景就是报告文学经过二十世纪九十年代商业大潮的洗礼，文学的独立和自足几乎丧失殆尽，除了商业定制，报告文学基本承担了"主旋律"文学的功能。因此，"非虚构"在中国出场是有它强烈的问题意识，它是"反对"或者"抵抗"某种类型的报告文学，而到了今天这个时候，报告文学的"非文学"不但没有改观，少数所谓的报告文学作家已经俨然成为这一文学类型的"寡头"，垄断了报告文学从选题到生产、出版、评奖的流水线。报告文学的从业者今天也用"非虚构写作"替代他们写的报告文学，"非虚构写作"这个带有冒犯和挑战的概念，正在慢慢地被"稀释"掉。

所以说，一定意义上，我们今天所说的"非虚构文学"是"非虚构写作"的细小分支，它对既有报告文学传统的重新甄别和分离，将其中国家叙事和主题写作部分留给了报告文学，而把中国现代报告文学传统中，自《包身工》以降，到二十世纪五十年代中期"干预生活"，再到二十世纪八十年代有着强烈的参与公共议题意识的"批判现实"的报告文学作为新世纪"非虚构文学"的精神前史，重建"非虚构"文体规定性和批判现实主义的审美精神，同时确立其和报告文学不同的个人叙事的立场。从这样的意义上讲，"非虚构文学"也必须和一般意义上的"非虚构写作"区别开来。简单地说，就是如《人民文学》倡导的"非虚构写作"，对"非虚构文学"提出写作者也是现代意义的知识分子的要求。这不是单单对"非虚构文学"提出的要求，也是整个包括虚构和非虚构的中国现代文学的精神起源。五四新文学得以发萌,一个很重要的因素是五四新文化提供的青年知识分子作为新的写作者。五四新文学所开创的"新青年"/"新作家"同体的传统,是"非虚构文学"能够承担和开拓时代思想的动力机制。因此,我们自然而然地无法将《中国在梁庄》《十四家》《上课记》《冬牧场》《寂静的孩子》《生死课》等放在传统的报告文学,而在"非虚构文学"概念下,它们则有着文体精神的内在一致性。顺便提及的是,我并认为"非虚构文学"只能处理当下题材,甚至只能处理隐含了公共议题的当下现实题材,像阿来的《瞻对》、万方的《我和你》等书写的都是或近或远的"历史",依然是"非虚构文学",而不是专业的"非虚构写作",因为他们的历史都是当下视野以文学方式建构的"个人史"。

值得注意的是,当下"非虚构写作"早已经不局限在文学和人文社科的专业写作。大众传媒一个重要的贡献就是写作平权,从论坛时代到博客,再到今天的微博、微信和公众号造就的各种自媒体,国民写作成为可能,日志、真实故事、素人写作等等"记录"和"写实"都增容到"非虚构写作"。它们当然算不上严谨的人文社会科学的专业性"非虚构写作",其写作的自发性决定了这些国民写作绝大部分并无自觉的文学审美创造的追求,但个人生活史意义的"非虚构写作"实践是关乎时代风习和庶民声音的标本,就像《天涯》杂志一个长期的栏目——"民间语文"。网络新媒体时代的"全民写作"滋生的素人写作虽然绝大多数无法提供时代思想的典范,但这种众声细语恰恰构成了我们时代"非虚构写作"的最大可能的自由和丰富性。我曾经挪用杉浦康平的《多主语的亚洲》中的"多主语"概念来描述我们当下时代真实故事和素人写作的"庶民"开口说话的可能性和时代意义。按照杉浦康平所说:"在亚洲的神话空间,多个或数不尽的'小主语',甚或不称其为主语的'幽微的存在',布满宇宙的森罗万象。"杉浦康平的"多主语"针对的是西方眼光"主语始终是设计师"的一主语主义。他认为好的设计可以是客户、设计师和使用者都满意的"数主语"。把同时代"非虚构写作"描述为"多主语的重叠"——强调我们时代的不同专业和不同写作者的"非虚构写作",由无数不同主语共同书写,参差重叠或众声喧哗的写作景观。在这里,写作并不是作家、学科专家等少数所谓精英的独擅。

因此，谈论"非虚构写作"和时代思想的关联性，比讨论"非虚构文学"和时代思想的关联性要来得复杂。"非虚构文学"一定意义上设置了文学和思想的双重门槛，它属于有审美和思想能力的少数知识精英。在未有网络之前，能够进入广阔公共空间的写作是掌控在少数人手里的。他们遴选出符合他们意识形态和审美趣味的那部分写作，并定义为一个时代的文学。这种写作虽然为"谁在写"提供了不同的主语，但这些多主语往往有着一致性的腔调和趣味，他们一起汇流成一个巨无霸的"大主语"，"多个或数不尽的'小主语'，甚或不称其为主语的'幽微的存在'"则成为沉默者。只要复盘网络时代的写作成为可能之前的中国当代文学，就得承认这个基本的事实。以公开出版的报刊和图书为中心的写作活动，能够有效地保证"少主语"或"有限主语"的文学形势。而新媒体革命则释放了"多个或数不尽的'小主语'"，这些主语们从沉默者成为能言者，即便他们的写作不能进入"文学史"，他们的思想也是细小的，但多主语重叠的写作使得我们时代的写作从代言和独语走向自述和众声。从这种意义上，"多主语的重叠"不只是单纯的一个"谁在写"的问题。在中国生活和写作的"主语们"有着各自的"身份"，也有着个人的"中国故事"。这些"大主语"和"小主语"们复数的"写"，提供了个人记录和记忆，那些原生和野生的"素人写作""个人史记""庶民声音"是生成我们时代思想的基础文献，这或许是当下素人写作者和写作平台层出不穷存在的意义所在。

在对中国当下"非虚构写作"现场进行全面普查之后，我们再来讨论"非虚构写作"和时代思想的关系就相对容易了。我们亦有理由对我们时代的"非虚构写作"所进一步分离出来的"非虚构文学"提出"时代思想"的苛求，也许对社会学、人类学、历史学、新闻学而言，"非虚构写作"是路径，也是结果，甚至可能为了保有非虚构还原事实和关系的专业精神和写作伦理，他们谨慎地隐匿"个人思想"。而"非虚构文学"则不同，社会学、人类学、历史学、新闻学等所提供的专业路径抵达的事实性的现实世界只是"非虚构文学"的母本和资源。"非虚构文学"以此为起点的出场是希望从求事实的真，到洞悉时代的精神动向和人性幽微的文学审美。这意味着"非虚构文学"的从业者有进入中国现场进行田野调查的行动力和思想力——观察到中国现象，捕捉到公共议题，进而梳理现象和议题的内在肌理，对我们时代进行本质性的把握。

值得注意的是，他们的行动和思想是将自己放置其中的，比如梁鸿的《梁庄在中国》《中国在梁庄》《梁庄十年》就是一次极其私人的"自我清洗"的过程，她写的梁庄，是她作为梁庄的女儿的"梁庄"。因此，"非虚构文学"所建立的人和日常生活世界的关系，不是间离和撇清，而是"我"在其中的对世界和自我的双向反思。"非虚构文学"拒绝被生活裹挟、安排和驯化，而是主动质疑和追问世界的"理所当然"，反思、批判性地打碎和重建人和世界的关系，重新厘定自己的位置并安放自己。从这种角度，再看梁鸿的写作，因为"行动"和"思想"，《中国在梁庄》《梁庄在中国》《梁庄十年》里梁鸿和故乡的关系不是传统意义上的游子和故乡的关系。"行动"和"思想"让我们意识到一个写作者知识人的内心尺度。"行动"和"思想"使他们的世界滋生出新意义，而紧跟其后的"写作"则是在叙述中再造新世界。

因此，就"非虚构文学"本身而言，在"非虚构写作"被增容和泛化的当下，强调重新回到2010年前后倡导"非虚构写作"的问题意识和精神原点，去强调"非虚构文学"对报告文学乃至散文的文体矫正力量；强调"非虚构文学"所承载的知识分子对时代的洞悉和思考内容；强调"非虚构写作"和"非虚构文学"的张力所隐含的知识人与他们所栖身的民间之间的关系。一定意义上，如同知识人必然栖身在无数的国民中间，"非虚构文学"也必然被广阔的"非虚构写作"所拥抱。

（《探索与争鸣》2021年第8期）

好的类型小说是真正的国民文学

我们有所谓的小说类型学,但一直到现在并无体系完备的类型小说学。前者,有时候可以和小说主题学部分置换;后者,在今天,寄身在网络文学研究,是网络文学研究的一个细小分支。即便这个细小分支,还是脱不去小说类型学和主题学的路数。

但值得注意的是,"类型小说"并不是一开始就和网络文学发生关联的。有一种说法,"类型小说"的概念和兴安策划的一套书有关。这套书应该是中国青年出版社2000年出版的"好看小说大展",收入了丁天、陆涛、王芫等青年小说家的长篇小说。同年,《北京文学》也倡导"好看小说"。从此,"好看小说"成为《北京文学》一直延续到现在的刊物传统。2002年,中国电影出版社有"好看文丛"行世,作者组成依然是当时活跃的青年小说家,像凡一平、邱华栋等等。这意味着"类型小说"在新世纪前后出场的动力是让严肃文学或者纯文学"好看",就像兴安认为的类型小说提出是"文学如何面对市场、如何面对读者"的需要,并不是现代文学传统的通俗文学或者新兴的网络文学"类型化"的强调。

如果说"好看"还是一个模糊的说法,发表于《大家》2000年第6期的《关于类型小说的对话》中,李敬泽则明确了类型小说的三个指标:"第一它有一大批固定的读者,第二有相当专精于此的作家,第三作为文学式样,它有一套非常严密的充分的规则和技术手段。"严肃文学的大众化和市场化改造是新世纪类型小说的一个思路、一条线索。虽然网络文学时代,尤其是网络文学找到盈利模式之后,线下类型小说不再一枝独秀。但线下类型小说依然使中国当代类型小说的品质有保证,比如周梅森、王跃文、麦家、海岩、刘慈欣、海飞、蔡骏、马伯庸等的代表作。

在网络文学IP时代之前的2006年前后,网络文学的线下出版成为畅销文学的新生长点。网络新媒体加速了类型小说的新类型诞生和传统类型改造,专门的类型小说作家涌现出来,比如江南、猫腻、天下霸唱、徐公子胜治、南派三叔、桐华、当年明月、阿越、萧鼎等,以至于当我们今天谈论类型小说时,几乎将其作为一个可以和资本定义的网络文学互换的概念。至此,线下类型小说写作,包括严肃文学的大众化和市场化改造不再作为类型小说的主要出处。即便如此,无论从审美追求,还是文脉传统,类型小说和网络文学都不能完全等同,尤其是2009年网络文学IP时代来临之后。从中国现代文学文脉传统上看,即便类型小说的概念晚出,但类型小说的文学事实却比网络文学早太多。至迟到晚清,武侠、科幻、侦探、官场等类型小说都已成型,这条线索一直延展到网络文学来临之前的金庸、梁羽生和琼瑶等的港台武侠、言情小说,形成一个完整的中国现代类型文学谱系。事实上,网络时代,这个中国现代类型小说传统并没有也不可能完全接驳到网络文学,甚至网络文学还要不断向这个传统汲取能量。而且,不能完全接驳,还因为中国现代类型小说传统中的文人写作传统和网络文学的草根写作某种程度上是相违和的。哪怕从日常写作生活,无论是体能,还是产能,文人写作传统的类型小说也很难实现草根写作的"日更"发表模式。可能还不仅仅是体能和产能,网络文学的草根写作很大一部分诉求是把写作当作一门生意。而文人写作传统的类型小说既是文学生意,也是个人的文学创造和审美生活。从这种角度,如果我们意识到类型小说不只是跑马圈地的分"类",更重要的在深耕培育的造"型"。网络文学快销品的生产和消费模式其实是反"类型"的,至少是逐"类"反"型"的。我曾经按"审美递减",对当今的网络文学做一个粗略的排序:小说(其中文学性最强的是所谓"文青文")、长篇故事、爽文,以及影视剧、网游、动漫等产品的故事脚本。这个审美序列中可能只有小说、长篇故事和类型小说最具有亲缘性。

说到类型小说的文脉传统,类型小说也不能简单地置换为传统的严肃文学和通俗文学二分中的通俗文学,至少应该是类型小说可以从通俗文学里分离和独立出来,有着自足的审美规定性。是不是可以这样认为,类型小说代表着通俗文学经典化的方向?虽然,表面看,类型小说和通俗文学二者都以读者为中心,但类型小说不是无底线地一味迁就读者,而是有自己的作家选择和技术要求，走的是读者启蒙和技术升级并轨的道路。类型小说在意读者也需要读者，但它需要的、在意的读者不是审美无差别的读者，反而可能强调差别，强调类型造成的审美区隔。在我们的想象中，如果类型小说发育得足够充分，它的读者应该是一个个有着内在类型自律的部落。因此，在读者想象和征用上，类型小说无法和通俗小说置换。一个追求尽可能懂的读者；一个追求尽可能多的读者。对于某一类型小说的读者而言，读类型小说，读小说，更是读类型。在有门槛有难度上，类型小说体现得可能比严肃文学更专业、更狭隘。而通俗文学一味迁就读者而通俗，可能的结果是不断击穿审美底线。通俗和尽可能多的读者结盟，自然是没有最通俗，只有更通俗。今天中国的阅读现实是国民教育普及提供了源源不断的阅读人口，媒介革命则可以快速地将阅读人口源源不断地输送到文学产品流水线。发生在网络的文学革命，终结了少数知识精英掌控国民审美和文学阅读的寡头文学时代，进入一个文学平权之后全民写作、全民阅读的国民文学时代。这就是我们看到的，网络文学，至少在人口红利阶段，靠的就是审美无差别和降格来最大可能扩充阅读人口实现盈利的文学景观。不断更通俗，使得读者分层和分众，文学的产品线不断拉长。

正是基于以上对整个中国现当代文学的观察，几年前，我就说过，在传统的雅俗二分的文学格局中，类型小说开辟着属于自己的"第三条道路"。2013年"西湖·类型文学双年奖"某种意义上就体现了作为"第三条道路"的类型小说的样貌。最后获奖的类型小说共十五部。刘慈欣的《三体》获得金奖；流潋紫的《后宫·甄嬛传》、龙一的《借枪》、张大春的《城邦暴力团》、猫腻的《间客》四部作品获得银奖；孔二狗的《黑道悲情》、小桥老树的《侯卫东官场笔记》、桐华的《步步惊心》、李西闽的《腥》、李可的《杜拉拉升职记》、阿越的《新宋》、唐七公子的《华胥引》、杨少衡的《两代官》、蔡骏的《谋杀似水年华》和赵瑜的《海瑞官场笔记》等十部作品获得铜奖。这个十年前只颁发过一届即告夭折的类型小说专门奖项至今依然是中国类型文学的线路图和基本盘。

观察类型小说也应该像今天热闹的创意写作和非虚构写作一样引入世界文学维度。和中国当下的文学类似，国外一般也会区分"纯文学"视域下的小说与大众（或"通俗"）文学领域中的小说，前者用"Literary fiction"来表示，后者用"Genre Fiction"（中文可以直译为"类型小说"）来形容。对"类型小说"而言，根据 Masterclass 网站统计，有八种类型小说比较受欢迎。而通过大众市场的分类，由此也可以看出海外对"Genre Fiction"（"类型小说"）的潜在观念与默认的定义：浪漫、爱情（Romance）小说。这种类型的小说还有子类（Popular Romance Subgenres），例如超自然浪漫（Paranormal Romance）小说和历史浪漫（Historical Romance）小说；推理、悬案（Mystery）小说，东野圭吾及其小说便是例子；（奇）幻、科幻（Fantasy and Science Fiction）小说；恐怖、惊悚（Thillers and Horror）小说，这个类型，在中国大陆受到欢迎的丹·布朗（Dan Brown）、斯提芬·金（Stephen King）、大卫·鲍尔达奇（David Baldacci）等及其畅销作品，就是此类型的代表；青少年或大学生（Young adult）小说，这种类型有时候会与上述的几个类型混合，但这种类型的作品主要面向青少年这一群体，所以就以此命名，比较代表的有 J·K·罗琳（Rowling）及其《哈利波特》（Harry Potter）系列，苏珊娜·柯林斯（Suzanne Collins）及其《饥饿游戏》（The Hunger Games），和 R·L·斯坦及其"鸡皮疙瘩系列丛书"（Goosebumps and Fear Street series）；儿童（Children's Fiction）小说；励志、自救和宗教（Inspirational，Self-help，and Religious books）小说；传记、自传和回忆录（Biography，Autobiography and Memoir）作品。这个分类值得我们思考，前四类基本接近我们现在的类型小说分类，但后四类则需要我们在中国文学和出版现场，以更开阔的文学视野重新想象中国当下文学，才能得到中国类型小说的分类图。换句话说，类型小说的分类和定义，不只是写作者和研究者私下协商，而是文学阅读市场的细分和淘洗的结果。

因此，必须承认一个客观的事实，今天的类型小说是高度发达的商业社会的一部分，但承认这个客观事实，也要承认另外一个事实，现代商业社会是讲商业精神、伦理和规则的。再有一个事实，今天的中国类型小说的最大份额是在网络文学中发育出来的。而正是类型小说"在网络"，上文所引李敬泽所说的类型小说能不能成立的读者、写作者和文本的三个理想的目标可能都很难兑现。类型小说不是一般意义的通俗小说，它是通俗小说发展"非常严密的充分的规则和技术手段"的阶段，也可以说是通俗小说的"经典化"的部分，这考验着写作者，也挑剔着读者。对写作者而言，既是能力问题，也是耐力问题。今天中国资本定义的网络文学逐利的本质决定了它在快速套现和培育类型之间选择前者。因为这里面有一个变量和变数，就是在知识产权不完备的网络文学，类型很容易被快速地复刻。我们只要看看网络文学的作者构成，最大的获益者不一定是某一个类型的发明者，而是跟风者。这导致了许多写作者与其殚精竭虑地造"型"，不如审时度势地选"类"。不仅如此，类型小说写作者的文学野心关乎类型小说的可能性。换句话说，今天汉语类型小说的态势固然是外部商业环境使然，同样值得注意的问题就是，文学风格可持续的作者很不多见，即便是网络文学某一类型的大神其代表作往往也就三两本，这和国外动辄几十本的庞大体量不可同日而语。我们可以指责国外类型小说写作者个人作品的良莠不齐，但正是持续的写作和庞大的体量，推动了他们的类型成熟和进步。

廓清了中国类型小说地图之后，可以进一步想象什么是好的类型小说。首先，好的类型小说是国民精神成长的启蒙者，故而应该承载作为人类命运共同体的历史和当下、本土和世界交融的价值观、世界观和永恒的情感内容。以此观乎今天的玄幻（含修真、修仙等）、探险、历史（包括架空、穿越、古言等）等大量征用本土传统资源的类型小说，普遍存在匮乏现代性对传统和民间的反思和检讨。其次，好的类型小说会提供历史和现实的，但又不限于历史和现实的知识图谱和世界设定。它可以是想象的，比如"九州幻想"等；可以是现实的，比如官场生态；也可以是历史做线索的，像马伯庸推崇小说家张大春的《城邦暴力团》，称其"把我一直喜欢的以考据的手法写奇幻的故事这种方式做到了极致"。再有，类型小说应该有持续的分"类"和造"型"的能力。这些类和型一部分是创造，更多的则是对本土和世界的既有类型的改造和再造。观察这些年的推理、悬疑小说和在网络得以成熟的玄幻和架空历史的类型小说，其分"类"造"型"都能发现本土和世界类型文学传统的共同参与。即便像科幻文学这类高度融入世界文学的类型，也可能来源于被激活的本土传统文化资源，就像慕明的《破境》。分"类"和造"型"也可能是既有类型的重组再造，比如鬼马星的推理小说就融入了言情，比如大量古言小说都放在隐约的历史场景。

无论提供怎样的价值观、世界观、情感内容和知识图谱，无论怎样分类造型，类型小说最后都要兑现在叙事技术上。或者说，讲一个好故事上。这就能理解为什么类型小说也被他们称为好看小说。好的类型小说，其叙事技术是一种综合能力。还举例马伯庸做例子，他的小说显然脱胎于"生死时速"这种世界类型小说的经典叙事原型，故讲究叙事速度和节奏的精密和精确。但马伯庸的叙事不只是"爽"，即便投身更高更快更强的竞技性叙事，大时代中小人物的蝼蚁人生和种种不服依然是他小说的根底，甚至那些生死攸关的时刻，他依然可以游目骋怀，旁逸斜出故城旧都的风景风俗、市井细民的日常烟火以及盘根错节的政治罗网，如此等等。这些属于马伯庸小说的好，也应该是类型小说作为小说的"第三条道路"的独特性，它使得类型小说区别于不讲叙事逻辑的网络爽文，也区别于一般叙事平平的通俗文学。

五四新文学之初就提出"推倒雕琢的阿谀的贵族文学，建设平易的抒情的国民文学"。对于国民文学的概念，中国现代文学后来有很多的衍生和赋义。我们姑且不去辨析和深究。而对勘中国现代文学起点所期望的"国民文学"，处在文学金字塔尖的中国新文学，即便没有发展成贵族文学，也不能完全算"国民文学"吧？而从通俗文学到新兴的网络文学的事实证明，如果审美一路走低，国民文学就可能蜕变为迎合国民的文学。据此，只有好的类型小说才可能在审美和精神启蒙意义上兑现真正的国民文学。可以进一步想象，理想的文学份额或者径直说文学市场的构成是纺锤形的。高与低的部分都很细小，最突出的是中间"第三条道路"的类型小说。它拥有最多的读者，也集中了大量的优秀写作者，也成为其他衍生文娱产品再造的原发地。只有做到如此，一个国民普遍以阅读类型文学作为日常文学生活的国民文学时代才算真正到来。

（《长江文艺》2022年第1期）

我只是一个提问者，而不是一个标准答案编制人

——八篇小说，几个问题记

如期，《收获》青年作家小说专辑来了。每年这一期的专辑对中国文学的局部气候而言，俨然是一部分青年写作者们"隐秘而微观的伟大"的风向标式的文学事件。它至少代表了《收获》对于正处在上升阶梯的青年写作者的"一种态度"，哪些青年写作者最终进入《收获》的视野并将个人的写作进行到底？哪些可以在专辑引领力量中注入能量而上升？哪些只是到此一游的过客？需要更长的时间以观后效。因此，在我的理解中，我读每年的《收获》青年作家小说专辑，与其说是看中国当代青年写作的天花板，不如说是看可能性。

问题一：资讯过剩时代，如何从时事的汪洋大海转场到内心之不可测量？

在同时代的青年写作者中，郭爽兼备向外扩张和向内挖掘的能力。作为精神立场和实践意义的"非虚构"培养了郭爽对资讯过剩时代时事的巨大吞噬和消化能力。不仅如此，郭爽亦是自我反思的新青年。本专辑的《拓》中，小满寻找失踪的孪生哥哥思齐的旅程就内部植入了自我清算和省思。小满和思齐，他们从母亲的子宫里开始了生命的牵系和牵绊。即使诞生于人世肉身剥离，连结彼此的还有早年的记忆：亲密、伤痛、秘密以及人们传说的身体感应。小说在一个貌似通俗的、科技新贵的失踪故事里，可能卷携诸多的通俗性故事要素——关于权谋和金钱的暗黑阴影。小

说的一个层面,是具悬疑性的新世代背景的故事和传奇,深山中的造币机,开发顶尖技术的医疗研究机构;另一个层面,是具现实性的人物和场景,包括照顾小满兄妹的淳朴的乡民、未开化的村童、寻找机会的化石偷采者、牛市上的冲突者、网络侦探和流言传播者,这些使小说糅杂成一个既野心勃勃也颇具诚意的造物,虽然刻意地扭结编织这些要素也使得小说呈现出一些冲突、反差,甚至局部失控。《拓》的这些层面确实是迷离和迷人的,但它更关涉童年经验的戕害、微弱性倒错的暗示,集中于这一对面目相同的男与女,在接受和认同自我的漫长过程中的分离与重逢、放逐与对抗、随波逐流与偏行己路。这一对双生子,在看似不同的选择和处境中,皆面临种种考验,面对人性袒露的魔性和神性,面对黑与白,拓下并不优美的身影,期望一种重生。故而,郭爽之"拓"不只是复刻可见之物,而是开辟和拓荒意义上人性和内心之幽影的乍现。

问题二:小说可不可以是各种炫技的智力游戏?

"炫技"应该是如何手艺或者艺术技进乎此的题中之义,但事实上,今天很少有小说家敢明目张胆地伸张他们的小说是炫技。既然存在《知音》《故事会》、网络文学和传统严肃文学期刊等不同媒介叙事写作的区隔,虽然我并不反对无界或者跨界汲取严肃文学的能量,开辟新的文学道路,但是同样需要提醒的是,某一种传统的文学,包括小说,应该是有技术门槛的。在小说炫技的路线图上,极端者就是视小说为一种考验人类叙事能力的智力游戏。对小说技术实验极端主义的宽容是《收获》的重要传统。

小说如其题,双翅目的《记一次对五感论文的编审》是对五感论文《论感官挪位对增强现实的适应性提升》的编审记录。论文获得"坐过山车要抢头排"的编辑小李的热烈推荐,获第一外审的严厉批评,仅部分场景即强烈刺激到缺乏五感经验的编辑老赵,故获"退稿"的结论。初审与外审意见殊异,初审小李申诉重审论文,理性的"我"加入审稿,在这篇论文提供的感性场景(一款主打"封闭式沉浸体验与感官挪位"的游戏中的场景)"刑天"一节就已不济,编辑老赵再审,卡在"卡夫卡的甲壳虫"环节,第一外审指出论文存在严重的技术伦理问题,第二外审肯定论文立论，质疑论证过程。小李开了她一年一次的特审通道，建议论文作者添加现实案例，申诉再审。王编同意论文特审，由总编、胡编及社里相关编辑重读论文，上会讨论，最终是否发表则由特审编辑们投票决定。小李在"三头人"一节意外受挫，而三人的受挫节点均与个体差异创伤经历有关。王编延长审核周期，邀请前外审再次加入。第二外审同意参加，第一外审拒绝并质疑特审行为。"我"重新审阅论文的过程中，体验了论文考察的"感官挪位"的多种现实案例采样：阿尔兹海默，癌症，战争，植物界与无机物的世界。同时通过汇合各自的评审经验，也发现了论文所设个体特异性机制。老赵的评审体验与"我"并不相同，经历诸多增强现实场景。三人最终将场景和论证合成全本。来自胡编和王编的消息指出论文并非独立作者。最终特审上会。得知论文主体和论证分析由博士二年级留学生杜钦完成，五感体验的场景信息关涉的现实案例由一位五感记者提供，游戏的架构师也参与合作。关于论文的最终意见，小李提出：五感的适应性与可调整性则是论文的亮点，论文在心灵麻木与感官过载之间寻求微妙的动态平衡。"我"指出设立五感论文的初衷便是让感性充分融入对概念体系的论证，论文提供了一个好的样本。老赵进了一步提出想象力定义适应性，强调想象在五感层面创造新感性，在认知层面创造新的理解世界的机制。这篇论文能同时分析想象的双重功能，感知和认知通过想象的综合，达到对于不同现实的适应性，这才是文章的实际价值。王编认为《视界融合》的立刊之本，是相信五感可以拓展思维的视界，而非以五感取代思维，而论文过度强调后者，不适合刊发。胡编同意王编。论文最终未上刊。杜钦决定修改论文，将文章拆为两个版本，文字版再投《视界融合》，五感版投"勿用"的内部刊。

《增强人类：技术如何塑造新的现实》的作者海伦·帕帕扬尼说："你即将进入一个崭新的现实。在这里，整个世界将会为你而变，按照你的喜好、需要和环境来展现。现实变得可塑、可变和高度个性化，甚至完全由你来定义和驱使。整个世界并不囿于语言的限制，一旦突破了沟通的障碍，我们可以创造全新的感知，人类的视觉、听觉、触觉、味觉都将拥有全新的体验。依赖于模拟信号的世界规则将不再适用，可穿戴电脑、传感器和智能系统将打破人类能力的界限——我们会拥有超能力。"经由人类虚拟与现实有机融合，增强现实技术使人们以前所未有的方式来参与和了解身处的世界，增强现实的现实性综合着科学与自然、幻想与日常、历史与现时。小说作者双翅目经过专业的哲学训练，其世界设定和叙事逻辑严丝合缝，记录五感论文的编审过程，将增强现实纳入哲学视野，进行多重问题的探讨和评析。小说具有很广阔的现实视野，涉及诸多哲学和现实问题。回到增强现实上来说，正如小说中所表达"人类需要五感系统的拓展，增强对于真实世界的感受与理解"。增强现实世界不是把人带入虚幻的世界，而是要加强对现实的体现，增强体验的实在性。新技术的运用会带来技术拜物教和新的伦理风险，小说始终强调在增强现实中的个人主体性及尊重主体的价值，保持人文关怀和哲学反思。

尤其值得注意的是，小说同时在思考艺术与理性之间的关系："想象终需落地，一件艺术品会是一篇论证自然与人性的论文，一篇论文也应是脱离体系的一件独立艺术品。"这看上去像是对小说的自我解读。

近几年，科幻写作不但在自己的圈子里热闹，也侵入到传统的严肃文学疆域，但很多时候，这些以科幻之名的严肃文学写作，其实只是一种掩盖叙事能力匮乏的装神弄鬼，不少引起关注的小说文本，既无科幻，更无文学。对双翅目的小说《记一次对五感论文的编审》，可以理解为一次写作的完成，也可以理解为一次写作行为。

包慧仪的《双梦记》式知识型写作在作者和读者自由选择的部落化的当下应该有其相对稳定的粉丝读者。早慧且勤奋异常、自学多种语言的少年海因里希，幸存于海难并进化为成功商人青年海因里希；重病后在精神病院寻找内心真相的中年海因里希；迎娶宿命中的新娘并在新婚之夜乘船追随落跑新娘的海因里希；半路出道挖出了特洛伊古城遗址的考古学家海因里希。"挖掘是谜面，谜底是爱。"海因里希演绎了生而为人的有限时光里对于极限的追求，无论知识还是财富，历史的真相或者某种接近永恒的内容——我们称之为宿命和命运，我们以文学歌咏而言之不尽，以科学探求而束手无策，以历史教谕却始终陷于扑朔迷离中，我们自设谜面并孜孜不倦，我们在这里或那里选择信仰却因迷醉做永无止尽的狂舞。在这个意味上，选择文字的书写是在完成同样的使命。就我的阅读视野看，类似的写作征用专业的知识发育出小说，dome 的《佛兰德镜子》、黎幺的《〈山魈考〉残篇》可以和这篇《双梦记》对读，进而观察今天青年写作的一种风向。也许值得注意的是，在征用知识（有时是虚构知识的"伪知识"，所谓炫技，体现在虚构知识的能力上）为小说方面，类型小说开辟了另外的道路。

问题三：日常生活可不可以并不诗意甚至拙笨地进入小说？

取径现实，从现实萃取文学，是文学宝典里最重要的信条之一。后起的写作者在这条文学的康庄大道看到无数前辈的身影，但即便如此，这依然是青年写作者可取可控的写作路径。崔君和刘汀的好不是将日常生活轻盈化、诗意化，甚至"鸡汤化"——这是今天很多小散文、公号软文和短视频热心做的文学公益；而是——也许不是刻意为之，只是写作到现阶段的能力，但因为不刻意，自带一种文学处理日常生活的诚实有时拙笨的精确。

至少在这篇小说，崔君的肉身在场，故而，《狐狸的手套》所涉所思考的问题，无论处于凋敝生活和受制的婚姻中的母亲，还是处于朦胧困惑中的结婚"前夜"的"我"该何去何从，是"真"的问题，而不是因为要写小说而制造出的问题。这些问题是小说人物需要回应的，一定意义也是崔君当此时需要回应的。

小说中，诊所老板别墅中的一次欢聚和一次游戏，透露出两个缝隙。小说开篇是幸福中产之家的图景，接近末尾是家庭外表和美的老板在出差途中对下属"我"的撩拨。对老板本性的猜测是阅人无数的娜娜说出来的。而正是她在游戏中和"我"的男友被一起关在卫生间，让"我"度过煎熬的十分钟。与年龄无关，是对日常生活的敏感，崔君深谙恋爱中男女的爱与激情，占有与恐惧，渴望与疲惫。作者的性别意识在小说中发生作用，书写同居生活中将走向婚姻的女性面对一个男性时的必然困惑：他讲有想象力的俏皮故事，他会开看起来无伤大雅却可能隐约让女性产生危险感的玩笑（小说在此走向并未上升到男女性别意识差异，而更关注的是恋人的心理）；他给她身体的吸引和愉悦；他讨她的家人喜欢；他在睡眠时引发她无限爱意……小说中"她"的可能也是作者的困惑包括：我们如何相信并理解身边人的本质？我们如何领受了关于爱的全部事实后依然勇于做出承诺？我们知道"我"势必会走向"新世界"，小说依然有能力让我们在这纠葛中感同身受。

崔君写当下普通青年的具体生活，他们调情、游戏和吵嘴，他们处理旧床垫与马桶圈，他们"逛公园、爬山、泛舟、骑车去玩，虚度之后还是虚度"。那些密密实实的生活细节看起来琐屑无意义，就像路过的每一种植物是否知道它的名姓本身丝毫不重要，但是如果一天，你的尚且美丽和年轻的母亲，刚刚逃离一场来自不怀好意的男性的狩猎，你家附近的毛地黄又叫"狐狸的手套"。聪明的狐狸将毛地黄的花朵套在脚上，这样走路就没有声音了，正像那个入侵的男性。如果你知道了一种植物的名称，你突然理解了生活如何和它之间形成譬喻。这也是作者在小说中所写生活中所有发现的意味和意义。

同样，刘汀的《男厨》也可在小说处理日常生活的维度上求解。小说会让人想起电影《家宴》的开始，父亲在厨房制作工序复杂的一道道菜，厨房里是热腾的烟火气，菜肴一一上桌，回到家的女儿们落座，吃饭的氛围是冷感的。"厨"意味着的火热的生活，在小说的陈述里却是异常冷感的。《男厨》有大量的关于厨房劳作的细节，关于做菜的过程，关于餐具的选择甚至制作，关于洗涤餐具的流程，而对于"男厨"，与厨房相关事务的完成更重要。面对每日变换花样的早餐，儿子程序性回应的"谢谢"，让四十岁的他面对九岁的儿子的"同情"埋下暗火；他以艺术家的偏执，去同一个菜摊（只因店家女主人陈列菜品的审美在线）购买有灵魂的蔬菜，用一副小画来回报摊主的善意，那幅小画最终被扔放在菜摊上的处境，让他面对自己曾刻意疏远以避免发生友谊的摊主失神。一场家宴如此热闹地上演，而他为其忙碌的人，也是装点，因为他是会做饭的男主人、会烧制餐具的艺术家，困在这二百二十平为他独设画室的家中，困在厨房，最终以与他做伴的调料、厨具和食材，和着他的鲜血作画。这故事换一个性别视角并不罕见，罕见的地方，被作家的题目点明——"男厨"。我们通常以为属于厨房的是女性，当男性困于厨房、困于家中，当灵魂的光变为微暗的火，作为"男"他甚至不能哀怨，一种更冷感的气息贯穿了全文，那冷感意味着疏离、隔绝以图自我保护。比起年轻时候对于平庸的艺术才能认命性的失望，陷于这种处境的男厨透露出面对现实的软弱，甚至一些绝望。

问题四：相似的江湖儿女故事如何获得文学的辨识度？

叶昕昀的《孔雀》被选入去年的专辑，在今年年初发布的 2021 年收获文学榜有出色表现，排在短篇小说榜的第四位。评论家杨庆祥为《孔雀》撰写了推荐语："两个残缺的人相遇了，他们小心翼翼地在彼此的残缺里寻找一种圆满的可能。他们彼此试探、摸索、有限度地触碰，他们进入得越深，就发现伤痕和黑暗越多，生活简直就是一场接一场的悲剧。青春文艺剧和港台警匪剧里的元素在这里几乎都出现了，且快速地推进，这使得作品在某些关键点上的停留不够久，而梦境的频繁使用也让故事的逻辑显得不那么坚实。不管如何，叶昕昀的《孔雀》依然值得推荐，她是一位新作者，却有着成熟作家才能具有的个人风格的鲜明。"《最小的海》依然是这个边缘人的续写。一个女性婚前的一次短暂逃离，也是内心的游离，野心欲望与安定丰裕不能两全，想以外力推动某种变数而不能，于是顺水推舟地接受一种比较容易的命运。当遭遇疾病，又一次短暂逃离丈夫和儿子的时候，她终于获得内心澄明，两次逃离，一次是挑战，一次是领悟。作者能够洞察人心的细微，能够以异乎寻常的坦荡写出躁动不安的内心的狂念与私欲、厮缠与纠葛。

尼楠的《再见，麦克》写小镇故事和世情男女。麦克是国际友人，长着一副东亚面孔，与桥镇上的我们混在一起并不突兀。时日既久，更渗透到日常，从吃饭喝酒到男女情谊。小说妙处在写出了那种亲密关系的疏离感和流动性。王孙为生意故讨好老许，甚至献上麦克的意中人赵云云，麦克和老许言语不合即开打，卷入其中的不少人的真心在那一刻被激发。这几乎是小说唯一的情绪高点。小说的叙述如生活的水流，国别和疫情轻松隔断了麦克和桥镇的联系，也隔断了看似曾经如此亲密和具有无限可能的关系，王孙的生意意外好转，赵云云成了他的女人，忙碌散开了曾经无所事事的小镇聚集者，曾经的友谊变得可疑但无需质疑。小说叙事者并无评价的意愿，却试图呈现异常诚实的面孔和绝不抵抗的原则。

夏麦的《盛年的情人》写的是一个女性爱的苏醒，情欲的苏醒，也是自身的苏醒。小说涉及财富的崛起和没落，人们欲念的火焰和燃烧后的余烬；在婚姻、权谋和情欲的故事里，具化的华美和颓败的世界之间的落差，形式上滑腻的完美和粗糙的内心真实之间的纠缠。小说在想象和现实之间获得一种平衡，这种平衡压抑了某种过分浪漫化的危险，虽然不可避免地带有过往的浪漫主义文学的诸多痕迹，在此却形成一种带有古典气质的余影。

今年的专辑一共八篇小说，我们当然可能从中萃取出一些关键词，比如看似新奇其实耽于其中者已然无聊的青年生活志和风俗史，比如真真假假的科幻，比如各种来路的知识植入，比如暧昧幽暗的世道人心及亲密关系，等等。但在一个统一词汇表的词条之下说不同的作家，对写作者和文本都会是一种粗暴的减法。缘此，干脆从不同的问题提取可以讨论的问题。除了这四个问题，还可以提问的是：代际意义上的青年写作，青年性体现在哪里？有没有其独立的审美品格？青年期的写作可不可以更冒犯惯例，更偏离传统，更野蛮生长？我想，《收获》青年作家小说专辑之所以单独出来，除了在自觉和成熟意义上肯定一些写作者和文本，还是希望出现意外和例外，甚至失控之作吧？对于这些问题，我只是一个读者和提问者，而不是一个标准答案的编制人。我更看重的是青年写作的青年性可能滋长的方向。我希望看到的是春河淌水一般的沛然恣肆。

（《收获》微信公众号）

《极花》论*

和近年贾平凹所有长篇小说一样,《极花》也有一个不短的"后记"——交代小说的由来、背景和写法等方方面面的问题。贾平凹长篇小说的"后记"其实已经是一种特殊的文学批评文体。他往往会将可能伤害到小说文体的、过于直白的说明、议论和抒情移置到"后记"。这样,"后记"和小说之间有了一种彼此发微的互文关系。借助"后记",贾平凹总是成为自己小说第一个到场的批评者,他的"后记"也因此成为我们对他小说进一步阐释的原点。《极花》的"后记"中,贾平凹说:"窝在农村的那些男人在残山剩水中的瓜蔓上,成了一层开着的不结瓜的荒花?或许,他们就是中国最后的农村,或许,他们就是最后的光棍。"[①] 中国人对血缘家族十分看重,"一个传统的中国人看见自己的祖先、自己、自己的子孙在流动,就有生命之流永恒不息之感。"[②] 由于客观上存在的区域发展差异,那些边远闭塞、没有赶上二十世纪七十年代后期开始的改革大潮、没有分享改革红利的中国农村经过痛苦的挣扎,终于"最后"般遭遇了生命之流的枯竭和断流。可以想见,一座座后继无人的中国村庄即将诞生,而后继无人,谈何中国农村的重建和再生?从二十世纪九十年代中期开始,《土门》之后,贾平凹固执地记忆并书写城市化进程中颓败和凋敝的"中国最后的农村"。考察中外文学史,"最后"可能滋生挽歌文学,比如哈代、沈从文。贾平凹的《秦腔》就是这"最后"的记忆和挽歌的典范之作,但

---

* 本文系国家社科基金一般项目"乡村重建与新世纪乡村文学新变"(批准号13BZW130)之阶段性成果。

① 贾平凹:《极花·后记》,《人民文学》2016年第1期。
② 葛兆光:《中国思想史》(第一卷),复旦大学出版社2002年版,第24页。

同样写农村颓败和凋敝,《极花》却不是《秦腔》那样的记忆和挽歌,而是克制和收敛乡愁引发的悲情,直面和逼视中国农村现实图景,诘问其何以至此的文化、人性等根源。贾平凹的《极花》是"激愤""控诉",也是"悲哀"①的。是的,由一个乡村之子宣判中国农村的"最后"和死亡,其疼痛感可想而知。贾平凹却没有躲闪和退却,而是自觉地选择做中国最后农村的见证者和记录员。如果我们进而意识到中国农村之"最后"是一个缓慢延宕的渐衰渐亡的过程,那么,贾平凹的写作在中国当代文学格局中就有了一种与时偕行的"史记"意义。

一

小说的虚构和想象不意味着小说不追问我们世界的真。贾平凹是中国当代文学少有的将自己的写作持续地建立在类似于社会学和人类学的精准田野调查之上的作家。他擅长由实入虚,以小地方想象中国的小说修辞术。田野调查的"实"是他写作的出发点。贾平凹认为:"生活有它自我流动规律,顺利或困难都要过下去,这就是生活的本身,所以它混沌又鲜活。如此越写越实,越生活化,越是虚,越具有意象。"②贾平凹用自己早年的乡村记忆和不断行走的田野调查获得的天文、地理以及人与人的关系秩序等"生活的本身",去建构一个个中国农村的地方,并且别有深意藏焉。因此,就像他的《秦腔》,"写得实,实到使读者在阅读时不觉得那是小说而真实经历了那个叫清风街的人人事事,同时以实写虚,大而化之,产生多义,有所寄托"③。而《极花》之虚与实,多义与寄托,也不只是物象的象征意义——如极花之冬虫夏花与生命从冬日弱虫的凝定到夏花灿烂的转生,如"胡蝶"与庄子著名寓言有着隐秘关系的梦与真、灵与肉的迷离恍惚,而是从高巴县圪梁村这座小说家言的中国村庄天地人鬼

---

① 贾平凹:《极花·后记》,《人民文学》2016 年第 1 期。
② 贾平凹:《我心目中的小说》,《小说评论》2003 年第 6 期。
③ 贾平凹:《在首届世界华文长篇小说奖"红楼梦奖"上的受奖辞》,见《关于小说》,生活·读书·新知三联书店 2015 年版,第 147 页。

博物志般的精准写实和描刻摆渡到更辽阔的"中国"。

确实,只要涉及现实题材,贾平凹的写作都是在充分的田野调查之后。《极花》也不例外。《极花》中,胡蝶被拐卖到圪梁村的故事母本来源于贾平凹"像刀子一样刻在我的心里"的"真实的故事"。可以研究一下"真实的故事"母本如何向《极花》小说述本的演变。贾平凹自己说,他"一直没给任何人说过"这个故事。贾平凹一个老乡的女儿,初中辍学来西安和收捡破烂的父母相聚仅一年,便被人拐卖。好不容易被解救后,女孩子却被媒体和闲人围观,指指点点,以至于无法正常生存,留下字条,还是回到她被拐卖的村子。熟悉贾平凹创作的,应该发现这个他"一直没给任何人说过"的故事其实在《高兴》的"后记"里已经被讲述过一次。而且《高兴·后记》讲述的拐卖故事中,主人公似乎更接近《极花》的胡蝶。对勘《极花》与《高兴·后记》讲述的故事,就能够发现,发生在现实解救过程中遭遇村民围堵的场景正是《极花》最后胡蝶被解救逃脱的梦境,只是《高兴·后记》没有像《极花》那样交代被拐卖女孩解救回城之后的后续命运。对于《极花》,胡蝶被拐卖的故事母本来源是一个还是两个真实发生的故事,并不重要。重要的是,《高兴·后记》讲述的拐卖故事是贾平凹调查西安捡破烂群体时发生的。根据对西安捡破烂群体扎实的田野调查,贾平凹写成了《高兴》。这之后,贾平凹又写出了《古炉》《带灯》《老生》,其中《带灯》《老生》都是在深入的田野调查之后写成的。但差不多过了十年,这个拐卖的真实故事却一直没有被贾平凹征用和调动创作出新的小说,直到《极花》。那么,贾平凹在等什么?《极花·后记》交代了这部小说在贾平凹内心的沉潜和积淀:"以后,我采风去过甘肃的定西,去过榆林的横山和绥德,也去过咸阳北部的彬县、淳化、旬邑,那里都是高原,每当我在坡梁的小路上看到挖土豆回家的妇女,脸色黑红,背着那么沉重的篓子,两条弯曲成O形的腿,趔趔趄趄,我就想到了她……我就想起她……我也就想起她。"[1](省略号为笔者所加)心里藏着"真实的故事",行走在乡村大地,想象那些行走路上所见的底层农村妇女和

---

[1] 贾平凹:《极花·后记》,《人民文学》2016年第1期。

记忆中故事女主人公之间的关系,这就能够解释贾平凹为什么说,故事"像刀子一样刻在我的心里"。

不仅仅是对故事女主人公命运和生命结局的关切,查阅《定西笔记》,还可以肯定的是《极花》中的那些地理、物理、风俗和人情等的"知识"和2010年的定西"行走"有高度的吻合度。更为重要的是,定西"行走"不但获得了《极花》所需要的"知识",而且捕捉到了《极花》的"农村的味",这种"农村的味"是贾平凹小说植根中国大地的气息,贾平凹是在等待胡蝶在他的小说中丰满,也等待一个浸透农村味儿的艺术空间安放胡蝶的生命和生长。

二

贾平凹的写作不是城市楼头书斋的空想,而是不断的乡村大地行走。正是通过"商州"系列以来持续的行走,贾平凹目击到边远闭塞中国最后之农村的缓缓蜕变。接下来的问题是,作为虚构的小说,选择谁目击中国农村之"最后"呢?即谁是小说《极花》的叙述者。研究中国现代乡村小说的叙述者不只是一个小说技术问题,每一个不同叙述者的叙述声音都有着各自不同的身份和立场,以及与生俱来的擅长和局限。可以举的两个例子是:"荒村想象"是中国现代作家基于辛亥革命前后乡土中国现实的研判开创的母题,以鲁迅为代表的五四一代作家就集中书写过中国农村的凋敝和荒芜;但回望百年中国农村,除了凋敝和荒芜,也确实有过复兴和重生的时刻,二十世纪四十年代解放区作家笔下中国农村和农民的解放和新生感,同样是时代中国的农村现实。这不同时代中国农村废与兴的图景出自不同的叙述者,前者往往是游子兼现代知识分子的启蒙者,后者则是有文化的革命实践者。预设的身份和立场带来的是对中国乡村观察和书写的洞见,或者盲视——启蒙者放大中国乡村的荒原荒芜感,革命实践者则片面强调革命带来的中国乡村变革之"新"。如果仔细考察,这两类不同的叙述者其实和作者有着身份和立场的同一性。这种同一性使得中国现当代文学塑造了片面的中国乡村,大量目击却不能言说者心、眼中的中国农村没有被文学充分激活和释放,成为沉默无言的乡村。

贾平凹的写作几乎是与二十世纪七十年代末的改革时代同时开启的。在那个时代，共同的现代化梦想令知识分子与国家主流话语取得一致，贾平凹乡村小说的叙述者亦往往取与国家主流话语一致的改革立场，如贾平凹所说："一九七九年到一九八九年的十年里，故乡的消息总是让人振奋"[1]，就像他这一时期一部长篇小说的题目"浮躁"，也如小说中的州河——"我的这条州河便是一条我认为全中国的最浮躁不安的河。"[2] 时代是浮躁的，却有着光明必至的未来期许，所以"振奋"。当然，也会有困惑，但贾平凹却是一个乐观的理想主义者。短暂的好时光才二十几年就成为过去时的"黄金时代"，"就在要进入新的世纪的那一年，我的父亲去世了。父亲的去世使贾氏家族在棣花街的显赫威势开始衰败，而棣花街似乎也度过了它暂短的欣欣向荣岁月"[3]。贾平凹在很多场合说过，他的小说"老老实实地去呈现过去的国情、世情、民情"，但问题是即使在改革开放一路高歌猛进的时代，"欣欣向荣"是不是唯一的"国情、世情、民情"？还是危机从一开始就已经暗自潜伏，只是因为他选择了改革立场而被遮蔽了呢？在以《小月前本》《鸡窝洼人家》《腊月·正月》《浮躁》为代表的所谓改革小说中，传统中国农村成为改革的一个假想的对手而被置于审判台，被以阻碍现代化的名义宣判它的落伍和悖时。但即便如此，小说虚构和想象的中国农村并没有成为最后之农村，因为有一个想象的新农村来新陈代谢行将消逝的旧农村。

变化应该是在《白夜》《土门》到《高老庄》的"中年变法"阶段。贾平凹自己说：在世纪之末写完《高老庄》，我已经是很中年的人了。"我中年阶段的世界观就逐渐变化"[4]，"人在中年里已挫了争胜好强心，静

---

[1] 贾平凹：《秦腔》，人民文学出版社2008年版，第541页。
[2] 贾平凹：《浮躁》，译林出版社2012年版，第2页。
[3] 贾平凹：《秦腔》，人民文学出版社2008年版，第542页。
[4] 贾平凹：《〈高老庄〉后记》，见《关于小说》，生活·读书·新知三联书店2015年版，第108页。

伏下来踏实地做自己的事，随心所欲地去做，大自在地去做"①。所谓的"随心所欲"，所谓"大自在"，就是不再被宏大的国家现代化想象所裹挟，而是充分尊重个人的观察和想象。基于对中国现实社会的认知，对已经到来并不断加剧的城乡对峙，贾平凹敏锐地捕捉到城市扩张中中国乡村空前的溃退。我们或可意识到贾平凹这些创作是在世纪之交"社会主义新农村建设"或者"乡村重建"的时代背景上展开，并且意识到他给出的是一个个令人失望的答案——从《高老庄》对城市化有限的肯定，到《极花》借黑亮之口激愤地控诉："现在国家发展城市哩，城市就成了个血盆大口，吸农村的钱，吸农村的物，把农村的姑娘全吸走了!"明乎此，我们能理解贾平凹针对《秦腔》所说的："作家是受苦与抨击的先知，作家职业的性质决定了他与现实社会可能要发生磨擦，却绝没企图和罪恶。"②进一步，如果我们以《土门》为界，把贾平凹写中国农村的小说进行前后对读，会看到贾平凹是如何给"传统"中国乡村"平反"的，以及如何在《高老庄》《秦腔》《带灯》《老生》，包括《极花》当中书写着《小月前本》《鸡窝洼人家》《腊月·正月》《浮躁》等改革小说的反题。但此际时间已经到了二十世纪九十年代中期以后了，城市化以无可挽回的姿势将乡村逼到了绝境。在《秦腔》书写中国农村挽歌之后，贾平凹从一个忧伤的抒情诗人，转而成为一个有知识分子风骨的、独立的批判现实主义小说家。《古炉》《带灯》《老生》《极花》就是这样沛然涌动着批判精神的现实主义之作。

贾平凹"中年变法"所变的还有他的小说观，在他看来小说就是"说话"："《白夜》的说话"，"它可能是一个口舌很笨的人的说话；但它是从台子上或人圈中间的位置下来，蹲着，真诚而平常说话，它靠的不是诱导和卖弄，结结巴巴的话里，说的是大家都明白的话，某些地方只说一句二句，听者就领会了"③。同样取"说话"的小说叙事态度，《极花》

---

① 贾平凹：《〈高老庄〉后记》，见《关于小说》，生活·读书·新知三联书店2015年版，第112页。

② 贾平凹：《秦腔》，人民文学出版社2008年版，第546—547页。

③ 贾平凹：《〈白夜〉后记》，见《关于小说》，生活·读书·新知三联书店2015年版，第81—82页。

"让那可怜的叫着胡蝶的被拐卖来的女子在唠叨"①。"说话"或者"唠叨",从叙述者角度,其实是将居高临下的知识分子视角下移转交给底层民间普通人,而且这种视角的下移和转交应该理解为与贾平凹价值立场和文学观的互动:"我的情结始终在现当代。我的出身和我生存的环境决定了我的平民地位和写作的民间视角,关怀和忧患时下的中国是我的天职。"②有意味的是,贾平凹有几部小说的叙述者都是穿高跟鞋闯入乡村的城市女子——《高老庄》的西夏搜寻着村庄的碑文打捞乡村湮没的历史,《带灯》的带灯忧心着农村基层的政治生态,而《极花》的胡蝶则目睹了中国最后的农村和自己一起沦陷。如果把贾平凹这些小说作为一个整体来看,每一个叙述者都从一个自己的通道抵达中国农村。贾平凹最大可能地避免对叙述者的垄断和专横,而是众声喧哗,让中国农村最大可能地敞开,从而也最大可能地通向中国农村之"真"。而且,从小说技术的意义上,贾平凹"说话"的小说实践也是在尝试小说多重叙事声音平等呈现的可能性。

三

《极花》从一开始即充分展示贾平凹小说"说话"的魅力。胡蝶"唠叨"的都是现场感极强的村庄细事——极花的绝迹,金锁媳妇被葫芦豹蜂蜇死,顺子进城打工……除了这些,被最频繁"唠叨"到的还是农村性事——性饥渴和性匮乏。八十岁的张老撑吃血葱搞大女人的肚子;顺子一走四年,家里的媳妇竟生了孩子,以至于村子里十几个光棍互相怀疑,最后却是顺子媳妇和收极花的男人私奔。胡蝶以一个村庄的异者"她"来看,绝迹、出走、死亡、性乱、私奔……圪梁村的末日来临。《极花》小说开始的时间正是生与死之间的"极期"。所谓中国最后农村之"最后"就是"极花"之"极",亦即"极期"之"极",对胡蝶、对圪梁村都是如此。值得注

---

① 贾平凹:《极花·后记》,《人民文学》2016年第1期。
② 贾平凹:《〈高老庄〉后记》,见《关于小说》,生活·读书·新知三联书店2015年版,第110页。

意的是，小说胡蝶的"她"看和"她"唠叨，既是现实的，也是心理的。尖锐的痛感，使得每一个微小的细事都成为不能遗忘的生命时刻的痛点。恰恰正是刻下一百七十八道儿的深刻，胡蝶目击到农村的隐秘和疼痛，一个农村青年的性饥渴：

> 刻道儿旁边的美女图是用糨糊贴上的，明显能看出那是一页挂历画，年月日被裁去了，只剩下一个美女像。美女从脖子到脚却好像被刀砍过，刀刀深刻，以至于把墙土都砍了出来。我问黑亮：你贴的？他说：我想要她。我说：你想要她你砍她？他说：我恨那女人不是我的。

中国当代文学写乡村性匮乏和性饥渴的扭曲和变态，《极花》不是最惨烈的，更极端的如曹乃谦的《温家窑风景》写精神失常、兽交、乱伦，等等。但贾平凹不取奇观或述异的态度，而是写"性"之于中国农村青年日常生活、生理和心理以及中国农村之未来和出路的影响，用笔"刀刀深刻"。

这是一座令人不安的村庄。老老爷说"这几年村子里净出怪事"。可是，即便如此，表面上看，圪梁村仍然是一座命不该绝的村庄，就像"极花"所暗示的。极花不似鲁迅在《失掉的好地狱》中所写"地狱小花，惨白可怜"，而是极其美艳："毛拉一到冬天就钻进土里休眠，开春后，别的休眠的虫子蜕皮为蛹，破蛹成蛾，毛拉却身上长草，草抽出茎四五指高，绣一个苞蕾，形状像小儿的拳头，先是紫颜色，开放后成了蓝色"，但极花同样是死亡之花，是毛拉坟穴开出的花。贾平凹写村庄的死亡着眼村庄的"方生方死"。"生"，我们可以看村庄的风水树，四棵白皮松精神勃发、生机盎然。"绿树村边合"，树是村庄的庇护。树在，则村庄的风水、精神在。因此，中国作家写村庄的由兴而废都爱从大树的斫伤和毁灭着笔，像阿城的《树王》、韩少功的《马桥词典》等都是如此。贾平凹对村树尤其属意，以至于《高兴》的"后记"写完又写了"后记二"，专门记录老家的"六棵树"，这在贾平凹的写作生涯中是前所未有的旁逸斜出。在这篇"后记"里，贾平凹写侥幸活下来的树，怅惘地追念老家村子里"那些三十年间消绝的花草树木、飞禽走兽、农耕农具"①。《极花》还写到槐树。写槐树,胡蝶先"唠叨"圪梁村的创世传说,"世世代代的人都说,这里原来是个海子。他们的祖先就在海子里捕鱼为生"。海子里出了魔鬼魃,海子上升,洪水泛滥,神杀死了魃,海子变成荒原,魃的骨骼长出六个大梁,为了镇压六个梁长成熊耳岭那样的雪山,在每个梁上建了寺庙。"据老爷爷说,这些个寺庙当年香火很旺,村里人天旱了去祈雨,生病了去祷告,谁和谁闹了矛盾,争执不下,也都去寺庙里跪下发咒,你说:神在上,我要是做了亏心事,让五雷把我轰了!他说:神在上,我要是做了亏心事,让五雷把我轰了!"

说村庄之"生"还在于它有着自己生生不息绵延的地方性传统、传说和宗教。但贾平凹没有把圪梁村写成一个闭塞的化外之地,当代政治生活早也在此扎根,比如十年动乱时期对宗教活动和场所的取缔和毁弃,这出现在沿海发达地区,就像范小青的《香火》写过的。圪梁村这样的偏僻之地也劫数难逃,但这不影响宗教传统在圪梁村隐秘的存在和传承。胡蝶看到的村庄:鸡鸣狗咬,人声吵骂,炊烟袅袅,毛驴犁地,整个村庄并不像许多乡村小说渲染的死寂荒芜。那些屋舍器物——窑洞,石磨,水井一如往昔;做石活的黑亮爹和剪纸的麻子婶这些手艺人神思飞动;人们相信麻子婶受孕,学会剪纸以及昏迷后醒来如有神授成为剪花娘子的灵异故事;还有,生孩子身下铺黄土,炒五种颜色的豆子,拴彩花绳子,以及日常生活中无所不在近乎巫术的"讲究",维持了一村人生活在这里。

四

圪梁村,活着却濒临死亡。因为一座活着、运转正常的村庄,置身其中的每一个个体和各个阶层应该是秩序井然的。因此,所谓中国最后的农村当然是指既有村庄构成的失序,犹未重建。《极花》的圪梁村处于中国当代政治网络结构的基层和末梢。在这里,村长是"强势"的。他的"强

---

① 贾平凹:《高兴》,译林出版社2012年版,第307页。

势"一方面是因为他是乡村基层政治的代表,就像村长自己强调"镇政府任命我当村长";另一方面,他的"强势"是现实性的。小说中的现实是他长期霸占着几个寡妇,而且拴子不在家时,也常去拴子家;立春、腊八是他本家的叔叔,他都敢纠缠訾米;他摆排起村里这几年的变化,是村子里买了六个媳妇。他对神灵没有任何敬畏之心。吊诡的是,他渎神尊法,事实上圪梁村在他的治下却法治废弛;而声称尊法不尊神的他却会率领全村人给老老爷拜寿补粮,祝老老爷万寿无疆。"村里人脆,不停地埋",他又让黑亮爹多凿石羊送病。

很显然,在圪梁村,"强势"的不只是村长。王斯福研究中国当代村落"确认地方及其领导的制度",认为存在两种基本类型:"其中一种类型的制度只是基层政府的行政,另一种是由下而上的'传统'权威以及他们在文化知识与地位上的声望等级。"[①] 圪梁村的村长自然是代表着前者,而老老爷则是后者。老老爷相信自己在圪梁村的权威和声望,也自觉地承担着他的责任:"我死不了的,村子成了这个样子了,阎王爷不会让我死的";"我不是一个人的老老爷"。事实上,大多数时刻,圪梁村人,包括村长也服膺他的权威和声望。老老爷的"强势"是因为他是村庄共同信奉的传统权威,就像村庄共同拥有的传说、记忆和"讲究"等。"老老爷是村里班辈最高的人,年轻时曾是民办教师,转不了正,就回村务农了,他肚里的知识多,脾性也好,以前每年立春日都是他开第一犁,村里耍狮子,都是他彩笔点睛,极花也是他首先发现和起的名",老老爷能写秦朝统一文字之前就有了的字,是一个文化传人。事实不仅如此,在圪梁村,老老爷是一个兼具家族长老、乡绅和巫等多重身份的权威和偶像。有趣的是,某种程度上,老老爷的世界观和贾平凹有着一致的地方。贾平凹认为:"古人讲,仰观象于玄表,俯察式于群形。这是我们活人的总的法则"[②];"一早一晚都在仰头看天,象全在天上,蹲下来看地上熙熙攘攘物事,一切式

---

① 王斯福:《帝国的隐喻》,赵旭东译,江苏人民出版社2009年版,第325页。
② 贾平凹:《就〈带灯〉致林建法》,见《关于小说》,生活·读书·新知三联书店2015年版,第232页。

又都在其中"①。贾平凹参悟的活人法则以及天地人的秘密演化在圪梁村由老老爷执掌着。对天地,老老爷看历头,算年景,夜观东井:"天上的星空划分为分星,地下的区域划分为分野,天上地下对应着,合称星野。"对人间,老老爷给村里所有人都取过名,他以为"不起名那这村子百年后就没了";他在葫芦上写毛笔字,印德仁孝;当梁水要像黑亮一样找到媳妇,想要把压制好的极花敬到中堂,老老爷说:"中堂是挂天地君亲师的"。对鬼神世界,他可以做梦问征兆。当瞎子叔腿疼,熏艾没有用,老老爷说"有鬼了"。不只是《极花》,贾平凹的《秦腔》《古炉》等小说都有类似老老爷这样的地方"传统"权威,平衡着乡村的天地人鬼神秩序。

在《极花》中的圪梁村,老老爷的权威是尊重和遵从长者的文化传统赋予并自然生长出来的。"革命"并没有能够阻遏村庄"传统"权威自然的汰选和生长,更没有将其剿灭。地方的"传统"权威老老爷一直发挥着作用(村人以为"树精"附体的麻子婶某种程度上也分担着村庄的地方传统权威),他们共同维护着中国农村地方性的"另外的信仰共同体、另外的道德权威与安全感的来源"②。某种程度上的现实是,中国当代乡村基层政体和地方传统权威共同控制并影响着中国农村。《极花》走山的灾害发生以后,老老爷认为村庄接二连三的死亡和走山,是因为"十几年没有唱过戏或闹社火了",想让村长唱戏安神。在老老爷的世界里"唱戏不是热闹,也不是要谢忧帮忙的人,戏是要给神唱的,安顿了神,神会保佑咱村子的"。而村长则回应,"神在哪儿呢?哪儿有神?""生老病死很正常,走山是自然灾害"。但即便如此,在《极花》中的圪梁村,地方性传统和"传统"权威隐秘地活着。而恰恰是改革时代以来,地方"传统"权威的作用不断被削弱。在贾平凹的思考中,正是因地方性传统消逝和"传统"权威失势,中国农村才成为信仰缺失的"废乡"。早在《秦腔》中,贾平凹就思考并书写这种消逝和丧失。《极花》中有一个细节值得玩味。毛虫去镇上两天,让瘫在炕上的爹不吃不喝,三朵伸张正义扯着毛虫来见老老爷,让他给老老

---

① 贾平凹:《〈高老庄〉后记》,见《关于小说》,生活·读书·新知三联书店2015年版,第108页。

② 王斯福:《帝国的隐喻》,赵旭东译,江苏人民出版社2009年版,第266页。

爷认罪。小说写：

> 毛虫说：他又不是庙里的神。
> 三朵说：他不是庙里的神，但他是老老爷！
> 毛虫说：他能给我一碗饭还是给我一分钱？我认他了他是老老爷，不认他了就是狗屁！

因此，就像有人所忧虑的："非集体化之后的农村出现了道德与意识形态的真空。与此同时，农民又被卷入了商品经济与市场中，他们便在这种情况下迅速地接受了以全球化消费主义为特征的晚期资本主义道德观。"① 这种"卷入"和"接受"的，不只是物质层面的财富梦想——村民疯狂采挖极花牟利以至于极花绝迹；立春带回来的簪米脑子活泛，种血葱经管温泉；黑亮拥有拖拉机、杂货店……也是圪梁村出现的"道德与意识形态的真空"。在《日常生活的启蒙者》的"乡土"部分，彻费恩和鲍辛格讨论了"边城僻壤"这个概念。他们认为"在很多方面'边城僻壤'是可以与中心同步的"，"在某些品质上，'边城僻壤'比中心还要发育健全"②。因此，圪梁村是"边城僻壤"，远离城市和政治中心，不能解释它行将消逝成为中国最后的村庄。《极花》给出的真正原因在于：农村基层机构失范，是因为圪梁村村长渎神枉法、自私专横的各种妄为；同时，"晚期资本主义道德观"似乎也在导致"传统"权威的"失势"。更值得注意的是，小说写刘全喜、张耙子和黑亮他们想办血葱公司，村长知道后要插一杠子，而且提出他要承头。这意味着，农村新势力的崛起受制于贪腐的村长而被压抑和阻遏，缺少上升的空间，进而也无法带动乡村重生和重建。从中国农村未来看，重建村庄废弛的道德、法律和政治意识形态，等等，必须依靠这些被压抑的农村新人。

---

① 阎云翔：《私人生活的变革：一个中国村庄里的爱情、家庭与亲密关系》，龚小夏译，上海书店出版社2009年版，第260页。

② 赫尔曼·鲍辛格：《日常生活的启蒙者》，吴秀杰译，广西师范大学出版社2014年版，第146页。

可以进一步思考，谁是贾平凹小说的农村新人？其实，贾平凹通过《小月前本》《鸡窝洼人家》《腊月·正月》《浮躁》等小说里乡村"改革者"形象已经回答过这个问题。门门和禾禾从城市里汲取了新的价值观并在农村进行改革实践。在那个时代，城市只是他们力量的源泉和打开的新世界，这些新人最终是要在乡村实现自己的成功梦，也要带动乡村的更生，就像《鸡窝洼人家》的禾禾，他们在乡村的改革实践不断失败，但他从来没有想过逃离生息的乡村。"农村青年已经成为一个重要的社会群体；相应地，青年文化已经在农村出现"，"青年文化的出现同时也展现了中国社会变革的一个重要方面，那就是农村社会的多样化"[①]。这用来指认二十世纪八十年代改革之初的中国农村是恰当的。但到了《极花》"时刻"，出生于营盘村的知识青年胡蝶却是一个彻底的逃乡者。她少时父亡，家贫，为她和弟弟读书母亲卖光全部家当，接着又去城里打工捡破烂。胡蝶初中快要毕业时辍学，她想的是"娘走了，我也从此再也不是学生"。于是，追随娘进城。她梦想"我已经是城里人了，我就要有城市人的形象"，所以她要把娘收捡来的两架子车废品卖掉，五百块钱买了真皮的高跟鞋；她的爱情梦对象是出租院房东的儿子，一个读大学的城市青年。和胡蝶不同的是，圪梁村的知识青年黑亮并没有逃乡。黑亮形象接续的是贾平凹塑造的门门和禾禾等这些改革小说的人物谱系。《鸡窝洼人家》的禾禾在村子里第一个拥有手扶拖拉机，取得养蚕事业成功的同时，也在乡村收获了爱情。二十世纪八十年代贾平凹的乡村是牧歌情调的，同时代的作家很多都是这样的，比如张炜的短篇小说集《芦青河告诉我》。他们小说的乡村改革者在事业取得成功的同时，也和乡村里最优秀的女人缔结良缘。有意思的是，《极花》中的黑亮也是村子里唯一的手扶拖拉机的拥有者。很长时间里，拖拉机都是社会主义新农村的想象和象征，而且拖拉机联系着的往往是农村新青年的成长故事，无论是张炜的《拖拉机突突响》，还是莫言的早期小说《白鸥前导在春船》，皆是如此。可是《极花》的拖拉机手黑亮这个乡村知识青年，在圪梁村既没有事业上升的空间，他梦想中

[①] 阎云翔：《中国社会的个体化》，陆洋译，上海译文出版社2012年版，第172页。

的血葱基地要依附于乡村政治权威——村长，而且也没有收获甜蜜的乡村爱情。黑亮和胡蝶，如果在贾平凹二十世纪八十年代的改革小说中是最有可能产生乡村爱情的一对男女，不幸的是，在新世纪却沦为一起拐卖妇女事件的施虐者和受害者。乡村基层政治和传统权威在乡村的危机和坍塌，使新人难以真正和《极花》中村长这样的乡村政治代表剥离成为独立自主的新人，农村成为没有前途和希望的涣散无神的农村——这是《极花》里中国"最后"的农村。

可以想见，胡蝶出生的营盘村，也将成为另一个中国最后的农村。客观地说，胡蝶并不能算一个真正的城里人。《高兴》可以作为《极花》的一个前史，胡蝶就是一个"女版"的刘高兴，但"城里人"却成为她安身立命的精神支援。即使被拐卖后，她不穿黑亮娘在世做的布鞋——"我不穿，失去了高跟鞋就失去了身份"。在圪梁村，她有城里人的优越感。某种程度上，她活着的信念就是"我现在是城里人"，"我要回城市"。但当胡蝶发现自己和儿子的星星出现在圪梁村的上空，当老老爷说"地呼出的气是云，也是飞禽走兽，也是人"，胡蝶也对自己的城里人的身份产生了怀疑。仅仅指责胡蝶这个乡村的女儿对乡村的逃离和仇视是不公平的。为什么她宁可做一个城市的寄居者，也不愿意安居故乡？因此，中国农村之"最后"是城市吸走了乡村少女胡蝶，在乡的黑亮却难以发育为乡村新人。而且，社会阶层的固化，使得胡蝶即使曾经抵达城市，也无法在城市扎根。

五

很容易从国家法律立场识别胡蝶被拐卖的非法和不正义，但当这个故事被安置在一个行将涣散的村庄，将会激发出文学的潜能。在价值判断上，我们不怀疑贾平凹的法律常识。小说对拐卖妇女的非正义性没有任何的迟疑，这是他写《极花》的出发点和基本立场，也是《极花》笔调沉郁悲凉的来由，但文学会关注远比法律可以裁决的是非更复杂的人性以及人性寄生的文化和社会土壤。因此，贾平凹借助这个拐卖妇女的故事打开的是中国农村更多的秘密以及犯罪案件之下涌动的人性暗河。涣散无神的农村失去精神庇护和安全感。进而，所谓"晚期资本主义道德观"将会在中国农村长驱直入，彻底摧毁中国农村。在这种道德观左右下，老老爷代表的地方传统权威将会在挽歌声中退场。农村的新一轮资源和格局的配置将会在村长和黑亮这些新生势力之间展开。《极花》中，胡蝶是城市与乡村以及圪梁村诸种势力的交汇点。就像《高兴》中写到了背尸还乡，就有人联想到张扬导演的电影《落叶归根》，《极花》肯定也会使人想到导演李扬的电影《盲山》，但正如帕慕克所说："电影一如前现代文学叙事与史诗，多数时候并非从主角的观点，而是从外向、从远处去看片中的虚构世界。"小说则可以不这样，《极花》中，胡蝶是圪梁村——中国最后的农村的目击者，也是自身命运和疼痛的目击者。"当小说人物游荡在一大片景致中，然后定居下来、与它紧密结合、成为其中一部分，这些都是让该人物令人难忘的行为姿态，安娜·卡列尼娜之所以不朽，不是因为她动荡的灵魂或是那一大堆所谓'性格'的特质，而是因为她深深沉浸在一片包罗万象的景致中，进而让这片景致透过她呈现出所有壮丽的细节。"① 有意思的是，这恰恰暗合了贾平凹的《极花》"以水墨而文学"的叙事技术追求。贾平凹认为："我一直以为我的写作与水墨画有关，以水墨而文学，文学是水墨的。"② 其实早在写作《浮躁》的时代，贾平凹就有了类似的自觉，他曾经说过："中西的文化深层结构都在发生着各自的裂变，怎样写这个令人振奋又令人痛苦的裂变过程，我觉得这其中极有魅力，尤其作为中国的作家怎样把握自己民族文化的裂变，又如何在形式上不以西方人的那种焦点透视法而运用中国画的散点透视法来进行，那将是有趣的试验！"③ 所以，不只是《极花》，他的那些选取故事在场人物叙述视角的小说，比如《高老庄》《秦腔》《高兴》《带灯》等，都属于这种"散点透视法"，或者"以水墨而文学"。

应该意识到，《极花》的"散点透视法"，其"看者"胡蝶不是《高

---

① 奥罕·帕慕克：《率性而多感的小说家》，颜湘如译，台湾麦田出版社2012年版，第124页。
② 贾平凹：《极花·后记》，《人民文学》2016年第1期。
③ 贾平凹：《〈浮躁〉序言二》，见《关于小说》，生活·读书·新知三联书店2015年版，第33页。

老庄》中西夏乡村观光客那样的悠闲景致的观察者和文化的打捞者，也不是《带灯》中带灯那样有着政府赋予权力的乡村基层领导。胡蝶是一个被拐卖者，她的"唠叨"固然建构了《极花》圪梁村百科全书式的村庄断代史，但同时胡蝶也是对自己被侮辱被施暴的伤害史的声张和言说者。圪梁村是一个光棍扎堆的地方，有限的女性要么被城市"吸"走，要么被村长垄断和霸占。在这里，男女之间的关系已经原始化到性交和生育，女性被物质化，可以被买卖，就像兄弟分家，"谁要柜子、箱子、方桌子和五个大瓮就不能要訾米"。而胡蝶年轻漂亮，读过中学有文化，还来自城市，这些更刺激了圪梁村男人复仇的观看和施暴的"快乐"。小说写胡蝶的反抗、逃跑、被强奸、拴铁链的受虐过程，每一次性事都是一场针对女人身体、摧毁尊严的暴力侵犯。性的欢悦在这里被亵污，女性成为泄欲和生育的物质工具。

　　小说可贵的是，胡蝶不是一个屈服的受虐者，而是决绝的抗争者，一个对自己的命运逐渐唤醒并关注的思考者。每一次施暴，胡蝶的灵魂都在场。胡蝶咆哮，捣乱，肆意破坏。胡蝶屈辱、愤怒、痛苦、无奈狂躁，灵魂出窍："我的魂，跳出了身子，就站在了方桌上，或站在了窑壁架板上的煤油灯上，看可怜的胡蝶换上了黑家的衣服"。胡蝶的灵魂"游荡"体验着人间地狱。快一年，"这是我第一次走出窑来，像出了坟墓"。一个村庄对一个弱小女子施暴，除了訾米和麻子婶，无论村长，还是村庄的新人黑亮，整个村庄都成了施暴者或者看客，谁也没有对胡蝶提供哪怕是道义上的声援。事实上，相当长的时间内，无论是二十世纪四十年代的《小二黑结婚》，还是八十年代的《被爱情遗忘的角落》，"政府"都给予农村青年追求爱情的强大的法律和精神支援，但悲凉的是，《极花》中，镇政府任命的村长却是每一次拐卖妇女的参与者和获益者。

　　自《高老庄》开始，贾平凹小说中的中国农村就潜藏着无尽的暴力。类似约翰—基恩所说，中国农村正在成为"暴力之域"："在这个虚构的恐怖之域，一些人毫无忌惮地对他人的精神和身体施加残忍的暴力。他们看上去正在享受这个过程，流露出一种对残忍行为的嗜好"，"他们已经迷上了野蛮，相信暴力是必须的，而且认为自己永远是对的，所以他们认为自己有权随意运用暴力而不受处罚或制裁"①。《高老庄》中村民对地板厂的冲击，《秦腔》中最后的抗税风波（小说中暗示群体性的抗税是普遍事件，而不是孤立的个案），《带灯》涉及另外两场群体性的暴力——一次是元老海组织的，一次是田双仓组织的。小说中的这些群体暴力事件都有着民间正义的基础。如果我们仔细辨识这些小说，其暴力源头往往是因为城市对乡村的掠夺和不公正引发的。面对中国农村此起彼伏的暴力，作家往往会放弃启蒙立场的对穷人之恶的反思，转而选择与穷人站在一起，文学成为简单的抗议文学和控诉文学，比如张炜的《刺猬歌》。事实上，中国现代社会暴力植根在复杂矛盾缠绕的历史和现实大地，哪怕面对乡村正义诉求的暴力抗争，也不应该必然通向对暴力的美化。对待乡村暴力，即使是具有正义诉求的暴力抗争，贾平凹并没有简单地选择站在穷人一边，而是希望挖掘出乡村暴力背后的复杂性因由。

而且，贾平凹坚信我们世界的温暖性和神性，他在谈到沈从文时说过："善良而宽容的作家才能写出温暖的作品"，"沈从文以温和的心境，尽量看取人性的真与善"②。而"说到神性，好小说都是有神性，也就是有精神的"，"沈从文写的下层社会人的日常生命状态，就是探寻的是关于人的最为根本意义上的爱、真、美，他的小说才具备了生命力"③。事实上，胡蝶也感受到了圪梁村，尤其是黑亮一家和麻子婶身上人性微弱的良善和美好，小说写到许多人性闪光的温暖细节：村民给自杀的顺子爹料理后事；麻子婶、訾米等同样被损害的女性抱团取暖成为胡蝶微弱的精神支援；黑亮一家摧残胡蝶却又善待胡蝶："以为我吃不下他们的荞面和土豆，就去了镇上给买了麦面蒸的白馍。"胡蝶临产，瞎子叔还"讲究"着："瞎子就把我抱起来，他一对胳膊伸直，硬得如同铁棍，竟然是平端着，而自己却把脸侧在一边，把我放在了我窑里的炕上"；"第一麻袋驮回来，挑

---

① 约翰-基恩：《暴力与民主》，易承志等译，中央编译出版社2014年版，第2页。
② 贾平凹：《沈从文的文学》，见《关于小说》，生活·读书·新知三联书店2015年版，第138页。
③ 贾平凹：《沈从文的文学》，见《关于小说》，生活·读书·新知三联书店2015年版，第139页。

了三颗土豆,都是小碗大的,敬在天地君亲师的牌位前"。可问题是,这些抱有人性真善美的芸芸众生恰恰却成为一场场暴力的参与者或者漠然的围观者。汉娜·阿伦特认为:"在当今时代,共同感的消失是时代危机的最确切标志。在每一场危机中,世界的一部分塌陷了,为我们所有人共有的某些东西毁灭了。共同感的丧失,就像一根探测杆一样,标出了塌陷发生的位置。"①当代中国还不止于"共同感的消失",而是城与乡之间、不同阶层和族群之间以及同一个阶层和族群之间互相嫌弃和撕裂,暴力更加剧了这种嫌弃和撕裂。胡蝶觉得村里有些人不是人,只是訾米说的"人样子","我若要再跟她交往,将来肯定和她一样而我又没她那个性格,我只会沉沦得连个人样子都没有了"。现实却是令人绝望的,"我不再有想法了,想法有什么用呢? 黄土原想着水,它才干旱,月亮想着光,夜才黑暗"。小说以无尽的哀痛写到胡蝶从"我对城市""想"到"学会"并顺应圪梁村的日常生活。需要进一步指出的是,胡蝶能够在圪梁村活下去,不是因为被圪梁村的温暖性和神性打动,也不因为找到了疗治伤害和安妥灵魂的确信,而是因为畏惧和恐惧。

《极花》深层的悲剧是,胡蝶和黑亮这些乡村知识青年无路可走。充满敌意的城市和亡灵飘荡的农村无法安放他们,他们也无法和这样的城市与乡村一起休戚与共。视中国为圪梁村,黑亮说:"待哪儿还不都是中国。"而经过了从营盘村到城市,从城市到圪梁村,再在梦里从圪梁村被解救回到城市,再从城市漂流回到圪梁村伤痕累累的旅行,胡蝶说:"在中国哪儿都一样。"一个乡村新生代看不到希望也不愿安居于此的农村,才真正是中国农村最后之最后。看护圪梁村的精神和信仰的,不是村长,不是黑亮,而是渐渐失势和边缘化的麻子婶和老老爷——这些是需要我们深度思考、面对和亟待解决的问题。

(《文学评论》2016 年第 3 期)

---

① 汉娜·阿伦特:《过去与未来之间》,王寅丽、张立立译,译林出版社 2011 年版,第 167—168 页。

城市传记何以可能？
——以《南京传》为例

一

2019年5月和8月，有两本书名一样的《南京传》前后脚出版，一本是岳麓书社的张新奇版，一本是译林出版社的叶兆言版。两本书名一样，这么近的时间由不同出版社推出，这在出版界也许并不多见。现在，两年多的时间过去了。我查了下豆瓣读书，叶兆言的《南京传》豆瓣评分8.0，有九百四十四人评价。张新奇的《南京传》豆瓣评分7.6，六十八人评价。（2022年1月2日数据）张新奇的《南京传》的短评有两条值得注意，其中一条说："《南京传》怎么讲的是人类历史？"另一条说："没讲多少南京，基本是中国古代通史杂记吧。"前一条涉及"南京传"从何说起？后一条则关乎"南京传"讲什么？

也正是这两点，可以看出叶兆言和张新奇为南京这座城市写一部传记的基本盘面。张新奇的《南京传》共九章，起于史前，终于清朝。历史分期遵从一般中国通史的按朝断代。叶兆言的《南京传》也是九章，和张新奇的《南京传》不同，叶兆言的《南京传》之"南京"基本收缩为作为城的"南京"，尤其是作为都城的南京。因而，叶兆言的《南京传》准确地说是"南京城传"。张新奇的《南京传》之"南京"是大于"南京城"的行政区域。所以，张新奇的《南京传》有点类似南京地方志。从版权页分类看，也是标注为"地方史"。

事实上，对于南京真正意义的城市历史开始于何时，张新奇和叶兆言并无原则上的分歧。叶兆言全书起首第一句即写道:"南京的城市历史,应该从三国时代的东吴开始。"①张新奇则认为:"五千年前,南京地区只有一些台地上的原始小村落。春秋战国,开始形成最早的城邑,棠邑、濑渚邑、越城、金陵邑。秦汉置郡县,为封国。三国孙权立为都城。此后数十年经营发展,逐渐成为中国乃至世界的繁华之都。"②因此,如果不是误读,张新奇写《南京传》就其历史的时间长度,显然不局限于"南京城传",而是有南京历史长篇的雄心。只有作如斯观,才能理解,张新奇写"南京传"却将起点推至"南京猿人",进而要用全书三分之一的篇幅去写南京的"非城传"。这提醒我们注意,城市传记应该从"城"的起点,而不是漫无边际地追溯地方的从猿到人的活动轨迹。这种漫无边际的起点前移,不但对城市传记没有意义,甚至在地方史写作也并无必要。

两部《南京传》都确认了魏晋南北朝和明朝作为南京的重要历史时间。张新奇的《南京传》这两个历史时段均占近百页,叶兆言的《南京传》全书五百一十页,涉及东吴魏晋南北朝的达到一百七十二页,占九章中的三章半,其中"六朝人物"更是分为上下两章,明朝部分亦近百页。但是,叶兆言的《南京传》较之张新奇的《南京传》更突出地强调中国历史中的"南京城市时间",除了两书均倚重魏晋南北朝和明朝的分量,更重要的是叶兆言的《南京传》中"南京城市时间"不是从属于中国历史,甚至在某些历史阶段"南京城市时间"就是中国时间。不仅如此,叶兆言的《南京传》遵从"南京城市时间"而进行的城传历史断代不断涨破中国通史的朝代,挤压甚至僭越中国历史所谓的重要时间,尤其是唐朝——叶兆言的《南京传》的唐朝和南朝的"陈"共享了第四章,且唐朝和南京城市时间的交集只是集中在李白和颜真卿两个个体身上。在中国大历史中也许并不显眼的南唐,因为典型的南京意义,在叶兆言的《南京传》中空前地重要,完整地占据了第五章。张新奇的《南京传》止于清,而叶兆言则由清入民国。民国在全书占有整整一章七节。我们后面的分析将会看到民国和叶兆

---

① 叶兆言:《南京传》,译林出版社2019年版,第3页。
② 张新奇:《南京传》,岳麓书社2019年版,第257页。

言写作之间的关系,自然能够理解,民国之于《南京传》的意义。这样,现在大致可以厘定叶兆言的《南京传》中那些中国历史的重要的南京城市时间——六朝、南唐、明朝和民国。

我一直犹豫将这两部《南京传》比较是否恰当。张新奇的《南京传》并不缺乏历史知识,但这些历史知识是否贴近地构成南京城市传记的知识图谱?我们姑且不论因南唐和民国的缺失,"南京传"还能成其为完整的"南京传"?那些服务于中国通史的知识能不能直接服务于南京城记?固然,南京城记需要中国通史乃至世界通史提供大视野的支援。事实上,两部《南京传》都关注到了南京作为世界性城市的历史遗痕。但南京城记需要从中国通史析出南京城市知识,进而在这个和南京关联的知识图谱讲述南京的城市故事。

而且,张新奇的《南京传》从全书的小标题看,怎么都像九十年代以来流行的寄生于历史知识的小散文。这就难怪豆瓣上的读者用"杂记"指认其文类归属。事实也许真的就是这样的。就像书中最后一篇所言:"我只愿寄居南京乡间坊里破旧的茅草房下,当一名苟活的居民,一个卑微纳税者。用沉默的大多数的视角,看王朝变换,感知一代又一代芸芸众生的体温与呼吸。"这样的小散文要认"小",姿势才好看。"小"只是姿势,"心"却貌似很大,所以才强调:"这是一次纯属私人动念的精神旅行。这样看,这本《南京传》,只是一本从南京这块土地出发,沿着人类历史脉络而下的游记。"甚至要玄而乎之的虚空,所以自认本书是"一本个人的梦呓",是可以不讲历史逻辑,不谈理性反思的。[①]可以看其中写陶渊明父亲陶侃的一篇。从题目《庐山之下的一场大雪》到开篇这样写道:

> 一场大雪骤然而至,事前毫无征兆。
> 天上冬阳高照,忽然北风乍起,一阵紧似一阵,乌云夹着冷风呼啸,压头涌来。雪子先是稀稀落落,纷纷扬扬,随之密集而下,在天上跳跃,沙沙有声。待鹅毛大雪铺天盖地时,纷纷扬扬,连

---

① 张新奇:《南京传》,岳麓书社2019年版,第649页。

>　　一丝风都没有，大地寂然无声。庐山上下，丘壑平原，天地一白。
>
>　　这场大雪落在浔阳，时间应在公元280年后的一个冬季。①

再看《去建康的乡下看看》：

>　　最好是春天去，时不时会飘来一阵细若轻烟的小雨，飘到脸上，凉，却不冷，潮，却不湿。沾衣欲湿杏花雨，当山野的杏花、迎春花一齐开放的时候，偶然，雨就是这样下的。②

我们在大众传媒流水线看到太多这样的装饰性和表演性的文字，这种文字鼎盛期的产品就是世纪之交所谓的"小资写作"。情感如此轻俏，思考也可以不着边际，就像《〈天发神谶碑〉，东吴残留在一块碑里》这样写：

>　　想长生不死的，都死了。想传国子孙的，国亡了。能留诸久远的，常常是超越具象，或者具象若即若离的一种美意，人与人，与万物，与宇宙博大的善念、细微的情致。③

　　但是，不要说历史，就算是杂记或者散文的思考也要讲词与物的及物和逻辑。按照上述这种结构段落的方式，如果把前半句的"死"和"亡"了换成其他任何生命状态，比如爱、苦难、创伤等等，其实都是成立的。

　　或许我们真的是被书名《南京传》蛊惑了。写作者的本意，打开第一页，开门见山地就说："如果风吹开哪页，你就阅读哪页。""一部城市的传记，涉及太多不一样的人物与细节。总会有几个片段让你心动。"确实，这是我们时代的文字幻术：片段和心动——不需要结构整体性，也不需要细致悠长的深思。

---

① 张新奇：《南京传》，岳麓书社2019年版，第265页。
② 张新奇：《南京传》，岳麓书社2019年版，第281页。
③ 张新奇：《南京传》，岳麓书社2019年版，第242页。

二

也许是我们过于认真，不是所有叫《南京传》的都可视作有史识和洞见且内在秩序井然的城市传记。以此类推，当然也不是所有叫《南京传》的都需要放在一起比较。本身今天坊间以某某城命名的那些图书背后驱动的力量就各不相同，或商业操作，或主题写作，或一种趣味一种文风，当然也有近年域外城市传记的译介的激发。这里面需要考量一个问题，既然是"传"，是否都应该由历史学家担当此任？或者换一个角度看，也就不是一个问题，可以有历史的城市传记，也可以有文学的城市传记。前者可以不需要文学加持，后者则需要浸淫历史，然后以文学者出。因此，可以做一个基本定位，叶兆言的《南京传》是文学的城市传记。

城市传记的基座首先应该是不同时间城市物质空间的"城"之记。一定意义上，"城"之记不能向壁虚构，只能依靠文献和田野调查。固然，我们不能要求城市传记的写作者，尤其是文学的城市传记写作者是专业的城市史研究专家，但他们必须有获取城市史知识的途径以及辨析和运用这些知识的能力。叶兆言在"南京"这个领域被广泛认可，既是因为他的文学书写，更是因为他对南京城市史的研究。

南京"城"的起点，可以追溯到孙吴建业城的总体规划，有着相对独立的宫城区、宫苑区、官署区、市场区和居民区。秦淮河以北是几座不起眼的宫殿，是官署和苑囿区，而秦淮河两岸，特别是南岸，是民居和集市。这个基本事实有田野考古成果做支撑。在叶兆言的《南京传》，中国的南北之别是一个重要的观察角度。孙吴建业城显然是南方之城。东晋虽然是从西晋演变过来，但它的新都不像中原都市那样"街衢平直""阡陌条畅"，是北方迁就南方城市妥协的结果。孙吴都城建业，在总体格局上，除了"江左地促"，不能和当时北方的中原相比，应该还与中国古代的"多宫制"传统有关。[①] 多宫制属于中世纪之前的筑城风格，"东吴时期的南京城，

[①] 叶兆言：《南京传》，译林出版社2019年版，第30页。

在某种意义上,既代表着一个新的南方都城诞生,同时也意味着中国古代都城的最后绝唱。"①对于前人所言,包括历朝历代的文学遗存,叶兆言持审慎态度。虽然他承认,"有一点歌舞升平,有一点繁花似锦,这显然是一个崭新的城市,在当时甚至可以算一个国际化的大都市"。②不过,他也指出左思的《吴都赋》,"近乎浪漫的吹嘘,过于诗意,一直处在一种失真的状态"③。在修辞术的文学和史实之间,虽然文学可能使得南京作为"城"更典型,也更能抬升南京的城市地位,但叶兆言的《南京传》宁愿选择史实:"自孙吴定都南京,经历了东晋和刘宋,已经有过三个王朝的古城南京,它的城墙一直都是邑竹篱笆围成。"④

叶兆言的《南京传》之南京是在整个中国城市史来识别的,而且叶兆言充分注意到城之意识形态幽暗,所谓的空间即政治。在中国城市规划的实践中,中原都市无论是曹魏的邺城,还是西晋的洛阳城,以及北魏的洛阳城,基本上都是严格按照"仕者近宫,工贾近市"的原则设置里坊安顿普通百姓。这种空间政治不适合南方的南京,南京城区因为丘陵起伏,水网密布,东晋以后的南京,并没有什么富人区,居民点显得更自由、更随意,既可能是南人和北人的同居,也可能是穷人和富人的混杂。转而,南京因为南方地理造成的空间政治影响到北方。六朝南京的里坊格局悄悄影响北方的北魏洛阳。南唐在叶兆言《南京传》的突出位置固然因为文学,但南唐在南京城市营建史的意义可能会因此被忽略,叶兆言的《南京传》提供了文学之外的南唐形象:"南唐好歹延续差不多四十年的历史,这四十年相当重要,给了南京很多实惠,首先是城市规模,过去三四百年间,六朝痕迹基本上被覆盖,吴宫花草晋代衣冠,已是太久远的传说。南唐开始了实实在在的城市建设,它几乎再造了一个新城。"⑤如上所述,可以看出叶兆言《南京传》的内在结构不只是朝代更替,也反映了流动的城市空间

---

① 叶兆言:《南京传》,译林出版社2019年版,第31页。
② 叶兆言:《南京传》,译林出版社2019年版,第37页。
③ 叶兆言:《南京传》,译林出版社2019年版,第32页。
④ 叶兆言:《南京传》,译林出版社2019年版,第99页。
⑤ 叶兆言:《南京传》,译林出版社2019年版,第221页。

演变。作为一座南方大城,当它不作为首都,处在北方政治中心的边缘,不同的政治想象影响到南京的城市发展。故而,宋元不同于隋唐。宋太祖和宋太宗都比隋文帝更大度,更开明。与隋唐不一样,宋朝时期并没有过度地打压南京,"北宋时期南京的地位,和南唐相比虽然有所下降,仍然还是东南地区的最重要城市"。①人口增长是一个城市繁荣发展的重要标志。"宋时的南京,首先是人口大增。"②"元朝时南京城,与南宋时并没太大的区别。集庆路的城墙,完全沿袭南宋规制,没做什么改动。"③"历史上,南京已不止一次成为京城,有过六朝繁华,有过南唐风光,然而都只是割据的半壁江山,或者说连半壁江山都谈不上。"④只有在明朝,南京成为大中国的首都。洪武末年,南京人口大约七十万人,无可争议地成为全国排名第一的城市,不折不扣的首都。⑤永乐年间,南京完全是国际化的大都市,是"东方世界中心"。⑥叶兆言的《南京传》的魅力在于它没有因为讲述者是小说家而使得"传记"成为"传奇",而是谨守历史叙事的法度,勘探朝代更替和南北交互之流动的政治和文化中南京的城市疆界。

一个城市有一个城市的文化,城市传记是城市的性格史,而文学的城市传记,其城市性格史则是生活在城市里的人的性格史。从这种意义上,南京城市性格的"现世安稳"是如何养成的,同样可以追溯到南京建城之初到东吴。江东大户纷纷迁入首善之都南京,默默无闻的小县城,已是豪门士族和富裕人家的天下。建都武昌向西进取,还是退回南京守成,两种不同心态,必然产生两种不同的城市文化。⑦在南京称帝的孙权颇有一代

---

① 叶兆言:《南京传》,译林出版社2019年版,第236页。
② 叶兆言:《南京传》,译林出版社2019年版,第240页。
③ 叶兆言:《南京传》,译林出版社2019年版,第271页。
④ 叶兆言:《南京传》,译林出版社2019年版,第283页。
⑤ 叶兆言:《南京传》,译林出版社2019年版,第352页。
⑥ 叶兆言:《南京传》,译林出版社2019年版,第300页。
⑦ 叶兆言:《南京传》,译林出版社2019年版,第43—44页。

明君风范。孙权有仁慈之心，而南京城中吴人的野蛮性，也慢慢消逝。①性格史同样也是流动的性格史。"江南人柔弱，应该是东晋南渡以后的事。在此之前，吴人本来是很强悍的，一片降幡出石头，孙吴的灭亡，给南京这个城市留下了两份哭笑不得的遗产"，"一是吴人不服输"，"一是从此必须面对北方胜利者无尽的傲慢"。六朝一直被认为是南京城市性格确立的起点，如何认识六朝之"文"？"所谓六朝古都，所谓六朝繁华，拆穿了看，有时候只是一种文化上的可爱。"②但叶兆言同时又认为："六朝是有一点文乎乎，这个文，不是有文化，只是文弱的意思。"③"六朝文弱是事实，说六朝很文明，恐怕就要打上一个问号。改朝换代总是难免，相比较激烈的革命、农民起义，南京老百姓更愿意接受和平演变的'禅让'。"④文化和文弱其实并不对立，可能反而是相互成就的。因为文化而呈现为文弱。六朝如此，南唐也是这样的。南唐并不尚武，经过南北朝和隋唐的时间洗刷，南京人身上早没有了吴人的血性。南京市民忍辱负重，爱好和平，作为帝王的李昪也不喜欢打仗。和北方的武人干政不同，南唐前后有过三个皇帝，烈祖李昪、中主李璟和后主李煜，"以厌兵之俗，当用武之世"。"以文明程度而言，当时南京，应该是中国境内最先进的城市，经济和文化的发达程度，都足以成为城市建设楷模。"⑤因此，叶兆言得出结论："经历了数百年的变迁，经历了六朝和南唐，南京人变得越来越文气，越来越善于在和平环境中生存发展。"⑥讨论南京的城市性格，叶兆言同样是在南北文化交汇的背景下展开的，正是不断的南北文化交融，直接导致南京城市性格的流动和差异。比如，衣冠南渡后的东晋，"把北方的中国，把一个失败了的中原王朝，拖儿带女地转移到了江东"。⑦比

---

① 叶兆言：《南京传》，译林出版社2019年版，第41页。
② 叶兆言：《南京传》，译林出版社2019年版，第99—100页。
③ 叶兆言：《南京传》，译林出版社2019年版，第114页。
④ 叶兆言：《南京传》，译林出版社2019年版，第134页。
⑤ 叶兆言：《南京传》，译林出版社2019年版，第224页。
⑥ 叶兆言：《南京传》，译林出版社2019年版，第250页。
⑦ 叶兆言：《南京传》，译林出版社2019年版，第67页。

如，"魏晋风度滥觞于北方，真正能够发扬光大，应该是在六朝时期的南京。""南京这个城市最能体现它的精髓和神韵，魏晋风度，六朝风流，魏晋在北方消亡了，然而它又在六朝的南京获得传承，得到了新生。"①比如，清朝对江南文人的严厉惩治。"南京人开始像北方人一样，变得越来越'质朴'，越来越听话，越来越没有情调。"改朝换代，改朝造成了很多不一样的东西，换代让南京人变得不再像过去那样潇洒。"明朝的南京是浪漫的，生机勃勃，活色生香，起码大多数时间是这样，清朝则是彻头彻尾的现实主义，呆滞刻板，暮气沉沉。""清朝的南京变得不太可爱，变得老实本分，变得木讷无趣。清朝的南京，开始让人感到有一种别样的伤痛。"②"别样的伤痛"是因为南京曾经有过六朝、南唐和晚明的浪漫和诗意。在这里，叶兆言的文化趣味决定了他的价值判断会倒向六朝和南唐。而这种文化倾向自然会影响到《南京传》叙述的调性，它的叙述是"有情"的、"我在"的，故而在叙述六朝和南唐是欣赏的，也是自由的、舒展的。

和其他城市不同，南京的城市史是一部亡国史和创伤史。隋文帝杨坚将六朝留下的所有宫苑城池夷为平地改作耕田。自六朝以来，南京这个城市屡遭磨难，内乱外患，真正太平的繁华日子并不多。"南京城的历史因为孙吴大帝而开始，孙吴的王朝一旦不复存在，南京也就立刻成为一个废都。对于南京人来说，结局都有些相似，都是首都不再"③，首善之都的旖旎风光戛然而止。六朝以后的南京城，因为痛苦，因为失落，深受文化人的喜欢，尤其是失意文人的倾心。这些文人都与南京没有直接关系，基本上都不是南京人，他们对南京人的现实生活并不了解，却在这里寻找了共鸣。④浪漫的诗意和诗意的浪漫，生成了文学想象的繁华和对繁华逝去的怀旧和感伤。正如叶兆言所说："古都南京像一艘装饰华丽的破船，早就淹没在历史的故纸堆里。""南京的魅力只是那些孕蓄着巨大历史能量

---

① 叶兆言：《南京传》，译林出版社2019年版，第108页。
② 叶兆言：《南京传》，译林出版社2019年版，第372页。
③ 叶兆言：《南京传》，译林出版社2019年版，第52页。
④ 叶兆言：《南京传》，译林出版社2019年版，第177页。

的古旧地理名称","南京似乎只有在怀旧中才有意义,在感伤中才觉得可爱。"①因而,南京的城市传记其实隐然在焉一部文学或者诗意的怀旧史。一定意义上,这也是《南京传》潜在的副文本。

三

众所周知,叶兆言对民国南京情有独钟。某种意义上,叶兆言自二十世纪八十年代以来获得的文学声誉,多少和这有关。甚至我认为叶兆言被作为先锋作家来讨论,正是他在南京这座城市感受到的无常的宿命。这种无常的宿命,固然体现在自六朝以来,南京累积的周期性遭逢的亡国之痛和废都遗址,但这种宿命毕竟去之已远。而民国初年"城头变幻大王旗"以及国民政府建都南京短暂"黄金十年"的繁华梦则是依旧如昨的故都往事。"故而,这座古老城市在民国年间的瞬息繁华,轰轰烈烈的大起大落,注定只能放在落满尘埃的历史中","南京是逝去的中华民国的一块活化石,人们留念的,只能是那些已经成为往事的标本"。②国民政府正式定都南京,给了南京这座名城一个千载难逢的好机会。为孙中山奉安大典迎榇专门设计的中山大道,"完全改变了古城的面貌。南京顿时有了大都市的威势"。③叶兆言的《南京传》第九章《民国肇生》共七节其实是几个"南京关键词"。民国"南京关键词"最显赫的当然是国民政府相关的"革命"和"首都"。叶兆言以"南京,作为中华民国首都的日子,宣告结束,新的历史时期开始了",结束"告一段落"的《南京传》。另一个民国"南京关键词"则是"南京大屠杀"。在叶兆言的《南京传》,"南京大屠杀"一节紧随"黄金的十年"。南京大屠杀不仅是"中国现代史上无法愈合的

---

① 叶兆言:《写在前面》,见《一九三七年的爱情》,人民文学出版社2018年版,第1页。

② 叶兆言:《写在前面》,见《一九三七年的爱情》,人民文学出版社2018年版,第1页。

③ 叶兆言:《写在前面》,见《一九三七年的爱情》,人民文学出版社2018年版,第4页。

创伤",① 也是人类文明史上最黑暗的一页。

值得注意的是,除了革命和屠戮,叶兆言的《南京传》重要的民国"南京关键词"是"现代化"。二十世纪九十年代以来,中国近代现代化俨然成为上海的专属。叶兆言之"民国肇生"是从晚清南京如何修复太平天国给南京城的创伤起笔。曾国藩所谓"繁荣昌盛"显然是在中国古代历史王朝兴废的思路上做文章。事实上,历史上历次南京能够废而中兴依靠的都是城市的自我修复。但时移势易,十九世纪中期的南京处身《南京条约》之后的中国和世界变局,南京问题不再只是中国内部的南北流转和王朝更迭,而是面临着中国近代现代化的新起点。叶兆言的《南京传》以李鸿章、左宗棠和张之洞等参与的洋务运动标示南京在中国近代现代化图谱的位置。近些年,"六朝遗事"和"民国怀旧"成为南京形象建构的两张牌,但"民国往事"的现代化题中之义并未得到充分彰显,应该意识到中国近代现代化进程路线图在某个阶段某些部分其实等于南京近代现代化路线图。

中国城市里做"民国怀旧"最厉害的也最有成效的是上海。但有意思的是,上海的"民国怀旧"很容易被置换成"上海怀旧",这对于没有中国古代城市传统的上海可以,但有着漫长古都历史的南京却不能做这样简单的置换。可以想象一个《上海传》的写作者是没有那么多湮没的辉煌可以打捞的,自然也无须背负那么多沉重的历史包袱。仔细深究,中国诸多城市像南京这样,既是古都故都,同时从起点上就在中国近现代路线图的城市,其实是绝无仅有的。所以,一定意义上,叶兆言的《南京传》"现代化"这个"南京关键词"的选择正是回应了南京在中国城市独特的城市性。

一般认为上海"民国怀旧"是从二十世纪八十年代"张爱玲的重新发现"开始的。1985年第3期《收获》重刊了张爱玲的代表作《倾城之恋》。张爱玲的《传奇》和《流言》分别于1985年和1987年被收入"中国现代文学史参考资料"由上海书店影印出版。同样,普遍的观点也认为九十年

---

① 余华:《我们的安魂曲》,见哈金:《南京安魂曲》,季思聪译,江苏文艺出版社2011年版,第2页。

代上海"民国怀旧"的代表作是王安忆的《长恨歌》和李欧梵的《上海摩登》。但事实却是八十年代比较早地集中关注张爱玲的是南京。南京师范学院《文教资料简报》1982年第2期以专题的方式发表了胡兰成的《评张爱玲》、迅雨的《论张爱玲的小说》、张葆莘的《张爱玲传奇》、夏志清的《张爱玲的家世》（摘录）和《〈张爱玲研究资料〉编后记》等。王安忆的《长恨歌》出版前也是1995年在南京的《钟山》杂志分三期连载。叶兆言差不多是同时代作家中最熟悉中国现代文学的，他也很早就读过张爱玲。比对文风和腔调，包括更具体的细节和意象，叶兆言1991年出版的《夜泊秦淮》系列确凿无疑是张爱玲文学谱系上的。《夜泊秦淮》系列最早的一篇《状元境》发表于《钟山》1987年第2期，此后又有《追月楼》（《钟山》1988年第5期）、《半边营》（《收获》1990年第2期）、《十字铺》（1990年第5期）诸篇先后发表。叶兆言说过，《夜泊秦淮》"计划中该有五篇，都是老掉牙的故事。用了测字先生伎俩，从每篇末一字中勉强凑成金木水火土。"①《夜泊秦淮》最后完成四篇，"所缺的一篇是《桃叶渡》"。②不知道是不是对所缺的这篇《桃叶渡》一直念念在心，距离《夜泊秦淮》第一篇《状元境》发表三十年，2018年叶兆言出版的长篇小说《刻骨铭心》的"民国怀旧"就是从桃叶渡开始讲起的，是否和计划中的《桃叶渡》有关？1996年《收获》第4期，发表叶兆言的第一部"民国怀旧"长篇小说《一九三七年的爱情》。和王安忆的《长恨歌》相差一年时间，而且偶然的是，两个人交换了各自城市的重要刊物发表了各自重要的长篇小说。《一九三七年的爱情》之后，叶兆言"民国怀旧"系列的长篇小说还有《很久以来》（《收获》2014年第1期）、《刻骨铭心》（《钟山》2017年第4期）、《仪凤之门》（《收获》2021年第1期）。显然，和王安忆之于上海一样，叶兆言的南京民国往事在他的个人写作史上一直是持续不断的。但是，和王安忆不一样的是，叶兆言的南京民国往事一直没有得到其他写作者有力的声援，也没有"出圈"成为一股城市怀旧风。

---

① 叶兆言：《夜泊秦淮》，浙江文艺出版社1991年版，第3页。
② 叶兆言：《夜泊秦淮》，浙江文艺出版社1991年版，第3页。

事实也许是，南京并没有类似九十年代上海浦东开发接应民国上海，从而在中国近代以来现代性谱系上确认"上海怀旧"的合法性。也许更重要的是，民国南京并没有像民国上海的租界那样的飞地提供一种时尚的日常生活方式。所以，殖民地租界往事九十年代以来可以通过"去殖民"复刻时尚的日常生活方式进入大众传媒和公众当代生活。而故都往事只能凭借个人"有情"的秘径在叶兆言的文学生活中复活，就像叶兆言自己所体认的："我的目光在这个过去的特定年代里徘徊，作为小说家，我看不太清楚那种历史学家称为历史的历史，我看到的只是一些零零碎碎的片段，一些大时代中的没出息的小故事。"①

历史学家和小说家、"大时代"和"小故事"，细究下去，关乎的其实是谁在讲述，谁在写的问题。有意思的是，当叶兆言写《南京传》，当他写遥远的六朝、南唐和晚明的时候，那个讲述者和书写者更迹近小说家叶兆言，尤其是这些时代国之将亡的那一刻，我们读到陈叔宝、李煜、孔尚任等的"小故事"，那些历史洪流中无法把握自己的微弱的卑微者的哀痛。《南京传》让我们听得见他们的歌哭。而《南京传》终章《民国肇生》的每一节则无一不是"大时代"，这些在民国往事小说里隐约的背景被照亮和呈现，那个在《南京传》前八章隐身的"历史学家"叶兆言的真身也被照亮和呈现。是否因为，南京时间这一段的"小故事"，叶兆言都许给了他的小说？我们可以将小说家叶兆言的"小故事"按照故事开始的时间排列，《仪凤之门》《状元境》《刻骨铭心》《十字铺》《追月楼》《一九三七年的爱情》《半边营》《很久以来》，最早的为《仪凤之门》《状元境》，其中《仪凤之门》明确标明为1907年。时间最长的是《很久以来》，从1941年到2018年。这也许意味着南京民国往事并不遥远，依然是我们的当代，所以我们不需要去感伤、去怀旧。

（《当代文坛》2022年第2期）

---

① 叶兆言：《写在前面》，见《一九三七年的爱情》，人民文学出版社2018年版，第4页。

唯有"思想着"可以开辟新的文学道路
——在八九十年代文学延长线上的李锐

"天母河传说"之二《囚徒》是 2011 年出版的《张马丁的第八天》的续写。如果不局限于"一部"长篇小说，从 1993 年的《旧址》到《张马丁的第八天》《囚徒》，构成整体性的李锐个人长篇小说家族。这个小说家族都是以反思历史做前提的。1989 年，李锐在中国大陆和台湾同时出版标明"系列小说"的小说集《厚土》。只要我们持相对开放的小说观，这部小说集本身也是有着内在统一思想和结构的"长篇小说"，就像稍早 1987 年解放军文艺出版社出版的莫言的《红高粱家族》，由几部可以独立成篇的中篇小说组成。

但不能因为从历史汲取，就说李锐的长篇小说是历史小说。《旧址》，这部李氏家族史长篇小说当时就被批评家李洁非指认为"彻头彻尾的传说"。[①] 时过三十年，"传说"被李锐用来命名其虚构的文学地理"天母河"。《旧址》追忆家族往事可以视作八十年代寻根文学延长线上的——从宏大国族记忆收敛到家族往事的"纪实与虚构"。同时期，王安忆的《纪实与虚构》和陈忠实的《白鹿原》都有着类似的八十年代寻根文学向九十年代转场的痕迹，而且《旧址》和《纪实与虚构》分别以溯源式的李氏和茹氏的家族谱系考古作为小说的核心情节和有机结构，其伴史的"纪实"方式"虚构"自然引起读者小说即家族传记的联想和联系。但对李锐而言，纪实无非传说，"传记"和"传说"虽然只一字之差，却是不同的写作诉求和解读方向，前者求真，后者构虚。

---

① 李洁非：《废墟上的铭文》，《当代作家评论》1993 年第 4 期。

文学史对二十世纪八十年代文学思潮的描述，有一个从伤痕、反思到寻根的线性历史逻辑。从今天的研究看，这样的线性逻辑并不能包容许多文学史的例外和意外。即便不考虑八十年代文学的线性逻辑之外的丰富性和可能性，仅仅观察这个线性逻辑，也能发现从伤痕、反思到寻根文学的所伤、所返、所寻几乎链接着过去、失去和告别的时间。因此，这些写作可以归于一个大的创伤记忆书写文学共同体。卷入这些思潮的小说都有一个或近或远、或虚或实的历史母本、副本和潜文本。故而，一定意义上，八十年代文学的发展一直内置了如何理解个人记忆和国族历史的动力装置。也因此，小说发展到1985—1986年，确实是一个小说技术升级的"新小说"时代，但这样的技术升级在当时并没有产生类似小说家们所服膺的马尔克斯和福克纳式的长篇小说。反而，在如何理解历史这一条线索上，结出了王蒙的《活动变人形》（《收获》1985年第5期、《当代长篇小说》1986年）和张炜的《古船》（《当代》1986年第5期）等等果实。但迟至今日，《活动变人形》和《古船》对九十年代长篇小说的启蒙意义并没有充分被揭示出来。事实上，陈忠实就认为《活动变人形》和《古船》"一本写旧北京，一本写农村，都对我当时正在思考着的关于这个民族的昨天有过启迪"。[①]因此，除了八十年代先锋文学在九十年代以后转换和安置这条文学史线索，八十年代反思历史的文学遗产如何进入九十年代及其以后的文学值得进一步研究。

必须意识到，是改革开放时代和思想解放为八十年代反思历史提供了宽容的政治空间和边界。可以说，正是基于反思历史，而且反思历史也由时代政治主导的集体性和症候式的反思进入独立的、个人的和差异性的反思，"写作者/反思者"这个复合的身份以小说再造历史，客观上推动了改革开放时代长篇小说在八九十年代之交的进步和成熟。除了前面提到的《活动变人形》《古船》等，还可以举出这样的例子，比如杨绛的《洗澡》（生活·读书·新知三联书店1988年版）、格非的《敌人》（《收获》1990年第2期）和《边缘》（《收获》1992年第6期）、苏童的《米》（《钟

[①] 陈忠实：《关于〈白鹿原〉的答问》，《小说评论》1993年第3期。

山》1991年第3期)、刘震云的《故乡天下黄花》(《钟山》1991年第1、2期)、陈忠实的《白鹿原》(《当代》1992年第6期、1993年第1期)、余华的《活着》(《收获》1992年第6期)、吕新的《抚摸》(《花城》1993年第1期)、刘恒的《苍河白日梦》(《收获》1993年第1期)、王安忆的《纪实与虚构》(《收获》1993年第2期)、北村的《施洗的河》(《花城》1993年第3期)……一定意义上,改革开放时代反思文学不只是阶段性的文学思潮,而是一种精神性的思想和审美解放。

李锐的《旧址》(上海文艺出版社1993年版)正处于这个思想和审美解放的背景之上。在李锐的描述中,《旧址》的写作发生在他意识到总体超越八十年代《厚土》的个人写作的转折时刻,而这个人的历史转折时刻正好呼应着大的中国当代文学史的转折时刻。[1] 如何理解和反思历史?可以是历史大小之辨,以地方史、家族史和个人史等诸种细小历史对抗所谓的宏大历史,进而赋予小历史的审美合法性,这也是八九十年代文学的一个重要评判尺度。李锐的《旧址》写李氏家族的现代命运,确实可以在这个评判尺度上确认其文学史地位。但是,这里可能忽视一个重要的问题:小历史提供了只是历史叙述的可能性,就像李锐所体认到的:"当每一个人都从自己的视角出发讲述世界的时候我们就会看到一个千差万别的世界。不要说世界就是每一个微小的事件和细节都会判然不同。企图'客观而真实'地表达现实和历史的愿望是一种太过时、太简单也太武断的愿望,是文学所难以负载的愿望。"[2] 因此,小历史之于大历史的意义是矫正和丰富,但并不能以历史之小大之辨对应文学审美之高下之分。

和一般的自由想象和架空历史的小说不同,李锐的《张马丁的第八天》和《囚徒》都还原并共享了一个真实的叙述现场。这个叙事现场,包括但不限于历史现场。《张马丁的第八天》出版后,李锐和《文学报》记者傅小平有一个深入的对谈,李锐嘱咐最早看这部小说的朋友们,一定要看最后的"附录","因为附录是这部小说的地基。要想了解房子的构造,除

---

[1] 李锐:《重新叙述的故事》,《文学评论》1995年第5期。
[2] 李锐:《重新叙述的故事》,《文学评论》1995年第5期。

了看地表建筑以外，一定要看地基。""尽管小说都是虚构的，但是一定要写出一个'比真实还要真实的叙述现场'。"他认为这是一个小说家的才能和本分。[①]同属"天母河传说"，《张马丁的第八天》的附录也是《囚徒》的附录。一共有三个附录。附录（1）为东西方创世神话传说，也是各自的文化之源和民间信仰基座。附录（2）（3）分别是西方和中国对义和团事件的不同叙述。和同时代反思历史的小说不同，附录（2）（3）是《张马丁的第八天》和《囚徒》历史母本的在场。历史和小说、母本和述本，李锐让其最后成型的作品和工作现场同时敞开。

附录（2）（3）所述历史是基督教传播史和世界殖民史路线图上的现代中国。八九十年代以来，以李欧梵的《上海摩登》和王安忆的系列长篇小说为代表的上海往事即是中国现代性故事。《张马丁的第八天》和《囚徒》是中国现代性源头和路线图的京津晋冀北方往事。李锐的北方往事不是上海往事之都市海上蜃景。有论者曾经评价《旧址》是"一种文明总的句号"，[②]这也可以挪用来说李锐的北方往事。观察世界殖民史，"一种文明总的句号"，从来不是抒情的牧歌和挽歌，而是血色黄昏式的哀歌和悲歌。《张马丁的第八天》和《囚徒》之光绪二十五、二十六年正是我们文明的血色黄昏。中国现代性和西方殖民史之间有着无法剥离的关系，而基督教的传播史无疑是殖民史的一个重要构件。因而，中国现代性的起源故事自然不只包括我们所熟悉的德先生和赛先生，而应该是西方文明的全部。不仅如此，中国现代性的起源故事也不只是所谓"文明的进程"，而是裹挟着血腥的暴力和罪恶。自然地，征服和反抗亦是其中之义，在《囚徒》则具体为"地方性"的天母河天石之上女娲和上帝的圣殿的争夺。

二十世纪九十年代以来，中国现代性的起源故事一直启发着小说家的创作灵感，像刘醒龙的《圣天门口》、铁凝的《笨花》和格非的《江南三部曲》等，作为整个中国现代性故事的一部分被溯源式书写。同样，中国现代性起源故事的地方性也引起作家的注意，尤其是这几年，比如周恺的

[①] 李锐、傅小平：《历史从来都是万劫不复的此岸》，《黄河文学》2011年第11期。
[②] 李洁非：《废墟上的铭文》，《当代作家评论》1993年第4期。

《苔》和李静睿的《慎余堂》，叶兆言的《仪凤之门》以及我们这里讨论的李锐续写《张马丁的第八天》的"天母河传说"之二《囚徒》，它们分别涉及四川、南京以及北方之不同地方的中国现代性起源。

《张马丁的第八天》写女人们转述村里男人所说："莱高维诺是从很远很远的地方来的，那个地方叫西洋，西洋有个国叫意大利，西洋人都是金发碧眼。金发碧眼的莱高维诺主教说他是接受天父的使命来到天母河的，他要遵照天父的意愿把天母河两岸的人先带进教堂，再带进天堂，男人、女人都带。"这是一个典型的"他者"叙事——许诺了彼岸和天堂的"他者"故事。值得注意的是，这个"他者"叙事有着自己的期待视野，它的讲故事的人和听故事的人预先区分为西方和东方。这个"他者"叙事在民间社会流传，在《囚徒》，因为大洪灾之后教堂的赈灾施舍，而被天母河两岸苦难人群更广泛地接受。这些受灾受难的人和天石村杂姓聚居、被上村压抑的下村人一样，与其说被莱高维诺许诺的彼岸和天堂故事所打动，不如说臣服于和教会捆绑的权力——国与国之间对决的实力，或者说径直就是洋枪的威慑力。撇开上下村人之间的家族之争、下村人落井下石借刀杀人不论——这种族争和宫斗每时每刻都可能在传统中国发生，也可以在中国传统框架中解释，张天赐之死和张姓家族举族入教是中国现代性起源时刻弱国草民的写照。知耻如下层官吏孙孚宸，最后落得被褫夺功名，削职为民，戴枷赴京请罪的命运。孙孚宸的自杀保节和张天赐的舍命护庙，虽然秉承了文人和草民的不同传统——孙孚宸为文人气节，张天赐为民间信仰；虽然他们最终沦为"囚徒"且不能脱困——"囚徒"是现实的羁押，也是信仰的囚笼，但他们是文明句号时刻最后的尊严和未来的希望。

莱高维诺主教讲述的故事还有另外一种讲法，是西方讲给西方的故事。这个故事他在去遥远的中国途中给年轻的乔万尼·马丁讲过。作为方济各会的教士，他希望能打破宗教界限，希望鼓动更多的教士们和他一起到中国传教。在他看来，中国已经没有能力保护自己，也早已经没有一丝一毫的信心再封闭自己。东方那样一块毫无尊严的辽阔蛮荒之地，正需要主的光芒去照亮。中国不是一个另外的国家，"几乎就是一个另外的世界"，"虽然现在我们都有了和他们一样的名字，但我们和他们是不一样的人"。据此，在西方讲述的中国故事是奇观的和传奇的。

莱高维诺主教讲的故事还有一个隐匿的版本，可以被纳入殖民叙事。许多年来，莱高维诺主教一心要做的就是铲平那座异教徒的庙宇，要在那个庙宇的原址上盖起一座教堂，要让天石村的人都归顺到主的光芒之下。莱高维诺主教说这是他此生此世最后的一个心愿，他要让天石镇和天石村两座教堂的钟声互相呼唤。天石村的天母圣殿，在莱高维诺主教看来，"只不过是人类文明史上原始期的一个标本，充其量是幼稚和无知的遗存物，就像一截无用的盲肠"。他心心念念的是什么时候才能有机会拆除这座简陋的异教神庙，在那高高的石台上为主盖一座庄严美丽的殿堂。天母圣殿和娘娘滩、天石村以及女娲补天日的迎神节、女儿会组成的整个民间信仰系统并在莱高维诺主教"打破宗教界限"之列。殖民故事里的所谓平等是西方和西方之间的，而不是西方和其他后发展民族之间的。西方和其他后发展民族之间的故事是莱高维诺主教想象的征服和归顺的故事。

《囚徒》的中国现代性起源故事的写作其实涉及更深层的"中国故事"如何书写的问题。现代中国故事如何书写？首先要理解现代中国历史如何发生和展开。在李锐看来，殖民史对东西方而言，都是"历史发生在别处"：

> 我在一篇文章里提到一个观点，我引用了拉什迪《撒旦诗篇》里的一句话，非常有意思。有一个讲不好英语的口吃的印度人，他讲了一句话："英国……英国人的麻烦是，他们的隶……隶……历史发生在别处，所以他们不……不明白这历史的含义。"（见刘禾《语际书写》）英国人的毛病或者他们的可悲，就在于他们的历史在别处，大英帝国作为一个日不落帝国，它的历史就是老是去侵略别人，它的文化历史就是老是在对别人的统治、压迫、侵占这样一个过程中来表现。其实反过来，我们的历史，我们作为被人殖民过、被人压迫过、被人剥夺过的这样一个所谓落后国家、发展中国家，我们的历史也发生在别处。[①]

[①]《李锐王尧对话录》，苏州大学出版社2003年版，第64页。

关于地方性问题，并不是现代之后才有的问题。莱高维诺主教说中国人崇拜自己的祖先和一个叫孔子的偶像，"天母河平原上的农民们还信另外一个叫女娲的女神"。用"还"强调天母河平原上农民们的信仰即意味着例外，意味着统一中国的个别地方性。"历史发生在别处"，可以让我们深入思考现代中国的地方、中国和世界的关系，进而在新的世界图景上想象中国，也想象世界。当我们谈论中国的时候，存在地方性问题。那么，当我们谈论西方，是不是也存在西方的地方性问题？就像李锐思考过的："我们发现那个'很有效'的西方文化，也有很大的危机和毛病，同时也有很多内在分歧。"①《囚徒》写莱高维诺主教和乔万尼·马丁初见的意大利北方小城瓦拉诺，写它的地理、气候和风景："四月初到瓦拉诺已经开始返暖了，但是还可以看到阿尔卑斯山上残雪的闪光，教堂和修道院的穹顶厅堂还笼罩着阴冷之气。"这是乔万尼·马丁的故乡。他在那座小城住了很多年，从孤儿院到修道院一直在瓦拉诺的小城。五年前，莱高维诺神父带他来中国的时候，带着留作纪念的是《圣经》抄写桌上的铜烛台，"这支铜烛台，是他和家乡的唯一联系"。"孤独难熬的时候，朝它看看，就能在乌亮的铜灯柱上看见瓦拉诺街头煤油灯幽暗的闪光，就能在袅袅的蜡烛烟里闻到从阿尔卑斯山刮来的清香的山风，就能听见漫山遍野没顶而来的林涛声。"五年多来，他跟着莱高维诺主教学说中国的官话，学说本地人的方言，学写那些无比复杂的汉字，一心想做一个像老师一样的传教士。中国北方的天石镇，意大利北方的瓦拉诺，张天赐和乔万尼·马丁只有在现代殖民路线图上才可能发生交集。

当然，除了"去遥远的中国"，还有另外的中国现代性路线图。如果说张五爷躲开官府的灭门之灾，带领全村老张家的人入教，由中入西，尚属无奈之举。张天赐的女儿迎儿跟着小婶婶逃难到天津卫，入了教，不请私塾先生，不念三字经、弟子规，上的是基督教会办的学校。张五爷儿子张寿山的人生道路则是自我选择。张寿山不想再走科举之路，考入天津北洋西学学堂，后以五得祥绸缎庄和四海客栈做抵押，以两处买卖的收入还

---

① 《李锐王尧对话录》，苏州大学出版社2003年版，第62页。

利息，从太古洋行贷出二十万两白银，投资入股，占东陉煤矿股份有限公司六分之一的股份。张寿山打破了张五爷耕读传家的旧梦，但东陉煤矿股份有限公司在天津却一炮打响。《囚徒》提供了认同与和解意义上的中国现代性路线图。

不仅仅是张寿山和迎儿这样的新中国人走近西方，玛丽亚嬷嬷也在反向趋近东方，她思考的问题是："既然我们无可选择地只能生存在同一块土地上，为什么不能在同一块天石上平等地保存下各自的信仰？"玛丽亚嬷嬷是一个身体力行者，她按照她的理想开始她的天石村实验：

> 天石上的东、西厢房进行了翻新，改称做东堂、西堂。门窗都改装成拱顶形的，并且安装了彩绘玻璃花窗。墙壁内墙重新用石灰泥抹成白墙，白墙上画了圣子诞生图，画了耶稣受难的苦路十四站，画了圣母升天图。山墙的人字梁下挂了耶稣受难十字架。东厢房正对大门墙下边的那段夹壁矮墙没有移动，但是被改建成了祭坛，祭坛外面围砌了一圈刻有橄榄枝叶图案的石雕，祭坛上方的墙壁上画了一幅精致的圣母抱婴图。在这幅最为常见的图画上，圣母怀抱圣子，安详地垂下眼来和天真圣洁的圣子深情对望。但是原来那截粗糙的石墙被保留下来了，那个被青紫两色石头堆砌出来的，笔画扭曲但却惊心触目的十字，被包围在柔和茂盛的橄榄枝叶中间。这些柔和茂盛的橄榄枝叶像是围出了一扇窗口，从这扇窗口里可以看到张马丁执事逸远模糊的背影，可以看到玛丽亚嬷嬷对乔万尼无穷无尽、最为哀婉的思念和悲伤。
>
> 在玛丽亚嬷嬷的坚持下，天石脚下的塔形钟楼没有采用最常见的哥特式尖顶，高耸的钟楼保持了从前献殿八根立柱支撑的重檐八角攒尖塔顶，在略微增加了坡度的铺瓦攒尖塔顶上，原来的宝瓶葫芦尖，换成一座朴实的木质十字架。钟楼里的铜钟是当初莱高维诺主教专门从意大利为天石村教堂定制的，那是他许多年里念兹在兹的心愿。为了挂起这座铜钟，专门又在八角攒尖钟楼的顶层内，用圆木搭建了一座厚重结实的梯形钟架。只要敲钟人把一条腿跨进钟锤下边悬挂的皮套里，像荡秋千一样摆动起来，

就会听见响亮悠远的钟声。而钟楼的主墙,也专门使用了天石村民居建筑最常用的石材垒砌而成。远远望去,钟楼和天石上的建筑群竟然毫无违和,好像许多年前,原本就是这样修建起来的。

玛丽亚嬷嬷的天石村实验是否是李锐心目中的理想样本?即使是,在没有得到李锐肯定答复前,只能是一种揣测。但至少小说写道:"天石村的村民们新奇而又亲近地看着它,他们由衷地感觉到——在那块巨大无比,有过无数传说和神奇的天石上,过往的岁月和将要到来的岁月正一起向自己走来。"如果说自认为做了"自己只不过按照内心最真实的想法作了最诚实的决定"的张马丁还是内心缠斗着新与旧,玛丽亚嬷嬷则是西方历史发生在别处时刻,以开放心灵试图走出文化囚笼的真正新人。张马丁从昏迷中苏醒以及五个金发碧眼混血婴儿的诞生,证明并不存在神迹,无论是西方的复活,还是东方的转世灵童,在人间都是刻意制造的神迹。《囚徒》写宗教的虚幻和虚妄,但李锐并不依此向度着力去做一个批判者,而是从宗教许诺的彼岸和天堂回到悲欣交集的人间。"在人间",自然有领受人间苦厄的人,也自然有玛丽亚嬷嬷这样执火把的启蒙和救赎众生的人。从某种意义上,玛丽亚嬷嬷是天石村现代创世的女娲。回到前面的附录(2)(3),即便东西方叙述立场有异,但暴力和虐杀是双方都叙述到的事实。李锐对义和团历史的观察和反思更多地聚焦于其"血色"。不只是义和团,可以扩展到整个中国近现代史,可以追溯到他长篇小说的起点《旧址》,李锐自道:"我的小说里是写了不少杀人的场面,我写了这些人杀了那些人,又写了那些人杀了这些人,我写了在这些以人血涂写的历史中的人的悲凉处境。我想或许在这处境的表达中,可以看见人,可以看见中国人精神和情感的历程。我小说中的主要人物都死了,他们并非作为英雄而死的,他们只是在时间的长河里死在历史之中了。他们不这样死,也会那样死。只是这世世代代永无逃脱的死,这死的意义的世世代代的丧失让我深感人之为人的悲哀。"[①]这虽然谈论的是他的小说《旧址》,但

[①] 李锐:《关于〈旧址〉的问答——笔答梁丽芳教授》,《当代作家评论》1993年第6期。

可以直接用来说《张马丁的第八天》和《囚徒》。《囚徒》固然写到遭遇洪水和瘟疫时，生命的无常、渺小和脆弱，但更重要的还是写人被抛掷到杀与被杀的历史的失控。文学的意义或许是为这些无辜无名者发声。《旧址》发表之后，李锐对小说和历史的关系做了辩白，他强调："最好不再到我的小说里去寻找有关作者自己的真实，也最好不要去寻找有关历史和社会事件的真实。""小说毕竟是小说，它不是作者本人经历的简单模仿，也不是对社会和历史的写真。我更不相信文学可以还给我们一个'真实'的历史。所以我不愿去做这徒劳的努力。我知道那个井底下的月亮无论怎样努力也是捞不上来的。因为我放弃了那个'真实'的历史，所以我便一意孤行地走进情感的历史，走进内心的历史。"① 在这里，小说和历史，历史与"情感的历史"、"内心的历史"被细致地区分出来。《囚徒》里，张天赐、张马丁、玛丽亚嬷嬷、孙孚宸、马修医生、陈五六，甚至幡然悔悟的老三等行走在血色黄昏中国大地的人们，他们内心的爱与痛、无奈和挣扎打开的正是李锐所说的"内心的历史"。李锐并不否认小说和个人记忆、小说和历史的关联，但这个历史不是考古学和考据学意义的。所谓情感和内心的历史，是从历史到反思历史。反思历史之后的小说是可以只保留反之"思"转而自由想象和虚构。

有论者认为：在二十世纪九十年代以来的文学与思想文化语境中，"李锐作为一个思想者的角色日渐鲜明，他对当代汉语写作的思考，从来不是单一地关注一个个纯粹的语言问题，缠绕他的始终是让他难以释怀的'中国问题'。"② "思想者的角色"的身份认同和九十年代长篇小说发展的关系应该被更充分地揭示出来。不只是李锐，前面提到的八九十年代之交的那些长篇小说的写作者或多或少都是"作为一个思想者的角色"。1993年，王安忆的《纪实与虚构》出版以后，陈思和、郜元宝、张新颖、严锋和王安忆有一个对谈，对谈最后相当多的篇幅涉及思想和长篇小说文体之间的关系。王安忆认为："长篇是一种完整的思想的表达，没有思想

---

① 李锐：《关于〈旧址〉的问答——笔答梁丽芳教授》，《当代作家评论》1993年第6期。

② 《李锐王尧对话录》，苏州大学出版社2003年版，第221页。

就没有长篇","一部长篇必须是一部哲学。"进而,王安忆区分哲学家和作家的思想的不同:"作家的思想则和他具体的生活体验连在一起,是一个极具个性化的哲学。"①但对何为极具个性化的哲学,王安忆并未做充分的阐释。而同样以思想见长的李锐则提出了可资安置在具体实践的操作方案:"在对历史的颠覆和重新叙述中,《凉州词》的古老苍凉,是地久天长的生命悲情的主调。在这个主调之下,从容不迫的日常生活和环环紧扣的暴动突变交替出现,组成小说的复调。所有的没有出路的反抗和绝望,所有的永恒不变的山川风物、民间百态反复出现,反复对比,我想表达的无非还是'最有理性的人类所制造出来的最无理性的历史,给人自己所造成的永无解脱的困境'"②。最有理性的人类所制造出来的最无理性的历史,给人自己所造成的永无解脱的困境,无疑是"囚徒"最好的注释。值得注意的是,正因为李锐的"思想"体现在"对历史的颠覆和重新叙述中",正因为其"悲情的主调",是不是可以将李锐经由历史反思获致的思想理解为一种"有情的思想"。长篇小说作为个人思想文本是八九十年代重要的文学遗产,而李锐的写作即使在新世纪因为身体的原因中断过十年,但他重新开始长篇小说《囚徒》的写作很自然地就接续上这个小说传统。当然,思想性文本是长篇小说之一种,但某种意义上,正是二十世纪五六十年代出生的这一批作家持续有力地"思想着"开辟了改革开放时代的文学新路。是动词的、行动的、未完成的、向未来无限敞开的"思想着",而不是大众传媒时代自封和分封的面目可疑的"思想者"。

(《小说评论》2022年第4期)

---

① 王安忆:《轻浮时代会有严肃话题吗?》,见《理解九十年代》,人民文学出版社1996年版,第60—62页。

②《李锐王尧对话录》,苏州大学出版社2003年版,第163页。

张炜创作局限论

二十世纪九十年代的"新人文精神"讨论中,张炜因为在长篇小说《柏慧》和文论《诗人,你为什么不愤怒?》等作品中探讨中国社会转型期知识分子的独特地位、责任及精神状态,为知识界和普通读者关注,进而被塑造成商业时代"抵抗投降"的"文化英雄"。面对二十世纪九十年代的时代喧嚣、知识分子的整体失败,栖身都市的知识分子选择了一个都市的溃逃者、全球化时代的梦隐者,作为时代惊涛骇浪的自救之舟,显示了中国当代知识分子内心虚弱到怎样的程度。他们不甘心就此缴械"投降",却又无力回天,只能慌不择路地"抓狂"起来。于是,不仅仅是张炜,一些旧时代的异见者、狂热的宗教徒纷纷成为当下知识分子面对所置身时代发言时祭起的"宝器"。今天,重新审视这场知识分子广泛参与的"造神"运动,就会发现他们不过是不断给我们服食致幻的毒药,让我们陷入逃世的精神梦游。

一

和虔敬的宗教徒张承志不同,在二十世纪九十年代知识分子想象中,张炜是一个耕读自乐的道德家。

事实上,在一个堕落和黑暗的时代,确实需要宗教徒和道德家来守护德行和良知。"有他们在悲悯地仰望星空,有他们伸着警醒的手指,我就觉得安全得许多。"[①]问题是人类历史上伟大的道德家从来不是预予的天赋和神授,这一点可能和天启神授宗教徒不同。而且思想家和艺术家也不

---

① 张炜:《冷寂之后》,见《生命的刻记》,文汇出版社2006年版,第86—87页。

一定就是伟大的道德家。但这个问题到张炜这里似乎变得不证自明。"思想家、艺术家，他们的劳动是具有道德感的。道德不是一种装饰，而是世界存在的依据，是生存的前提。"①张炜的道德致幻术让我们相信他就是这样的道德家。但作为"道德家"的张炜并没有向我们呈现身心磨难、超凡入圣的修行之路。因此，他所说的"我们一开始也许就要追究自身的道德问题"，也没有发展为深刻的灵魂拷问，而是被简单地置换成追究自己纯洁的道德起点，追究一个纯洁的家族来源，追究一个纯洁的血统迁延。于是，纯正血脉源头的追溯使"追究自身的道德问题"变成了"圣"化自己、证明自己道德没问题的把戏。

伟大的道德家不是天赋和神授，但是可以通过血脉遗传的，这是张炜反复讲述的"家族"神话。按理说，在"家族"这个缠绕中国近现代作家的重要主题中，"家族之罪"应该是题中之义。《古船》《家族》以及张炜一系列和家族相关的小说，涉及的是传统家族、世家子弟在时代紊流的裹挟下蜕变和沉沦，从现代向当代的延伸。如果对这个问题深入追问下去，张炜完全可以在"家族"主题上为中国现当代文学提供更有力的东西。但就《古船》而言，由于在新时代来临的前夕，"财主"隋迎之的"还账"，已经散尽家财，对穷人的"亏欠"成为上一代人的事情。下一代"财主底儿女们"，就像隋抱朴所辩护的"自己是个一贫如洗的人"。既然"我"已经一贫如洗，也就可以清白地进入新时代，不需要怀抱"我有罪"的赎罪和忏悔，去思考"财主底儿女们"如何背弃自己的家族、阶级，为人民接纳，获得身份认同。

表面上看《家族》系列，张炜接续的是《家》《财主底儿女们》等现代家族小说对"财主底儿女们"的书写。类似蒋家三兄弟的故事被重述。曲予的前半生，他和闵葵的爱情，他兴办小城现代意义上的医院是在五四时代启蒙知识分子谱系上的展开。及至他的后半生，他和民众革命的挽结，则比蒋纯祖的走向大众行走得更远。那远出的部分曾经被《红旗谱》《青春之歌》等"十七年"红色经典书写过。曲予和宁珂的故事，尤其

---

① 张炜：《冬令絮语》，《当代作家评论》1994 年第 4 期。

是宁珂的故事，其实是投身革命的现代知识分子所遭遇的。从四十年代开始，知识分子怀着虔敬之心选择共产主义信仰踏上朝圣的路，却又无法抛弃知识分子启蒙传统，这种内心分裂使他们时刻处于焦虑中。什么样的人能够超凡入圣？现代革命理想和个人情欲、现代革命"公"德和个人"私"德存在无法弥合的裂痕。《家族》中的许予明，还有《外省书》中的师麟，他们无法压抑的情欲让他们成为革命队伍中的异数。宁珂的超凡入圣之路除了肉体的受难，还要通过压抑自己的个人情感清除阶级印记。血缘、阶级的印记使宁珂的革命生涯一直处在为自己的身份辩白中，以至于在革命胜利之后成为革命的异己分子身陷囹圄。张炜的"家族"本来可以深入探索现代革命"公"德和个人"私"德之间的紧张；本来也有可能对革命的合理性，对中国现代知识分子的生态和心态进行全面清理和反思。但他却滑向更为表面的为家族"辩诬"和"辩污"。因为，对张炜来说，他所关心的不是"道德家的内心焦虑"，而是"先辈是不是道德家"？在《家族》系列经过祖父和父亲两代人，经过"革命"的换血，已经洗去了现代启蒙视野所致力批判的"世家望族"的罪愆。只不过是革命胜利之后的反攻倒算又使它被涂污和抹黑。但颠倒的历史可以翻转过来，时间将会证明"我"的清白。那么，值得质疑的是选择怎样的革命"公"德，摒弃怎样的"私"德就是获"德"了？张炜因人而设，充满相对主义的道德标准使他的道德追究成为一笔暗昧不明的糊涂账。

不仅是《家族》一部小说，也不仅是"曲府"这一个"世家望族"、这样一个"蒙冤的家"，在"你在高原"这一系列小说中，张炜其实树立起为中国当代史上整个受难的知识分子家族"辩诬"和"辩污"的信念。因此，关于《西郊》张炜说："'浼'还有另一个发音，在胶东常用，就是弄脏的意思。读作屈原同音也可以。我们不能把屈原弄脏，我们永远挚爱伟大的诗人，这是中华民族的责任。可是商业时代和阶级斗争的时代，都是折损诗意的。""'淳于'是登州海角上——我不断写着、阐发着的一个家族的姓氏。'宁'也是这个家族的姓氏。在我的许多书中，非这个家族而不写。我的这一类书有个共同的名称，即《你在高原》。我要把这个家族的故事写透。关于它的隐秘,对我来说是最大的诱惑和传奇。"①其实,揭示家族的隐秘只是张炜工作的一部分。在《瀛洲思绪录》《孤竹与纪》这些小说中,张炜把视野投向更为缈远的历史。"我"作为一个莱夷族的后裔,在"寻找先人的来历和血脉"的"追赶中确立自己的修行"。"按住命脉之弦找下来,还可以看到今天刚直、执拗和坚毅,让人难以忘怀的一代学人"。按照张炜的理解,"淳于""宁""曲",这些家族在近现代中国的命运,是由这样一个古老的部落,"一个部落的血脉所决定的"。

历史只是遥远的背景,是今天的依据。张炜更关心家族和那遥远的部落向当代的延伸。《家族》《柏慧》《我的田园》《西郊》《怀念与追忆》等一系列小说在张炜整个庞大的"辩诬"工作中,各自向着一个方向衍生、增殖。这样杂沓的多声部,本来有可能形成一个众声喧哗的景观呈现。但张炜太迷恋自己的声音,他不断用独语、重复、呼告等说话方式强调自己正统、纯正的血缘和部落起源。从这个角度看,《柏慧》本质上是追溯道德圣者的精神起源。不仅是"我",而且是一类知识分子的精神起源。在追溯起源的同时,张炜首先按照是否远离泥土、是否从泥土中汲取力量,对知识分子群体进行了善与恶、清洁与污浊的拣选,将柏老、瓷眼和柳萌剔除出去。在"我"的独语中,从东莱古歌的苍茫历史,到家族渊源,到穷乡僻壤的山地教师,一个高贵的血脉被清晰地廓清了。关于血脉、家族,《柏慧》中诗人的偏执无所不在。以至于说:"善与恶是两种血缘,血缘问题从来都是人种学中至为重要的识别,也最后的一个识别。"而这不仅仅是"我"的观点,在这一点上,张炜和"我"有着同一的立场:"在关于诗人的记录中,作为作者,我越来越相信,一个人一生的行为,其实从很早很早起,也许是从他这个生命产生之前就决定了许多。因为一个人所诞生的家族、自然环境和人文环境,都极大地塑造了和规定了。那么,对这种种规定性的追究和拷问,就是一个记录者的重要责任和工作。"在一

---

① 张炜:《最大的诱惑和传奇》,见《书院的思与在》,广西师范大学出版社2004年版,第223—224页。

个"血统论"已经遭遇全面质疑和摈弃的时代,张炜不自觉地身陷"血统论"的窠臼。只不过随着时间的延宕,前辈如宁珂因为和宁周义的血缘而被革命队伍抛弃、而获罪。而"我"却在为家族的辩诬和皈依中重新恢复家族的荣光,而这成为"我"今天生存和抵抗不洁世界伤害的"我从哪里来"的伦理依据。张炜在对现代知识分子母题进行仿写、改写和续写之中,没有像我们期待的赋予这个母题更沉甸甸的东西。而是不自觉或者是刻意地回到了血缘决定论,从家族、从更为遥远的部族中招魂。

同样,"恶"也有着自己的族群和谱系。《丑行或浪漫》的第三章《食人番家事》就追溯了一个当代残暴的嗜血者小矬子的族裔血缘。而在《外省书》中"鲈鱼"研究每个人的动物外号,《刺猬歌》中则从"人种"扩展到"物种",并且在人与动物之间建立了习性相近的"通灵"和"互仿",人性之一种,俨然都可以找到一种动物来对应,从土狼、尖鼠、豺、土狗、臭鼬子、狐狸、刺猬到海狗……其实,这已经到了一个相当危险的边缘。它妨碍了张炜在"爱"与"背叛"、善与恶等主题下对于人性的复杂展开,妨碍了张炜对深邃人心更为细致幽微的体察,转而追求一种童话、民间故事对人物观察的简洁、直白。但现实远比童话复杂,就像张炜小说自己所写到的家族、血缘自身充满着变异和分叉。《外省书》中,史东宾认为史铭和史珂两兄弟,"一个是老羊,一个是鹰鹫,自己身上流着鹰血"。事实上,在中国近现代复杂的生存环境之下,生命个体对家族和血缘"背叛"而发生的变异、"弑父"有时候倒是一种常态。"弑父"和"报本追源"如影随形。同样是《外省书》,上级为了阻止史东宾与红色家族混血,当即把他打入底层,在码头上扛包。但史东宾最终还是与红色家族混了血,不过这也没有妨碍史东宾成为一个当代资本家。应该说,对张炜来说,这已经到了一个正视家族、血缘的承续和变异,进而正视人性复杂性和丰富的关口。

需要进一步思考的问题,在一个技术时代、消费时代,即便有所谓纯正部落和家族血脉的庇护,人能够使自己的心灵洁净,可是,人又如何保证依靠"血缘"预先悬置的"道德感"不会发生移异呢?因此,把这样沉重的道德感建基在家族血缘的溯回之上显然是沙上建塔。既然"我"的祖辈曲予、"我"的父辈宁珂和"我"的同辈都可以从他们的家族背叛出去踏上向善之路，我们又怎么可能保证在一个"乱花渐欲迷人眼"的技术时代、消费时代不至背善向恶呢？在这个问题上，张炜所做出的承诺是很脆弱、苍白的。在《感激之余》中，他重提康德的名言："有两样东西，我对它们的思考越是深入和持久，它们所唤起的那种越来越大的惊奇和敬畏就会充溢心灵。这就是繁密的星空和我心中的道德律。"对宇宙的敬畏和内心的自我约束，圣者可以做到，但对于众生芸芸中一分子的许多知识分子来说，可能就只是一个善良的愿望了。张炜崇拜许多十九世纪批判现实主义大师，"比如托尔斯泰。我写《古船》时受他影响很大，我的面前常常闪动着他朴素而高大的身影。……真诚的力量长久而永恒，向善的力量是最有感召力的。这是我对《复活》的看法。在一个消费文化盛行的时代，一个作家多看如托尔斯泰，特别是《复活》，会让灵感和良知一起复活起来。"[①] 依靠对大师的仰望和膜拜而复活人内心的道德感同样是一个善良的梦想。毕竟，我们现在处身的时代不是大师的十九世纪的时代，而且那是一片有着辽阔深厚的宗教传统的大地。因此，《刺猬歌》最后，当失败的廖麦从繁星满天中汲取重新出发的力量时，真的有一种今夕何年的感觉。"万物都有个出处，质朴精神就是出自田野和自然，是土里生的。"大地已经沉沦，质朴还能出于自然吗？

二

从"家族""血缘"扩展到"人民"，张炜寻找到更为强大的道德支援，通"血脉"的同时，张炜接上了"人民"的"地气"。在张炜的小说中，现代启蒙理性视野里需要疗救的"人民"同样被置换成苦难的"疗伤剂"。

从写作伦理的角度，《远河远山》解决的其实是心灵依据的问题。桤明的逃亡之路和张炜少年时代的山地记忆有着类似的地方："当我自认为可以独立生活也必须独立生活的时候，就告别了海边，一个人去了南部山

---

① 张炜：《最大的诱惑和传奇》，见《书院的思与在》，广西师范大学出版社2004年版，第223—224页。

区。""我不能说那是一段风雨苦程,而只想说欢悦多于愁苦,山川人事都保护了我支持了我,让我健步前行。山乡大婶、林野姊妹、码头老哥,包括身上有许多缺憾的人,都留给我珍贵难舍的礼物。"① 歪歪、疙娃、大胖、无名老人、贤人、韩哥……一个个隐而不彰"为写而写"的民间写作者,桤明写作的启蒙者,他们的身份是光棍汉、鞋匠、乡村教师、吹鼓手、泥瓦匠、会计、粉坊师傅……这样来看,逃亡之路同时也是向大地、人民的回归之路,在大地、人民中间扎根。西蒙娜·薇依曾提醒我们:"在现今各种拔根疾病的形式中,文化的拔根并不是最可忽视的。"从张炜的角度来看,像桤明、淳于阳立、宁这些知识分子之所以在未来的城市生活中有一种无法融入的边缘感,一个关键问题就是他们经历了一个"扎根"和"拔根"的文化移位。因此,这就是张炜的《怀念与追忆》《西郊》《我的田园》《柏慧》《能不忆蜀葵》中的城市知识分子要一次次离开城市的心理动因。"回归"就是回到人民中间,重新寻找身份认同和存在依据。

在"人民"问题的态度上,张炜和他笔下的乡村知识分子是一致的。《古船》中隋抱朴最后明白的道理就是"要紧的是和镇上的人在一起。……老隋家人多少年来错就错在没和镇上的人在一起"。进而,在张炜的审美理想中,"人民"成为一种崇高的尺度。"说到奖赏就不能不想到'人民',不是抽象地想,而是具体地、真切实在地想。一个作家的劳动帮助了他所处那个时代的或后来时代的人民,他应该由喜悦到兴奋到忘情,获得无边的快乐。"② 缘此,以至于张炜"要一辈子为人民写作。'人民'这个概念有多种解释,但在作家这儿,人民就是凭劳动吃饭、无权无势需要保护、在每一个时世里相比总是较为贫穷的那一大批人。为他们写作就是做好事,写出一篇,就是做了一件好事。"③

不仅仅是张炜,二十世纪五十年代出生的作家几乎都有"人民至上""粹藏于民"的民粹情结。我们熟悉的民粹主义践行者当是十九世

---

① 张炜:《回眸三叶》,《山东文学》1999 年第 7 期。
② 张炜:《心上的痕迹》,见《绿色的遥思》,文汇出版社 2006 年版,第 122 页。
③ 张炜:《心洁手灵》,《钟山》1995 年第 6 期。

纪中后期俄国平民知识分子。进入二十世纪，"到民间去"的民粹主义幽灵不断在中国政治、文化和文学艺术中徘徊。考辨民粹主义在近现代中国的源流是一个相当复杂的问题。我们这里所关心的民粹主义的什么内容，以怎样的方式进入张炜的创作，成为张炜重要的思想资源，又给张炜带来致命的精神缺陷。在张炜的小说中，我们强烈地感到这种德行和良知在人民中间的写作指向。护秋人、看林人、山村烤烟人、孤老婆婆、流浪者……他们一贫如洗，但他们却守护着人类永恒的德行和良知。在俄罗斯，民粹派的知识分子"意识到自己的地位是不正常的，不应当的，甚至是罪孽的。人民中不仅隐藏着真理，而且隐藏着需要识破的秘密"。①张炜"到民间去"和这些民粹主义者有着不同起点。张炜常常以一个血统纯正的道德家自居，自然无罪可赎。俄罗斯民粹主义的"人民"发现过程中对自己"贵族"身份罪孽进行忏悔的前提被省略。"人民至上"和"贵族之罪"是一个硬币的两面。保罗·塔格特认为："'人民'是一种信念。""'人民'被颂扬，因为他的确有一定的美德。"而且"民粹主义者颂扬'人民'，尤其是就人民的价值与那些精英的价值相比较来说。"②而张炜既没有在民粹立场上对"家族之罪"进行反思，同时也没有在中国现代知识分子的启蒙立场上对"人民"进行检讨。

就像张炜意识到的"人民"在现代中国是歧义丛生的。就是在"贫穷"这个指标下，"人民"依然是复杂、含混、变动不居的。《古船》中隋抱朴信念中的"人民"，同时又是"老隋家是怎么在农民式的嫉恨里挣扎了这么多年"的那些"人民"。《家族》中"人民原则"可以作为知识者崇高的革命理想，也可以被作为压抑个人欲望的律令，又可以作为权力争夺中打压对方的筹码和说辞。而在《古船》《金米》《九月寓言》《刺猬歌》中的"批斗""忆苦"和"辩论会"等当代政治生活场景更是人民盛大的广场狂欢。人民的广场狂欢则是"意识形态的操演，它听从奇理斯玛的话语催眠暗示，在集体舞蹈中进入集体睡眠。"③《刺猬歌》中"人民"的

---

① 尼·别尔嘉耶夫：《俄罗斯思想》，生活·读书·新知三联书店1995年版，第103页。
② 保罗·塔格特：《民粹主义》，吉林人民出版社2005年版，第123—125页。
③ 朱学勤：《道德理想国的覆灭》，上海三联书店1994年版，第134页。

历史更是把红薯窖叙述成阶级压迫的水牢。《怀念黑潭中的黑鱼》中人民纯良如那对老夫妇者也可能背信弃义。于是，张炜的小说一方面呈现底层人民的美德，呈现底层的德行和良知。逃亡者和受难者也往往能够得到来自底层人民如大地一样宽厚的庇佑。另一方面，张炜的小说在许多大地上的灾难和罪恶中看到了作为"看客"和"帮凶"的"人民"的身影。

面对复杂的"人民"或者"大众"，张炜的"精神理性"似乎被遮蔽太久了。《古船》《金米》《九月寓言》《家族》《刺猬歌》这些小说在"人民"问题上恰恰暴露了张炜"精神理性"缺席的致命伤。而且迄今为止，张炜依然在一种暧昧不明中思考和运用"人民"。《刺猬歌》中"人民""以暴制暴"，借打旱魃毁坏紫烟大垒。难道因为是源自"人民"的暴力就被作家所容忍和宽恕？事实上，张炜从一开始就没有对"穷人之罪"进行现代知识分子"精神理性"在场的反思。而这恰恰是我们需要继承的现代知识分子的精神遗产。"人民至上"成为制约张炜精神疆域开拓的致命幻觉。《古船》中，隋抱朴如何弥合"粉丝大厂是洼狸镇的""人民"信念和"农民式的嫉恨"的深刻裂痕？张炜没有做出令人信服的解答。当他的"人民"信仰和现实的"人民"状况发生裂痕的时候，张炜往往是悬置和闪避。在中国近现代时代的迁延中，"人民"从五四时代"愚弱的国民""沉默的大多数"，到"历史的创造者"的转变、置换中间，现代知识分子也从一个居高临下的启蒙者蜕变成被改造的对象。因此，现代知识分子"人民"信仰确立的过程是一个和改造、和重获身份认同伴随的灵魂搏斗的过程。与这种外置式的"人民"信仰确立不同，作为二十世纪五十年代后期出生的作家，张炜的"人民"信仰是预予的、内置式的。张炜"人民"信仰的确立没有现代知识分子从启蒙到被改造的身份置换，也就没有自我质疑和自我否定中运用"人民"的焦虑。那么，我们要追问的是，不正视"穷人之罪"并进行反思，不对"人民"进行甄别或者只是简单甄别，就确立的"为人民写作"信念可靠吗？

三

张炜的巨大声誉是和《九月寓言》《融入野地》，和"野地"联系在一起的。但"野地"恰恰是九十年代知识生产流水线上的怪胎。相比较而言，"家族"和"人民"神话的缺陷是明显的。而因为当代都市知识分子的参与建构，张炜诗化生存苦难和躲避王权幽灵的"野地"被想象成技术时代的解毒剂。他迎合了我们时代广泛的不满情绪，而把这样的情绪引导到对已经逝去的一个物质匮乏和精神盲从时代的膜拜。这样的精神致幻术给整个八十年代批判专制和愚昧，并在世界当下重建我们生存意义的社会信念以致命的伤害。

《九月寓言》是关于一个村庄和村庄的失陷、毁弃的故事。需要指出的是，这里村庄绝对不是前现代的化外之地，而是有着明确的当代农村标记。村庄从"南山或更远的地方迁来的"，有异地之"异象"。外村人称他们是"鲅鲅"，但他们却呈现了合与大地节奏的生活欢乐。"万千野物一齐歌唱"，年轻人一夜一夜地游荡。《九月寓言》中，张炜写苦难大地升腾的生命欢乐，充满社会主义田园牧歌的诗意想象。因此，一定程度上，《九月寓言》是对"芦青河系列"的重写和回归。早期的"芦青河系列小说"，是关于田园、劳动和爱情的小说，从谱系上说，应该是上承"十七年文学"社会主义农村新田园牧歌式的书写（闻捷二十世纪五十年代出版的诗集就以《天山牧歌》来命名）。它关注政策调整、时代变迁中农村的世道人心。其中给读者留下深刻印象的是大贞子（《看野枣》）、阿队（《山楂林》）、小疤（《紫色眉豆花》）、二兰子（《声音》）、小碗儿（《芦青河边》）、小能（《天蓝色的木屐》）、胖手（《夜莺》）、金叶儿（《拉拉谷》）等这些农村小儿女。他们有废名、沈从文、汪曾祺小说中乡村小儿女的清澈，但多了作者对社会主义新人的朴素想象。

张炜曾经意识到这样的诗意书写的虚弱。当《海边的雪》《海边的风》《秋天的思索》和《秋天的愤怒》这一系列小说出现时，已经构成了对于早期小说"当代社会主义新农村的田园风光和儿女情事"写作的拆解。这些小说关注的是当代中国乡村的残酷和苦难的政治生态和日常生活，用《秋天的思索》中老得的话就是所谓的"黑暗的东西"。在张炜的理解中，当代中国乡村承载着苦难，并且能够把这样的苦难表达出来的就是像老得和李芒这样的乡村知识分子。这些小说的出现为《古船》的出场提供了一个恰当的铺垫。《古船》这部建立在精细的田野调查和地方志爬梳之上的长篇小说标志着张炜作为经典性的作家进入文学史，而且它对于张炜整个写作的重要性不只是体现在二十世纪八十年代中后期。《古船》对于二十世纪下半叶中国社会现实，特别是乡村政治生态的揭示即使放在今天也是勇敢的。但《古船》的意义不仅仅是对中国当代政治生态的写真——写镇史正史上不见的苦难、仇恨、虚假和作伪，而且是思考着一个具有标本意义的中国乡镇——洼狸镇的辉煌如何沉没的；思考当代乡村知识分子隋抱朴如何丧失爱和仇恨的能力，如何成为"废人"的，又如何被唤醒的。张炜诊断的结果是"怯病"。从1947年还乡团的还乡报复的血腥虐杀到新中国成立后的批斗，暴力、仇恨产生的毁灭一切的力量，使隋抱朴一辈子在惊恐中度过，无力自救更加无力去拯救别人。这个洼狸镇隋家的长子只能终日木木地坐在像个活棺材的老磨屋，"自己审判了自己"，在"我是老隋家有罪的一个人"的自责中度日。当然这种罪不是家族的原罪，而是男人对一个女人的愧疚。随着弟弟竞标失败，小葵嫁人，隋抱朴终于从《共产党宣言》获得阐释和支配世界的力量，并且像李芒一样从开明的官吏那里借力，实现自己的理想。从这个角度上来看，《古船》在思考知识分子和当代的关系上既是深刻的，同时又是局限的。深刻是因为张炜看到了现当代中国政治生态和农民式的嫉恨对知识分子身心的磨损；局限是张炜将当代知识分子的出路同样寄托在《共产党宣言》和当代中国政治生态的澄明上。从某种角度说，《古船》的高度就是张炜一次次试图超越，但一直无法超越的高度。

从某种程度上，《九月寓言》的回归是张炜写作中的一次巨大退步。张炜在二十世纪八十年代中期的批判现实主义，让位于半吊子的浪漫主义。而且还受到批评界近乎一致的肯定。评论界在面对这一系列小说的时候，常常把它们简单地理解为一个和世俗社会、和城市对抗的"野地世界"。其实，张炜这一系列小说的指向和内蕴是相当复杂的，甚至是自我分裂和瓦解的。张炜的乡村、故地呈现出两面性：是浪漫的故地，是丑行的渊薮；是心灵的归乡，又是创伤的源头。这里面既有社会主义田园牧歌式的欢乐吟唱；又徘徊着王权的幽灵，是有着自己的"君王"、制度和语言，甚至有自己武装（民兵）的宗法专制王国。无论从哪个角度，"野地"都不可能构成对当代城市的瓦解力量。而且不仅仅不可能瓦解，"野地"里的王权幽灵甚至可能借尸还魂进入我们当下的时代。比如"弱肉强食"的"丛林法则"。在政治化的时代,老丁、大脚肥肩、武爷、唐老驼这些"强者"伤害了六子、二兰子、赶鹦、刘蜜腊、廖麦、美蒂这些弱者。而在一个经济主导一切的时代,同样是唐童、史东宾这些强者为王。像《九月寓言》中的"肥"、《丑行或浪漫》中的"刘蜜腊"、《刺猬歌》中的"廖麦"……这些大地的"原乡人"从乡村逃离,已经将"野地之罪"凸显得触目惊心。因此,张炜"融入野地"不但在实践上乏力,甚至在观念上也没有提供给我们期待的对"野地之罪"的现代理性批判反思。九十年代的张炜和他的追随者一下子倒退到二十世纪七十年代末思想解放的起点。不仅如此,研究张炜的小说,就会发现当他面对现当代中国乡村的苦难,很少像《古船》那样追求精确、到位的现实主义书写,而是把对新牧歌时代的追挽和对中国当代政治的戏仿纠结在一起。《蘑菇七种》中林子中的情书、大字报,《老丁颂》《九月寓言》中的"忆苦",《丑行或浪漫》中的传书、辩论会,《刺猬歌》中编瞎话女人的水牢故事、鱼戏的改编等写政治化时代底层和日常政治对宏大政治的戏仿。戏仿的结果是,在瓦解宏大政治的同时也瓦解了苦难的庄严。在追挽和戏仿中,《九月寓言》构成了对历史和现实的双重逃避。而《融入野地》则进一步回避了"野地之罪"。在需要对王权的幽灵进行批判的时候,张炜也像隋抱朴一样罹患"怯病"。

村庄失陷、大地沉沦是我们批判技术文明痼疾的理由,但绝不是我们融入《九月寓言》式"野地"的理由。

四

"野地"逃向过去,为一个逝去的时代招魂,同时招来王权的幽灵。而在"葡萄园"中,张炜以为可以躲闪开"野地之罪",就可以在想象中建构起一个乡村知识分子田园牧歌式的当代村社。但"野地"到"葡萄园",无论来源于记忆还是想象,都是逃世者的心灵幻影。

其实"葡萄园"很早就在张炜的小说中作为小说的场景存在。在他的早期小说《秋雨洗葡萄》《葡萄园》和《秋天的思索》等小说中,葡萄园所涉及的时代变革中农村利益的分配和重组,张炜所追问的是谁最有权利拥有葡萄园的果实，并不是像后来的《柏慧》和《我的田园》中精神依据的意义——"葡萄园"作为"心中的田园"。在"走"与"安静下来思考，安静下来阅读，安静下来沉入自己的世界"的矛盾和不安分的焦躁中，发现自己"原来要寻找一个葡萄园。"(《我的田园》)这是一个怎样的世界？"我觉得斑虎、响铃、四哥，还有肖明子和'鼓额'，与我一起维系了一个特殊的家庭。""如果我真的在葡萄园办起一份杂志，那么就肯定是我和朋友的共同事业。我会毫不犹豫地去请阳子和小涓、李擎和吴敏他们。如果他们愿意的话，我们会在葡萄园里创造出怎样迷人的生活呵。那时候我们可真正是'脑力劳动和体力劳动相结合'的人了，走向了真正的和谐与幸福。""那时候我们这儿就是一个'组织'了，就再也不需要到别处去过'组织'生活了。我们将建立起一个崭新的秩序。"忠诚于葡萄园的人们，在世纪末的中国大地开始了乡村公社的理想和实践。不仅是葡萄园，《刺猬歌》中的廖麦同样想在他们的农场实行一种新的付酬方式："公开收支账目，尽可能公平地分配劳动成果。"在廖麦的期许中，这应该是一种新的劳动组合方式，一种"心的组合"。美蒂从中看出了"公社"的影子。仔细考辨，这里面似乎有俄国民粹主义者的"村社"理想，又有中国传统知识分子进退之间晴耕雨读的旧梦，廖麦有这样的渴望，《外省书》中的史珂"为了抵御那个老油库的诱惑，他想在屋前垦一块园圃。不仅是种种菜蔬，而且要有四季照料的庄稼，小麦、玉米、高粱、花生……"而且在中国文化中从来就不缺少"民本"的思想。这一切，于张炜是一种心灵的招魂术，无力回天的知识分子，至少可以在一片想象的田园，在农人和稼穑之中寻找到心灵的安慰剂。虽然张炜反复地自剖，他的小说不存在一个城市和乡村的对照，但一旦到了具体的写作中间，城市就不自觉地站到了葡萄园的对面，接受着葡萄园对它的审判。"我度过了多少个葡萄园的日日夜夜？不记得了。墨黑的浓雾四面合拢，罩住了我的梦想。我的根扎下去——我对这片泥土充满了深情和恐惧。因为，这是埋葬了我的先人的土地啊。"

这样，向内，和俄罗斯前辈走向大地之后的赎罪感和忏悔不同，"我"没有一个有罪贵族的祖先需要"我"来赎罪。所以，张炜的小说不可能走向那具有巨大的、幽暗的心理深度的心灵拷问。向外呢？张炜必须保持他作为一个现实主义作家最起码的真诚,感受并书写葡萄园承受的恐惧和压力。事实上,张炜不是没有意识到这样的乡村公社的虚弱。"鼓额"的秘密,肖明子的痛苦,老驼的心计,老经叔的威严,还有那个"吊睛白额大虫"的练达,一切的一切都向着"我"的葡萄园压迫过来。因此,虽然张炜坚持自己"个人的世界"的纯粹性,但我们还是要追问的是张炜的葡萄园难道仅仅是一场猝然的台风摧折的吗?同样《九月寓言》中野地在矿坑中坍塌;《刺猬歌》中园子在紫烟大垒下沦为孤岛,并且终将消失;《外省书》中的美丽海湾和家乡俗语、《家族》中更大范围的平原和林子沦丧。在全球化、城市化的大势下,面对这一切,葡萄园和葡萄园中的乡村知识分子的沉思冥想,这样的镜花水月,除了给以人苍凉的感喟,还有更多吗?

从某种角度来说,知识分子的"葡萄园"其实遭遇着来自乡村和城市的双重夹击。某种程度上,来自中国乡村的瓦解力量更加强大。最典型的像《古船》中的赵多多在粉丝大厂实行"踢球式"管理,《九月寓言》中的红小兵和工程师关于"工人拣鸡儿"的对话,和《丑行或浪漫》中乡村知识分子二先生的"四十胜于熊鞭"等。赵多多、红小兵、二先生的思维、判断及言语中所凭依的乡土中国的民间背景以及所借助的民间资源瓦解了现代文化和现代政治话语这些我们在启蒙和革命视野目为强势的话语。在许多研究中,我们往往预设了五四文化启蒙运动和现代政治运动中知识分子和革命领导者的文化和话语优势。但张炜的野地、丛林,现代知识分子启蒙话语和革命者的现代政治话语同样沦为弱势话语。乡土中国的民间社会以其自身的待人接物观世立场、姿态以及延续、承传的精神传统抗拒闯入乡村的异类。而且,在"融入野地""走向葡萄园"之中肯定包含了鲁迅所说的"沉入于国民中"。面对野地和葡萄园的"黑暗的东西",民粹色彩的"融入野地""走向葡萄园"只能是虚妄。而如果这样的幻觉式书写,只出现了张炜一个人,我们可能还能感到一种孤单的决绝。值得警惕的是,当张炜这样的写作被知识界塑造成时代的担当,那种集体心灵致幻可能会迷失对现实更宽阔、深厚的反思。当葡萄园这样灵魂安妥的飞地不复存在了,我们的灵魂真的要飘浮在紫烟大垒不断吐出的毒烟中了。

葡萄园是现代技术时代,整个大地沉沦中的孤舟,是知识分子想象中的飞地。和启蒙知识分子不同，从小就在莽野跋涉的张炜清楚大地的痛苦和欢乐、光明和黑暗，因此，他不可能很轻便地就撤回到野地、故地。他要在大地之上对野地、故地进行"民粹"式的重构和修饰。但修饰又不是"肆意修饰"，张炜如何保持这个修饰的尺度？而且如果整个大地都沉落，这样的飞地还能硕果仅存吗？从《我的田园》《柏慧》中的"葡萄园"，到《刺猬歌》中的"小农场"，张炜完成了对自己建立在大地上的幻象的瓦解。富有意味的是类似《融入野地》对城市的质疑，在张炜更早的写于1984年的《葡萄园》就有过类似的对葡萄园的质疑："它太工整，太有限，太脆弱，太可爱，又似乎太不值得一提了。"因此，张炜在《葡萄园》中写道："要寻找一种挽救葡萄园的最好办法，还是走出葡萄园，走到平等的大自然之中，去寻找热情，寻找对比，寻找不知何时遗失了的那么一种热情。"但张炜的写作却没有像《葡萄园》所期待的那样。

从野地的芜杂到葡萄园的纯净，从《蘑菇七种》中生灵的万物竞自由到《老人》《美生灵》《马颂》中"荒原、草地、开阔的原野，好像最适合放牧，它们就应该是羊的世界"，张炜一步步在为自己寻找一个乌托邦的幻境。《槐岗》《烧花生》《九月寓言》和《刺猬歌》中人对自然权力的滥用固然值得警醒，但如果整个人类没有了《铺老》《黑鲨洋》《海边的雪》和《父亲的海》中的呵护德行和良知的力量，在唐童、史东宾横行的世界里，他们会为我们预留"葡萄园的纯净"和"羊的世界"吗？相比较而言，乡村知识女性刘蜜腊承袭野地的"野"，而为现代所召唤的野地逃亡和对知识理性的追求倒更为积极。反而，所谓的知识分子倒成为王权幽灵和技术文明中躲闪的逃世者。

五

张炜小说的致幻性暴露的是张炜的精神缺陷，而且张炜的精神缺陷是一代人的精神缺陷。出生于二十世纪五十年代后期的张炜是纯正的"生在新社会，长在红旗下"的一代人。经过五十年代的意识形态建构，近现代知识分子的五四启蒙传统在他们精神成长的时代已经全面受挫和隐退。而"民粹"则成为这个时代的政治和文化策略，进入他们的思想和文化构成。

值得注意的是二十世纪五十年代人中的一部分由于独特的成长环境,有可能继续着"地下"阅读,从而保持和五四精神传统的精神联系。而更多的是像张炜这样接受纯粹的社会主义教育。因此,笼统地谈二十世纪五十年代人的精神缺陷也许是一种冒险。不过有一点是共同的,对于这一代人而言,"红色记忆"有时也是创伤记忆。因为他们往往有一个跨越两个时代,让他们受辱的"家族"和"父亲"。创伤的修复是回到"人民"怀抱中间去。正如张炜和"知青"一代作家的写作所反复揭示的,是"人民"对他们无私的接纳使他们获得了心理抚慰和补偿。但"人民"也使他们产生了一辈子的"恋母"情结。所以张炜的小说每当磨难来临,一个充满"母性"的女性必至。"人民"对他们孩子一样地庇护,宠坏他们。他们一辈子改不掉精神撒娇的习惯。而且他们中一部分人像张炜这样的,其精神构成中先天缺少启蒙理性。这就不难理解他们几乎偏执地坚持"人民至上"的精神信仰,不难理解他们为什么会对二十世纪七十年代中期之前的当代中国农村进行诗意化的想象,也就不难理解他们深受"血统论"其害却又近乎神经质地为自己血统的纯正进行辩护。这一代作家差不多都是从时代已经开始批判质疑他们所成长的时代真正进入创作的。七十年代后期的知识分子立场回归成为他们写作的宏大时代场景。但这一切对他们而言来得太晚了。他们的启蒙理性是晚成的,而且是为时代所簇拥的,因此,也是脆弱的。对于过去的时代,和五十年代就开始写作的"归来者"一代真正的苦难历程不同,也和他们同年龄的精神早熟者不同,张炜们的"苦难"是包含着生活在人民中间的青春时代的诗意想象的,而且他们也没有记忆中的知识分子立场复归。因此,这就使他们对过去时代的批判是"拣选"式的。而从八十年代的政治策略来看,过去时代的悲剧最后被归咎于政策失误和一小撮阴谋家。"群氓之罪"和"我们和时代的共谋之罪"被时代豁免。这就使得张炜这一代作家对自己道德纯洁的确信和对过去时代的诗意想象变得合法化。在当时,史铁生、叶蔚林、张承志、梁晓声等"知青"作家对"大地""人民""母亲"的歌唱就受到文学界的普遍肯定。而事实上,张炜也是以社会主义田园牧歌的诗意书写参与到时代的文学合唱。从某种角度上说,对"群氓之罪"和"我们和时代的共谋之罪"的宽宥使八十年代的"伤痕"和"反思"文学是充满着宽容和妥协的"伤痕"和"反思"。

张炜们的精神幻觉固然是由于他们自身的精神缺陷，但我们如果深入反思下去，整个八十年代在启蒙理性的旗帜下对过去时代的清算都是不彻底的。我们就是带着这样的"未完成性"进入九十年代。而此际时代汹涌的欲望浪潮成为我们新的敌人。不仅仅如此，就像张炜小说所揭示的，专制王权的幽灵借尸还魂显示了对人和自然的巨大摧毁力量。在这样的背景下，知识分子队伍急剧分化。一些知识分子成为欲望时代的同谋，一些则选择了退守和防御。张炜的《丑行或浪漫》《能不忆蜀葵》和新作《刺猬歌》都涉及乡村知识分子和中国现当代政治生态，尤其是九十年代的复杂关系。如果，把《柏慧》与许多年前的《古船》和许多年之后的《外省书》《能不忆蜀葵》《刺猬歌》进行对比，就能够看出当代知识分子的蜕变史——从世界的中心到外省的外省，从内心的严整到内心的迷乱。因此，《柏慧》说"我"是失败者绝非虚言。极端地说，《柏慧》是我们时代失败的知识者的自说自话。从这个角度观察张炜的创作流变，我们认为浮躁、粗糙的《能不忆蜀葵》恰恰体现了张炜对现实切近的企图。淳于阳立和桤明形象的塑造倒真的反映了张炜对于我们复杂时代的思考。不是把时代进行简化和抽象，喊几句冠冕堂皇的口号了事。和张炜小说中纯粹的克己复礼的道德圣者相比，淳于阳立和桤明的生命中既有蜀葵一样灼热、灿烂的一面，也有阴暗甚至是侏儒、猥琐的一面。淳于阳立和桤明都曾经有过磨难和亲近底层的人生经历。按照张炜小说的一贯模式，乡村总会合乎逻辑地形成强大的精神支援去和现实世界构成对抗。而在《能不忆蜀葵》中，淳于阳立和桤明却都不能保持内心的完整性。问题的关键是从隋抱朴到廖麦，那些"民粹"知识分子并没有像想象中的那样变得强大起来。他们没有成长为巨人，却成为时代中的侏儒。淳于阳立和廖麦就是陶姨妈和美蒂怀抱的长不大的孩子。

不仅仅如此，张炜的写作显示了我们整个知识界思想的混乱和失败。逃避主义和失败主义的论调竟然被树立为我们今天时代的精神高度。张炜写作所体现的精神症候和所呈现的意义世界不但不是我们时代的解毒剂，而是我们的致幻剂，甚至是毒药。在"家族"神话中，张炜放弃的是对从思想启蒙到民众革命再到当代中国，知识分子自身弱点的检讨；放弃的是现代知识分子躬身自省的伟大传统。在应该向自己亮出解剖刀的时刻，张炜却把自己塑造成一个"洁净"到"癖"的道德家。在"人民"神话中，张炜无视"穷人之罪"的危害，无视"群氓"的破坏力，"民粹"到底。而姑且不谈"野地"无所不在的王权的幽灵，"融入野地"我们如何正视贫穷对于生命的损害，面对技术时代的欲望，难道要重弹"饿死事小，失节事大"的老调吗？

面对挑战和对抗，张炜小说中知识分子几乎无一例外地选择的是沉思、冥想中的"拒绝"和"躲闪"。在《我的田园》中那个葡萄园中的诗人所想的是，和他"永远属于那座城市的动物"的朋友们不同，"这个世界在任何时候，哪怕是末日、是最后的时刻，仍会有一些拒不低头的人。他们回答给强大无敌的世俗只有一种声音，那就是拒绝的声音"。《外省书》中的史珂走在通往衰老的路上，走出喧闹的京城，走出"京腔儿"的儿化音，返回故地故语中间，在林中孤屋的无眠之夜，"读书，回想，而且要有笔记——说不定最后也会凑成'书一本'"。而《刺猬歌》中的廖麦，"他久久仰望这灿烂的星空。多么神奇多么美丽，然而多么遥远。今夜多么遥远。今夜让他更加难忘的，就是童年的渺渺星空——遥远啊遥远！它茫茫渺渺，像无边无际的怜悯……"在这里，张炜揭示了中国现代知识分子，还是自己的那种宿命。他们的世界永远属于童年、故地、血脉、历史的溯回，属于冥想，属于患得患失的野地、葡萄园式的迷梦。对于这些知识阶级的所谓葡萄园迷梦，倒是真正属于野地、葡萄园的拐子四哥看得透彻："这里也许拴不住你，别看有这么多葡萄桩子……我觉得你跟那个人——那个女教师还能拉得来……"这些念念在心融入野地、走向葡萄园的知识分子最终还是要逃出野地、逃出葡萄园。因此，张炜在反复申言坚守什么的时候，他的写作恰恰说明了只能放弃、准备放弃。

我还是要重提张炜的精神缺陷是整个一代人的精神缺陷。这是一群有着怀旧癖的逃世者，一群"好了伤疤忘记疼"的健忘者。从"青春无悔"到"新左"到处都有他们的精神梦呓。他们像新时代的"遗老"永远生活在他们青春时代的乡村。二十世纪五十年代出生的这一茬作家，许多人一直靠着青春时代的乡村记忆这根救命稻草发迹，然后维持着自己的写作生涯。问题不是记忆和历史可不可以成为作家的写作资源，问题是我们能够从记忆和历史中看见作家的清醒和反思，看到当代的影子吗？我很是怀疑这来自不太遥远的青春——究竟是精灵，还是幽灵；是真实的"记忆"，还是癔症一样的"编造"；是想象的自由飞翔，还是面对现实的失语。现在，当二十世纪五十年代出生已知天命的作家还像一群永远长不大的孩子在一个母性十足的女性怀抱撒娇，还游荡在六七十年代的中国乡村天空下的时候，我真的心生厌倦。

2000年11月张炜在日本一桥大学演讲时，对自己有一个评价："我是这样一个作家：一直在不停地为自己的出生地争取尊严和权力的人，一个这样的自不量力的人；同时又是一个一刻也离不开出生地支持的人，一个虚弱而胆怯的人。……我如果有机会为自己命名，那么我就想把自己称为一个'胆怯的人'"。① 张炜的"虚弱而胆怯"不是属于他一个人，而是属于中国现代知识分子。专制的幽灵、传统的惰力、底层的黑暗、技术文明的步步紧逼，使中国现代知识分子陷身于一个又一个的噩梦。大地沉沦，内心已乱，《刺猬歌》中廖麦的困境一定程度上也是张炜自己的困境。这个典型的乡村知识分子一步步后退为冥想者和行动的矮子，俨然生活在当代的没落乡绅。梦已经被一次又一次地惊扰，但即使不再做张炜式当代乡绅旖旎的晴耕雨读的迷梦，那些怀抱启蒙理性的现代知识分子又有几个人能像张炜所推崇的鲁迅那样，走向梦醒以后无路可走的彷徨无据的绝望和反抗绝望。

张炜的写作之于我们时代的知识界，可以照见的是我们时代知识人的积贫积弱。知识没有让他们强大，反而让他们成为口头的道德家、革命家和梦幻制造者。富有反讽意味的是，我们的时代却把他们想象成"抵抗投降"的文化英雄。如果一味沉醉在他们致幻术和花哨的知识生产中，我们真的会饮鸩止渴，致幻到死。

(《钟山》2007年第3期)

---

① 张炜：《我跋涉的莽野》，《作家》2001年第1期。

重提作为"风俗史"的小说
——对迟子建小说的抽样分析

当代作家中,迟子建应该算被评论得比较多的作家。印象中,许多优秀的批评家都做过迟子建的专题研究。对于这样的作家,再去研究她是要从遗忘开始的,忘记别人怎样谈论她,转而从最诚实的阅读开始,尊重自己最朴素的阅读感受。从2008年秋天开始,我对照迟子建提供的目录进行了近半年的"编年"式阅读。在读完她差不多所有的作品之后,我相信好作家是可以在他们的作品中闻到属于他们自己的气息。迟子建作品所散发的气息接通她生命出发之地的"地之灵"。虽然现在看迟子建,她辽阔得也许已经不只是那个在写作中频频回望故乡——北极村的"逆行精灵"了,但如她所说,"我作品中的善良天性","人性之善,如果追根溯源,可能与我从小生活的那个村子有关"[①]。

沉默者的风俗史

文学史中的一些老话题、一些习焉不察的常识,有时会被后世的作家在他们所处的时代翻出新意。阅读迟子建,我总是想起巴尔扎克在《人间喜剧》中提出的作为"风俗史"的小说。当然现在我们谈论"风俗史"的小说,不仅仅是指"百科全书式"的,作家对某一个时代的地域风情、日常生活场景、器物、语言、衣食住行、风俗仪式等的熟道和自然主义式的精确。这纯粹是一个"技术"问题,完全可以通过案头资料准备和田野

---

① 迟子建、郭力:《现代文明的伤怀者》,《南方文坛》2008年第1期。

调查获得。事实上，迟子建在她两部重要的长篇小说《伪满洲国》和《额尔古纳河右岸》写作之前都做过这方面的工作[①]。而且，我们应该注意到，在巴尔扎克的视野里，作为"风俗史"的小说被赋予了这样的意义："法国社会将要作历史家，我只能当它的书记，编制恶行和德行的清单、搜集情欲的主要事实、刻画性格、选择社会上主要事件、结合几个性格相同的性格的特点揉成典型人物，这样我也许可以写出许多历史学家忘记了写的那部历史，就是说风俗史"[②]。因此，作为"风俗史"的小说涉及的归根结底是作家介入现实的立场、视角、声音和叙述方式等。

还是从迟子建2008年的写作说起吧。这一年多，迟子建发表的作品也就《草原》（《北京文学》2008年第1期）、《一坛猪油》（《西部·华语文学》2008年第5期）、《布基兰小站的腊八夜》（《中国作家》2008年第8期）、《解冻》（《作家》2009年第1期）等可数的几篇，对于一个正值创作盛年的作家，即使不和一些所谓的高产作家比，这在迟子建自己二十余年的写作生涯中也是算比较少的。就是这些小说，迟子建似乎也自守着一种与生俱来、珍惜不已的腔调。在今天这个日日逐新的时代，能够固执地自持恒与常确实需要相当的勇气。迟子建在考验着自己的耐心，也在考验着热爱她的读者的耐心。《草原》讲一趟出差，《一坛猪油》说一坛猪油，《布基兰小站的腊八夜》纠结于山林小站的小酒馆，《解冻》缠绕在春天泥泞的小坑。迟子建喜欢日常生活的"传奇"。《一坛猪油》写乡屠霍大眼暗中将一个绿宝石的戒指藏在一坛猪油里，那个他偷偷喜欢的女人抱着这坛用房子换来的猪油去投奔大兴安岭的男人。临到目的地，女人却将护得紧紧的坛子打破。男人的同事崔大林昧下藏身于猪油之中的戒指，戒指引得皮肤白净的女教师嫁给他，而他因为良心不安丧失了性功能，后来女教师因为丢了戒指丢了命。这坛猪油，可谓情愫暗生于焉，而又苦果结蒂在斯。小说寓沉痛于戏谑，女人怀孕吃多了猪油招致

[①] 迟子建、郭力：《现代文明的伤怀者》，《南方文坛》2008年第1期；迟子建：《心在千山外——在渤海大学的讲演》，《当代作家评论》2006年第1期。

[②] 巴尔扎克：《〈人间喜剧〉前言》，见《西方文论选》（下册），上海译文出版社1979年版，第168页。

胎儿太大，以至于难产而跑到国境那边的苏联才生下孩子，而"文革"时这又成了丈夫的罪状。更为"传奇"的是，女教师丢掉的戒指竟然被女人长大的儿子打鱼打上来，而这在异国生下的儿子恋上异国的女子最后跑到了国境那边。

和古典小说"无巧不成书"不同，现代小说追求的是故事的自然流淌，讲究的是春梦了无痕，少有像迟子建这样公然在短篇小说的格局里容纳下这么多的"偶然"和"巧合"。读这样的小说，我们恍若回到了中国古典小说说书人的时代，一日复一日地且听下回分解，让听者提着心气撑到故事的终了。这样的小说听着杀馋，写下来好看。是啊，很多时候我们似乎已经忘记了小说应该是"引人入胜"的好看。我们是不是可以说迟子建的小说就是"好看"的小说呢？再说《解冻》呢？一封事后证明只是看一场内部电影的急件，却让了无新意的刻板夫妻生活，划拉出女人对男人的柔情，而又终归于淡漠。迟子建小说有大时代闪烁其间，更有像《布基兰小站的腊八夜》中古老的中国谨守而至今日的道义和德性潜隐深藏于焉。

迟子建的小说也写智识阶层、上流社会、中产阶级，但迟子建小说最多的还是在"下层人"中打滚。二十世纪八十年代中期，写了三十万字的迟子建在回顾自己的创作时，说自己的作品"百分之九十九都是写下层人的生活的"[①]。而时过境迁，今天我们再回过头来看，迟子建就从来没有离开过"下层人"。今天"底层文学"这么热闹，却好像很少有人把迟子建放在"底层"这个文学谱系来考量。

无论是中国还是异域，文学从来没有停止过"底层"关注。五四之后现代中国的"底层"关怀差不多是衡量现代知识分子的一个重要指标。如果从文学书写的角度看，中国现代文学史差不多是一部"底层"小人物的命运史。2001年第8期《读书》发表了查特吉的《关注底层》，此文无论是对"底层"的理论资源的梳理，还是对其现实意义的阐发，都远较我们后来的许多关于"底层"的思考深刻。查特吉认为，"底层""昭示了印度作为殖民地的经历和体验"。但有一点需要指出的，在新世纪中国，"底

[①] 迟子建：《斯人独憔悴》，见《北方的盐》，江苏文艺出版社2006年版，第18页。

层"并不是"作为对殖民地精英主义和资产阶级——民族主义精英主义的反抗而出现的"[①]。它更不是福柯和德勒兹那里指称工厂工人、囚徒和精神病患者的"底层人",也不局限西方女权主义者为之代言的"第三世界"妇女[②]。不过,应当看到,新世纪中国的"底层"研究和"底层"书写挟"底层"而抒智识阶层胸臆的欲望相当急切,因而,当今的"底层"研究和"底层"书写难免借题发挥的"文人腔"。一定程度上,新世纪的文化和文学中的"底层"不仅仅是对文学突入现实可能性的试金石,而且是在新的历史语境下,日渐边缘化的知识分子所占据的最后道德制高点。其实,不只是新世纪的"底层文学"叙述,"底层"翻作"文人腔"在新时期是有前科的。二十世纪九十年代前后,"新写实"文学和"新生代"文学是先锋文学的本土化和世俗化,实质上则是,二十世纪八十年代以残雪、余华、莫言、苏童、孙甘露、格非等为代表的先锋文学在中国当代文学中的集体退场。先锋文学凭借想象力"炫技"式的对现实的逃逸和重构,被"新写实"文学和"新生代"文学的"仿真"式的原生态还原所取代。因此,在新世纪初"底层"写作登场之前,中国当代文学已经用十多年的时间将"仿真"式的原生态文学书写操练得相当娴熟。

斯皮瓦克曾经提出过一个引起广泛关注的命题:"底层人能说话吗?"[③]有意思的是尽管语境和内涵各不相同,2005年作家刘继明也追问到:"我们怎样叙述底层?"面对当下文学中的"三农文学""打工文学"等,我们能够说已经解决了"文学叙述底层"的问题了吗?假定我们承认客观存在着一个曾经被遮蔽的"底层"经验有待作家去叙述,但一旦作家进入了叙述多大程度上能够保证"底层叙述"的实现?如果不对今天的"底层"文学书写进行细致辨析,很有可能在一些常识性的问题上让一些早已经摒弃的东西借尸还魂,比如"道德优先"的"题材决定论",比如对苦

[①] 查特吉:《关注底层》,《读书》2001年第8期。
[②] 陈永球:《从解构到翻译:斯皮瓦克的底层人研究》,北京大学出版社2007年版,第13页。
[③] 斯皮瓦克:《从解构到全球化批判:斯皮瓦克读本·编者序》,北京大学出版社2007年版。

难把玩的"炫痛",比如对"底层"的诗意想象等等。因此,如果没有清醒的反思,很有可能占据"道德的高地"却无法抵达"文学的高地"。

因此,无论对于底层预置多少"意义","叙述底层"一个必要的前提是能不能、多大程度上让底层人说话,而不是"底层"翻作"文人腔"。其实如果仔细梳理,我们今天的小说书写丢掉的还不只是小说的手艺传统。有些东西由于曾经被庙堂征用,我们更是弃之如敝屣,比如耳熟能详的"阶级立场""阶级感情"。问题是如果我们不囿于"阶级",一个作家应不应该有属于自己的"立场"和"感情"?作为思想的传播者,一个好作家应该有自己安身立命的文学栖地,他的"立场"和"感情"当然也属于和他生命、精神相关的一部分人。再看迟子建呢?比如她 2004 年的《世界上所有的夜晚》,小说的"矿难"题材是典型的"中国经验"。贫困、苦难、阴暗、善无善报……在这篇小说中以令人惊悚的景象呈现。这不但在迟子建的小说中罕见,甚至在当代同类题材的小说中也少见。但小说中更重要的是,一个身受丧夫之痛的智识女性,走向民间底层,冀望在"民歌和鬼故事"中疗救自己的苦痛,最终将自己的一己疼痛汇流到更为辽阔的中国大地的苦痛中。事实上,现在知识界的写"下层"必须经历这样痛痒相关的"下底层",才能在"重"中照见自己的"轻",进而在这样的轻重相较中"叙述底层"。

如果我们承认迟子建叙述的是"底层",我不知道迟子建是不是认同一个曾经被污染的词——"代言人"。我们看迟子建这二十余年的写作,她也会有自己的忧伤和自闭,有所谓的"文人腔",但更多的时候迟子建都是选择和"下层人"、和弱者、和被侮辱被损害者站在一起。《树下》中的七斗是沉默者,《越过云层的晴朗》中的狗是沉默者,《伪满洲国》中有一个沉默的"国家",《额尔古纳河右岸》中有一个沉默的"民族"。迟子建写作为风俗史的小说,但迟子建是一个把自己看得很渺小、微弱的作家,她的风俗史是一部属于北中国大地沉默者的风俗史。以《伪满洲国》为例,迟子建采用一种仿"地方志"写法,用她自己的话说是"年谱"。其实更早的时候,迟子建就曾经用"年表"为一个早夭的孩子作"史",这篇叫《烟霞生卒年表》的小说本来可以作为考察迟子建历史观的一个恰当的例子,却没有被批评家充分注意。《伪满洲国》"地方志"的历史建构本身就体现着个别性和边缘性,现在迟子建的仿"地方志"则进一步把"风俗史"的书写重点移置到"地方的日常生活"之上,这就是迟子建所谓"小民们"的"卑琐平凡的实际生活"。二十世纪是一个大变动的时代,裹挟其中的作家已经习惯追新逐变,对时代变动的敏感成为衡量作家对现实进入程度的一个重要指标,但现在迟子建却走向反面,在"变"中感知凝定的"常"。"我觉得那个时代,动荡中还是有平静的生活的,当然这种'平静',打着屈辱的烙印。"① 某种意义上,迟子建的《伪满洲国》的时间要"古老"得多;在"伪满洲国",时间没有空间并置、参照中的进步与落后,也没有沧桑巨变中的惊悚。迟子建的笔下,"时间"往往是一天又一天,慢慢地成长、衰老,这中间有难以言说的苦痛和细碎的挣扎,更有所谓实际生活和精神上"盛举"的无聊、微小的快乐。《伪满洲国》中,多少的家仇国恨,我们几乎以为迟子建要变出腔调拖曳出大咧咧的国族叙事史诗。可刀光剑影、家国之仇,"小"民还是要忍辱偷生。迟子建不否认壮烈和庄严,她写杀戮和抗争,但世界之"大"之"雄壮"从来不是"小""隐微"的死对头。在一个"大""雄壮"的时代,那些"小""隐微"中间自然有生命的尊严和体面。

"我的文字是粗糙而荒凉的"

迟子建"编制恶行和德行"风俗史的"清单",而且熟谙由恶至善调控的转换术。在今天这个复杂得让我们晕头转向的世界,迟子建却执意于简而直的善恶两分。

迟子建有她的信仰。我曾经在一篇谈论迟子建中篇小说的书评里说,迟子建是一个为我们今天的文学时代持一盏简朴的灯的女人②。就像《逝川》里写到的"泪鱼",我相信迟子建念念在心的痛惜与爱怜、温暖与爱意也是能够给我们带来"福音"的"泪鱼"。迟子建总爱写到月光与灯盏,

---

① 迟子建、郭力:《现代文明的伤怀者》,《南方文坛》2008 年第 1 期。
② 何平:《迟子建:为我们今天的文学时代持一盏简朴的灯》,《解放日报》2008 年 7 月 11 日。

总喜欢让她的小说闪烁着亮光。迟子建卫护着生命的美丽与庄严。《岸上的美奴》的题记中写道:"给温暖和爱意。"迟子建对一切美好、易逝的东西抱有伤怀之美的爱怜,但迟子建的小说从来不回避"人之恶"。她趋善向美却不隐恶遮丑。"我的手是粗糙而荒凉的。我的文字是粗糙而荒凉的。"① 这来源于成长经验。"嗅着死亡的气息渐渐长大","稚嫩的生命糅入了一丝苍凉的色彩"②。从她早期的《北极村童话》一路读下去,迟子建小说的"人之恶"总会在迷离的梦幻和柔软的善良中浮现出来,尖锐地刺痛我们。而越是靠近,时易世变,迟子建小说的"人之恶"就像一树一树的阴影一枝一叶地扩大。《白银那》中趁着鱼汛囤盐提价致使整个村子的鱼腐坏的小店主,《青草如歌的正午》中溺亡自己傻儿子的父亲,《相约怡潇阁》《第三地晚餐》中的不忠者,《世界上所有的夜晚》中更是一个如人间地狱一样暗黑、冰凉的世界……自私、猜疑、嫉妒、贪婪、残忍,所有的人性之恶像怀揣着匕首的刺客随时割破我们世界的温情。

有对世界如此的洞悉,迟子建完全可以种植出"恶之花",但迟子建却让"温暖和爱意"的光照亮世界。要看到世界的光,作家内心首先要有光。迟子建对鲁迅作出这样的理解,其实也是在反观自己。"我总想鲁迅在骨子里其实是一个浪漫主义者。只不过我们把他定位在'民族魂'这个高度后,更多地注意了他作品的现实和批判的精神,而忽略了任何一个伟大的作家内心深处都具有的浪漫主义情怀。从他的故居直至老街,我感受的是栩栩如生的鲁镇,它闲适、恬静、慵懒、舒缓,这种环境是能让人的想象力急遽飞翔的地方"③。我们相互敌对、伤害,但我们又相濡以沫。这是一个苦难的世界,我们却支撑活着。像《亲亲土豆》《五丈寺庙会》《布基兰小站的腊八夜》,予爱亲人,予爱萍水相逢者。作为一个作家,迟子建似乎在证明这样一个事实,一个清醒的现实主义者同样可以是一个彻底的理想主义者。就像她说的:"我觉得生活肯定是寒冷的,从人的整个生

---

① 迟子建:《年年依旧的菜园》,见《北方的盐》,江苏文艺出版社2006年版,第52页。
② 迟子建:《死亡的气息》,见《北方的盐》,江苏文艺出版社2006年版,第282页。
③ 迟子建:《鲁镇的黑夜与白天》,见《北方的盐》,江苏文艺出版社2006年版,第64—65页。

命历程来讲，从宗教的意义来讲，人就是偶然被抛到大地的一粒尘埃，他注定要消失。人在宇宙是个瞬间，而宇宙却是永恒的。所以人肯定会有一种与生俱来的苍凉感，那么我们所能做的，就是在这个苍凉的世界上多给自己和他人一点温暖。在离去的时候，心里不至于后悔来到这个苍凉的世界一回，我相信这种力量是更强大的。我从小在北极村长大，十月份至次年的五月，都是风雪弥漫的时候，在那个环境中，如果有一个火炉，大家就很自然地朝它靠近。"①正因为如此，迟子建喜欢雨果和托尔斯泰。因为雨果也很少把一个恶人逼到绝境，像冉阿让这种人，都会让他心灵发现。托尔斯泰写的《复活》，也是这样。迟子建的小说很少写大奸大恶，所以像《雾月牛栏》《夜行船》《西街魂儿》《百雀林》……迟子建都给迷失者自我觉悟、返回本性的路途。

"芳草在沼泽中"，"飘飞的剪影在暗夜中有一种惊世骇俗的美"（《五丈寺庙会》），迟子建的小说写光之于暗，善之于恶，梦想之于绝望。如《热鸟》所写，正是大鸟的逍遥梦才能让赵雷见出父母亲生活的虚伪和假面。"我一直以为这样尽善尽美的环境没有给想象力以飞翔的动力，而荒凉、偏僻的不毛之地却给想象力提供了更广阔的空间。可惜这样的地方又缺少足够的精神给养。没有了满足感、自适感，憧憬便在缺憾、失落、屈辱中脱颖而出，憧憬因而得以比现实本身更为光彩夺目。"②迟子建坚持认为，一个作家要自觉地去寻找并葆有大风雪中这个小火炉。所以，她对俄罗斯作家拉斯普京的《伊万的女儿，伊万的母亲》序言中的一句话有着深刻的会意。这句话说，"这个世界上的恶是强大的，但比起恶来，爱与美更强大"。当我们读迟子建的小说，从她的悲悯和宽宥之心看去，我们每个人原来都揣着良善之心，或者只要我们愿意把那些自私、猜疑、嫉妒、贪婪、残忍从我们的心底赶走，世界将会重新接纳我们。我不知道什么原因，迟子建特别喜欢写旅行，《热鸟》《向着白夜旅行》《踏着月光的行板》《世界上所有的夜晚》《观彗记》《逆行精灵》《第三地晚餐》

---

① 迟子建、郭力：《现代文明的伤怀者》，《南方文坛》2008年第1期。
② 迟子建：《必要的丧失》，见《北方的盐》，江苏文艺出版社2006年版，第176页。

《草原》……是不是她私心里总愿意把人生看作向善的行旅？《岸上的美奴》中的美奴、《鸭如花》中的逃犯、《青草如歌的正午》中的父亲母亲，还有许多在尘泥中颠簸的"罪人"，迟子建对他们同样也充满痛惜与爱怜。而且就像迟子建在《蒲草灯》和《第三地晚餐》中所直面的，许多时候罪人获罪常常因为他们就预先生活在一个有罪的世界里，犯罪者同样是世界中的被侮辱被损害者。沉入到世道人心的最幽深细弱之处，痛惜与爱怜、温暖与爱意在迟子建那里差不多长成一种"信仰"了；哪怕这样的"信仰"像《观彗记》中的彗星那样难以遭逢，哪怕"信仰"之后得到的只是《日落碗窑》中唯一的金色泥碗。

迟子建终究是一个现实主义作家。作为一个现实主义作家，迟子建能够体会到巴尔扎克深切地体会到的："历史的规律，同小说的规律不一样，不是以一个美好的理想作为目标。历史所记载的，或应该是，过去发生的事实，而小说却应该描写一个更美满的世界……可是，如果在这样庄严的谎话里，小说在细节上不是真实的话，它就毫无足取了。"[①] 因此，有一点必须得澄清，迟子建并不像有的研究者所认为的就是一个温情主义者。事实上，单一的温情主义是虚弱的、避世的。迟子建给人"憧憬"，但她自己清楚"庄严的谎话"和"真实的细节"的尺度和界限，甚至要不惜将"憧憬"的幻影戳破。从这个角度看，迟子建《秧歌》的意义就不只在呈现了一个丰盈的民间和底层世界，小说最为惊心动魄的是会会为了一睹小梳妆这个传奇式的"标致得不同寻常"的女子掘了小梳妆的坟。迟子建是"醒"着的。迟子建的长篇小说《树下》和《越过云层的晴朗》写一人一狗在苦难的大地上行走。《树下》的最后却写："他们重温了那种无法言说的美丽的温情，他们似乎有些疲倦了。天大概要亮了，黑夜带着全农场人的沉甸甸的温情满意地离去了。单薄苍白的白天即将到来。必须睡上一觉了，他们这样说着，彼此沉入了梦乡。七斗在那个沉沉的梦乡中见到了那匹久违于她的白马，白马暴露在月光下，醒来后，她有一种说不出的忧伤。"

---

① 巴尔扎克：《〈人间喜剧〉前言》，见《西方文论选》（下册），上海译文出版社1979年版，第173页。

而《越过云层的晴朗》中的狗在弥留之际所感受到的是:"我很快越过云层,被无边无际的光明笼罩着,再也看不到身下这个在眼里只有黑白两色的人间了。"

所以,我坚持认为迟子建小说的底子终是苍凉。迟子建写《额尔古纳河右岸》时说:"这是一个我满意的苍凉自述的开头"①。看到这句话,我忽然感到迟子建从二十世纪八十年代的《那丢失的……》《沉睡的大固其固》《北极村童话》开始就有一个"苍凉自述的开头"。

迟子建如何进入文学史?

几乎每一个谈论迟子建的研究者都指出迟子建是少有的没有进入当代文学史叙述谱系的重要作家。一般说,能够进入文学史叙述谱系的作家必须在"经典"或者"样本"方面为一个时代的文学提供新经验。因此,进入文学史的作家也许不一定是我们想象的代表一个时代最高文学水准的"经典"的写作者,他也可能只是提供了反映一个时代文学症候的"样本"。如果从经典性的角度来做取舍,现在关于新时期文学三十年的文学史叙述所涉及的作品估计有一大半要被剔除。以伤痕文学为例,类似于《伤痕》《班主任》这些进入了文学史叙述的小说,它们的审美性、文学性能够称得上"经典"吗?所以说,一个作家是否能够进入文学史叙述的谱系,关键要看他是否在恰当的时候写出了恰当的作品。而且从当代中国文学史写作的现实来看,文学思潮和流派常常是关注的重点。那么一个作家如果没有恰当的流派可以依傍,而又在思潮之外自顾自地写作,要进入文学史叙述就相当难了。

迟子建如何进入文学史? 当然不妨做一番假想。可以假定不改变现在的文学史叙述秩序和格局,承认现在关于新时期文学史叙述的合法性和有效性,迟子建写作的起点应该是寻根文学和先锋文学。迟子建最早被大家关注的《北极村童话》写遥远的边地生活,虽然在地域性指标上接近寻根

---

① 迟子建:《心在千山外——在渤海大学的讲演》,《当代作家评论》2006年第1期。

文学，但作为一篇对于童年往事的追忆之作，《北极村童话》显然经不起寻根文学式的文化解读。而且从文化立场上看，以《初春大迁徙》为例，迟子建写一个村子向蛮荒之地的迁徙和回归。一定意义上，其路径和寻根文学是背向的。再说先锋文学，迟子建小说从来不以"炫技"见长。"我不喜欢现在的中国文学，这种文学实质上是读了一些博尔赫斯等西方小说舶来品之后对它的一种拙劣的模仿。"[①]这样的文学观决定了她"反技"的先锋文学之外的写作姿态。1990年前后的"新写实"成就了女作家方方和池莉，而这时的迟子建也连续在重要的文学刊物《收获》《人民文学》《钟山》等发表了《遥渡相思》《原始风景》《怀想时节》和《炉火依然》，我坚持认为这是迟子建作为一个优秀作家的重要转折时期。但这是一个属于"原生态"的文学时代，而迟子建这个时候的文学却是空灵、冥想的，和自己的一场"心变得更为狼狈"的爱情相关[②]。这是迟子建整个创作中最远的一次"出走"，可随后迟子建又在故乡"恢复了往日的平静"[③]，富有意味的是迟子建似乎要把这次"出走"永远地隐藏起来。在江苏文艺出版社1997年出版的《迟子建文集》和上海人民出版社2008年出版的《迟子建中篇小说集》中，这个时期的小说都只收入了一篇和《北极村童话》相近的《原始风景》。应该说，从现在看，《遥渡相思》《怀想时节》和《炉火依然》呈现了迟子建写作另一方面的才能，这在后来的《向着白夜旅行》和《逆行精灵》中有影影绰绰的印痕，但越是接近后来，迟子建和批评家都有意无意压抑这方面的才能。

1992年，迟子建进入了一个"旧时代"的写作阶段，这里面包括《旧时代的磨房》《秧歌》《香坊》等。应该说，这是迟子建写作生涯中和所谓的文学思潮最靠近的一次。这些小说，包括后来的《伪满洲国》，"新历史小说"是可能把这些小说收编其中的。但我们文学史叙述对"新历史小说"的兴趣更多地放在对近现代"革命"的颠覆和重述上。在庶民的历

[①] 迟子建：《温情的力量》，见张英：《文学的力量》，民族出版社2001年版，第295页。

[②] 迟子建：《秧歌》，江苏文艺出版社1997年版，第1—2页。

[③] 迟子建：《秧歌》，江苏文艺出版社1997年版，第1—2页。

史没有得到充分尊重的时代，迟子建小说草民"旧时代"的历史之"新"当然很难凸显。而且对草民"旧时代"的历史，迟子建的把握和拿捏也是节制、收敛的。"新历史小说"需要的是"三十年河东，三十年河西"的"复辟"，而不是迟子建式的历史一如往昔的"徐慢慢、杨学礼夫妇、苏应时的母亲以及大地主张得富先后离开了人世"。"我们那小镇一如往昔地存在着。种地的，他依然种着地；卖粮的，他也依然卖着粮；行医的，也依然照顾着病人。小学校的学生毕业了无数，校长也换了几届，可钟声依然如往昔那般沉闷、悠远。"（《东窗》）至于《伪满洲国》，从在《钟山》发表的《满洲国》到后来出版的《伪满洲国》，我们是不是可以发现许多意味深长的东西？从小说与现实的关系看，小说从来就是"作伪"的，那么《伪满洲国》之"伪"究竟在强调小说的文体规定性，还是在规避可能的意识形态禁忌？

二十世纪九十年代中后期是迟子建创作的成熟期。《逝川》《亲亲土豆》《雾月牛栏》《清水洗尘》《灰街瓦云》《向着白夜旅行》《岸上的美奴》《逆行精灵》《观彗记》《五丈寺庙会》《伪满洲国》等重要作品都写于这个时候。这是新时期女性作家的骚动和哗变期，但文学史所强调的女性性别意识是与"男性"或者"男权"相区别的"女性""女权"的性别对抗，而迟子建小说中"掺杂着性别中天性的东西"，"女性对万事万物，在天性上比男人更敏感"[①]。因而，迟子建那种整个人类与生俱来的、温和与宽宥的"女性"世界观一定程度上和"男性"是共生、缠绕甚至和解和互补的。

新世纪的迟子建有了更为辽阔和沉静的气象。对于一个作家而言，"中年写作"是一个自我澄清的结果。那些能够留下来的已然经过一次次摸索和淘洗。《一匹马两个人》《雪坝下的新娘》《微风入林》《一坛猪油》《世界上所有的夜晚》《第三地晚餐》和《额尔古纳河右岸》……这些小说，迟子建的焦虑、悯然、忧戚和伤怀浮动。在一个大动荡的时代，迟子建怎么能生生地从残缺、苦难处出发而归于弥合和温煦呢？迟子建的小说中开

[①] 迟子建、郭力：《现代文明的伤怀者》，《南方文坛》2008年第1期。

始出现化解不了的冷硬和荒寒。《灰街瓦云》《雪坝下的新娘》《野炊图》《起舞》《额尔古纳河右岸》这些小说或者爱失风尘，或者恶行当道，迟子建娴熟的由恶向善的转换术失灵。迟子建自己质疑着自己，书写着"比起恶来，爱与美更强大"的反例。一个新的迟子建俨然呼之欲出。如她自己所说："我从没有要把自己和文学创作有意识地进行定位。顺其自然，风格的转变、对艺术的理解以及文学观都不知不觉就改变了。在我还是个小女孩的时候，正值二十来岁，大自然在我眼里充满了诗情画意，而年纪大了，很多想法都变了，与现实有直接关系。并不是在文学上大彻大悟了，而是岁月不饶人，它赋予人无形之中一种沧桑感，使你在写作上倾向于朴素的情感。"[①] 此前，《逝川》《亲亲土豆》《雾月牛栏》《白银那》中的人之"本性"可能蒙垢，但拂去尘埃依然有金子般的光芒。而现在，在巨大的毁坏面前，人性之善还能卫护我们的最后家园吗？对于这个问题，迟子建是游移的。而徘徊于"信"与"不信"，迟子建可能逼近幽微，走向深刻。作为在一个大变局的中国和世界中生活和写作的作家，作为一个对世界抱有信仰的作家，迟子建的焦虑、惘然、忧戚和伤怀可以成就"经典"或者作为"样本"。而我们的文学史准备怎样接纳迟子建呢？

　　换个角度看呢？如果我们仅仅把现在的文学史叙述作为进入历史的一种可能呢？事实上，从一开始，迟子建的写作就自有谱系。迟子建喜欢《金瓶梅》"对市井生活风情民俗和语言的那种老到、平白"。她认为："现代小说这么发展，确实是一种倒退，不是进步。比如明清小说就是追求一种民间野史类的写法，但不同于现在的民间文学。那个时代的民间文学是很高雅的，看来琴棋书画行云流水非常舒缓。"[②] 而按照巴尔扎克的观点，作为风俗史的小说是与"公共生活"不同的东西，近乎中国的"民间野史"。他认为："我对于经久的、日常的、隐秘或明显的事实，个人生活的行为，它们的起因和它们的原则的重视，同到现在为止历史家对各民族公共生活

---

① 迟子建、郭力：《现代文明的伤怀者》，《南方文坛》2008年第1期。
② 迟子建：《温情的力量》，见张英：《文学的力量》，民族出版社2001年版，第295页。

的重视一样。"① 如果从这个角度回到迟子建写作的起点，迟子建把她北极村的故事称为"童话"就是很有意思的了。按周作人的说法，"童话""无一定的时地与人名，也不信为史实，只是讲了听得好玩的"，"现在用了日本输入的新名词称之曰童话，其实这并不是只有儿童要听的故事，尤其不是儿童读物，它的原意是'希奇事儿'"②。"希奇事儿"的童话在中国古典小说中其实和志怪、传奇、小说的"传奇性"是一路的"货色"。所以迟子建的小说要讲那么多幽灵、神迹、梦境的诡异，要说那么多悲欢离合、因果报应，甚至中国古典小说察人观世的那种"平白"、那种朴素的期许也被迟子建收罗在册。而从这种意义上，二十多年的小说写作，迟子建在别人获稻的时候，她却在拣拾弃置在收获的田野上的稗子。应该说，今天的小说家越来越意识到"小说稗类"的意义。而有一天"小说稗类"的文类意义被重新唤醒，迟子建是不是可以进入文学史了呢？至于迟子建，她所置身的世界不再是"黑白两色的人间"，不是明清，也不是十九世纪的巴黎、伦敦和俄罗斯，而是《世界上所有的夜晚》、是《起舞》、是《额尔古纳河右岸》那个复杂、缠绕的"中国"。同样，如果她再讲述"小说稗类"，再写作为风俗史的小说，明清小说和巴尔扎克们肯定是不够用的。

"我相信生命是有去处的"

说到"小说稗类""民间野史""希奇事儿"的童话这些，我们可以把话题稍微展开。现代小说和"小说稗类"的中国小说传统比较，隐而不彰的东西还有许多，比如谈狐论鬼的癖好。在这方面，迟子建小说揭示了更深的沉默和更远的消逝。这些小说：

> 这时豁唇突然发现在雾间有一个斜斜的素装的女人在飞来飞

---

① 巴尔扎克：《〈人间喜剧〉前言》，见《西方文论选》（下册），上海译文出版社1979年版，第175页。

② 周作人：《〈乌克兰民间故事〉凡例》，见钟叔和编：《知堂序跋》，岳麓书社1987年版，第535页。

去，她披散着乌发，肌肤光洁动人，她飞得恣意逍遥，比鸟的姿态还美。

——《逆行精灵》

她感到她和曲儿之间的那团红光已经慢慢地走出房子，穿过屋里的空地，穿过门，走向起风的空气中。风掀动着无层次的尘埃，一片茫茫无际的土黄色笼罩着世界。

——《遥渡相思》

走到桥头的时候，我忽然在黑压压的人群中发现了禾。我发现他完全是因为走到桥头时心怦然一跳，接着我感觉到人群中有一个人的眼睛冷冷地亮了一下，他的身影就是这样被突出出来的。

——《炉火依然》

我已经是第三次来到河岸了。河岸上没有行人，远远近近都飘飞着轻盈的雪花，对岸的渔村因为苍茫而若隐若现。

——《九朵蝴蝶花》

我和玛利亚把血肉模糊的果格力抱回希楞柱的时候，妮浩回来了。她一进来就打了一个激灵。她看了看果格力，平静地对我们说，我知道，他是从树上摔下来的。妮浩哭着告诉我们，她离开营地的时候，就知道她如果救活了那个孩子，她自己就要失去一个孩子。我问她这是为什么，妮浩说，天要那个孩子去，我把他留下来了，我的孩子就要顶替他去那里。

——《额尔古纳河右岸》

幽灵、神迹、梦境，迟子建的意义世界是有"神"的。《向着白夜旅行》写"我"与一个幽灵结伴出游北极村的故事。迟子建自己认为："也许由于我生长在偏僻的漠北小镇的缘故，我对灵魂的有无一直怀有浓厚的兴趣。在那里，生命总是以两种形式存在，一种是活着，一种是死去后在活人的梦境和简朴的生活中频频出现。不止一个人跟我说他们遇到过鬼魂,这使我对暗夜充满了恐惧和一种神秘的激动。"①一定意义上,这里的"神"之有无不仅仅是一个科学问题,而且涉及世界观,涉及如何建构我们的精神和意义世界,如何安顿我们的灵魂。可以从很多方面去讨论十九世纪以降乡土中国的巨变,其中一个重要方面应该是我们不再像从前那样对鬼神充满敬畏之心,而迟子建的小说则沐浴着神灵的恩泽。"我在大兴安岭出生和长大,没有很厚的家学的底子,所以东北文化对我来说更多体现在小时候听历史传奇、乡里乡亲的神话鬼怪故事。"②"我的故乡因为遥远而人迹罕至,它容纳了太多的神话和传说。所以在我的记忆中,房屋、牛栏、猪舍、菜园、坟茔、山川河流、日月星辰等等,无一不沾染它们的色彩和气韵。我笔下的人物显然也无法逃脱它们的笼罩。我所理解的活生生的人不是平常所指的按现实规律生活的人,而是被神灵之光包围的人。"③有着这样的成长背景,我们自然不难理解迟子建经验的诡奇世界。

应该重新认识迟子建小说对"中国小说经验"的呈现。幽灵神迹对中国人的日常生活和精神世界的参与曾经是中国文学中最富有想象力的部分,同样也是迟子建小说中最为惊艳的部分。"我不相信梦是假的","我不相信死无报应",这可以作为迟子建小说的真实。这类似于卡尔维诺所说的"民间故事是真实的"。卡尔维诺在编辑《意大利童话》时意识到这样的真实,他认为:"似乎各个国家和民族的生活,在现今处于停滞之中,而实际上任何事件都可能发生:蛇洞被打开,成了牛奶河;仁慈的君主却原来是暴虐蛮横的父亲;寂静无声、着了魔的王国突然复苏。我有这样一个印象:早已丧失的在民间故事里统治一切的法规,正在我所打开的魔箱里蹦出来。"不仅如此,卡尔维诺还认为:"本质平等的人类被任意分成帝王和平民;生活中常见的无辜者遭受迫害和随之而来的复仇;情人初遇不期,爱情刚刚萌发即失去;普通人受符咒支配的共同命运,或是让未知

---

① 迟子建:《秧歌》,江苏文艺出版社1997年版,第1—2页。
② 迟子建、周景雷:《文学的第三地》,《当代作家评论》2006年第1期。
③ 迟子建:《谁饮天河之水》,见《北方的盐》,江苏文艺出版社2006年版,第238页。

的力量左右个人的存在。这些复杂因素渗透整个人生，迫使人们为解放自己、为掌握自己的命运而斗争；同时，我只有解放他人才能解放自己，因为这是我们自身解放的必要条件。这需要对奋斗目标的忠诚，需要纯洁的心灵，它们是获得解放胜利的根本。此外，还必须有美，这种美有时会蒙上卑微和丑陋的蛙皮，但故事中最为重要的因素是无穷无尽的变化和万物的统一：这包括人类、动植物和无机体。"① 如此看去，民间故事有着其与生俱来的逻辑。从这里出发，我们也许能够理解迟子建"简而直的善恶两分"世界的经验和想象。缘此，我们应该意识到当代中国文学对庶民史、地方志、风俗史、日常生活史意义上的书写的强调应该有更开放的"想象"包容。

想象力的匮乏和中国当代文学的困境，这是一个带有追溯原罪意味的题目。讨论这个问题，一个预设的前提就是想象力是推动文学进步的核心动力。对于想象力和文学的关系，我们无意也无力在这里仔细清理和辨析。想象力的匮乏不只是一个技术和能力的问题，如果仅仅是这个问题我们完全可以通过匠人式的习得获得想象力这种技术和能力。而从文学生态和作家精神状态来考察，我们其实发现，整个中国近现代一直到现在，甚至是更远的古典时代，是不利于想象力的生长的。子不语怪力乱神压抑多少文学想象。中国文学想象力的抑制，"乃是受到长期大一统的专制政治上的限制"。远的不说，如果我们就考察一百年的中国现代白话文学史，就会发现"定制"式的文学观一直左右着作家的文学书写。中国现代文学的标准化生产，从知识群体的定制生产一路滑向国家定制。因此，研究现当代中国作家，很容易识别出他们所依据的公共的、通用的生产尺度和标准。在"定制"式的文学观支配下，我们可能不缺少知识分子想象、国家想象、民族想象和现代性想象，但个人想象往往被压抑和钳制着。有研究者认为，中国社会，"人文的世界，是现世的，是中庸的，是与日常生活紧切关联在一起的世界。在此种文化背景、民族性格之下，文学家自然地不要作超现世的想象，不要作惨绝人寰，有如希腊悲剧的走向极端的想象。中国文

---

① 卡尔维诺：《意大利童话》，上海文艺出版社1985年版，第7—8页。

学家生活于人文世界之中，只在人文世界中发现人生、安顿人生，所以也只在人文世界中发挥他们的想象力"①。但如果我们把"小说稗类""民间野史"作为中国文学的一部分，这个判断可能就大有问题了。因而，作为风俗史的小说中国，或者扩大到对整个乡土中国的书写，不谈狐不论鬼将多么地了无生趣。在这方面，不仅仅是迟子建，苏童、莫言、阎连科、张炜、毕飞宇、阿来等都做了富有意味的探索。所以说，对于我们而言，当代文学其实同样存在着许多有待揭示的沉默。

正是在这样的背景上，《额尔古纳河右岸》是迟子建摆脱文学"定制"的一次自我想象远征。至今，无论是批评家还是迟子建自己，基本把《额尔古纳河右岸》的解读放在行将消逝的文明的挽歌之上。而我倾向于《额尔古纳河右岸》是关于神灵的史诗。"最后的萨满"，这应该是这部小说最富魅力和想象力的地方。小说的叙述者，那个九十岁的鄂温克老妇人说："我的身体是神灵给予的，我要在山里，把它还给神灵。"对于鄂温克人来说，能够交接神灵的是萨满。"尼都萨满是我父亲的哥哥，是我们乌力楞的族长，我叫他额格都阿玛，就是伯父的意思。我的记忆是由他开始的。"小说的结束则是："妮浩就是在这个时候最后一次披挂上神衣、神帽、神裙，手持神鼓，开始了跳神求雨的。""妮浩在雨中唱起了她生命中最后一支神歌。可她没有唱完那支神歌，就倒在雨水中……"

在人的颂歌时代，迟子建把最瑰丽的颂歌献给了神灵。

2008年10月—2009年4月

---

① 徐复观：《中国文学中的想象与真实》，见《中国文学精神》，上海书店出版社2004年版，第74页。

回去，寻找属于你的"亲人"
——关于麦家长篇新作《人生海海》

一

《人生海海》（北京十月文艺出版社 2019 年 4 月版）一共三部二十章一百小节。可以把这些部、章、节理解成小说结构意义的大小叙事单元。如果从简单的数目看，章和节并不是平均到三个部分。其中，第一部有九章，四十二节；第二部有七章，三十五节；第三部只有四章，三十三节。具体到节的分配，一般每一章四到六节。最后一章第二十章最多，一共八节。

因为麦家既有小说中对于数字的迷恋，我曾经把这些部、章、节的数目列出来，希望找到里面的结构规律，也就此问题问过麦家，麦家回答我，并无刻意的排列。那回到小说三个部分的内容，第一部分和第二部分都结束于逃离双家村：第一部分是"上校"的逃离；第二部分则是"我"亡命天涯偷渡到西班牙；第三部分两个逃亡者——"上校"和"我"在桑村汇合，已经是二十二年以后，一个了却余生，一个回望人世沧桑。至此，两个人的命运道路形成基于"我"的自我反思的交集和对照。而就小说结构而言，也由"花开两头、各表一枝"的开放走向闭合。

麦家在许多场合谈到小说和故事的关系，《人生海海》也不例外，是一个有着"故事"性质的小说。小说的所谓"故事"说白了其实是给人物作传。《人生海海》是给"上校"/"太监"作传，这个人物按照麦家所说自有来处。他在和小说家骆以军的对谈里曾经说过少年时代参加集体劳动看到的一个人：

> ……一大人，四十来岁，挑一担粪桶，在百十米外的田埂上向山脚下走去，阳光下他浑身发亮的，腰杆笔挺，步子雄健。我不认识他，多数同学也不认识，因为他是隔壁村的。有个高年级同学，似乎很了解他，向我们兜了他不光彩的底：是个光棍。为什么光棍？因为，他的"棍子"坏了；为什么"棍子"坏了？因为他当过志愿军，打过仗，"棍子"在战场上受了伤，只剩下半截。
>
> 以后我再没有见过这人，但他也再没有走出我记忆，那个浑身发亮、腰杆笔挺的黑影一直盘在我心头，给了我无数猜测和想象。①

对勘《人生海海》里的"上校"，此人的形容身姿、性器隐疾以及志愿军从军经历确实都成了重要构件。值得注意的是麦家近些年写作"回去"系列小说，包括《一生世》《畜生》《日本佬》《汉泉耶稣》《双黄蛋》等，《人生海海》应该属于这个谱系。关于"回去"，麦家在2016年接受《小说月报》采访时，曾经说过：

> 所谓"回去"有两层意图：一是内容上回到我记忆的最初——童年、少年、乡村；二是写法上回到传统，回到日常，回到平淡。小说不会老，但小说家会老的。我像所有年长者一样，开始欣赏老老实实的人生，白粥，咸菜，白天，黑夜。②

《人生海海》问世以后，国内多家媒体报道时频频提到了"八年"这一时间。因为在"八年"之前的2011年，麦家出版了上一部长篇小说《刀尖》。此后，再没有长篇小说面世。现在回头看，麦家这八年应该都在经

---

① 麦家、骆以军：《麦家 vs 骆以军：当一个人爱上自己的苦难时，他是无敌的》，《印刻》2019年第5期。

② 《小说月报》2016年第1期封二专栏"作家现在时"。

营他的这个"回去"系列。

有人认为《人生海海》的叙述是"童年视角"。[①] 如果只看小说的第一、二部分,这种说法大致成立。因为小说有一个一以贯之的叙述者"我",小说的第一、二部分,是"我"从十岁到十六岁的"看"和"听"。但是需要指出的是小说的第三部分一下子就到了叙述者"我"三十九岁的1991年。因此,第三部分再说是童年视角已经很难说得通。进而,小说时间结束于2014年"上校"去世。是年,叙述者"我"也已经六十二岁。就像小说写到"我"十四岁时说,小说中"我"的年龄有时是虚岁,有时是周岁。不过,这上下相差的一岁,并不影响我们的结论。

指出小说第三部分"我"三十九到六十岁的年龄跨度,其实想说明的是,与其说《人生海海》是童年视角,不如说,是成长(或者变动)视角。换句话说,小说叙述者"我"对于人与事的看与听、对世界的理解,既是随着年龄生长的,也隐含着生长中不同年龄的"我"对人、事和整个世界的理解,以及不同叙述声音的对话和反思。而且,小说叙述采取了限制视角"我",自然就存在"我"的在场和不在场。虽然小说借助"我"的偷窥和偷听来维持"我"的尽可能"在场",但依然有大量的"故事"需要别人的转述来填充。这些需要填充的部分,不仅仅是"我"十岁之前和"我"逃亡到西班牙之后的不在场,同一时间不同空间,"我"只能占有其中一个空间,比如同时间不同空间的爸爸带着"上校"的两只猫去水利工地,"我"也只能依靠转述来获得讯息。除了"我"看到的部分,"上校"的故事主要由"上校"自己、爸爸、爷爷、老保长、林阿姨、"四小门神"等来转述。看和转述的听,以及不同转述者的选择和重组来为"上校"作传关涉小说的意义和技术,其中的歧义和争辩亦是小说叙事结构的张力所在。

[①] "麦家通过自我书写和阅读躲避着自己的童年,直到新作《人生海海》,他才首次采用童年视角,直面自己的过去。这种直面并非一些诸如'大卫·科波菲尔式的废话',而是更为内省和隐晦的:《人生海海》将中国传统农村一家三代人的命运汇入历史的变迁中,稀释掉了以往麦家作品中对于个人英雄的极端想象,回归到个体生命的渺小和无常。"见陈丽萍:《麦家:生活可以虚假,但小说必须真实》,微信公众号"经济观察报书评",2019年9月2日。

二

研究者普遍认为，且麦家自己也认同自己的创作谱系有"特情"和"小人物"两个系列。但是相当的时间里，"小人物"系列只有短制，并无长篇，研究界也关注不多，直到《人生海海》出版。如果进一步细分，"回去"系列，回到我记忆的最初——童年、少年的乡村，又是"小人物"系列的一个分支。这个系列开始甚早，但集中、成系列得相对较晚，即便2003年的《两个富阳姑娘》出现了故乡"富阳"的地标，但这篇小说并不是小说人物在乡村的"在地"写作。

不过，应该注意到与《两个富阳姑娘》同一年出版的《一生世》却是地道的乡村故事，且和"回去"系列一脉相承，是关于非常时期、特殊年代的落难和受辱的故事。等到了2007年的《杀人》，麦家隔一两年就有一篇"回去"的短篇小说，其中前面提到的《畜生》《日本佬》《汉泉耶稣》《双黄蛋》等都是该年度重要的汉语短篇小说。正是这些短制，慢慢生长出更大体量的长篇小说《人生海海》，甚至它们是共同生长的。

类似的由短制而长篇的情况，在中国当代作家中多有实践，比如贾平凹、迟子建、阎连科等，但麦家表现得更为明显。其实，此前的所谓"特情"系列小说几乎每一部也都有这样的一个孕育生长过程，有的前后时间跨度一二十年，比如从《紫密黑密》《陈华南笔记本》中生长出《解密》、从《让蒙面人说话》中生长出《暗算》、从《密码》中生长出《风声》等。麦家自己认为这种写作习惯是因为从小生活在政治地位特别低的家庭里使他养成了一种很自卑的性格，同时辛酸的少年给了他足够沉静和坚持的能力，开始时做小一点，先做一个片段写写看，写好了，再来放大它。不仅如此，对麦家来说，重写意味着忘不掉，丢不下。

麦家接受记者采访时说过："我之前的作品是关于一个特殊职业人群的命运和故事，……在这个小说里，首先你可以闻到乡村的泥土气，也有乡村的肮脏、驳杂和混乱。……《人生海海》里，每个人都是朝夕相处的，它更有日常生活的一面，有人与人相互纠缠的部分，有亲情和爱情，也有相互的仇恨和斗争。这种鸡犬不宁的生活图景，在我以前的小说中是很少见的。"①"闻到乡村的泥土气"，那么，《人生海海》能不能归入中国现代文学有着深厚传统的乡土小说或者乡村小说？确信无疑地，可以归入。而且也正是这种文学史的认祖归宗能够让人发现《人生海海》和大传统之间的变调和差异。

事实上，如果仅仅读小说的开篇，《人生海海》从双家村地理起笔，从山形、祠堂，写到弄堂，你几乎要认为它是一部纯正的乡土小说。按照这种走势，下面应该写双家村的风习，进而在"一方山水养一方人"地域文化和人的关系上展开小说的想象和虚构。这是中国现代文学绝大多数乡土小说的正格。但麦家的"狡猾"在于小说开头双家村的地理书写只是虚晃一枪，变化是在写地理之后写双家村的四季流转。这也是现代乡土小说的套路，早的像《边城》《呼兰河传》，晚的像《笨花》等都是这样的。但麦家写四季流转不是带动起乡村四时风习，而是季节和人物命运，以及乡村世道人心的关系，尤其是夏天在整个小说作为一种隐蔽的破坏力量开始在小说第一、二部分发生意义："每到夏天，村子就像得了疾病，把人折磨得死去活来。""这个夏天留下了一个血腥的事件，也留下了一堆问题。""这个夏天像这只香炉一样盛着神秘的力量，弥漫着令人好奇又迷惘的气息。""去年夏天，'上校'失踪后，整个村子都在谈论他，真真假假，犄角旮旯都在浅吟低唱，蘑菇一样的，见风就长。他在'蛇虫夜夜生'的盛夏出事，注定是要被人大张旗鼓地嚼舌，嚼得遍体鳞伤。"

顺便指出的，小说第三部分将"上校"和林阿姨的离世安放在冬天，这是小说认为的一个清冷、封闭、安静和素雅的季节。基于小说将谣言、暴力、侮辱和伤害等的发生几乎都设置在夏天，小说结束在冬天，对于"上校"和林阿姨的命运和归宿也是恰如其分。

---

① 麦家：《"人生海海"中的文学之路》，微信公众号"经济观察报书评"，2019年9月2日。

三

对照《解密》《暗算》《风声》《刀尖》等"特情"小说，《人生海海》无疑有其不容忽视的特殊性。尽管《人生海海》依旧围绕的是极端条件背景下生命个体的辗转浮沉，但其更像是《解密》《暗算》《风声》的"后传"，且这部"后传"试图跳出麦家在以往"特情"小说当中对于密闭空间以及相应智性结构的迷恋。英雄的"被毁"不只是在他们作为英雄创造他们生命奇迹的历史时刻，而且这种"被毁"被一直绵延和延宕到他们的生命全过程，哪怕像《人生海海》的"上校"已经褪去英雄的光环做一个普通人。

《人生海海》的主线集中于"上校"扑朔迷离的身份经历，以及他肚皮上刺的那行神秘文字。在爷爷、父亲、老保长、林阿姨等人的叙述交待中，"上校"是个智勇兼备的"奇人"，在战争年代功勋卓著。他所表现出的异禀天赋让熟悉麦家小说的读者旋即便会联想到《暗算》中的黄依依与瞎子阿炳、《解密》中的容金珍、《风声》中的李宁玉。需要指出的是，世俗认知观念下的"奇人""奇事""奇遇"在麦家一系列长篇作品内往往表现为一种"正"的应有之义，这也是其小说情节加以铺陈的逻辑前提。不过《人生海海》与《解密》《暗算》《风声》这些作品的区别之处在于，"上校"前半生的"奇"是在交错且矛盾的多人回忆中组成的过去式形象，作为童年叙述者的"我"看到的则是"上校"受挫发疯的后半生，是一个本应被视作国民英雄的"奇人"不断遭受外界贬抑、继而自我精神分裂的过程。

《人生海海》中"上校"被放逐到故乡，背负"太监"之名在小说登场，"'上校'就是太监"。"上校"/"太监"这样侮辱性的"斜杠"身份，使得他作为一个乡村的医者，是"上校"；而作为乡村的谈资和流言则是"太监"。"上校"是全村最出奇古怪的人，"村里所有人的怪古加起来也顶不上太监一个人"。即便"我"父亲和他有着自少小开始的兄弟般的友情，在其回村以后也不离不弃，即便在"我"爷爷的故事里"上校"是个聪明绝顶的人，从小两只眼睛像玻璃球一样闪闪亮，什么事都比旁人学得快。比如学木匠，第二年，已经学会箍脚桶，做脸盆，一等的手艺不比师傅少一厘。按照小说的年纪"上校"十三岁学木匠,"第二年"才十五岁。对"我"爷爷而言,"不管父亲跟'上校'怎么好,爷爷都不喜欢他进我们家,为什么?因为他是太监嘛,断子绝孙的。村里有讲究,老人有讲法,断后的人前世都作过孽,身上晦气重,恶意深。"爷爷老是担惊受怕,怕霉运随时落到"我"家。甚至这种怪异在爷爷的转述中是与生俱来的,"上校"生来就是个怪胎,胎位不正。

"上校"当兵是在民国二十四年(1935年),那年他十七岁。出门后第四年,"上校"第一次返乡,已是堂堂大营长。民国二十九年(1940年),他当军医,救了军统女特务。一年后去上海做了女特务的手下。以开诊所作掩护,埋名隐姓,杀奸除鬼,刺探情报,过上了一种恐怖又滑稽的生活,一边纸醉金迷,一边随时丢命。在老保长讲述的故事里,"上校"为了弥补睡了老保长女人的前嫌,带老保长去上海嫖妓。妓院的七号告诉老保长"上校"缝好补过的"跟核桃壳似的糙,而且大的"性器,而这恰恰成为"上校"报效国家的资本。虽然《人生海海》中"上校"的这一段上海和北平往事(艳事)可以对接上麦家的"特情"故事序列,但和《解密》《暗算》《风声》不同,《人生海海》中"上校"的行为是"正义"的,却是"肮脏"和"不可告人"的,他的正义性即便"解密"以后也没有光明言说的合法性。因此,在麦家的英雄谱系里,在成就"上校"作为英雄的历史时代,"上校"也是独特的"这一个"。"上校"的悲剧性是多重的,既有以国家之名被伤害,又有不得不为之的不正义不道德。

更为悲剧的是,历史的悲剧将向"上校"未来的生命延伸。为了收集情报,和"女鬼佬"混在一起,被"女鬼佬"在肚皮上刺字。民国三十二年(1943年),"上校"被手下出卖,关押在长兴山里的战俘营。随后,被出卖给川岛芳子。川岛芳子为了占有"上校"又害怕"上校"谋害自己,在"上校"肚皮上刺上她自己的名字。日本投降后"上校"被判汉奸罪关在北平炮局胡同的陆军监狱,后被军统女特务救出来做了国民党部队的军医,进而又被他救的解放军大首长带着打国民党、抗美援朝、打美国佬。害怕暴露自己的文身,忍痛拒绝了爱情,以至于滋生误解被分配故里。

"上校"是一个带着隐疾和隐痛活到"我"的时代的英雄。因此,《人生海海》既是一部英雄成为英雄时代悲剧的历史,也是一部英雄末路沦落江湖被伤害的历史。他被批斗，因为被认为早先当过国民党军官，后来被解放军开除，又不好好接受改造，不参加劳动，好吃懒做，过资产阶级生活，母亲还搞封建迷信。被批斗后，从来没有被人奚落过的"上校"变得像癞皮狗。在紧接着的逃亡被抓后，因为他肚皮上有字，法官的判词证明他曾做过"女鬼佬"和女汉奸的"床上走狗"。当这一切发生的时候，"上校"是无法申辩、无法给自己辩诬的，只能为保住里面的秘密甘愿当"太监"、当光棍、当罪犯。也正是因为如此，《人生海海》里"上校"是一个乡村的异者、怪胎和孤独者。

但如果仅仅看到这一面，《人生海海》呈现的只是人被暴力、伤害的黑暗记忆。难能可贵的是，《人生海海》写出了"上校"孤独中的倔强和反抗，他挑断小瞎子的手筋割掉他的舌头，他逃亡去隐没江湖的孤寺。尤其值得注意的是，"上校"爱憎分明，他对弱者的怜悯，是和对施暴者的反击并行不悖的。他第一次被抓住就是因为舍不得两只猫。其后生命中的数次坎坷都是和舍不得他的猫相关。需要指出，我们不能因为"上校"最后发疯和失忆，就把"上校"想象成一个弱者。如此看来，虽然他的后半生看上去是英雄末路，但和普通人相比，他依然闪烁着英雄的质地和光亮。也因为如此，我们才能理解，"上校"为什么一直想把肚皮上的字抠掉，直到他生命的最后，他画画修改肚皮上的字，将字换成"除奸杀敌乃我使命"和"峻岭如山"或者"国家兴亡匹夫有责"和"中国必胜"，"他要把那些脏东西抹掉"；也因为如此，他去世后，林阿姨给他文身：一幅画，一棵树，一棵垂挂着四盏红灯笼的树。

麦家认可小说家莫言对《人生海海》的评价：

> 《人生海海》，其实讲的是一个人的故事。这个人既被人尊称为"上校"，又被人贬损为"太监"；他当过白军，当过红军，当过木匠，当过军医，当过军统特务；经历过新中国成立前的所有战争，又参加过抗美援朝。他是个弹无虚发的神枪手，又是个妙手回春救人无数的神医。他不仅各方面技艺超群，还有超出常人的性能力，而这伟大的性能力，酿就了他的喜剧也铸就了他的悲剧。这部小说的密码，就藏在这位神奇人物的身上：在一个最

不可描述的地方,却暗藏着极荒唐、极屈辱的内核和刻骨铭心的沉痛,以及对国对人的忠诚。这样的人物,在现实生活中存在过吗?但这样的追究没有意义,因为小说的迷人之处就在于它能把不存在的人物写得仿佛是我们的朋友。①

用麦家的说法,自己的小说是在"去寻找你的'亲人'"。②《人生海海》的"上校"就是麦家的"亲人",也是读者的"亲人"(爷爷、父亲、老保长、门耶稣、林阿姨等当然也是),他有他的强梁和软弱,他的无畏和恐惧,他的爱意和仇恨,甚至他是"金一刀",却下不了手把给自己带来耻辱和恐惧的字抠掉。其实,回到十几年之前,当麦家刚刚以他的"特情"故事赢得声誉的时候,麦家就说过他两个系列的小说:"本质上,暗地里,是统一的,都是在诉述一个主题:琐碎的日常生活对人的摧残,哪怕是天才也难逃这个巨大的、隐蔽的陷阱。说到底,我笔下的那些天才、英雄最终都毁灭于'日常'。日常像时间一样遮天蔽日,天衣无缝,无坚不摧,无所不包,包括人世间最深渊的罪恶和最永恒的杀伤力,正如水滴石穿,其实是一种残忍。"③

四

就像前面我们指出的,如果有心对麦家在《刀尖》与《人生海海》之间这八年的创作情况作一个梳理,其实应该能够意识到《人生海海》绝不是横空出世的。在发表于《人民文学》2015年第3期的短篇小说《日本佬》中,麦家显然已经有意识地设立人物之间某种对应关系的"密码本":"父亲"之于"上校""林阿姨","关金"之于"胡司令""小瞎子",包括两名"爷爷"最终自戕的方式与原因。《人生海海》与《日本佬》都涉及"被污名化"的"个人史"对于相应个体与家庭带来的毁灭性伤害。不

---

① 莫言:《抖搂家底的麦家》,《读书》2019年第8期。
② 麦家:《去寻找你的"亲人"》,《散文选刊》2011年第1期。
③ 季亚娅:《麦家之"密"——自不可言说处聆听》,《芙蓉》2008年第3期。

仅是《日本佬》，《畜生》《汉泉耶稣》也有着类似的主题。在相类似的"痕迹"比较中，同样应该注意到由于长篇小说与短篇小说这两种文体的显性差异，《日本佬》实质上提供的是一种截面式的特定时空场景，而《人生海海》则以此进行叙述生长，表现出所谓的"极端化场景"是在怎样的条件下生成、普通村民又是怎样通过对他人谣言的追逐从而满足自我幽微的心理诉求，以及在《日本佬》中并未得到彰显的——英雄主义的光芒如何引导那些形同蝼蚁的受辱者去抵挡来自外部的曲解与敌意。

在接受媒体的访谈时，麦家隐隐约约透露了他的家族史。父亲曾是"右派"，外公是地主，爷爷是基督徒。[①] 他也说过："我的大伯是国民党时候的一个保长。"[②] 麦家有一篇很少被人注意到的散文《致父信》。如果麦家说的《人生海海》的写作时间确实是五年，那么，这篇散文完成的时间差不多就是《人生海海》开始写作的时间。麦家自少年时代开始和父亲生恨，然后逃离、疏远和隔阂，在为人父之后，试图向父亲忏悔、道歉，和父亲和解，而却因为父亲晚年失忆，一直到去世，父亲也没有接受到麦家的忏悔和道歉，父子也一直没有达成和解。这种人生的创痛在父亲去世一年的祭日，被麦家用书信的形式写出来。这封无法送达的信，不能简单地理解为只是一篇哀痛的祭父文，事实上，它是通向麦家内心的秘径，也是通向《人生海海》的秘径。

当然一个基本前提是，我们不能认为《人生海海》的"我"就是麦家，这不仅仅因为小说的"我"生于二十世纪五十年代初期，和麦家的出生年龄卯不对榫，同样，小说里的父亲也不是《致父信》的"父"。但这并不影响我们思考小说祖辈的爷爷、门耶稣、老保长，父辈的父亲和"上校"之于"我"精神成长的关系与麦家个人生命史对世道人心的体验。

爷爷能够帮助"上校"逃跑，他不能不算一个善良的人。小瞎子一生下来就被母亲抛弃，他的阴暗也自有来处。不只是在双家村，甚至在整个中国的村庄，他们都是寂寂无声的普通人，但在这场家族声誉的保卫战中，

[①] 季亚娅：《麦家之"密"——自不可言说处聆听》，《芙蓉》2008年第3期。
[②] 《不流血，别人就不会珍视你》，微信公众号"人物"，2019年5月14日。

爷爷成了告密者，爷爷和小瞎子的相互伤害，牵扯到家庭的三代人，以至于最后，父亲跪在祠堂门口替爷爷认错、讨饶，十六岁的"我"背负沉重的心理阴影亡命天涯。

需要指出的是，就像小说所写的"双家村是一个好村"，即使到小说最后，小瞎子依然是一个造谣者，是"我"的"敌人"，但小说写到双家村的其他群众，麦家释放的依然是爱与善意。在红卫兵进入双家村之前，"上校"虽然顶着"太监"污名，却过着一份村人无法企及的优裕生活。而当红卫兵进入双家村，"上校"成为落难者，但对峙揭发"上校"的罪行，除了肉钳子、野路子、小瞎子和"我"表哥"四小门神"，社员们不积极，装聋作哑。公判大会上，大家出于对"上校"的尊敬，不想去看他洋相。老保长更是把批斗会开成了给"上校"辩诬摆好的大会，且赢得群众的一致支持。林阿姨和"上校"离开村子，村里出动几百人，男女老少，成群结队，送他们到富春江边。

五

进而言之，《人生海海》讲述的还是罪与罚、罪与赎罪。爷爷告密被发现后，小爷爷带来"上校"从杭州给他捎来的耶稣像，放在"我"家堂前搁几上，要爷爷对着耶稣跪下认罪。父亲被严酷的事实吓怕了，丢了魂，犯了强迫症。而即使村里人已原谅我们家，但我们家却无法原谅自己，甘愿认罚赎罪，爷爷寻死是认罚，大哥认辱是认罚，二哥年纪轻轻暴病而死和"我"奔波在逃命路上、亡命天涯，又何尝不是认罚？

吊诡的是，作恶多端的小瞎子最终没有赎罪，也没有得到更进一步的惩罚。《人生海海》不是像一般的小说在简单的罪与罚、罪与赎罪的摆动中获得和解，提供一个光亮的结局，而是提醒着在一部分作恶者获得应得之罚，或者踏上赎罪之旅的时候，另有一部分作恶者依然以作恶为生，以作恶获得人生的快意。在小说中，这些作恶者，可能是小瞎子这样真正不思悔改的，可能是爷爷这样为保护自己私利而伤害别人的，也可能是像林阿姨这样的无心之恶。每一个作恶者，《人生海海》都给了他们各自人生的选择和归途，小瞎子在互联网时代绝处逢生，爷爷上吊自杀，林阿姨成为"上校"生命暮年不离不弃的陪伴者和殉情者。也许对爷爷和林阿姨这样的人物形象，我们并不意外，而小瞎子恰恰是麦家直面和正视当下现实和问题的明证："从前，我们个人是没有权利，没有声音的，我们的欲望也是没有地位的。那时候我们都穷，生活不过是为了生计，我们只剩下一个生的权利。但现在的人，欲望被打开后，满足欲望成了他的权利。……这个时候，他人就是地狱，陌生人就是敌人，因为彼此不信任啊，害怕啊。同时，面对自己的利益、欲望，现在的人深信这是他的权利，他活着就是来得到他想要的东西。他觉得应该得到，失去是他的耻辱。他不知道，或者不在乎，人和人之间除了这种得失关系之外，还有一种相互信任和体谅这样一种道义道德的需求。"[1]小瞎子正是在一个欲望化的时代绝处逢生的。明乎此就能理解，《人生海海》中，麦家借小说爷爷之口说出的："人生海海"可能是"世间海大"，但都在老天爷眼里，如来佛手里，凡人凡事都逃不出报应的锁链子，善有善报，恶有恶果；可"人生海海"又未尝不是"人世间就这样，池塘大了，水就深了，水深了，鱼就多了，大鱼小鱼，泥鳅黄鳝，乌龟王八，螃蟹龙虾，鲜的腥的，臊的臭的，什么货色都有"。

不能忽视小说中的"我"，他不只是一个看者和听者，不只是一个冷峻的故事叙述者。经历了漫长的海上逃生之旅，年少的"我"已变得像一个老人一样懂得感天谢地。《人生海海》中"上校"与"我"都被挤压在极端化的时空内，但两人所遭遇的极端情境却是建立在迥异的写作策略基础之上。"上校"的九死一生与爱恨情仇是为了能够更好地呼应"上校"本身的"奇"，这实质上也接续了麦家一以贯之的跌宕笔法。然而"我"年少时因家庭受"上校"出逃影响而被学校老师同学欺辱、之后为躲避村民伤害偷渡至巴塞罗那并饱受折磨苦楚，这些看似同样极端的事件却是某一类群体在若干历史阶段有迹可循的普遍经历。也正是在这时候，因为一句"人生海海"，"上校"与"我"迥异的极端生存状况形成了奇异的交叠。"我"对于"上校"的态度却在这一过程间发生转变：由最初的排斥、鄙夷，直至怜悯、理解，"上校"的过往岁月如同拼图般展现在"我"的面前，

---

[1] 季亚娅：《麦家之"密"——自不可言说处聆听》，《芙蓉》2008年第3期。

成为"我"与"我"的家庭需要隐去(但同时又屡屡试图揭开)的秘密。"我"也逐渐将"上校"极力维护的秘密内嵌为自我生命历程的构成部分。

"世上只有一种英雄主义,就是在认清了生活真相后依然热爱生活。"这句话出自罗曼·罗兰的《巨人传》,并在《人生海海》中被麦家反复引用。毋庸置疑,包括《暗算》《解密》《风声》《刀尖》,麦家一直以来都在强调人物的异质性与偶然性,强调"特殊情境下的特殊天才"。他们在破译形形色色密码的同时,本身已然构成了一种难以言明的历史密码。《人生海海》中"我"对于"上校"身世经历的持续探寻,正是在试图"解密"关乎个体与时空之间纠缠难断的关联。但颇具意味的是,在小说的第三部,我们可以看到一段残缺不全的"英雄秘史"是如何影响着同样在极端环境中苦苦挣扎的青年人。甚至可以说,瞎子阿炳、黄依依、容金珍、李宁玉,这些出自麦家各个阶段小说作品中的"奇人"以及他们各自的理念信仰,都以一种微妙的方式投射进了"我"在马德里本将停滞不前的生活。因此,之所以认为《人生海海》是《解密》《暗算》《风声》的"后传",源于这部小说不同于单纯的"异闻录""奇人志",有着更为广阔的延展轨迹。《人生海海》背后不仅仅要外扬的是传奇人物的英雄行为与英雄主义,而是相应的英雄行为、英雄主义是怎样感召那些受困于残酷环境底下的寻常个体,使得他们即使被黑暗包裹依旧能够从中获取支撑自我信念的凭证。这也随之内化为属于他们的破解人性之"暗"的秘密。事实上,这或许也是麦家最初进行写作的秘密的起点。可以说,几乎所有伟大的文学经典,本身首先是个人秘密的经典,亦即个体生命跌宕流转的秘史——如果所见之文字是一个作家的阳面,另有一个阴面则是作家的成长史,而秘密之中,童年常常是最深邃幽微之处,这也正是《人生海海》之阴面。

所以,一定意义上,《人生海海》又是一部"我"的成长小说,是麦家个人成长史和精神史的秘密经典。

(《中国文学批评》2020年第2期)

"只有春风在那里吹着"
——《望春风》时间疏解

一

格非在许多场合谈到小说的时间,当然他也谈小说的空间。2016年1月10日,格非在清华大学"人文清华"讲坛作演讲,题目就是《重返时间的河流》。在演讲中,他打比方说:"如果把时间比喻为一条河流的话,那么这个空间就是河流上的漂浮物,或者说河两岸的风景。"格非认为,今天的我们正置身于空间碎片化的时代,"没有对时间的沉思,没有对意义的思考,所有的空间性的事物,不过是一堆绚丽的虚无与荒芜。"[①]1月15日,这篇演讲的节录发表在《文汇报》。巧合的是,《望春风》发表于同日出刊的《收获》第一期。

《收获》版《望春风》是同年7月译林出版社出版的《望春风》前两章。这两章中,第一章《父亲》,结束于1966年父亲在便通庵自杀;第二章《德正》最后一节《告别》,承接上一节《一九七六》。1976年,母亲决意将"我"《召回》。1977年,"端午节前一个阳光灿烂的清晨","我"告别德正,也告别儒里赵村。译林版《望春风》增加了两章,小说时间向改革开放时代延展,结束于2008年。

《收获》版《望春风》之前有两个题记。题记一"唯兔葵、燕麦,动摇于春风耳",出自刘禹锡的《再游玄都观序》。题记二"我将带着一个

[①] 格非:《没有对时间的沉思,空间不过是绚丽的荒芜》,《文汇报》2016年1月15日。

秘密，默默行走于人群中。他们从不回头"，出自意大利诗人蒙塔莱的《如果有一天清晨》。译林版《望春风》题记一则改为"我瞻四方，蹙蹙靡所骋"。诗句出自《诗经·小雅·节南山》。关于题记二，译林版责任编辑袁楠参照卡尔维诺的《为什么读经典》对蒙塔莱此诗的评论，认为："世界的幻觉，传统上是由诗人和剧作家通过戏剧隐喻传达的"，"格非是传达'世界的幻觉'的诗人。让小说中的人和事在拥有鲜明的具体性的同时，呈现出不容置疑的漂浮感和虚空感，这是一位充满智识的作家演绎世界和表达思想的方式。对乡愁的梦幻与解剖，布满了小说家的'前部视野'和'后部视野'，前部是绮丽的过往画面、喧腾的生活事实，后部是隐约的悬浮和深沉的悲悯。"[1]袁楠意识到的"漂浮感和虚空感"，从读者感受的角度，回应了格非对时间中的空间的理解。

至于题记一的置换，《收获》编辑王继军认为透露了作者的写作"野心"，"交换的这两句话都含有光景颓败的意味，但前者侧重客观描述，后者则表现了一种强烈的主观感受。""作者不想停留在生活图景的展示上，也不愿停留在历史流变的揭示上，他更想关注人物的精神，而且是具体的个人的精神，不仅细致入微地观察其变化，还想帮助他们找到'立足'之处，象征的说法就是让人物回到'故乡'，回到我们现在常说的'存在的家园'。对于生活在沉沦中的人们，这是最自然的渴望，但是因为积弊已久，这种渴望也是深隐不明的。作者探赜索隐，试图寻找一条回归的路径，只是'去圣日遥'，路径似乎比渴望更加隐晦。"[2]"让人物回到故乡"是作者和叙述者共同完成的，而所谓的"回归的路径"则是"我"的记忆和书写。替换之后的题记一的"主观感受"和题记二的"世界的幻觉"两者内在的一致性对应着叙述者"我"追忆中展开的小说叙事时间。

译林版《望春风》第四章提醒我们注意，叙述者"我"是一个获得了写作能力的人。所以，包括《收获》发表的第一、二章的所述之事，一切

---

[1] 袁楠：《时间开始，望向春风——〈望春风〉编辑手记》，《中华读书报》2016年12月14日。

[2] 王继军：《格非长篇小说〈望春风〉：芥子般大小的信念》，《文艺报》2016年8月24日。

皆是追忆。既然是追忆，所述之事自然是重组和再造。这种重组和再造，蕴含抒情和反思，不是简单的实录和写实，如小说所言："五十多年后，我在蚊声如雷的炎炎夏日写下上述这段文字时，内心感到了一种难言的痛楚。唉，世事变幻，鬼神不测，不说也罢。"①整部小说写作者对时间的沉思和对意义的思考体现在"我"叙述着成长着的"我"，而"我"的个人成长是在二十世纪中后期到新世纪初的当代中国展开的。明乎此，才能理解小说尖锐的痛感、无限的怅惘和冷峻的反思所来何处。

某种意义上，也可以说《望春风》是一部心象小说。对格非而言，综合写实、反思和抒情，形成知识分子冥思型的叙事并不难。但要将这种能力令人信服地附身小说的叙事者"我"，需要弥合小说作者和叙述者之间可能存在的裂隙，保持小说叙事逻辑上自洽。很多中国当代小说中，作者往往都将自己的思想情感直接托付给没有能力承担的叙述者，因此叙述者和叙事之间出现错位，甚至断裂。

《望春风》的叙述者"我"有着自出生起二十多年的乡村生活经验。一个基本的常识是，经验者不一定是能言说者。为了赋予"我"写实、反思和抒情综合性的"讲故事的人"的能力，小说的"我"少年时代不仅接受了赵锡光的启蒙教育，而且唐文宽和赵同彬等不同时代的民间"讲故事的人"也给予了"我"叙事启蒙。及至"我"告别儒里赵村，小说又给叙述者"我"提供了一个砖瓦厂图书管理员的职业生涯，在有文学教养的同事沈祖英的引领下，从乡村"讲故事的人"进身为"现代文学"的阅读者和记忆书写者。不仅如此，需要指出的是，小说中能言者"我"也是一个能思想者"我"。从这种意义上，《望春风》存在着一个隐匿的副文本——谁能成为讲述中国乡村民间的"讲故事的人"？这不只是乡村民间能不能开口说话的问题，而是乡村民间如何在文学中得以敞开的问题。

---

① 格非：《望春风》，译林出版社2016年版，第197页。

二

《望春风》选择"一切皆着我之色彩"的第一人称限制视角。小说所谓"重返故乡之路",就是"重返时间的河流",是追忆似水年华。中国现当代文学的"中国故事"所强调的史诗性,往往是诗史性——以小说建构中国现当代历史,属意在"诗",落实却在"史",这回响着中国古典小说的史传传统,生发出中国现当代文学的叙事传统,也产生了不少长篇小说正典,比如《古船》《尘埃落定》《白鹿原》《秦腔》《长恨歌》《平原》《兄弟》《受活》《圣天门口》《伪满洲国》《生死疲劳》《笨花》《河岸》,也包括格非自己的"江南三部曲"等等。而不同的是,《望春风》的史却是主观的、幻觉的和诗性的,小说写儒里赵村芸芸众生,写中国当代城乡简史,都是与"我"的生命史发生关系的部分。

在这个前情下,谈论《望春风》的时间。应该意识到小说不同的时间标识方式及其对照的意义系统。比如农历和公历,它们不意味着时间的计量方式差异,而且是不同文明的解释体系。时间亦有大与小、公共和个人之分,而且时间可能澄明,亦可能指向神秘主义的无法言明,比如天命。这些被标识出的时间,在《望春风》各自生长、绵延和聚合着,也被叙述者驱使,编织到"追忆"的小说叙事时间。简单地看,除了第三章,小说每一章都有一个确切的终止时间。第一章是1966年,第二章是1977年,第三章是2001年前后,第四章是2008年。某种意义上,小说有多少人,就有多少属于他们各自的个人时间。尤其是第三章涉及多达十七人。《望春风》不同的个人时间春水流淌般带动儒里赵村人的出走与回归、生生与死死。格非曾经谈到废名的叙事风格和文体形式的复杂性,他认为:"从叙事方式上来说,他通过作者、叙述者、人物三者之间互相渗入与缠绕,瓦解了作品外表的真实幻觉,从而建立一种内在的真实感,并唤醒了写作的想象力。从结构上来说,它打破了传统线性叙事的陈规,采用'共时性'的表现方法,变'历险的叙述'为'叙述的历险',从而建立了一种全新的叙事的时空观。他的文体带有浓烈的'互文'特点,大量地采用空白与省略。"① 这几乎可以直接挪用过来说明《望春风》的叙事风格和文体形式。除了被追忆建构的"我"的时间，在"我"的追忆中，每个人的个人时间也都得到尊重，并获得自足的意义。建立在内在的真实感的小说叙事之所以能够打破传统线性叙事的陈规，其原因在于以追忆开凿小说叙事的时间长河，不同的个人时间被截取、征用、拼接和并置，它们的所现之时相当于格非所说的"漂浮物"和"风景"，所隐之时则是空白与省略。值得注意的是，《望春风》隐之空白与省略，是不在之在，故而小说的共时性是所现对所现，也是所隐对所隐、所隐对所现。由此，小说叙事显隐互见，又虚实相生。

　　小说的第一、二、四章以及第三章《余闻》的各节都用人名作为标题。《望春风》貌似向《史记》列传致敬，但其个人列传并不是分章节各自列其传，而是着眼小说整体性的互文，体现在文本上则是续写、补写和改写。《章珠》一节是对第一章《德正的新房》和《妈妈》两节的补写。《雪兰》是承接第二章《告别》续写她由乡入城一个人的远征。但也有的人不是简单的补写和续写，而是一个故事的不同讲法，比如《朱虎平》一节写到朱虎平和梅芳、蒋维贞、雪兰等的情感纠葛，就是对《猪倌》和《一九七六年》的改写和重写。《朱虎平》中改写和重写的不确定叙事，让我们隐隐约约感到作者遥致先锋文学遗风。

　　正是这些补写、续写、改写和重写实现了更复杂的结构意义上的共时性和互文性。可以进一步分析小说的时间标识方式，首先还说第三章《余闻》。按照格非理解的，中国现代小说有古典和外来传统。《余闻》与其说是列传名下的，不如说迹近中国古典小说的丛残小语之轶闻、遗闻、笔记和小品之类，但恰恰是这一章的时间几乎都使用了现代述史常用的公历纪年方式。不能确信格非是否刻意为之，但佯史伪史作小说是《余闻》一章现在的文本事实。中国公历纪年是现代性的成果，但《余闻》之公历纪年只朴素地记录个人事件，很少涉及现代性关联的启蒙、革命和进化等，甚至也和个人生活时代对应的宏大时代保持距离。《余闻》所述诸人几乎

---

① 格非：《废名的意义》，《文艺理论研究》2001年第1期。

都挽结于新世纪前后，他们或向上生长，或者向下沉落，或寂然离世。公历纪年标识的个人编年史的共时性使得《望春风》整体的小说时间并非完全依循蕴含进化和进步时间矢量，而是可逆可循环的。当然，也许可以进一步引申。格非这样做，其实给正史不载的小人物以小说之名予以正名和命名，且以现代正史公历纪年的方式确认小人物历史的正大光明。从这种意义上，小说这种文体，古今中外都是给芸芸众生正名之正史。村庄的每个人都定义着自己意义的村庄，不同个人时间的互见内在为小说结构的互文。

再看其他三章，不像《余闻》一章多取公历纪年来标识时间，而是杂取公历、农历、个人时间和宏大时间（往往关涉重大政治事件）组成儒里赵村时间的混杂。"腊月二十九，是个晴天，刮着北风。"①小说的第一句包含中国传统的农历以及关联的季候。第四章"端午节刚过，小麦已到了开镰收割的时节"，②也是如此。仔细梳理和辨识，除了除夕、端午和清明这些节日，以及正月和腊月这些典型农历时间，小说明确以农历标识的只有"来年的农历二月十八，我与雪兰成了亲"。③相对于现代纪年的公历，这可以算作是古典向当代生长的时间计量方式。农历不只是时间，也是文化记忆，是中国生活、经验和情感。古典时间计量不但联系着季候和物候，最典型的像《诗经·七月》。而且，它发育出关联性的风习、节日和农事等。1949年之前的中国现代乡土小说往往多用典型的中国节日，像除夕、元宵、清明、端午、中秋等等来作为小说时间的区隔。不仅是叙事时间的区隔，农历本身就是小说叙述的日常生活和性格命运。当中国当代小说越来越多地集中在写现当代中国，除非有意的文体策略，像郭文斌的长篇小说《农历》，以农历来建构整体小说时间的越来越少。这和农历与中国生活、经验和情感的关联性日渐松散有很大关系。

与农历无法建构乡村全部和整体时间恰成对照的是，公历纪年的特定政治事件以及相关历史节点成为小说时间的"增强时间"，像小说所写："半塘很有可能是因寺庙而得名——这座寺庙，有一半建造在宽阔的水塘

---

① 格非：《望春风》，译林出版社2016年版，第1页。
② 格非：《望春风》，译林出版社2016年版，第376页。
③ 格非：《望春风》，译林出版社2016年版，第201页。

之上。一九七一年八月，为了纪念毛泽东畅游长江五周年，这里举办过轰动一时的游泳比赛。"①这些"增强时间"某种意义上属于宏大国家时间。《望春风》最多的是对村庄和个人发生意义的微观的"非增强时间"。这些微观的"非增强时间"，虽然也可能以农历和公历时间标识出来，但时间标识即便脱落，村庄时间和个人时间依然可以自然生长，比如"儒里赵村拆迁一年之后的春末，下着小雨，我终于站在了这片废墟前"。②"我七八岁的时候，一个仲春的午后，我和村里的小伙伴们来到村东的唐文宽家听他说书。"③小说讲述村庄和个人之事来标识时间，比如"春生说，刚解放那一年，庙里的十多名僧人，一夜之间全都跑光了"。④1949年这个解放之年具体到半塘村就是寺庙的变故。同样，1949年也由更细小的个人之事来确认："一九四九年三四月间，赵孟舒北上徐州，在硝烟散尽的徐蚌战场寻访他小儿子的尸骨。"⑤甚至以村庄细事作为增强时间，比如"等到磨笄山最终被推平，新垦的土地上长出了第一茬油菜……已经到了一九七三年的初春。"⑥"历史悄然迈入一九七六年的门槛。赵锡光已于去年归了道山。"⑦属于村庄和村人的时间得以自我定义。由此，村庄和村人也得以在自己的编年史叙述自己的历史，进而格非在新的等级秩序思考国家、村庄和个人的意义。

还有一个时间需要注意，《望春风》除了可以标识出来的时间，还有超越性的时间，这就是隐然其间的"天命"。不仅小说第一章有两节的标题直接就是"天命靡常"和"预卜未来"，而且小说并不否认赵锡光的夜观天象和父亲这样的乡村算命先生对未来洞悉的可能。即便这种观和算可能只是他们"履霜坚冰所由渐"的非凡世故使然，作为现代知识分子的格

---

① 格非：《望春风》，译林出版社2016年版，第15页。
② 格非：《望春风》，译林出版社2016年版，第327页。
③ 格非：《望春风》，译林出版社2016年版，第74页。
④ 格非：《望春风》，译林出版社2016年版，第16页。
⑤ 格非：《望春风》，译林出版社2016年版，第98页。
⑥ 格非：《望春风》，译林出版社2016年版，第143页。
⑦ 格非：《望春风》，译林出版社2016年版，第182页。

非依然会让小说的叙事逻辑"从天命"。因此,就小说叙事时间而言,相对于大量的强调当代政治时间和现代时间由外而内对中国乡村强制性的改写和重整,并以此建立小说叙事时间,《望春风》则自觉地将中国当代乡村时间混杂和并置,将这种混杂和并置整合到"追忆似水年华"。对于混杂和并置时间的多义性,《望春风》亦予以充分尊重,承认不同时间所支配的乡村日常生活,并发微不同时间相关联的意义。

三

时间标识背后本身就是世界观,是生活、经验和情感,也是权力。从整部小说看,《望春风》中,尤其是1976年之前的儒里赵村日常生活是被政治生活编织和生产的。但这不意味着政治化生活完全不给村庄和个人预留自由的空间。甚至,包括便通庵、半塘寺和曼卿的花园,这些历史残余在儒里赵和半塘村都是依然活着的真实存在。它提醒我们思考中国自古到今的伦理道德(就像村庄的名字"儒里")和政治高度整合而一体化,依然可能存在的缝隙——当然也可能是中国村庄的主动包容。儒里赵村包容的,不只是宗教活动、欲望花园和天命秩序,还有来路不明的异乡人唐文宽,以及村人们各种不正常、越轨和冒犯的秘密生活。单单从政治生活来看,儒里赵村当然是整个国家政治生活的一部分,举凡解放、批斗、青年突击营的野外露营以及集体劳动等都是儒里赵村的日常,但儒里赵村的基层干部赵德正和高定邦也有个人和地方的政治理想,比如办学校、推平磨笄山造新田和在新田修水渠等。

富有意味的是除了个别年份,儒里赵村的时间及其时间中安放的日常生活有着古已有之、现代亦有之的连续性和内在一致性。译林版《望春风》封面有一个1958—2007年的时间提示。不知道这是出于怎样的考量,是凑成一个五十年的半个世纪的整数吗?事实上,如我们研究揭示的,《望春风》的叙事动力并不像中国当代文学诸多书写中国社会同一个历史时段的小说那样过于依赖"增强时间",用来构成对抗性的"反历史"或者"小历史"。对抗性叙事可以称作"增强叙事",它直接的结果可能是以一种极端和简单化取代另一种极端和简单化。当然,《望春风》也不是全然回避"增强时间"。《望春风》的"增强时间"集中在 1949 年、1966 年和 1976 年。1949 年是小说里写到的赵锡光、赵孟舒、唐文宽等所谓"遗老"和穷人赵德正等共享人生命运剧变的"翻身"历史时刻。1966 年则是父亲在惊惧中自杀的时间。1976 年之于礼平、"我"、高定国、唐文宽、朱虎平和梅芳都是个人命运转折的历史时刻。

整部小说只有"一九七六年"一个"增强时间"成为小说一节的标题。1976 年，一系列社会事件相继爆发。但《望春风》却选择最稳妥的从小事说起。"说大时代的小事"，保有了村庄和村人的独立性和完整性，不刻意描摹大时代政治风景和风尚，而是沉潜到时代深处感受时代动向加诸人的影响以及命运改写。

1949 年也同样重要。"解放"是小说关于这一年前后的主题词和关键词。1949 年春天，善观天象的赵锡光将碾坊、油坊连同七八十亩田地，全都卖给了他"唯一的知己"赵孟舒。到了 1952 年土改时，他只被定了一个中农。新中国成立前夕，来历不明的独臂中年人唐文宽来到儒里赵村，从赵锡光堂叔手中，买下了村东的一处带小院的砖房，在村里落了脚。父亲很小的时候，就被祖父送到了上海，在虹口区的一家南货店里当伙计，眼看学徒期满，就要另立门户了，父亲却迷上了算命这个行当，拜在曹家渡的戴天逵门下。1949 年三四月间，大概是听到了什么风声的祖父，假托病危，一纸书信把父亲给唤了回来。为了拴住父亲的心，祖父托人从南徐巷给他介绍了一门亲事，小两口匆匆忙忙地结了婚。还是 1949 年三四月间，赵孟舒北上徐州，在硝烟散尽的徐蚌战场，寻访他小儿子的尸骨，返乡时路过南京，积忧成疾，一住就是两个月。等他从南京回到村里，带回了一个精通古琴的妓女，这人就是王曼卿。

小说固然创造和虚构自己的"历史"，但对于 1949 年这种翻转中国乡村社会阶层、改写中国乡村秩序的"增强时间"，《望春风》承认大的历史事实前提，转而将更大的腾挪空间放在对时代之变和个体命运的关心上。旧人如何在新时代延长线成为新人？这本身就是一个有意味的文学性母题，因由 1949 年之前的时间折叠到 1949 年之后，这些人的生命日常往往都有着自己的光明和阴翳，他们是旧时代的剩余物，是新时代的边缘人。

儒里赵村如此，半塘村也是这样。刚解放那一年，半塘寺的十多名僧人，一夜之间全都跑光了，庙产连同周围的土地全被没收，只剩癞痢和尚一个人看门。寺庙后来成了大队的蚕房，有时也在那儿开社员大会。显然，《望春风》充分尊重1949年的历史意义，但从小说意义的角度，1949年对于小说写到的每一个活生生的人，其意义可能是自有来处必有归处。以父亲为例，1948年的冬天，父亲加入了戴天奎组建的一个秘密特务组织。1964年冬，特务组织中的徐新民在南通被捕。母亲举报父亲这段历史，又给父亲通风报信，最后招致父亲在1966年自杀。这些只是小说的"故事线"。但就小说文体而言，更重要的是"故事线"并行的"心理线"：父亲在儒里赵村隐忍偷生，尤其是他生命最后两年意识到要将未成年的儿子遗留在人间，那种爱与痛，惊惧地苟活与解脱地弃世之间的彷徨无助。小说几乎没有正面去书写父亲的心理活动，只是写他给德正说亲，写他在德正举行婚礼时把家里那头又肥又壮的母羊献宝似的牵到了德正家。他希望通过改善和乡村基层领导之间的关系改写未来命运，赢得他心向往之的"好日子"。

《望春风》提供了一个写大时代下小人物的样本——不是正面冲撞的，而是隐然着力，慢慢消磨吞噬，最终无法承受。即便对人间或弱子或美妻无限地留恋不舍，却不得不离开，不得不死。小说写到的那位擅长古琴的赵孟舒便是如此。赵孟舒给领导弹过琴，但他对新的时代并不像父亲、赵锡光、唐文宽有自知之明，甚至不如和他差不多的周蓉曾。周蓉曾头顶一块"理学名家"的招牌，新中国成立之前就以遗老自居，闭门谢客，不爱结交俗人。如果周蓉曾代表着旧时文人逆来顺受和随遇而安，就像他留在赵锡光家墙上《溪山狩猎图》的手笔"履霜坚冰所由渐"审时度势；那么，赵孟舒则代表着不通世故固执傲然的那一小撮。他待在蕉雨山房的二楼，与曼卿厮守终日，弹琴自娱。好在新上任的农会主任赵德正，对他的"遗老作风"网开一面。

需要注意的是，在中国近现代史上，过去并不必然成为评判和批判当下的参照系和理由，甚至二十世纪八十年代之前的人间村落很难说是可以径直成为还乡和怀旧的归处。当然，也不和二十世纪九十年代之后的废墟构成一种反抗。换句话说，二十世纪九十年代以后更坏的沦为废墟的村落固然不是记忆的旧乡，但废墟之前的旧乡又是怎么的旧乡？如果不经过时间幻术美化，废墟之前的旧乡真的是可还之乡吗？至少对小说的"我"而言，旧乡是曼卿欲望的花园，也是捕捉赵德正的白虎堂。庇护"我"，也伤害"我"。这里是父亲自杀的伤痛之地，是"我"创伤记忆的渊薮。即便没有父亲的自杀，日常生活中，村里人也不屑于与父亲一般见识，恰恰是因为父亲长年背着一个令人羞耻的坏名声，似乎还不够资格成为一个"正常人"，甚至父亲对儿子的"过于亲昵"也是极不恰当且有悖伦常的。儒里赵村固然容留了幼弱的赵德正和"我"、隐居的唐文宽，也善待自杀的父亲将其安葬。甚至，对遭人陷害的赵德正和被撞死的国义，村民不惜以暴易暴，伸张正义。

小说自有其完全确信和犹疑不决。比如对待赵孟舒。小说写近乎赤贫的朱金顺有手里握着一把劈篾用的竹刀拦在蕉雨山房的门口、死活不让工作队进屋绑赵孟舒的壮举，但他在王曼卿落难之时的求婚是不是有乘人之危的嫌疑？而赵德正因见王曼卿弱不禁风，就将她分入老年丙组，王曼卿的工分却是按甲等劳动力来计算，是因为怜惜还是以权易色？不管如何，可以确信《望春风》肯定人和人彼此的懂得和生命相许。赵孟舒在自杀前，曾用漂亮的行书留下遗书半纸。他嘱咐王曼卿，将"碧绮台"琴身的那枚金徽撬下来，送给朱方镇的罗站长夫妇，以谢酒食款待、衣物相赠之情。而赵孟舒去世后，王曼卿一身缟素，给"碧绮台"安了轸柱和新弦，在赵孟舒的棺木前，弹了一曲《杜鹃血》，算是为赵先生送行。同样的，"我"和春琴的厮守也是这种意义的懂得和相许。说到这里，《望春风》其实引发我们思考中国当代乡村丰富的矛盾性。这种丰富的矛盾性也体现在古与今的价值衡估。赵锡光自豪于所属的"儒里赵"，与从河南汝州落荒而来的"窑头赵"不同，"儒里赵"读书人多。如其所言，"儒里赵"原籍山东琅琊，是世代簪缨的高门望族。永嘉时迁至风光秀丽的江南，择吉地而居。了解中国当代文学史，就能发现类似这种神话家族和村庄前史是寻根或类寻根小说的幻术，为的是替当代家族或者村庄找一个亡魂寄居之所。这个亦真亦幻的古早家族和村庄起源史，正与反可以翻转作为今天家族和村庄之根。事实上，《望春风》的儒里赵村是自然村落，不是刻意制造的文化景观和文学地标，虽然它不缺少旧时遗老，但无论是赵锡光和赵孟舒这些土生土长者，还是唐文宽这样的外来客，都没有成为矗立在时代乱流中的文化磐石，进而他们的命运也不能在奇观化和传奇性意义上被叙述，自然《望春风》也无法推导出今不如昔的价值判断。

  《望春风》出版后，"废墟"成为解读它的一个常见词。二十世纪九十年代以来，资本在乡村长驱直入，使之前古风犹存的乡村彻底沦为荒村和废乡，而游子重回故乡则是在这种悲剧感的景观和调性中展开。但需要指出的是这种公共性书写之外其实存在例外。几年之前，笔者讨论林白的散文《神灵犹存的村庄》就意识到当下中国乡村的"多义性"，而我们的文学处理当下乡村经验正在对"多义性"的当下中国乡村假文学的名义格式化。在这种背景下，《望春风》提供了一个多义性文本的案例，这不仅仅体现在小说处理时间上，更重要的是如何认识和处理变动不居的当代中国乡村。《望春风》写半塘村：

  虽说只隔了十里路程，半塘的风光、景物，乃至说话的口音，都与我们村有着很大的不同。低矮的泥墙茅舍隐在一片片竹园之后，数不清的港汊沟湾，将整个村庄分割得七零八碎。村庄和长江的岸堤之间，有一大片亮汪汪的水沼，长满茂密的芦苇、红柳和菖蒲，犹如一面被打碎的巨大镜面，在中午的艳阳之下，泛着银灰色的波光。枯树上的老鸦嘎嘎地叫着。家家户户的房舍，都隐没在竹林的深处。……

  父亲说，到了仲春，等到村里的桃树、梨树和杏树都开了花，等到大片的柳树、芦苇和菖蒲都返了青，江鸥、白鹤和苍鹭就会从江边成群结队地飞来，密密麻麻地在竹林上空盘旋，那时半塘就是人世间最漂亮的地方。他还说了些别的。比如，坐在院子的老槐树下喝茶，就可以看到江边大堤上露出的尖尖帆影。再比如，半夜里躺在床上睡觉，都能听见江里的摇橹声和时而低沉、时而高亢的船工号子。[①]

[①] 格非：《望春风》，译林出版社2016年版，第11—12页。

一定意义上，今天，我们对资本劫掠乡村的批判有时是建立在这种美化的乡村景观前景和前史之上。如果做文学史还原，上述半塘村风光和景色可以毫无违和地安放在废名、沈从文和汪曾祺等的抒情乡村的小说序列。问题是这种亦真亦幻的中国乡村即便在《望春风》也只是一个局部，一个幻象。我们能将父亲、赵孟舒、王曼卿、唐文宽、赵德正、礼平、朱虎平、梅芳和"我"等儒里赵村人的乡村生活史从风光和景物中移除，腾空一个只有风光和景观的牧歌乡村吗？再有，如果真的要论中国现当代疼痛的离乡者，应该是永失"我乡"的无根的漂泊者和批判者。对他们来说，"我乡"是少年创伤记忆过去的"我乡"，也是已成"废墟"的当前的"我乡"。这是五四新文学自鲁迅《故乡》开创的伟大文学传统。在鲁迅小说中，还乡亦是再次离乡和逃乡。《望春风》的结局是"我"重拾爱与往事成为一个暂时安宁的在乡者，仅仅如此吗？《望春风》改变了我们对大时代历史节点的过于依赖。当代中国乡村某种程度上是被叙述出来的，文学参与其中。我们观察现代乡村生活的"常"与"变"，总是容易聚焦在"变"，但格非写出了大变动时代的人之常情和人之常态、常性，有效地对已经固化的乡村书写开辟出新路。

《望春风》还有一个时间必须被揭示出来，就是唯有大地永恒的生命哲学。小说第四章中，"我"在废墟故乡大地漫游，目睹"犹如一头巨大的动物死后所留下的骸骨"的废墟，写到"落在我衰朽的记忆深处"的小雨，但这不是全部，小说写废墟，也写废墟之上东张西望的喜鹊、肥壮的向日葵丛和遗落的谷粒在春天发芽，等等。此际，"唯兔葵、燕麦，动摇于春风耳"，除了亘古至今的时移世易、人事变迁的苍凉，也是兔葵和燕麦动摇于春风的不屈服和强大生命力。苍凉是人的感喟；生命力则是时刻发生的大地上的事情。故而，如同雪、阳光、流云，如同春琴在废墟种出的蔬菜和庄稼，《望春风》最后关乎的是废墟上的归乡，也是大地上的重生。"只有春风在那里吹着"，是生命的痛失，是爱意，是悲悯，也是时间绵延和生生不息。

（《中国文学批评》2022年第1期）

生之书与未来之书
——《有生》论

《有生》发表于《钟山》（长篇小说2020年A卷），2021年，由江苏凤凰文艺出版社出版。这一年，胡学文南迁，成为一名新南京人和江苏作家。从文体上看，《有生》显然是北方巨大型的长篇小说。我们说的北方，相对于南方，尤其是以江浙沪的一部分为主的"江南"。以茅盾文学奖为例，1995年前的前四届几乎没有"江南"小说家获奖。这一时期，余华、苏童、格非、孙甘露等写作的长篇小说是中国当代文学史先锋文学最重要的收获。王安忆的《长恨歌》和王旭烽的《茶人三部曲》（第一、二部）于1995—1998年获奖，也许并不是巧合，这两部长篇小说形式上都具备一定的"史诗性"。虽然王安忆和王旭烽两篇小说调性是江南的，但至少大的结构框架貌似"南人北相"。事实上，北方和南方汉语长篇小说的文体差异性是客观存在的。以乡土小说为例子，江南的代表是毕飞宇的《平原》和范小青的《赤脚医生万泉和》《香火》，北方典型的小说家则是陈忠实、莫言、贾平凹和阎连科等。这样的划分或许过于粗疏，但我们一般想象的汉语长篇小说正典气象往往都是北方小说家带来的。《有生》"伞状"结构虽然对长篇小说内部结构做了改造，显得轻盈、灵动、腾挪自如得多，但大方向上还是从北方宏阔、巨大型长篇小说一脉相承下来的。北方长篇小说传统在江苏当代文学格局中的代表人物是赵本夫。虽然存在问题，我们依然习惯取户籍作为指标的省域文学，来衡量某一地理空间的文学成就。在胡学文来南京之前，苏童已成为北京师范大学教授，江苏文学南北之分已经有了微妙的变化，而《有生》又影响到江苏长篇小说格局的南北之分。随着作家流动的频繁，地域文化视野的和行政区划省域的文学的非重叠性将越来越成为常态,像江苏出去的徐则臣,在北京一直都没有中断写有着苏北地方性的小说。

一

《有生》写一个人的一生,乡村女性"祖奶"乔大梅漫长、跌宕而生命力健旺的一生,其接生婆职业与被接生的一万一千九百八十六名新生儿,九个性情各异却又殊途同归的子女……读者容易将《有生》与余华的《活着》勾连起来,但类似《活着》,《有生》多呈现中国人的生活、生态和生存,而这其实是每一个汉语写作者所应该正视的现实主义之中国现实。当百年中国社会成为中国当代作家的母本和本事,生之艰难和坚韧自然会成为小说的母题。关于《有生》,胡学文说过:"好的小说不是阐释了什么,而是提供可供阐释的空间。"①"可供阐释的空间"联系着不确定性、混沌感,其中包含着对抗性的张力等小说审美特质。从这个角度来看,《有生》更为深远的意义反而恰恰在于它的不确定性,在于它的混沌感,在于它的对抗性的张力,在于胡学文所提供的延伸到历史幽暗地带的叙事时空与丰饶的阐释维度。青年批评家何同彬认为:"胡学文和《有生》在长篇小说写作喧嚣、浮躁的当下,顽强而成功地捍卫了这一伟大文体的'尊严'"②。何为长篇小说文体的尊严?从皮相看,倘若将《有生》各章拆解开来,又可独立呈现为多篇可称杰作的中短篇小说。作为一部有文体尊严的长篇小说,关键问题不在它可不可以拆解,而是这些可拆解的部分合体了是不是一个有机的长篇小说。事实上,正是这些疑似"中短篇"的小说串联组合,催生出长篇小说这一文体特有的多声部共振回环,继而形成胡学文所言的"可供阐释的空间"的召唤与显影,而"可供阐释的空间"的背后是作者胡学文关乎长篇小说、关乎历史脉络与社会动态、关乎社群结构与个体情感的强烈而执着的勘探。

---

① 胡学文:《〈有生〉之赐》,《文艺报》2020 年 8 月 28 日。
② 何同彬:《〈有生〉与长篇小说的文体"尊严"》,《扬子江文学评论》2021 年第 1 期。

如小说标题所示,《有生》首先指涉的是生之规律、生之奥秘、生之色彩,是一部生之书。《有生》主人公祖奶(乔大梅)终其一生的使命就是将生命(无论贫富贵贱)引领至人间,构成这个世界看似微渺却不可或缺的部分。而家族层面接二连三遭受的惨痛打击,也使得祖奶需要凭借惊人的顽强意志活下去,完成自己的使命。接生婆的职业,则是祖奶人生信念得以展开与贯彻的来源支撑。对祖奶而言,接生婆是民间由来已久的职业,也是机缘巧合之下指向自身的天选之责。冥冥之中,有一股力量选中了祖奶,赋予其不同寻常的能力。小说中,胡学文尤其注重对于祖奶在接生方面的天赋的着笔和描写。跟随黄师傅学习如何接生期间,年轻的乔大梅就展现出远超常人的接生禀赋:

> 浓重的雾包裹着我和婴孩,我看不到他,他也看不到我。但我感觉他就在对面。我屏神静气,缓缓前行,轻轻呼唤着他。终于,婴孩回应我了。我看到浓雾里晃动的光影,又往前迈了一步。雾淡了许多,我看到婴孩的轮廓,光影是从身底发出来的。孩子,我的孩子,来,靠近我!雾彻底消散,我看到婴孩在河水里,身卧粉色的莲花。我站在岸边,冲他招招手,莲花靠近岸边。我将手放在婴孩柔软的脑顶,然后由上至下抚摸着他粉嫩的胳膊和脚丫。①

《有生》还写到祖奶所具备的灵敏的听觉能力。每每有人向祖奶寻求接生帮助,即使地理空间跨度甚远,祖奶也能清晰感知辨认,并迅速做出准备。不过,小说并未因此就将祖奶塑造为被神化和圣化的一类人物。关于听觉能力何以如此灵敏,祖奶道出了这样的朴素答案:"她根本不知道,耳朵灵敏不灵敏关键在心。心明眼亮,心静耳聪,这不是秘密,可是能品出这个味儿的人太少。"②而当孙儿乔石头衣锦还乡,准备在垴包山给祖

---

① 胡学文:《有生》(上部),江苏凤凰文艺出版社2021年版,第211页。
② 胡学文:《有生》(上部),江苏凤凰文艺出版社2021年版,第40页。

奶建造奢华的"祖奶宫"时，听闻此事的祖奶尽管无法言语，但她激烈的心理动态实则是对孙儿强加自身的造神行为的抗拒与不屑："建什么祖奶宫就够张扬够折腾了，这让渺小如草芥的我惶恐不安，如果他能窥见我的心，就知道已经焦糊如炭、黑烟滚滚，可他还要立功德碑。他是不是还要雇人给我写传记，并刻在石头上，以求不朽？"① 这是一处值得深究的小说细节，《有生》因此也同现今泛滥成灾的"苦难+传奇"的长篇小说叙事模式区别开来——《有生》写历史的苦难、自然万物的苦难、人的苦难，但与之相联系的绝不是虚无缥缈的神化、传奇化倾向，而是普通个体或群体在经受切肤之痛后如何活着、如何以独有的方式活着，这就如同钱玉对其兄长钱庄的劝告，"各人有各人的念想，各人有各人的活法，人活成一样的，就成机器了"②。接生，就是祖奶生命里的"念想"与"活法"，是她与这个世界彼此成全的特殊方式。

事实上，不仅是祖奶，《有生》的其他人物都是以自己的"念想"与"活法"而活着。如花在丈夫钱玉意外离世后将乌鸦视作钱玉的化身，即使受到宋庄老小冷眼相待依旧不改其痴情；毛根与宋慧之间有着难以裁断的情感纠缠，他们俩受此煎熬却又深陷于此；罗包与安敏在"豆腐王国"里获得了心满意足的情感归路；喜鹊在遭遇家庭变故以后所出现的变化，包括她对父亲、弟弟强硬的情感态度；杨一凡在正职与诗人身份、罪与罚之间的游移及苦楚，皆是由于迥异个体的"念想"与"活法"而生出的特定的心理行为。而透过小说里相关人物看似不寻常（甚至是荒诞离奇）的精神结构与言行特征，胡学文更想要强调的是贯穿其间的幽微、同时也理应得到深思的世情面貌。

所谓"活着"，是一种生存状态，也是一种彰显生命力的秘密通道。胡学文在《有生》里有意设置的"伞状"叙事结构，映照的是历史与当下之间的对话关系。由祖奶跌宕的一生直至乔石头、麦香、宋慧、宋品等人在祖奶病榻前的"迷"与"执"，《有生》揭示出历史演变轨迹当中某些

---

① 胡学文：《有生》（下部），江苏凤凰文艺出版社2021年版，第711页。
② 胡学文：《有生》（上部），江苏凤凰文艺出版社2021年版，第63页。

时刻、某些人事、某些情感的重复与错位,也意在凸显"人"之百态多样,而宋庄也是在一代又一代生命的不同却又彼此呼应的"念想"与"活法"里迎来送往、生生不息。

我们当然有理由将《有生》归类于二十世纪八九十年代以来,如《古船》《九月寓言》《浮躁》《白鹿原》《活着》《许三观卖血记》《丰乳肥臀》《笨花》《圣天门口》《日光流年》《无风之树》等长篇小说构成的谱系序列在进入二十一世纪后形成的文学延长线上的结果。《有生》聚焦二十世纪这一特定时间阶段下,以祖奶、乔石头、喜鹊、如花、毛根等具体观察样本为典型的寻常百姓家的现实境遇与人生波折,但是胡学文同时又在文学延长线上做出颇引人注目的"反向操作",《有生》因此成为延长线的"异类"。胡学文的《有生》脱离了自二十世纪八十年代以来中国长篇小说屡见不鲜的"渲染苦难""神化苦难"或是将相关人物形象刻意传奇化的创作窠臼,相反,胡学文强调的是祖奶与她亲手接生的各色人物的日常光景,他们的爱与恨、追求与背弃、希望与绝望,都在多声部的叙事结构里烘托出异常繁复的阐发可能性。这显然也是先前所述的,胡学文在《有生》创作谈里指涉长篇小说这一文体的宗旨立场,他需要借由"活着"为径,挖掘"人"在特定环境下生发出的鲜活性、独特性,而这也从一个角度显示出长篇小说之所以为长篇小说的意味深长。

二

《有生》关乎"活着",也关乎"怎样活着"。《有生》的人物皆有自己赖以生存的"活法":祖奶即使遭逢亲人离世之痛,只要有人上门求接生便立马动身;百礼成在女儿夭折后突然生出"痒病",众人不解,祖奶却明了"那气结成了团,不蹭出不来"①;羊倌花丰收每年坚持去监狱探望先前蓄意谋杀自己的妻子白凤娥,即使女儿喜鹊呵斥阻止也无济于事;包括杨一凡在日常工作中频频遇到的诬告自己公公的农村妇女林月

---

① 胡学文:《有生》(下部),江苏凤凰文艺出版社2021年版,第698页。

莲……这些"怪人"与他们或许不足为外人道的"活法",在某种程度上折射了人应怎样安置自己的灵魂与肉身,怎样平衡自己的理性与欲望。

故而,即使《有生》内嵌于二十世纪百年中国的逻辑框架展开叙述,也并不能因此就将《有生》指认为是一部以大历史事件节点作为小说叙事关节的"新历史小说"。胡学文观历史来路的细微尘埃,但最终落脚点则是呼啸将至的未来。胡学文在《有生》里以细致的笔法描写各种"活法",实质上是他试图以此勘探人类最为本能的欲望问题的"解法"。而胡学文以小说形式书写的种种人生"解法",是他想要表明形形色色"活法"的存在意义与合理性。对此,小说里饱读诗书、历经沧桑的方老先生就以"调节器"一词来加以说明。面对杨一凡询问常人如何化解因欲望产生的冲突矛盾,方老先生是这样回答的:"也许未来可以,现在……只好用调节器,虽不能彻底改变,但一定程度上可以做到,欲望控制适度,困扰自然就少些。"① 由"调节器"延伸开去的是,《有生》的人物在日常生活表现出的不寻常行为,其实是人在无法突破自身局限性的前提下,以相应心理活动或行为举动为"调节器",厘清内心深处无法自遣的困惑、恐惧、孤独、仇恨……需要看到,祖奶、如花、钱玉、毛根、乔石头、喜鹊、罗包、安敏、杨一凡、麦香、宋品等,"不是简单的接生和被接生,如伞柄与伞布一样,是一个整体"②,且他们也指代人类历史文明长河中具有典型性、代表性的精神结构与言行。在"活着"之外,在外部环境营造的纷扰苦难之外,胡学文显然更为在意的是,人怎样与自己的欲望敌人或共处或斗争,或是被吞噬。有鉴于此,应该再次强调,胡学文的长篇小说《有生》是一部生之书,也是未来之书。发生于宋庄(包括营盘镇)的人事,便不仅仅聚焦某块具体区域的欢与泪,而是历史与现世的对照过程间形成的、具有普遍意味的生命议题,是个体与群体的命运在交织时刻溢出的欲念与迷思。

《有生》的叙事时间线索由"过去"与"现在"这两条时间线轴组成,其间又夹杂着"未来"的指向,而三个时间线轴在结构关系上又是交叠的,

---

① 胡学文:《有生》(下部),江苏凤凰文艺出版社2021年版,第783页。
② 胡学文:《我和祖奶——〈有生〉后记》,《青年报》2021年3月21日。

故而也就有了小说里频繁出现的那句"蚂蚁在窜"。"蚂蚁在窜"如同一句让时间倒流、景象重现的暗语,"蚂蚁在窜"的同时,是令人窒息的尘封往事向年迈的祖奶袭来,记忆碎片降临现实、笼罩众生。此处的"蚂蚁"无影无踪(即使麦香脱下祖奶的衣服拼命检查,也未曾发现"蚂蚁"的丝毫踪迹),却令当事人无从摆脱,甚至可以说是刻骨铭心。"蚂蚁"喻指尘封的历史细节,也投射向某种微弱而又令人感到敬畏的求生欲,年幼时外出闯荡的祖奶就与父亲共同见证了这样一幕:

> 我终于醒过神儿,父亲撒尿看到那只蚂蚁,蚂蚁唤起父亲的仇恨,他迫不及待,将蚂蚁冲得晕头转向,一命呜呼。树根部被父亲的尿液冲出的深坑还在。父亲沉浸在胜利中,心满意足地系裤子,却忽然发现,那只蚂蚁并没有死去。或者说,濒死的蚂蚁又复活了。然后,蚂蚁沿着树干往上爬。父亲本可以捻死蚂蚁,但父亲整个人呆立着。父亲不相信蚂蚁活着,还能窜。父亲盯着一个奇迹。①

这一幕令见证者们百感交集的戏剧化场景,似乎也是《有生》所关注的人物命运走向的缩影——弱小无助的生命,因外界的种种非难反而获得新生。这也是关于"蚂蚁在窜"这道命运暗语的第二层内涵。"蚂蚁在窜"的第三层指涉,则是通过步入生命尾声的祖奶,在面对孙儿乔石头忏悔时的心理独白而传递:"不,你绝对不能成为蚂蚁。我声嘶力竭。蚂蚁在窜蚂蚁在窜。"②这也从另一个视角呼应了先前我所言的,为何小说《有生》是一部未来之书。"蚂蚁在窜"构成的回忆向度,是《有生》推动故事情节发展的驱动力,不过与此同时,"蚂蚁在窜",也可能成为压垮"乔石头们"的"当下"与"未来"的精神梦魇。比如乔石头,尽管他已然是腰缠万贯、在营盘镇与宋庄呼风唤雨的富商,但年少时因欲望支配而对喜鹊

---

① 胡学文:《有生》(上部),江苏凤凰文艺出版社2021年版,第88页。
② 胡学文:《有生》(下部),江苏凤凰文艺出版社2021年版,第935页。

犯下的罪行，令其深受折磨，每次见到喜鹊"都会矮一截"[1]。他所能做的，是回村为祖奶建造"祖奶宫"来间接洗刷自己的罪孽。但"祖奶"无声的独白却揭示了：人之所以为人，正是因为其能从历史的泥淖中挣脱出来，走进现实，创造未来。当人（如乔石头）永远受困于过去，那么他们只能是蚂蚁，他们永远只能在躲避。小说频繁出现的"蚂蚁在窬"，正是旨在强化这一叙事主题。需要指出，《有生》写到的几个主要人物都可归入"蚂蚁在窬"形成的暗语，而方老先生详述的"节拍器"，便是意在表明人怎样通过特定的途径方式消解社会历史或是个人历史带来的阴影冲击——不仅是活着，且还应面向未来活着，在"活着"的状态下促成个人与外部社会群体之间的持续性的命运共同体关系。

或许又要回到上文引述的胡学文自言的"阐释空间"。值得一提的是，哈罗德·布鲁姆曾在接受《巴黎评论》专访时谈到阐释对象、阐释空间与"正典"之间的问题："那些眼睛盯着权力和性别的男男女女，那些新历史主义者，或者现在这帮人当中的任何一位，都不可能写出新的正典作品。同样，所有浮躁的女性主义写作，或者现在所谓的非裔美国人写作，也不会和正典沾上半点关系。"[2]虽然现在来谈《有生》的"正典性"也许还为时尚早，但这并不妨碍《有生》的致敬正典同时也通向正典的气质和气象，以及这种气质和气象区别于同时代众多国内长篇小说所确立的审美方向——以沉郁、沉实和沉潜向现实的地层深处开掘。1990年即有关于"过于聪明的小说家"的讨论，我也曾经在观察中国文学时指出"过于聪明的作家"的炫痛写作。所谓炫痛的写作者，他们炮制苦难并消费苦难，苦难的严肃性被装饰性所取代，就像现在城市流行的"贫穷风"的咖啡馆。制造者和消费者都不是和贫穷、苦难最相关的人们。不仅如此，往往炫痛的写作者还获得一种道德的优势。《有生》书写苦难，却并没有夸大苦难，相反，胡学文自觉隐去那些给小说人物造成惨烈伤痛的悲恸场景，他观照的是人经历苦难之后的"灵与肉"，而形形色色的人物基于切实生命处境

---

[1] 胡学文：《有生》（下部），江苏凤凰文艺出版社2021年版，第935页。

[2] 美国《巴黎评论》编辑部编：《巴黎评论·作家访谈6》，唐江等译，人民文学出版社2022年版，第186页。

的言行表现、精神特质和价值取舍等等,也为《有生》提供了富有弹性的阐释切口。一生都在承受"生命不能承受之重"、同时拥有惊人接生纪录的祖奶,尽管受到宋庄乡民的顶礼膜拜,却极力反对孙儿乔石头为她建造"祖奶宫"。拒绝"祖奶宫"的存在,也是在拒绝别有用图的现实话语对历史过往的肆意曲解。常常是,当历史因现实的粗暴介入而面目全非时,现实也就丧失本应具有的意义。小说尾声处,乔石头最终选择向喜鹊坦诚过往,求其原谅。"祖奶宫"的建造无法消除他年少时对于喜鹊的伤害,唯以最真诚的方式才可能让两人之间的未来有新的"念想"与"活法",如"死神"所言"其实,生还是死,都由自己决定"①。坦诚与忏悔,也是关乎乔石头与喜鹊人生走向的"节拍器"。

三

关于《有生》的议题,有必要重提改革开放时代以来中国当代文学的地方性和地域文化问题。目之所及,就目前学界和批评界讨论当代作家地方性书写的实际情况而言,如汪曾祺的"大淖"、陈忠实的"白鹿原"、铁凝的"笨花村"、莫言的"高密东北乡"、贾平凹的"商州"与"清风街"、刘震云的"延津故乡"、阎连科的"耙耧山脉"、苏童的"香椿树街"、毕飞宇的"王家庄"、阿来的"机村"、刘醒龙的"天门口"等,或由此向外推衍至被上述小说家推崇模仿的威廉·福克纳的"约克纳帕塔法世系"、加西亚·马尔克斯的"马孔多小镇"、奈保尔的"米格尔街"等。一方面,诸多研究者指出,写作者试图借助以原乡为基点的时空所产生的虚拟维度,但他们又往往认为这些文学天地是属于过去式的,是封闭的,是停滞的,正如"邮票大小的故乡"。这些研究者可能忽略了非常关键的一点,小说家于书写过程中也是在不断成长的(这种"成长"包含生理、智识等多重层面),而这种成长又同记忆、经验、想象等因素相融合,深刻影响到他们的文学创作。这其中,胡学文及其长篇小说《有生》所关注

---

① 胡学文:《有生》(下部),江苏凤凰文艺出版社2021年版,第937页。

的宋庄，就是很典型的样本。

胡学文在个人写作中的成长也创造了"宋庄宇宙"，它脱胎于他的故乡与童年记忆，不过，若以宋庄为例，小说地理时空与现实地理时空之间，又存在着理应得到重视的"裂缝"，这也许可以征引马尔克斯在阐发自己小说的马孔多小镇与故乡阿拉卡塔卡之间差别时所说的话："写马孔多和阿拉卡塔卡之间是如何如何相似，这一类的东西有很多——要按我说是太多了。事实是，我每次回到现实中的村子都会发现，除了某些外部元素，比如它在下午两点钟的酷热难当，它炽热的白色尘土，还有就是街上东一处西一处残留下来的巴旦杏树，它已经越来越不像小说里的那个村子了。从地理上来说它们之间有许多明显的相像之处，但恐怕也就仅限于此了。"① 加西亚·马尔克斯这段话里多少隐有讽刺之意：假如墨守成规的研究者只会将小说家的现实生活与小说世界进行按图索骥式的比照，势必无功而返。因为小说家笔下世界的精妙处，恰恰是在现实生活的背离处、幽微处、不可言明处产生、成势。

不能忽视小说家个人的成长道路，他们或明或暗的成长轨迹也必然会影响相应文学作品的地域书写。毋庸置疑的是，回忆与成长，是小说《有生》理应得到重视的一组参照项。《有生》的叙事主线以祖奶"蚂蚁在窜"之后的回忆引发，不过这其中包含着多层不易被察觉的"成长性"：其一，《有生》的人物多是在祖奶的回忆里获得生理层面与精神层面的成长。他们经历了悲欢离合，在欲望与理性的交集或背反中逐渐加以认识"自我"、触摸"自我"；其二，胡学文写作《有生》也是重新审视和清理自己记忆版图里某些暧昧不清的角落。因此，写作是小说家形成观念意识发展或转向的极其重要的契机。即使是"邮票大小的故乡"，也会因小说家本人的"成长性"而构成宽广的认知空间和阐释空间。而对于一类叙事时空原点的勘探与深耕，不在于现实地理时空维度的丰富或匮乏，而是小说家理解地域、理解乡土的视角路径、情感态度、价值取舍，这也是在小说家本人的成长

---

① 加西亚·马尔克斯：《回到种子里去》，陶玉平译，南海出版社2021年版，第357页。

当中达成的。祖奶、乔石头、罗包、如花、毛根、胖女、二妮等人的"言"与"不言",是胡学文在现实情境下的某个特定精神面向的反映。胡学文将真切的困惑或思考引入到由记忆、经验、想象汇聚的宋庄,并将其作为自我精神输出的空间向读者们敞开。依个人所见,胡学文是将这部《有生》视为其精神结构的"调节器",以虚拟的自然万物与人世悲欢对接他身处的"此时""此地""此身"。活着,而又不止于活着,同样是胡学文本人急切想要做出回应的命题。

如果以胡学文的《有生》作为改革开放时代以来国内长篇小说脉络演变的一个值得关注的节点,可注意到当下有充分理想抱负的小说家,已然不再将"地方""地域"仅用于景观化、猎奇性的"征用"。在中国当代文学史谱系上,《有生》共享某些文学母题,却意在持续挖掘那些母题被贬抑和没有照亮的部分,接驳到正在发生"进行时"的中国乡土社会,且胡学文并不刻意隐藏自己源于现实生活的文学限度。在《有生》中,胡学文屡屡借助小说人物之口道出本人的"声音"。而且,胡学文还将现实之问以虚拟之道交给读者,让读者意识到自己同样也是"有生"的组成部分,感受着同宋庄、营盘镇众生所共通的情感与命运。读者成为不断加入进来的作者,《有生》的意义在阅读中被延展和敞开。正是因为如此,胡学文才确立了通向宋庄(包括胡学文同样念兹在兹的营盘镇)的书写新径。而以《有生》为例,中国当代长篇小说发展至今,其中部分作品及其联系的自然、地域、人情等内容,逐渐生出了不确定性、混沌感、对抗性的张力相交织的美学趋势,但不确定性、混沌感与对抗性张力,恰恰是长篇小说所谓"文体尊严"值得期许的方向。事实上,当下社会结构性转型及观念转向的丰饶缠绕、暧昧不明和呼之欲出等情况,正是通过长篇小说内蕴的不确定性、混沌感、对抗性的张力等得以澄明。

如此,再来看胡学文的《有生》封面标示的"百年中国的生命秘史",就不是一句简单的广告语。关于"秘史"与中国当代长篇小说的关联性,很多人更为熟悉的也许是陈忠实在《白鹿原》扉页引述的巴尔扎克名言"小说被认为是一个民族的秘史"。秘史与正史,是一枚硬币泾渭分明却又难以分割的两面。而长篇小说这种文体暗藏的虚构之刃,也显然在很大程度上推动着秘史去切开、勘探正史所构建的一类对接"传统""规范"的话语逻辑、结构形式、理念体系之外的广袤和葳蕤。在《白鹿原》和《有生》里，秘史解放正史，将历史时空里渺小而又伟大的无名者接引到我们生活的当代，并向无穷远的未来推进，让他们的爱恨悲欢跨越现实与虚拟的山与海，如此真切、也如此坦然地在天地人间展示。而从《白鹿原》到《有生》，中国当代长篇小说与现实主义创作也在"秘史"的推动下，积极寻找着新的风向、新的路标和新的位置。这是文学的力量对我们生焉在焉的世界的释放和激励。缘此，我给探照灯好书榜推荐《有生》写道：作为一部建构百年中国底层民间史诗雄心的长篇小说，《有生》全部的能量和限度需要放在以小说写史的中国现代长篇小说传统和谱系上观察，这是《有生》独特的文学识别码。我注意到《有生》发表和出版以来文学界和大众传媒的反应基本还是收缩在文学的狭小空间。应该开拓《有生》文学之外和辽阔现代中国社会关系的阐释空间，吸引其他学科参与到《有生》的解读。以《有生》为例，可以看到胡学文对中国底层社会权力、伦常、血缘、性别以及苦难等诸多问题的思考。小说中祖奶这个接生婆人物形象，游走在中国基层民间，处在生命的起点，将生民接引到人间，"她"在乡村伦理秩序的位置，以及小说的结构意义，都值得深究。

这样看，《有生》关乎中国人生与死命题之"有生"，亦关乎汉语母语的文学之"有生"。

（《扬子江文学评论》2023年第2期）

在文学文本和社会文本之间
——读《金色河流》

《金色河流》的尾声《如涓如滔》写道:"是九月末了,金秋安详,街巷里满是老桂树浓郁沉静的香气。"①小说的九月末和小说的动笔时间 2019 年 11 月,只隔了一个月。是否鲁敏写下《金色河流》的第一句"二月里还是冷"时,②已经决定将穆有衡(小说简称其"有总",下同)的离世安排在这"金秋安详"时节?安详,是季节,也是人;是逝者,也是活着的人;是逝者的救赎与解脱,也是生者的宽宥与和解。也就差一个多月,想抱个孙子的有总没有等到王桑和丁宁的孩子来到人世。死神带走了他的肉体、回忆以及一生的金钱。

尾声之前——小说第四部分之八《橡皮》,公证人宣读完有总的遗嘱离去后,谢老师、河山和肖姨等人围坐在一起喝粥,小说用了一个词"家人们"。这个普通的家常场景,遥遥对照着二十九年前何吉祥遽然离世后,他老婆带着哥嫂到吉祥公司一通扫荡的情景。其实,和遗嘱最有关系的是王桑和丁宁,但王桑无意做"富二代"的财富传人,人工授精成功后,丁宁在两个人的婚姻生活中第一次自己做主。

《金色河流》并不肯定代际之间财富转移的必然性和合理性,而是理解"财主的儿女们"不以财富积累为中心的人生选择。从这种意义上,穆沧的无能,穆桑的无为以及河山的有为都可能是值得我们尊重的生活。《金色河流》改写财富转移惯性的家族代际的流向,宁可让财主的儿女

---

① 鲁敏:《金色河流》,译林出版社 2022 年版,第 559 页。
② 鲁敏:《金色河流》,译林出版社 2022 年版,第 2 页。

们不从上一辈的金色河流汲水续流,而是按照自己的心意过一份小户人家的日常生活。这并不意味着小说家鲁敏对金钱、财富和资本抱有敌意。她想要表达的是,所有遵从内心的选择都是值得尊重的。

一

从资本的积累、流转和扩容的角度来看,《金色河流》的财富故事是由何吉祥和穆有衡接力续写完成的。首先出场的是何吉祥,"因为能画两笔,退伍后被拨拉到大华电影院了,负责画海报"。[①] 按照时间推算,二十世纪七十年代中期,从农村入伍的青年退伍后能够留在城市,应该是一个不错的结果。根据鲁敏的写作习惯,大华电影院可能就是南京人都熟悉的那座民国建筑遗存——大华电影院(原名大华大戏院),出自著名设计师杨廷宝之手。这座二十世纪三十年代的民国建筑,不但是当时的高端娱乐场所,而且在二十世纪八十年代的电影票房也领跑全省乃至全国。有研究显示:二十世纪八十年代"中国电影蓬勃发展,掀起了国产片发行放映的高潮,《天云山传奇》《芙蓉镇》《红高粱》《黄土地》等在大华上映,仅有一个放映大厅的大华影院每天放映10场,每日放映19个小时左右依然一票难求,有时连续不停循环放映,尽管大华电影票价比其他影院贵20%左右,黄牛卖的影院走廊的加座票也有人抢着买。""1984年大华在江苏首先突破票房100万元大关"。[②] 鲁敏将大华电影院搬到《金色河流》中,虽然按照小说所提示的信息,何吉祥去南方之前,录像厅兴起,"电影院是完全歇菜","吉祥已被欠下五六个月工资"。[③] 但即使不考虑现实中大华电影院的影响力,以整个电影和电影院在二十世纪八十年代中国的行业状况来看,似乎并不能确定何吉祥一定因为行业低迷才"到南方"去寻找人生的转机。何吉祥"到南方"应该别有他因。

[①] 鲁敏:《金色河流》,译林出版社2022年版,第208页。

[②] 王士群:《苦难辉煌——南京老大华影院盛装新开侧记》,《中国电影市场》2013年第7期。

[③] 鲁敏:《金色河流》,译林出版社2022年版,第213页。

小说提供的另一个答案可能更接近事实。何吉祥老婆给何吉祥戴了绿帽子，而且可能他在部队时就戴上了，他们因此才分了居。这作为何吉祥去南方的诱因，也使得何吉祥在南方另起的情感故事有了可能性，同时也开启了小说叙事的新起点。做出这样的判断，是基于小说反复写到"绿帽子"加诸何吉祥的创伤记忆，比如穆有衡回忆和云清共同吃饼的少年苦难生活，念及穆有衡和云清的情深意笃，何吉祥"难掩伤感"[1]。因此，"到南方"去的原初力量可能是何吉祥的情感创伤。只有作如斯观，才能解释如此讲究江湖情义的何吉祥去南方后新的情感生活；也只有作如斯观，才能解释当何吉祥南方发迹以后，在妻子和情人之间的权衡和偏向，以至于临死前向穆有衡交代秘密账户的巨额财产属于沈红莲和未出生的孩子。所以，一定意义上说，如果不以何吉祥失败的婚姻生活为前提，《金色河流》的叙事逻辑不一定是现在这样的。肯定何吉祥"到南方"去的动因在婚姻失败，并不改变小说所揭发的改革开放对个人潜能的激发和命运的改写这一主题。何吉祥"到南方"去也许是偶然的，但何吉祥发迹却是得改革开放先机的南方所赋予的。

1984年，何吉祥只带了"一个头两只手"就去了深圳。深圳，一个新兴的城市接纳了这个婚姻生活的失败者。特区发展背景下的深圳不但庇护了何吉祥，而且让他做成生意发了财。正所谓失之东隅，收之桑榆。从小说所提供的信息看，并不能确认何吉祥的南方之行是受这些改革开放实践的蛊惑。事实上，何吉祥和穆有衡的致富，享受的虽然都是改革开放的红利，但何吉祥南方之行是对民间声音的直觉反应——"大家一说南方，感觉就是满大街滚钱"，"另一个战友，也因为厂子效益差，就办停薪留职去了南方"。[2] 小说的这些情节是接近二十世纪八十年代国民日常生活的南方想象的。

《金色河流》中何吉祥的致富经历不是二十世纪八十年代坊间流传的"走私""倒买倒卖"等等一夜暴富的神话，而是底层青年向上生长的时

---

[1] 鲁敏：《金色河流》，译林出版社2022年版，第213页。
[2] 鲁敏：《金色河流》，译林出版社2022年版，第213页。

代写实。从文学谱系上，它可以接驳到路遥和贾平凹等二十世纪八十年代乡村小说乡村知识青年奋斗的故事。在到达成功之前，这样的故事交缠着勤劳、偏见、屈辱和危机四伏等情节。整整三年，何吉祥在建筑工地、饭馆、电子厂都做过，也倒腾过配件生意。这应该是绝大多数初生代移民深圳的青年的特区故事。在何吉祥后面进场的有总更惨烈："想想早年间，多少的流金淌银，也是多少的流泪淌血，何吉祥死，我老婆云清死，我家沧成傻子。包括车队出人命，被仇家往身上泼粪，被诬告到差点进号子，被内蒙古那边骗掉三百万，桩桩事都等于给眼里喷辣椒水。"① 和何吉祥一样从老家去南方的还有河山的母亲沈红莲。沈红莲和何吉祥，一个在饭店做啤酒小姐，一个从电子厂副段长混成小老板，他们遇上好上了。何吉祥去世后，沈红莲在出租屋生下河山，因带着私生婴儿在性交易市场上处于劣势，把河山送到天水她半瞎的姨母家，孩子后来流落"爱心驿站"，而沈红莲成为出名的"金丝雀"，被小老板接力包养。沈红莲的现实原型可以得到当时社会学研究的佐证：深圳有50多万临时工，相当于深圳市的常住人口。"临时工性需求的不平衡，导致性需求表达的混乱。"② 工厂流水线、发廊和小饭馆成为乡村青年女性一般先选的南方就业场所。不仅是南方，包括几乎所有乡村青年女性的城市到达地，差不多都如此。"打工妹"这个称呼估计最早就发源于二十世纪八十年代的南方，成为中国当代文学"打工妹"文学形象的现实母本。沈红莲栖身"蓝房子"，五十四岁了仍然要靠街头张贴手机号码招徕生意。我们不能判断这样的女性境遇，在近几年的深圳是多大范围的事实。但小说人物的命运故事可以从生活中来，也可能为了小说预设的叙事逻辑或者"文学性"的需要而被虚设。显然，沈红莲的"蓝房子"和河山的"爱心驿站"的不堪生活，对于有总而言，是"一辈子都驮着何吉祥""至今压得我翻不了身""争取在死之前，要给反过来"③，是最重的债与罪。从小说叙事伦理看，《金色河流》意识到这种债与罪也是改革开放面向未来和未知必然要经历的，也是必须正视

---

① 鲁敏：《金色河流》，译林出版社2022年版，第12页。
② 邹素芹：《深圳市女青年卖淫现象的考察》，《青年研究》1989年第8期。
③ 鲁敏：《金色河流》，译林出版社2022年版，第77页。

和检讨的历史遗产。但是，不知道是不在叙事主线上，还是小说家在等待这种正视和检讨所需要的历史和现实的洞悉力和思想力，《金色河流》并未着力于此。一定意义上，这也为未来鲁敏重新书写这一议题预留了思想和审美的空间。

小说写第三年春节，何吉祥回来，虽然还没有像三年以后那么事业有成，但他已经在向上的阶梯之上。与之相较，一向胆子小的穆有衡待着的曾经是"堂堂的""近千号人"的机械厂早是空架子了，只发三成工资。《金色河流》有从城与乡、东南沿海和西部以及东南沿海不同城市的改革开放时代全景图去把握社会转型和个人命运跌宕的文学雄心。这不仅仅是小说人物的地理空间分布意义上的，而且需要观察和勘探不同地区改革开放的时间表以及对置身其中的每一个个体的影响，需要写时移势易之变，还要写日常生活和精神世界之变。具体而言，从《金色河流》的时间线看，1984年何吉祥去南方的时候，机械厂效益已经开始下滑。①本来吉祥并不比有总强多少，"南边这六年下来，他可真是改头换角了"。②1990年，何吉祥再回来，老机械厂连空架子也垮了。何吉祥和有总谈论的话题也是"香港都要成为特别行政区了"，"上海下半年就要开证券所了"，③"我们特区都搞十年了"等等时兴话题。④

在致富之路上事实的确如穆有衡自认为的那样："吉祥是我的领路大哥。"⑤1990年，有总四十岁，他用何吉祥给的起头的本钱开了衡祥水泥厂。这可以和南京未来的著名企业家对勘。在1990年这个时间节点上，雨润集团的祝义才放弃安定的工作下海经商。这一年的12月，张近东的苏宁家电公司正式成立。⑥这里值得探讨的问题是，为什么几乎同时出道的有总未能成为祝义才和张近东式的人物？仅仅是因为《金色河流》为有总选择

---

① 鲁敏：《金色河流》，译林出版社2022年版，第208页。
② 鲁敏：《金色河流》，译林出版社2022年版，第267页。
③ 鲁敏：《金色河流》，译林出版社2022年版，第262页。
④ 鲁敏：《金色河流》，译林出版社2022年版，第263页。
⑤ 鲁敏：《金色河流》，译林出版社2022年版，第267页。
⑥ 钱鹏飞：《苏商领袖：光荣与梦想》，机械工业出版社2009年版，第71、50页。

了一条和他们的不同道路吗？如果考察有总、祝义才和张近东的1990年致富史，虽然有总并没有像祝义才参与二十世纪九十年代的国有企业改制而成为获益者，但他和张近东一样选择的都是时代的新兴行业，张近东选的是空调销售，有总选的是物流。南方同样是有总财富之旅的启蒙地。因为，去南方跟吉祥交代过的那些上家下家打了一圈招呼，结清了欠款，有总意识到"内地形势也要起来了"。①有何吉祥替他签下的那笔大单子托底，衡祥水泥厂很快上手了。也是那次南方之行，得到何吉祥朋友的点拨。两年之后，稳扎下来，有总立刻腾出手，开始琢磨"路上跑的"生意，就用何吉祥托有总转给沈红莲的巨款做启动，先从摩托维修、品牌代理干起，然后一步步升级，搞汽修汽配连锁，再搞中短途运输、长途大货、客运承包，成了"运输魔王"……②巧合的是，这一年正是改革开放的重要历史节点1992年。可以说，《金色河流》命意在改革开放时代的个人编年史和生命诗篇，那么，改革开放进程中必然有些时间节点不只对个人生命发生意义，它们同时也提醒并定义改革开放的时代主题，甚至往往是时代主题规定着个人意义，所谓大时代和时代之子的命运耦合。

二

《金色河流》反复指认有总只是"小老板"。鲁敏强调的"小"既是产业规模、经营方式和商业版图，也是，甚至首先是格局、气象和魄力。同一个世界，缘何走着走着就有了小大之分。除了有总，"小老板"当然也包括小说里篇幅不多的老雷、欧阳夫妇和严家兄弟等几个有总生意场的"老对家"。"他们这批小老板，大多白手起家，是斩草劈蛇的开路先锋，也是乱中取胜的野路子，三四十年冲杀下来，固然吃了很多苦，流了不少汗，但毫无疑问，最肥厚的那一勺猪油都给挖到他们碗里了，有的碗大，有的碗小而已。"③小说暗示我们，从河山后来得到做信托的朋友提供的

---

① 鲁敏：《金色河流》，译林出版社2022年版，第273页。
② 鲁敏：《金色河流》，译林出版社2022年版，第275页。
③ 鲁敏：《金色河流》，译林出版社2022年版，第217页。

宽齿梳子似的大数据看，有总并不在最有钱的那第一方阵里头。很显然，有总们都是不入各种富豪榜的"小老板"。正是为富豪榜所不载，有总们才有可能是我们日常生活世界中可以遇到，也可能相处的人。可以这么说，经过改革开放这么多年，我们不少人周围或多或少都有几个有总这样的"小老板"。不只局限在南京或苏南一带，1984年对外开放的长江三角洲、珠江三角洲和闽南厦（门）漳（州）泉（州）三角地区三个沿海经济开放区多的是这种"小老板"。《金色河流》写一个有总其实反映出一个"小老板"的群体，而这个"小老板"群体的日常世界和精神世界并没有得到中国当代文学充分的表现。

可以进一步参照"苏商"群体观察有总和他的老对家们，前面举到的张近东和祝义才比生于1950年的有总晚一个代际，分别出生于1963年和1964年，是《金色河流》中木良和谢老师的同代人。《金色河流》没有在代际分布上展开改革开放中国的财富地图，它所写的木良和谢老师来自艺术界和传媒业，木良一直是一个理想主义的昆曲传承人，而谢老师也同样有着类似的理想主义的职业起点。从代际上看，在江苏的知名企业家中有总接近都生于1952年的波士登的高德康和雅鹿的顾振华，但是高德康和顾振华都有苏南模式的乡镇企业背景，他们的经商史可以追溯到改革开放之前的二十世纪七十年代中前期。高德康和顾振华虽然都是学徒出身，但他们得市场经济的先机，在二十世纪八九十年代又完成了现代企业转型，确立各自的品牌，进而走向世界市场。有总错过了先机，在他们那一代民企里完全排不上号，而且只能和比自己晚一个代际却接受了正规大学教育的一代人一道同场竞技。事实上，也应该看到改革开放时代工商业的成功者也并非按照出场顺序先到先得、多到多得，以《金色河流》中的昆山雷总为例，他是"开发区第一代老棍子，最早是跟台商做钢线起家的"。[①] 昆山属于长江三角洲地区，其开发区正是成立于1984年。

写有总一代人的生命长史并不是《金色河流》的预案。从小说出版后

---

① 鲁敏：《金色河流》，译林出版社2022年版，第4页。

鲁敏接受的访谈看，她只想写有总改革开放时代的生命断代史，改革开放时代与生于1973年的鲁敏的精神成长等长。改革开放的政治理想和社会共识，从一开始就确立为建设现代化，或者通俗表述为"富起来"："我们提倡让一部分人先富起来，让一部分地区先富起来。"①某种意义上，"富起来"也是改革开放时代的主题，也是不断注入的动力。故而，《金色河流》也旁及其他小说，在改革开放财富史背景下思考中国人的财富观，是小说的重要命意所在。汪晖的《当代中国的思想状况与现代性问题》一文中认为："当代中国思想界放弃对资本活动过程（包括政治资本、经济资本和文化资本的复杂关系）的分析，放弃对市场、社会和国家的相互渗透又相互冲突的关系的研究，而仅仅将自己的视野束缚在道德的层面或者现代化意识形态的框架内，是一个特别值得注意的现象。"②应该看到，现在我们读到的《金色河流》集中在遗产的处置，其对资本活动过程的分析依然是初步的。

尽管作家试图在生命长史上观察有总一代的财富史和财富生活，小说却独独追溯到他们五十年代末少年时代的饥饿记忆。小时候烧羊肚子上的蚂蟥血吃的何吉祥，老家在邳州邹庄，却直到部队才第一次吃上鸡肉。女同学云清给有总吃黑面饼。财富在某种意义上即满足，免于物质的匮乏，也能够获得精神的满足。而他们的生命却起于极度的匮乏和贫困。讨论有总们的财富积累有"血和肮脏"的原罪说，是不是除了所谓原罪说，有总和他朋友们的财富积累、经营模式以及财富观也有着匮乏时代的创伤记忆和心理原型？他们这一拨子谙熟小钱进大钱出的生意经。③他们也算计和攫取，所有的事都是生意，生意即信仰。有总长年订阅国字号省字号大报，但凡头版头条，"仔细琢磨起来，没准也能是一笔好生意"。④他们不喜

---

① 《改革 开放 搞活——国务委员张劲夫谈中国当前经济改革方针》，《瞭望周刊》1985年第11期。

② 汪晖：《去政治化的政治——短20世纪的终结与90年代》，生活·读书·新知三联书店2008年版，第62页。

③ 鲁敏：《金色河流》，译林出版社2022年版，第76页。

④ 鲁敏：《金色河流》，译林出版社2022年版，第73页。

欢正面强攻，爱走偏门小道，顺着政策红利的大动脉往周边走，甚至谈不上上游或下游，只是远远一个支流。①他们"搞汽修建材电子配件，都是力气生意"。②对无形生产力抱有敌意③，讨厌"世界工厂"和"无形生产力"。④故而，就整个改革开放时代的市场经济活动而言，他们不但是"小老板"，而且是保守、胆小的"旧式生意人"，哪怕他们像有总这样所从事的行业是水泥、造纸、物流和保健品。在二十世纪八十年代以后"世界工厂"和"无形生产力"的市场经济时代，他们虽然有的还没有退场（如雷总），有的才刚刚登场（如有总），但这些落伍者、迟到者即便在市场上有所作为，也只能是"小老板"而已。

文学文本关心的不一定是时代的高歌猛进者或者失败者，尤其失败者先天就被赋予文学性。在一定意义上，《金色河流》中有总的财富故事是献给失败者"中间代"的。他们的"小老板"和"旧式生意人"心态不只在财富积累，也在财富支配。无论是何吉祥秘密存单的巨款，还是有总的保险柜，他们并不将可支配财富完全投入扩大生产经营，更不要说做同时代"大老板"蛇吞象的市场博弈。1996年，机械厂倒掉之后遭到各种变卖，几番转手，被开发成筑枫雅居，有总买下相连的两大套。如果小说为有总冠上"运输魔王"的称号名副其实，在1996年前后民营企业兼并重组中小型困难企业的政策红利下，有总没有去兼并重组凝结了其个人感情的机械厂，而是去小县城投资一家小包装厂，正可看出"小老板"有总见识、魄力、格局和境界之小。小说最后，有总虽然留下遗嘱捐献全部财产，但不意味他理解慈善的现代意义。有总要的是莫名其妙的自我感觉，就像谢老师红色笔记本记录的"多香""面对面""坐飞机"和"神仙佬儿"几条素材的所谓慈善。有总只做过一桩有名有分的正经慈善，就是对西部贫困学生河山的结对子，别的慈善项目或者机构就休想叫他再拔一根毛。⑤

---

① 鲁敏：《金色河流》，译林出版社2022年版，第74页。
② 鲁敏：《金色河流》，译林出版社2022年版，第75页。
③ 鲁敏：《金色河流》，译林出版社2022年版，第432页。
④ 鲁敏：《金色河流》，译林出版社2022年版，第90页。
⑤ 鲁敏：《金色河流》，译林出版社2022年版，第198页。

有总结对子的河山,也是他亏欠的河山,成为他捐献的执行人。何吉祥托付给有总的巨款以如此方式回到河山手上,且以"吉祥"来命名这个机构。财富如水流动是我们熟悉的中国古典意象。《金色河流》的财富河流从何吉祥经有总向前流动,然后又回流到何吉祥一开始期待的财富抵达之处。漫随流水,河山给流动的财富赋予时代也是年轻一代的新意。至于,有总一直到临终之际,都在算计着他的生意经,小说有一段有总的心理独白这样写:

> 我这个死啊,最好——能有点附加的价值。我这辈子,被人骂得最多的,就是一头钻在钱眼里头,浑身铜臭气。我倒不觉得这是在骂我。钻钱眼挺好哇,钱就是老大,生二生三,生万物。既然搞了大半辈子的生意,临了,在这"死"上头,也得继续,搞点出其不意的思路,那才有意思。对,盘算盘算,最后一笔单子,不跟上家下家做,不跟儿女子孙做,而是跟自个儿做,直接跟钱老大做,搞得好了,说不定就是源源不断的江河湖海呢。[①]

有总"无法接受任何一个女人取代云清,成为松果的女主人,成为沧、桑的妈妈",故而,王桑最后得出"父亲是懂得爱情的人"的判断。[②]殊不知,有总在感情生活上,对那些肉麻兮兮哭哭啼啼的儿女情长从来都不心跳,"从来开宗明义地勾搭",[③]柔情野史,最后半步猝然放弃。是因为有总认为"婚姻是多么典型的经济行为,他不会接受这样的掠夺"。貌似痴情人,其实骨子里是生意经。有总的财富源头始于何吉祥的南方发迹。他跟何吉祥的情分,是从部队搞黑板报起头的。[④] "有总写诗编文,何吉祥画美术字。"[⑤]这种战友情在退伍之后很容易转换为牢固的江湖兄弟情义,

---

① 鲁敏:《金色河流》,译林出版社2022年版,第503页。
② 鲁敏:《金色河流》,译林出版社2022年版,第523页。
③ 鲁敏:《金色河流》,译林出版社2022年版,第163页。
④ 鲁敏:《金色河流》,译林出版社2022年版,第85页。
⑤ 鲁敏:《金色河流》,译林出版社2022年版,第15页。

成就了有总生意的江湖情义,而有总昧下何吉祥托付给沈红莲的巨款冒犯的是江湖伦理。通俗地说,是坏了江湖规矩。有意味的是,有总的发达是从冒犯和破坏江湖伦理开始的,但他却信奉做生意关键是搞对方向和搞好关系,关系就是生产力,[①]整天价地吃饭喝酒送礼交朋友[②]。因此,我们能理解小说总结有总们的成功经验,假如做生意也分流派的话,有总上头没人,故不算是后台派,更搭不上任何"二代"脉,有什么大树或大腿能傍一傍抱一抱的,也不是家族一路下来的大户派,有总生生地就是靠着多个朋友多条路。

"在公有制的基础上,能人发挥其长,会经营的先富。"[③]"先富阶层"或者"新富阶层"的出现是改革开放的必然成果。据李培林主编的《中国新时期阶级阶层报告》所认为的,"新富阶层"本来是指改革开放之初农民家庭年收入在万元以上的"万元户"。"国外媒体采用了一个西方更通用的名词进行意译,即'New Richer',再按字面直译成中文,就是'新富阶层'。用老百姓更通俗的语言说,就是'大款'或'款爷'。"根据李培林撰写的主报告,列在"新富阶层"第一位的即是个体户和私营主。"新富阶层"只是"一个分散在不同社会阶层的泛化群体"。"在职业声望排序中位次并不高的高收入群体中,有一部分人试图用炫耀式的高消费来满足自己对象征性权力的追求"。[④]《中国新时期阶级阶层报告》分报告一《中国社会分层结构变迁报告》中分析个体私营工商层这个"新富阶层"认为:"在改革的初期,农村的工商层大体上还是由农村的精英层转化而来的,而相反,当时城市中最早进入个体私营工商层的是一些边缘群体,这就造成了当时城市的个体私营工商层素质较低的状况。"[⑤]从其进一步的来源分析看,农村个体私营工商层第四种即包括穆有衡和何吉

[①] 鲁敏:《金色河流》,译林出版社2022年版,第79页。

[②] 鲁敏:《金色河流》,译林出版社2022年版,第30页。

[③]《改革 开放 搞活——国务委员张劲夫谈中国当前经济改革方针》,《瞭望周刊》1985年第11期。

[④] 李培林主编:《中国新时期阶级阶层报告》,辽宁人民出版社1995年版,第33页。

[⑤] 李培林主编:《中国新时期阶级阶层报告》,辽宁人民出版社1995年版,第36页。

祥这样的复员转业军人。城市个体私营工商层则未列入复员转业军人。但该报告也指出，二十世纪九十年代以后，城市个体私营工商业发展迅速，一批干部、知识分子开始"下海"，城市中的私营工商层的素质亦有了较大提高。① 穆有衡和何吉祥虽然都是复员转业军人，但都出生在农村。

鲁敏书写改革开放时代，并从改革开放时代汲取新知和能量来肯定新富阶层崛起的时代意义。这些新富们不是旧时代的弃物，而是新时代的创造者并部分地建构新的时代。不能说有总天生就是粗鄙之人，他和王桑谈到他的中学风采，他说他懂文明，讲唯物，爱读点书，还读过外国小说，比如《基督山恩仇记》。② 新富阶层的日常生活和趣味混合了个人成长记忆和圈子时风。中风之前，有总已诸病缠身。有趣的是，对医嘱他常常置之脑后，倒是把各种道听途说的鬼怪偏方奉若大法。③ 有总的朋友圈以驻颜、养生、静修、收藏、留名和抱孙子等为主，展示了新富阶层的生活志和风俗史。不仅如此，其实在有总脑中风之前，他们已经以粗鄙的生活和审美的消费生活替代创造财富的事业。社会生活意义的"脑中风"和"偏瘫"在生理性的"脑中风"和"偏瘫"之前即已发生。对不断刷新的新玩意儿，总是恨声闭目地大力排斥，但却不妨碍日常生活和世界同步接驳，比如有总在穆沧住处装远程监控和克隆松果。"老叶子还没掉落下去，油绿的新叶子，已经摇曳着把它们覆盖住了"。④

"1979年改革以来，中国社会分层结构发生重大变迁，其主要特征表现为各种身份制度的衰落与解体，新的分层体系的形成。"⑤ "1956年我国实施社会主义改造运动以后，私营的工商阶层在中国大陆消失了二十余年。"⑥ "新富阶层"是私营的工商阶层的复活。"先富起来"不只是先后问题，而且是阶层流动和翻转的上下问题。这种阶层流动和翻转可能

---

① 李培林主编：《中国新时期阶级阶层报告》，辽宁人民出版社1995年版，第55页。
② 鲁敏：《金色河流》，译林出版社2022年版，第15页。
③ 鲁敏：《金色河流》，译林出版社2022年版，第71页。
④ 鲁敏：《金色河流》，译林出版社2022年版，第90页。
⑤ 李培林主编：《中国新时期阶级阶层报告》，辽宁人民出版社1995年版，第89页。
⑥ 李培林主编：《中国新时期阶级阶层报告》，辽宁人民出版社1995年版，第79页。

发生在城与乡、发达地区和欠发达地区、阶层与阶层之间，同一个阶层也可能有向上和向下的分化。在去南方之前，何吉祥和沈红莲处于城与乡、发达地区和欠发达地区不同空间的分层，但在各自空间都属于位置偏低的阶层。到南方后，经过重新组合，原来的乡村农民和城市职工的身份脱落，共同处在新的城市空间的底层。在新的城市空间，何吉祥向上运行，而沈红莲的位置不变，形成新的阶层差别。与此同时，在有总的机械厂，也发生着阶层的上下变动，有总因为衡祥水泥厂而成为"新富阶层"，车间的大伙儿则买断工龄，开出租，做保安。① 曾经被采访还上过《中国妇女报》②的肖姨成为"早先的下岗女工"。③ 小说有一段肖姨和谢老师的对话：

> "有我吗？"肖姨抹一把泪水，有点惊讶，"会写到我以前是最年轻的女车间主任吗？估计你啊，只会写我下岗做钟点工，对不对？"谢老师忙举手抱拳，其实写不到几句她。④

从"上过《中国妇女报》"到"写不到几句她"，背后是深刻的阶层之变。同为女性，沈红莲由乡入城，肖姨是由上而下，成为各自生活城市的底层。曾经的女车间主任做了曾经的普通工人家的钟点工，肖姨"岁数不老小，可手脚极是麻利，不论在不在饭点上，她随时都能端出两碗'热乎的'来。"⑤ 肖姨在《金色河流》的出场几乎都伴随着"热乎的"：一晚稀稠均匀的小米薏仁杂粮粥，一小碟橄榄菜，两枚细腻入味的茶叶蛋（《红皮本子》），韭菜鸡蛋馅儿的水饺（《病梅》），一碗酒酿元宵（《小牛犊》），南瓜饼子配面疙瘩（《滑轮》），小馄饨（《宫腔》），鸡头米羹（《录音笔》），炸萝卜圆子（《垃圾》），活珠子（《蓝房子》），"百褶裙"

---

① 鲁敏：《金色河流》，译林出版社2022年版，第208页。
② 鲁敏：《金色河流》，译林出版社2022年版，第417页。
③ 鲁敏：《金色河流》，译林出版社2022年版，第22页。
④ 鲁敏：《金色河流》，译林出版社2022年版，第538页。
⑤ 鲁敏：《金色河流》，译林出版社2022年版，第23页。

技术的葱油饼子（《灰尘》），青团和荠菜馅儿的团子（《全家福》），麻辣小螺蛳、草头河蚌、香椿炒蛋的分格菜盒，外加一大钵浓鸡汤（《十八式》）……在小说其中的一个场景，鲁敏写道："王桑心里一阵感念，肖姨身上那种家常的忙碌，简直有一种光辉，罩得人安详。这么多年，父亲也一直受用着这种日常的笼罩吧。"[1]这不仅仅是王桑的视角和感受，鲁敏也认同肖姨的角色转变。这里面隐匿着一个值得讨论的话题，这样暖与温的家常场景还不仅仅是一般意义的女性回归家庭，其内部置入的是社会结构变动中下岗女工的故事。沈红莲由城入乡沦入风尘、肖姨和下岗女工的故事，某种意义上，都是现代女性启蒙叙事的反面。对沈红莲的命运悲剧，鲁敏显然坚决地站在现代启蒙立场，抱有人道主义的同情。而对肖姨，《金色河流》的态度则是暧昧的。在肯定女性走出家庭的现代革命意义背景下，《金色河流》所提供的以钟点工的身份回归家庭的人物形象本身就构成一种质疑。女性即便以降低社会阶层为代价回归家庭，是不是也可能获得生命的自足、独立和尊严？事实上，鲁敏给予了肯定的答案。《金色河流》所有涉及肖姨的场景都是家常的、安详的和抒情的调性。我们只在类似肖姨和谢老师的对话中，才能感觉到家常场景的温情掩盖了肖姨内心的隐痛。

三

《金色河流》关心的不只是现实经由翻转和重组的阶层图谱，而且是不同阶层对应的精神图谱。王桑是官场仕途的零余者和边缘人，也是有总算计的生意，打小就开始，有总即以云清因为生他，脑子生岔，跳楼自杀的一套残酷家史作为睡前故事，绑架王桑必须"成为这个家的远大前程"。有总给王桑的不是子承父业的选项，而是通往仕途的进阶教程，从读书、交友、进的大学、选的专业、上的党校，到洗冷水浴、吃冰激凌和选择结婚对象等等，事无巨细地寄托并规划王桑的"康庄大道"。王桑惊惧地审

---

[1] 鲁敏：《金色河流》，译林出版社2022年版，第469页。

视自己的处境，试图摆脱有总养成的路径和"官模子"，不仅在婚姻生活中选择做丁克，在他而立之年，王桑借着机构转改，突然离开机关，偏离远大仕途，到凹九空间做起艺术展览。王桑把这看作自己生命明净的转折和小小的自由。王桑甘于"寂寥"，对他而言，凹九空间是"空谷所在，土静尘不动，颇有热寂归一的宇宙终极之感"。①对昆曲的投奔，也是王桑自然而然的寥落之选。"他没有母亲。相当于没有父亲兄弟。相当于没有妻子没有爱。相当于没有事业没有价值感。也没打算生儿育女。所有方向，都是空的，他如野如孤，只有昆曲这唯一的寄寓。他喜欢的就是昆曲这一份落寞、式微……甚至……是同归于尽的末路感。"②王桑的自我选择和人生道路当然谈不上是剧烈的弑父，至多是"拧巴"，也正是"拧巴"，王桑从寡淡的婚姻生活隐隐约约眺望河山，对她隐隐约约地有情和动心。小说中如父兄如知交的老木良比王桑年长二十岁，他把自己"锁死"在昆曲的痴呆境界。木良是昆山下面小镇人家出身，"传"字辈挑大梁的昆曲大角，剧团转企改制做团长。小说给予王桑和木良凹九空间的昆曲试验很多篇幅。现实生活中，鲁敏就是一个昆曲迷。一定意义上，凹九空间是小说也是鲁敏的别处和远方。在炙手可热的市场经济时代，凹九空间是一个精神的飞地。让王桑和木良沉浸其中的昆曲是古老的事业，但从精神趋向上看，他们却是悖时的"新人"。

不仅凹九空间是一处精神飞地，《金色河流》里的南方是某些人财富的乐园，也是一部分人的心灵归属之地。1999年，因"童工瞎眼"深度稿被有总挑出传媒界的"南谢"谢老师归了有总门下做了公关总监，"但十七八年以后，当谢老师去南方寻找沈红莲。谢老师对南方，仍有母胎之亲，这里是最热血的源头。""那是他一生中最接近理想的时段。"③而回过头看谢老师做了有总公司公关总监的1999年，12月29日发表的《南方周末》"2000年新年献词"写道：

---

① 鲁敏：《金色河流》，译林出版社2022年版，第56页。
② 鲁敏：《金色河流》，译林出版社2022年版，第172页。
③ 鲁敏：《金色河流》，译林出版社2022年版，第350页。

在这一年里,我们所有的努力,都是为了证明:我们一直没有放弃。我们呼号不息,是因为没有一天曾熄灭我们的梦境乃至浪漫;我们致力于一毫一厘的进步,是因为我们痛感改革决无近路可寻。我们一次次泪流满面地奔波在多灾多难的土地上,首先因为我们爱,因为爱,我们恨;因为爱,我们争;因为爱,我们以职业记者特有的方式,和土地,和父老乡亲血脉相连。①

某种意义上,王桑疏离仕途,木良沉身昆曲,谢老师被挑出传媒界,是二十世纪九十年代以来市场经济时代知识人境遇的微观样本。在有总的致富传奇之外,《金色河流》有一条线索是王桑、木良和谢老师,或者精致审美,或者理想主义,或者内心生活的逃逸史。这样的故事在每一个时代可能都会发生,但《金色河流》是有着典型的属于中国八十年代以来的问题意识,尤其是九十年代"人文精神讨论""无援的思想""反抗投降"等来自历史深处声音的回响。类似的主题在鲁敏的《伴宴》《奔月》等小说一直有所表现,但是《金色河流》则将这块理想主义的精神版图拼入改革开放中国的全景图。

毫无疑问,鲁敏是我们时代理想主义者的精神同路人。可贵的是,虽然鲁敏对有总的财富生活或显或隐进行着批判,有时也语带讥讽地嘲笑有总们这些新富阶层,但是鲁敏尊重和强调"富起来"在改革开放时代的进步意义。只有承认这一点,《金色河流》在叙事伦理上才是一部真正具有当代性的小说。鲁敏肯定王桑、木良和谢老师保有新闻理想的部分,肯定的是他们保有理想主义激情以及知其不可为而为之的行动力和实践精神,而不是简单地为行将逝去的事物唱挽歌,而是呵护并激活行将逝去的事物在当代生活发生作用。王桑和木良致力于昆曲精致审美的普及和推进,谢老师对被侮辱与被损害的沈红莲和河山以及晚景寂寞的有总持守人道主义的理解和同情,他归于有总门下,没有做弱者的霸凌者,反而是有总的批判者和审判者。正是作为理想主义和人道主义的精神同路人,《金色河

---

① 《我们从来没有放弃,因为我们爱得深沉》,《南方周末》1999年12月29日。

流》称"伤得没一块好皮好肉"的河山"是童贞的"。①一定意义上,"她是童贞的"只是对河山爱心驿站卖惨讹钱和"仙人跳"讹诈等不堪生活的小结,这是理解,是同情。就像对患有阿斯伯格综合征的穆沧的理解和同情,故而,小说不厌其烦地写穆沧的日常生活,写他的飞行棋、动画片、沙漏、录音故事、政治家演讲或者名人名言以及对味道的敏感(比如3路车驾驶员飘柔洗发水的味道)等——以我对鲁敏的了解,我清楚穆沧是有确凿生活原型的。但这还不够。鲁敏要在《金色河流》里为河山唱赞歌,为她的野马驹的性子、野藤疯长的经历和亦侠亦盗的做派……②甚至我要说,除了因为对昆曲的私心欢喜,亦对木良投注了私心的欢喜,《金色河流》里鲁敏最热爱的人就是河山了——她爱她的性格,写她的纯真;她爱她的行事,写她的任性。因此,有总遗嘱将捐赠的执行托付给河山,既是小说逻辑意义上的有总的赎罪和他的生意经使然,更是鲁敏私心里对河山这个小说虚构人物的热爱。小说家对人物的私心热爱是不讲道理的。《金色河流》写河山创业屡创屡败,而小说的尾声河山第一次执行有总的捐赠,青山堂义拍却成功了。

四

阿特伍德在《偿还》里曾经讨论过债和罪的问题,她提及,在某些情况下"债"和"罪"是一个词。③不仅如此,她认为债和记忆相关,"没有记忆,就没有债,债务是过去发生的交易中产生的亏欠,如果债务人和债权人双方都不记得它,那么事实上这笔债务就勾销了。"④《金色河流》的债/罪是及己的,债务人和债权人并不仅仅是交易的双方,而是亲如手

---

① 鲁敏:《金色河流》,译林出版社2022年版,第493页。
② 鲁敏:《金色河流》,译林出版社2022年版,第244页。
③ 玛格丽特·阿特伍德:《偿还——债务和财富的阴暗面》,张嘉宁译,南京大学出版社2019年版,第56页。
④ 玛格丽特·阿特伍德:《偿还——债务和财富的阴暗面》,张嘉宁译,南京大学出版社2019年版,第90页。

足的朋友。何吉祥只记得有总的身份证号码，保密户头的巨款是临死前托付有总交给沈红莲，给她和肚子里的孩子用。有总"用何吉祥交代给我的私房钱"翻身，[①] 衡祥水泥厂成交的第一单的血本钱，"他是拿我当股票投资的"。[②] 有总去找过两次沈红莲，以对沈红莲肚子里的孩子存疑来自我分辨，最终承认自己的薄情寡义。沈红莲由于穆有衡的有意错失，被抛入无人问津的生之孤岛；有那样一笔"巨大数目的私房钱"，本当含着金钥匙的河山被伤得没一块好皮好肉。故而，小说提出一个疑问："晚景长夜，如水漫流，反复的淘洗之中，有总怎么就还是没有过得了这自我审判的关口？血管崩裂之前，最后一刻的翻身挣扎，子午时分的幽光投射，他所想到的，是什么？"[③] 回到小说的第一部分，《金色河流》以"巨翅垂伏"作标题。小说写道："有总这样残了弱了，不再像一只巨翅猛禽"，[④] 二月天气下的有总"熠然有光的两行泪""演弄起这样的垂死气氛"。帕斯捷尔纳克有一首著名的诗歌《二月》："二月。墨水足够用来痛哭！／大放悲声抒写二月，／一直到轰响的泥泞／燃起黑色的春天。"（荀红军译）在这里，二月是死亡与新生的临界。《金色河流》另外三个部分的标题："尺缩钟慢""热寂对话录"和"一物静，万物奔"。"尺缩钟慢"出自狭义相对论，提醒我们如何看取时间和空间；"热寂"关乎宇宙终极命运的猜想；"一物静，万物奔"则是万物的转化。《金色河流》将这四个标题按现在的顺序排列，好像是一个有反思能力的人，从意识到死亡即将降临，到将个体放在宏大的宇宙中思考，最后进入从容死生的生命欣悦时刻。"没有记忆，就没有债。"曾经的有总"生意场上出名的凌厉角色，从来都是一股羽张似箭、带风如割的狠劲"。述往事，或者说追忆，带给小说的不只是一种可能的哀伤调性，所谓英雄末路意义上的不提当年勇；更重要的是，当有总收缩了他的生意，因为中风困在斗室，成为"巨翅垂伏"的"猛禽"，生意场的杀伐得以止息，生命骤然减速，他才有可能重新回

[①] 鲁敏：《金色河流》，译林出版社2022年版，第152页。
[②] 鲁敏：《金色河流》，译林出版社2022年版，第267页。
[③] 鲁敏：《金色河流》，译林出版社2022年版，第438页。
[④] 鲁敏：《金色河流》，译林出版社2022年版，第89页。

望那些流逝和流失的时光和过往。

  我们谈论的罪与罚并不是通俗意义上的因果报应，而是良知觉醒、自我审判以及付诸行动的救赎和报偿。事实上，《金色河流》存在两个有总的形象：一个是生意场上精于算计的"凌厉角色"；一个是沉浸在内心独白（小说的前三部分，以不同的字体在其中的九个章节穿插了有总自己生命过往的讲述）从自我分辨到自我审判的反思者。值得注意的是，对应宇宙的寂灭过程，"热寂对话录"自扔"东西"的《垃圾》写到扔"南北"的《全家福》终。小说最动人之处不是有总处置那些凝聚了财富和情感生活记忆的器物，而是把那些曾经熟悉的路再重新走一遍：芦席营曾经的城市成片厂区换作一种崭新的繁华——绕着万达广场，有总"自将磨洗认前朝"的是职工小卖部、二子念过书的附中校区、老澡堂子——绕过万达广场到了老机械厂的小东门（对过原先有家驼子裁缝店现在是垃圾中转站）——与刚从部队下来和有总从不说出名字的战友一道晨跑的模范马路（一路总会碰到开门倒马桶的老太）——金陵饭店和晶丽酒店（它们有各自的招牌菜，尤其是晶丽酒店的大鹅翅）——往南中山南路去清真的面点店（寿桃最有名）——烧饼店和锅贴店——古林公园（和云清看过一次牡丹，另一次和云清看花是在玄武湖看菊花）——理发店（上个月才叫私人护理馆，二三十年一直给有总剪头敲背掏耳朵的白辫子小老板早就杳无音信），让那些熟悉的但已经逝去的人在生命的幻觉里再活一次。有总生命最后的出行，是他对世界全部的爱与留恋。小说写到表妹、大货车司机小常、电子厂的打工妹、下海经商 2008 年因金融危机破产的丁教授、老班长、隔壁的老于头儿、赌死的田老大、云清，就是没看到吉祥。他是不是一直隐身着，看着，也等待着有总的自我审判。当有总生命停止，小说只能借陪伴有总左右二十年的谢老师之口说：

>   是他选择了这个时刻——河山的母亲有了下落，终是相当不堪，他的诸事，尤其与何吉祥的，已交代清楚，不论赎罪或偿还，就手撒开。往前，忙了几个月，把各种心爱之物，都做了割舍。再往前，则是那古怪的遗嘱。整个的串起来看，不是挺像一个弯弯绕的计划吗？而那位仝主任，作为双双下岗的工友之子，全靠

有总撑起父母生计及八年学医,替他玩个什么花招,暗中维持体力——这甚至很好处理……①

鲁敏选择了这个时刻,经由有总的追忆、对生命过往的清洗和反思,进入小说家的反思时刻。《金色河流》与其说是写改革开放时代新富阶层的财富故事,不如说,反思他们的财富故事。小说家鲁敏的冷峻之处在于她直接克服了书写英雄末路的感伤主义式抒情,直接切入小说家的反思时刻。中国当代文学史上,伤痕文学容易造成肤浅的宣泄和表达失控,唯有反思可以进入历史和现实的幽暗。对于二十世纪七十年代末开启的改革开放时代,文学虽然从来没有缺席,比如八十年代的改革文学和新写实文学,比如九十年代的现实主义冲击波等,但是富有历史感的反思文学可能刚刚开始。我正是从这种角度理解《金色河流》的文学史意义的。事实上,如果我们从整个新文学史角度来观察,无论是《子夜》《家》《骆驼祥子》《四世同堂》《财主底儿女们》《寒夜》,还是《创业史》,长篇小说从来就是一种写作者"在同时代现场"的文体。进入改革开放时代,至少在八十年代,长篇小说依然继承着中国现代长篇小说的现实主义传统,《沉重的翅膀》《新星》《钟鼓楼》《浮躁》等都是这样的。确实,九十年代长篇小说的新历史主义转向固然推动长篇小说向历史和文明纵深处开掘,但是小说家写与自己生命等长的同时代的现实并没有被充分展开也是事实,或者换句话说,被部分展开,这依然是需要小说家深入勘探的文学富矿。

作为一部反思型的小说,不仅有总和鲁敏之间构成一种小说人物的追忆和小说家的书写之间的对话性,谢老师作为一个小说人物,同时也是一个书写者,其每一次构思中的写作都是《金色河流》的一个副本。小说提供的四个可行思路即四个副文本。其一,谢老师不甘心从媒体良心变为资本家走狗,决心暗战到底,"要做一个长线的、总账性的选题,搭上大半辈子来干,以揪出有总的黑暗原罪史"。其二,有总七十上下的年纪,做三四十年的生意,白手起家,精明多诈,是宏大、复杂的时代之子,"是

---

① 鲁敏:《金色河流》,译林出版社2022年版,第508页。

洁净的藏污纳垢与包容万象，是原罪的肥沃大地与鲜花怒放"。① 其三，有总身上那些"别的"，还"没看明白"的东西，让谢老师既困惑又着迷。早年那股子报复性的愤然，既代表个人志气又代表业界高标的动力，衰减了，薄弱了，"对有总的看法里，已衍生出了厚厚一层时间包浆。"② 儿女们像是有总周围的行星，天体悬浮，各行其道。"尤其那莫名其妙的遗嘱，搁在有总的财富史上，是最无聊的收尾，可若换到儿女身上，文如看山不喜平，这遗嘱就很不平整，会对大家形成牵掣，让他们几个考察跑动起来。"③ 这是谢老师关于穆有衡和他的儿女们的写作思路。直到第四个思路"虚构的非虚构"出现。谢老师从一个追求客观事实的调查记者，变成一个和有总休戚相关的反思者。世事流动，每个人都是一条浑浊深潜的河流，有着无法预测的小小航道。进而，谢老师从反思有总进入自我的反思：

> 二十年的时间，一百八十五个素材，三十多个场景，六条人物脉络，几组时代关键词……一阵椎心之痛，他也是一条独自奔腾的河流啊，要怎么交代自己这大半生的航道？④

除了四个思路，还有谢老师学生伟正从商业、读者和市场的角度，不断给谢老师矫正四个思路的理由，这无疑也是一种副文本。最后，小说以"橡皮一到五"记录五个守灵人分别讲述的五个不同版本。橡皮某种意义上则对应着红色笔记本素材的记录，小说声称的一百八十五个素材在小说中出现的只有三十一条，最后一条标记的是一百六十七条，内容是"何吉祥之死"。那些没有在小说文本中的素材将会生成多少未知的文本？这样看，现在鲁敏完成的《金色河流》也只是无数可能性文本中的一个。如果我们意识到鲁敏是一个对小说理论有兴趣的小说家，就不会奇怪《金色河

---

① 鲁敏：《金色河流》，译林出版社2022年版，第91页。
② 鲁敏：《金色河流》，译林出版社2022年版，第221页。
③ 鲁敏：《金色河流》，译林出版社2022年版，第222页。
④ 鲁敏：《金色河流》，译林出版社2022年版，第513页。

流》选择了这种生成性,某种程度上还有游戏性的文本结构。这让我们想到今天新媒体时代每个人都是写作者的事实。现在,我们可以写一部自己的《金色河流》。《金色河流》作为一个奇异的不断蔓生和增殖的文本,每一个读到小说的人当然也可以参与到新的文本生成,成为一个"作者"。

(《中国现代文学研究丛刊》2023年第2期)

或十二时辰，十五日，或以六月初一为期
——马伯庸的故事术，兼及《长安的荔枝》

一

《长安十二时辰》《两京十五日》和《长安的荔枝》，十二时辰、十五日，或以六月初一为期，故事的讲述者深谙时间的幻术，他们投身时间洪流，丈量时间长度，计算叙事的速度。那就存在着一个技术问题：如何保证每一个刻度精确的时间和叙事单元足够的细节密度——事实上，不只是日常的信息密度，马伯庸惯以压缩时间长度或者折叠时间来换取更大的密度——而挟大的密度还能使得整个叙事维持符合小说运动学的姿势优美地奔跑和飞腾？

叙事速度的更快更能刺激读者的阅读快感。至少在《长安十二时辰》《两京十五日》《长安的荔枝》这些小说中，马伯庸的叙事属于考验爆发力和极端速度的"短跑"竞技派，他天然地首先让自己成为一个小说叙事的运动学家。

小说叙事运动学，不只是修辞学，而是关乎命运，就像《长安十二时辰》，"拔灯红筹抛出燃烛"，"旋臂开始运作，二十四个灯屋缓缓旋转，此升彼降，轮转不休。"马伯庸的小说里一旦命运的齿轮启动，其矢量不可逆转。二十四个灯屋次第燃烧，天枢转动，柱顶指向北极，猛火雷深藏中心，即使顽抗如张小敬，此时此刻也不断遭遇穷途末路。这个场景是小说最后高潮段落（阴谋爆发）的起点。就修辞学或者命运学而言，讲故事的人是不管通俗还是严肃这一划分的，随便举两个例子，在约翰·契夫的

《哈利特一家》中，缆索的马达排放着废气，转动绳索的大铁轮响个不停，缆绳滑动，被缠上了绳索，被拖向了铁轮；而《复仇者联盟3·无限战争》中，无限宝石以各种形式逐一来到灭霸的手中，带来一半的世界灰飞烟灭的弹指终将一现。对，这就是叙事的魔力。

《长安的荔枝》六章近七万字，马伯庸视之为新书《两京十五日》的预热，因为同为在限定时间内完成的艰难任务，同时也可以看作是《长安十二时辰》以长安为背景的故事的延续。同理来说，《长安十二时辰》也符合限定时间内完成艰难任务的写作之一种。由此，这几部小说虽在题材内容和主题中心有异，在叙事节奏和速度的处理上别无二致。作者在《长安十二时辰》的后记中说，写了"一个古代反恐题材的快节奏孤胆英雄剧"。采用美剧《24小时》的分集方式，每半个时辰为一章，一共二十四章，正好是一天的时间。时间紧逼，章节独立，悬念和冲突以高密度的频次出现，这在该小说影视化的短剧中呈现得尤为清晰。《长安的荔枝》以贵妃生辰的六月初一为限，写递送鲜荔枝任务的谋划、实验、失败、改良、孤注一掷，也可以说是古代速递题材的快节奏孤胆英雄剧，融合工程学知识等，以"生死速递"命名也不为过。除去故事的背景、来源，小说延续的陈说方式无疑是服务于具有现代阅读习惯的读者的。

二

还得从长安说起。为什么是长安？不是其他的故都。有一种说法，自1922年起，鲁迅曾打算写作长篇小说《杨贵妃》，为此他研究了白居易的《长恨歌》、陈鸿的《长恨歌传》、洪昇的《长生殿》等为创作做准备。1924年7月，鲁迅去西安西北大学讲学。从西安回来后，鲁迅并未创作《杨贵妃》。后来鲁迅在给山本初枝的信中说："五六年前，我为了写关于唐朝的小说，去过长安。到那里一看，想不到连天空都不像唐朝的天空，费尽心机用幻想描绘出的计划完全被打破了，至今一个字也未能写出。原来还是凭书本来摹想的好。"关于鲁迅未竟的《杨贵妃》，学界众声言殊，陈平原在《长安的失落与重建——以鲁迅的旅行及写作为中心》一文中指出，同一个长安可以有不同的解读方式，或亭台楼阁，或通衢大道，或民生疾苦,或宝马香车,或宴饮赋诗,或踏青赏胜,或客商云集,或士子风流。作家关注的是长安的时代精神、日常生活还是都城景观,牵涉作家的学识、历史感以及文化趣味等。鲁迅关注的是时间上的"历史",而不是空间上的"都城"。讲述杨贵妃的故事,既牵涉人间真情的体味,更旁及汉唐盛世的遥想、帝京风物的复活。而后两者,在时间意识外,还得兼具空间想象的能力。而当时中国学界并没有给鲁迅提供"唐都长安的丰富学识——尤其是历史地理以及考古、建筑、壁画等方面"的。陈平原的这篇文章提出,鲁迅的长安再造中有两个要素:对人的再造,对知识的占有。对于马伯庸的两部作品《长安十二时辰》和《长安的荔枝》,这恰也是其中重要的因素。同时,视叙事为主要任务,注重组织情节、叙事结构等技术性条件也是马伯庸的历史题材小说值得注意的地方。

事实上,鲁迅也曾向老朋友许寿裳、郁达夫等谈起过《杨贵妃》的腹稿,说小说的构想是从玄宗被刺一刹那间开始倒叙,这是他选择的切入点。马伯庸的作品常被称为历史可能性小说。何谓可能性?即是从具体的时间中推理出乾坤。他自陈"历史小说的创作,有点像是警察站在凶案现场,他必须凭借遗留下来的线索来重新推演当时发生了什么,重构过去。"《风起陇西》的源头是《三国志·李严传》中的一句记载。《两京十五日》的灵感仅来自《明史》中"夏四月,以南京地屡震,命往居守。五月庚辰,仁宗不豫,玺书召还。六月辛丑,还至良乡,受遗诏,入宫发丧"四十字的记录,讲述了明初身在南京的太子朱瞻基得知父亲朱高炽驾崩后,用十五天时间回京登基的故事。马伯庸借用大众熟知的历史人物,具体到小说里用力的却是偶见于史书的小人物。"我在小说里边,埋了很多事实。""我可能在情节设计上发挥想象,但是落到实处,所有的地方都实有可据,都能在历史上查到的。"查到的,最多也是真真假假的史料碎片。马伯庸的绝技在于在这些历史的留白或者毫无关联处找出可能,在对历史记录的点状和短线的截图之中,利用想象建立他自己的小说逻辑,自圆其说,如他所言:"从一句微不足道的史料记载或一个小小的假设出发,把散碎的历史片段连缀成完整的链条。"运用这种小说话术的他可以称之为"伪史"制造者。"伪史"制造者,并非伪造历史,而是小说家言。

在这些冠以历史之名的"伪史"故事中,人物是历史的,背景和工具是历史的，作者的意识却是属于现代单数的个人。作者并非想复原在特定历史时期人的处境和心理，而是试图向现代读者传达符合他们心理的对历史人物的理解和期待，如《长安的荔枝》一处高潮即李善德和杨国忠的对峙。李善德了然在递送荔枝的过程中杨国忠所代表的政治利益集团对于下层官吏和百姓的无情碾压，他质问："右相适才说，不劳一文而转运饶足，下官以为大谬！天下钱粮皆有定数，不支于国库，不取于内帑，那么从何而来？只能从黄草驿馆、从化荔园榨取，从沿途附户身上征派。取之于民，用之于上，又谈何不劳一文？"这一段不符合人物历史身份和意识的对话，其实是叙述者代言具有现代意识的读者的发问，也自然形成了极具感染力的情绪爆发点（小说运动学的加速）。马伯庸曾自述《长安的荔枝》之缘起，疫情防控期间看了日本电影如《决算！忠臣藏》《殿下万万税》等，都是以基层办事员的角度去审视历史事件，如此起念。一些评论戏言《长安的荔枝》讲的是长安"社畜"的故事，中年买房、承受贷款、上司欺压、同侪排挤等种种境况确实能引发现代读者微妙的共情。如此长安事即今日事。因此，此时对峙双方地位悬殊，绝无史实事实可推演，但又命中现代人情感的命门。从历史的缝隙中跻身进去，利用被忽视的小人物的名姓，以敏觉的观察与大胆的想象穿针引线，佯史"小"说，马伯庸一以贯之的小人物的英雄主义，投身破除危难、扶危济困甚至更高的正义，不仅是试图勘探特定时刻小说人物生存的真相，也让读者跟随着小说人物共同经验以渺小之身面对历史洪流时对命运无从知晓却仍不放弃的孤勇。

三

涉历史的小说对知识的征用是无法避免的话题。马伯庸涉历史的小说，比如《长安十二时辰》有对唐长安地理、风俗的细节铺排和繁复描绘，如艾柯所言："要讲故事，首先要建造一个世界，这个世界要尽可能地填充起来，直至细节。"井上靖在《我的文学轨迹》一书中谈到同以唐长安为人物出场的舞台的《天平之甍》："如果说之前写《漆胡樽》那类的小说，不依据正史也可以，但《天平之甍》就完全不行。"据井上靖随笔《〈唐大和上东征传〉的文章》所述，他对《唐大和上东征传》的书名、著者以及传本之间的差异相当了解,甚至才会特别指出其所依版本。同样,马伯庸涉历史的小说当属知识密集型的生产。此类创作在当下大热,可否称为知识考古型写作?对于《长安十二时辰》的写作,马伯庸曾说:"上至朝廷典章制度,下到食货物价,甚至长安城的下水道什么走向、隔水的栏杆是什么形制……"都做了资料研究和实地考察,因此小说试图复现纤毫毕现的旧都长安。亦有好事的读者对他的小说进行严格的考据和论证,如《长安十二时辰》中有对应严密的长安城图,甚至有历史专业的读者会参与细节商榷。事实上,读者并非全为审美所吸引,可依从阅读趣味从文本中各有所得,或被悬疑类型的快节奏故事吸引,或因书中有关唐代文化的科普性知识而入迷。书中除了具体的知识,更有全览性的观察,如《长安的荔枝》中,通过对运送荔枝一事如何决策和如何执行,呈现天宝年间官场规则与各方利益的博弈,把唐朝的政治生态完整地呈现出来,亦有从前朝到宫廷、从外戚到宦官各种利益群体的纷争倾轧。

马伯庸推崇小说家张大春的《城邦暴力团》,称其"把我一直喜欢的以考据的手法写奇幻的故事这种方式做到了极致,其中的细节是极其到位的,读了之后满脑子都是学术索引和史学教科书的影子,掉书袋到了一定境界。"马伯庸曾是历史随笔写作者,张大春也曾是。马伯庸的《显微镜下的大明》中,大量的一手史料,如档案、笔记、供词、诉状、家谱、地方志,以及正史诸如《明史》《明实录》等资料中的记载,翔实佐证,细致剖析。涉历史小说对史实的征用是一种必然。不只是所谓正史,知识性小说也会有对中国史传传统的笔记、传奇、野史等的征用。但从另一个方面来说,知识的征用容易失于驳杂、陷于堆砌,作者需要有对知识经验的控制能力和服务于小说文学化表达的需求。而且,向历史知识寻求可资借鉴的文学资源,也需要联结现实问题,以求突进。

四

以侦探、悬疑、推理等形式讲述家国历史兴亡这样的庞大题材,是类型小说习见的招数。征用类型元素服务历史书写,其中杰出的作者如艾柯,艾柯在台湾第一诠释人可称张大春,马伯庸自陈在写作之初受《城邦暴力团》影响至深。显然可见的是，若以艾柯的作品为标杆，张大春更偏向《波多里诺》，而马伯庸更靠近《玫瑰之名》，前者更重实验，而后者严密熟练地遵循着类型原则。

即使在类型小说的框架里，并非说作家就放弃了某种审美野心。中国现代小说等级学中，其实有类型小说处于小说鄙视链下游的误判。以马伯庸的写作史而论，从戏谑式戏仿文本开始的涉历史的小说写作，逐渐走向成熟的类型化的历史小说写作，并且伴有较高质量的历史散文生产，这些都显现出一个作者的成熟和自觉。而从内部叙事来说，作者的写作动力和技术升级也在不断调整变化。早先，马伯庸坦承自己是个坚定的阴谋论者："身为一个阴谋论者，我的信条是：历史上每一件事都有一个内幕，如果没有，那么就制造一个出来。"有对历史暗面发微的冲动，并以阴谋论的动力机制结构文本，不断地大开脑洞，这在他早期的三国系列中尤为明显。而选择小人物作为角度也是因为"那种在历史上会有所作为，对历史产生影响，却因为种种原因不为人知的人会进入我的视野。譬如拘于他们身份卑微或者尴尬……的原因，被写作者刻意抹掉的，表面看起来，他们很正常，但很可能背后藏着阴谋。"但近年时移势易，马伯庸发生着微妙的转变。"年轻的时候我喜欢的是阴谋论，故事的最后有个阴谋，有幕后黑手。但这几年我还是坚持有内幕，但这个内幕已经不叫阴谋了，叫原因。"从"阴谋"到"原因"呈现的是小说内部对于一些严肃主题进行探讨的自觉，从三国系列到《长安十二时辰》到《长安的荔枝》，马伯庸的趣味从权谋游戏走向了更开阔的内容，这也许是通向类型小说大家的必然。《长安的荔枝》中，回到岭南种荔枝的唐代"社畜"李善德，当得知安史之乱爆发，帝国崩坏，皇室外逃，他一下子食下三十多枚甘美的荔枝，病卧床上。医生诊断为"心火过旺"，问其心事，他说"荔枝吃多了"。对比此前他为了运送荔枝费尽心机，几番拿性命和时间搏斗，这样的结局带有几分荒诞、几分怆然。作为精于算术的小官吏，为有效执行运送荔枝事务，"在预算里，特意做进了贴直钱，给驿户予以补贴"，而在他奔忙转运之时，"中书门下也发下一道牒文：要求沿途的都亭驿馆，所领长行宽延半年；附地的诸等农户，按丁口加派白直庸，准以荔枝钱折免。"因此造成他在最重要的转运关头遇到逃役，几乎功亏一篑。小说追踪的已不是在为了博取妃子笑的荔枝事件里，一个长安低等官吏的个体命运，及其在权势的能量左右下微尘一般的渺小无力，更有借荔枝说事，以现代意识和眼光附体，洞看偌大的帝国如何走向颓败的历史反思。

确实，涉历史小说的外壳之下亦因作者不同的诉求而呈现不同的侧重。以盛唐长安做背景的井上靖的《天平之甍》讲述的是有关唐代鉴真法师渡日传法的史迹，从历史小人物（五位留学僧）的视角进行陈述，联结真实的历史人物事件，虚构故事，最终传达作者的写作诉求。《天平之甍》的创作意图如学者篠田所言："《天平之甍》与其说是仅写历史上真实存在的鉴真，不如说是写为了请鉴真东渡日本付出努力的日本留学僧人。"井上靖表达过相同的观点，在井上靖看来，留学僧们到长安的目的就在于像蜜蜂采蜜一样取日本之所需："我看这个国家，现在已发展到了顶峰……我们目前必须尽力得到一些可以得到的东西。"由此，井上靖去书写盛唐的故事，不是瞻慕其气象，宣其辉泽，而是书写采蜜人一样的遣唐使、留学僧的信念和眷恋。

涉历史的小说，影响作品格局的亦有作者所秉有的历史观。马伯庸认为："历史在我们脑海中的印象，是烛照万里的规律总结，是高屋建瓴的宏大叙事。……普通老百姓的喜怒哀乐，往往会被史书忽略。即使提及，也只是诸如'民不聊生'之类的高度概括，很少细致入微。"因此在小说人设的选择上，他往往突出历史背景中的配角，如《风起陇西》中并不见于史书的荀诩，《三国机密》中虚构的主角刘平，《长安十二时辰》中的张小敬在正史并无记载，姚汝能作为华阴尉也只在《新唐书·艺文志》中出现。在姚所书的《安禄山事迹》中，记载了一个在马嵬坡之变中先声夺人杀死杨国忠的骑士，即名张小敬。这就是两位主人公在史书中的渊源。"李善德"是马伯庸在敦煌写经卷名录中拣取来的上林署官员的名字。这些在历史上无束缚的小人物，结合了历史索引与文学想象，在马伯庸的笔下拥有了充分的自由，完成类型要素的实现，他们或聪明诡谲，或命运多舛，在恐怖的情境、离奇的桥段、重重迷雾一般的悬念中出现，并连接重要的历史时刻，他们承担小人物的传奇、现代人的幻想，呈现人性共同的部分。如马伯庸所说："这些小人物遭受的是怎样的一个折磨？他们享受着怎样的快乐？"《长安十二时辰》中有一个感人的段落，描写了张小敬

视角下的长安,可谓有情:

> 你曾在谷雨前后登上过大雁塔顶吗?那里有一个看塔的小沙弥,你给他半吊钱,就能偷偷攀到塔顶,看尽长安的牡丹。升道坊里有一个专做毕罗饼的回鹘老头,他选的芝麻粒很大,事先翻炒一次,所以饼刚出炉时味道极香。还有普济寺的雕胡饭,初一十五才能吃到,和尚们偷偷加了荤油,口感可真不错。东市的阿罗约是个驯骆驼的好手,他的梦想是在安邑坊置个产业,娶妻生子,扎根在长安。长兴坊里住着一个姓薛的太常乐工,庐陵人,每到晴天无云的半夜,必去天津桥上吹笛子,我替他遮过好几次犯夜禁的事。还有一个住在崇仁坊的舞姬,叫李十二,雄心勃勃想比肩当年公孙大娘,她练舞跳得脚跟磨烂,不得不用红绸裹住。盂兰盆节放河灯时,满河皆是烛光,如果你沿着龙首渠走,会看到一个瞎眼阿婆沿渠叫卖折好的纸船,说是为她孙女攒副铜簪,可我知道,她的孙女早就病死了。

马伯庸小说的好固然在小说叙述的速度和节奏,但即便投身更高更快更强的竞技性叙事,大时代中小人物的蝼蚁人生和种种不服依然是他小说的根底,甚至那些生死攸关的时刻,他依然可以游目骋怀,旁逸出故城旧都的风景风俗、市井细民的日常烟火以及盘根错节的政治罗网,如此等等。唯其如此,长安才是长安,两京也才是两京。

[《收获》(长篇小说)2021春卷]

"我还是爱这个让我失望透顶的世界的"
——笛安及其她的《南方有令秧》

一

"80后"作家是不是"只是""只会""只能"写物欲横流的"巨型时代的小时代（小青春）"？简单、滞后和粗糙的以偏概全的文学批评"已经""正在"还"将会"掩盖"80后"作家的内在的复杂性。以长篇小说为例子，笛安和在《收获》发表长篇小说《段逸兴的一家》的颜歌、《荒芜城》的周嘉宁所显示的差异性并没有被我们好好研究。假如确实有一个以代际命名的"80后"作家群体，对于"80后"作家而言，写一部"有长度"的小说应该不是一件困难的事，但是不是据此认为他们都能够驾驭"长篇小说"这样一种"有难度"的文类？笛安的"龙城三部曲"（《西决》《东霓》《南音》）系列长篇小说以及新作《南方有令秧》、颜歌的《段逸兴的一家》、周嘉宁的《荒芜城》标志着"80后"作家在长篇小说文类目前所能达到的高度。表面上，笛安的小说并不复杂。《南方有令秧》之前，除了《广陵》《圆寂》《莉莉》《塞纳河不结冰》《光辉岁月》《洗尘》等很少几篇小说，笛安的小说基本上是青春小说溢出、延伸出来的。这些小说如果也算"青春小说"，都不是习见的对青春残酷的自恋自怜式的把玩，而是追问"青春"何以残酷，追问残酷的青春可能走向何处。

笛安迷恋有缺陷的家庭家族生活和带着恨意生活的"坏"人，特别是"坏"女人。从《姐姐的丛林》开始，笛安小说的家庭有着隐秘、暧昧的私情，或者干脆就是残缺不堪的。《姐姐的丛林》写"纯粹却迷乱的爱"，在笛安的写作中具有原型意味——旧的隐秘的家族往事像病毒被带入成长过程，使年轻的生命成为"有毒的肌体"。笛安小说的人物往往有童年的创伤记忆。《宇宙》中，"其实我有一个哥哥"，"哥哥总在夜深的时候才来找我"。而哥哥却没有出生就夭折于爸爸妈妈这对"年轻男女的意气用事"。《西决》中，目睹了伯伯家庭暴力的南音"在之后的很多年，……她没忘，一天也没有"，而东霓"我小学四年级的时候，我爸爸就跟我说，我根本就不该姓郑，我是自己的妈和她的嫖客生下的""他慢慢地说着，都是往事，一桩桩，一件件，她什么都记得。一点一滴，都是她深藏的屈辱。""深藏的屈辱"，这在《姐姐的丛林》中可能还只是一种标记，它对年轻的成长可能也只是惊惧、胆怯和惶惑。"现在我回想起绢姨开影展的那个冬天，觉得自己的童年，就是在那个季节结束的。""绢姨的脸埋在爸爸的肩头，爸爸的胳膊紧得有些粗暴地扼着她的腰。妈妈从后面捂住我的嘴，她的手上还带着户外的寒气，妈妈在我的耳朵边说：'宝贝，爸爸和绢姨都是出过国的，这在西方只是一种礼节。'妈妈的声音里有一种很奇怪的清澈。她已经很久没叫过我宝贝了。"所以，作为笛安写作的起点，《姐姐的丛林》写一个阴影暗渡、"天堂"犹存的世界，这是二十岁少女笛安对世界简单的乐观。小说最后写："亲爱的朋友，如果你碰巧生活在这个南方城市里，如果你碰巧在今年四月二十号上午九点左右到过火车站，你是否想得起你看见了一对年轻的男女，在站台上忘形地拥抱着。——我承认这个风景在火车站并不特殊。可能你认为，这不过是一对就要离别或刚刚重逢的情人。你想的没错，但事实，又远非如此。"在涉世未深的笛安的想象中，世界只是偶尔露出了它的不堪和狰狞，生活美如斯。

《告别天堂》是笛安对《姐姐的丛林》的彻底叛逃，而不只是"修正主义"式的微调和校正。《告别天堂》写天杨、江东、周雷、肖强，特别是方可寒横冲直撞、充满仇恨和毁灭的青春。"仇恨"这一粒蓬勃的种子，从此种植在笛安的小说中。我能理解为什么《西决》出版时会把这一段话印在封底："仇恨，是种类似于某种中药材的东西。性寒、微苦，沉淀在人体中，散发着植物的清香。可是天长日久，却总是催生一场又一场血肉横飞的爆炸。核武器、手榴弹、炸药包，当然还有被用作武器的暖水瓶，都是由仇恨赠送的礼品盒，打开它们，轰隆一声，火花四溅，浓烟滚滚，生命以一种迅捷的方式分崩离析。别忘了，那是个仪式，仇恨祝愿你们每个带着恨意生存的人，快乐。"怀恨在心的孩子们，他们在长大。"宁夏说的是真话。有生以来她就从来都没看见过她爸爸。后来她妈妈又一次地结了婚，只不过在那个妈妈的新家庭里，没有宁夏的位置。她从童年起，就……在形形色色的亲戚家里东住一年，西住一年的。虽说没有什么人是在十全十美的情况下来到这个人间的，可是对宁夏来说，这个人间给她的欢迎仪式也未免太过寒碜。不过还好，她长大了，并且在这与生俱来的不断迁徙中学会了很多生存的本领。例如撒谎。"（《请你保佑我》）怀恨在心的孩子们，他们在毁灭。"十七岁那年，宁夏成了一个四十八岁的男人的情妇。"在笛安的小说序列中，宁夏前面是《告别天堂》中的方可寒，后面是《西决》《东霓》中的东霓，是《芙蓉如面柳如眉》中的孟蓝、《怀念小龙女》中的海凝。自毁的另一面是毁灭他人，和仇恨同行的是暴力。即使有青春小说写"青春残酷"的阅读预期，笛安这样写一场蓄谋的嗜血的暴力还是让人产生一种惊心动魄的恐怖：

> 我请来帮忙的这些女孩子都还是满专业的。她们两个人按着这个女孩儿，一个人使劲揪着她的头发把她的脖子往后边扯，然后把她的头往铁栏杆上撞。最后一个轻车熟路顺理成章地在她脸上左右开弓地扇耳光。十五岁的海凝端坐在冰冷的栏杆上，听着栏杆因为撞击发出的嗡嗡的震颤，看着这场大戏，看着那个女孩子屈辱的眼泪跟血一起一滴滴地流下来，像过节一样快乐。
>
> 海凝轻盈地跳了下来。那种施暴带来的妙不可言的优越感让她身轻如燕。那个时候她其实一点都没有低估自己的杀伤力。她走到那个可怜的女孩子跟前，拿出自己的打火机，摁亮了，轻轻地在女孩子面前晃动着，轻如耳语地问："想不想知道为什么打你？因为你太骚了，让人很不爽。特别不爽。我倒想看看如果我把你的头发烧掉一半，你还怎么骚下去。"
>
> 然后就趁着她在恐惧地听我说话，精神上毫无防备的时候对准她的肚子狠狠地踹了过去。一下，两下，三下，有节奏的，不

知不觉间就有了平仄，还押上了韵。我似乎忘记了自己在干什么，似乎只是单纯地为了追求那种沉闷的鼓点一般的节奏才这样连续不断地揣下去。然后，那个女孩子的眼神突然凝固了。与此同时，我们每个人都听见一声轻微的"咔嚓"的声音，就像是某个人不小心踩碎了一块冰。海凝是从那一天以后声名狼藉的。那个女孩子最终在医院里住了一个多月，断了两根肋骨，下颌骨骨裂，全身多处软组织挫伤，轻微的脑震荡。医生说，她也许需要接受一段时间的心理辅导，不过问题还不算太大。（《怀念小龙女》）

不能简单地用惨无人道、灭绝人性来指责笛安小说中这些暴力的孩子们。问题的背后是这些孩子们是从成人的世界出发开始他们的生命远征。笛安只不过是撕开了世界包裹的帷幕。而且本质上，笛安是一个对世界抱有简单幻想的孩子。笛安在《请你保佑我》中借人物之口说："当我想要绚烂可是现实又不能告诉我什么是绚烂的时候，我只能求助于奇迹，求助于美丽的文字带来的虚幻。"那么，像这样嗜血的暴力，像《芙蓉如面柳如眉》中孟蓝向夏芳然泼硫酸、《东霓》中东霓将朋友同学江薏带入自己离婚暗战中的陷阱，究竟是笛安理解的现实，还是文字的"虚幻"？笛安这样谈到《怀念小龙女》的写作：

> 我喜欢写作的原因就是在于，在我写小说的时候，我什么都不用隐藏。面对那些虚构的情节与人物，我真真切切地体会出来如风的自由。文字可以华丽可以朴素，可以轻松可以悲凉，但是，那种自由自在的感觉是贯穿每一篇小说的，强大的幸福。这种幸福是光，有了它，我就可以释然地面对那个真实生活中卑微的自己。卑微或许不是一样值得被歌颂的东西，但是值得被记述。
>
> 所以，对我来说，写作并不是生活的任何一部分，而是我对抗生活的方式。我犹豫了很久，还是敲上了"对抗"这个有点激烈的词汇。你不知道我有多么羡慕那些百分之百生活在真实的生活里的人，因为他们比我幸福。你也不知道，我有多么喜欢写作的时候从真实的生活里飞起来的自己，因为那一瞬间我拥有了很

多大多数人并不了解的东西。

　　这一次,我和两个美丽的女孩子一起完成了这篇小说:海凝和小龙女。她们俩是我灵魂深处的,不可分割的两面。我让她们俩相互对照,相互争斗,可是她们终究酷似一个人的左手和右手,最终,在命运和时间的荒凉严寒里面,还是紧紧地握在一起。因为她们彼此了解,她们相爱。(笛安:《我的缤纷与宁静》)

　　这里涉及笛安对世界、对人的基本立场。至少到现在,笛安不是"绝望"意义的作家,蒋韵说她是一个"与生俱来的悲观主义者",同时又是一个"有情怀的浪漫主义者",所以笛安要在《告别天堂》中写天杨在方可寒弥留之际的伴随,要在《芙蓉如面柳如眉》中写夏芳然对小洛的援手,要在《莉莉》中以德报怨化解仇恨,要在《圆寂》中让四肢残缺的乞丐能够得到小妓女的肌肤温存,要在《塞纳河不结冰》让幽魂可以自由地从不结冰的塞纳河游出来,要在《西决》《东霓》中把三叔三婶想象成霭霭然的长者、把他们的家想象成受伤了可以回家的爱巢。她的每一次写作都会撕开世界不堪的帷幕,但一旦她洞悉了真相,笛安又会将被自己撕开的帷幕小心翼翼地织补起来。"坏"人在笛安的小说中都有一个温情的归宿。据此指责笛安写作的虚幻性、致幻性是容易的,作家当然也有权利选择自己做一个怎样类型的作家,虽然我们明明知道这样的选择妨碍了作家更辽阔更有力量。事实上,这不是笛安一个作家的问题。对世界简且直的理解直接影响到笛安的小说观。在和阎连科的对谈中,笛安说:"讲到《受活》,我真的觉得那部小说里其实集中了您的作品中所有的基本元素:封闭的环境,群像的描绘,对于权力的复杂态度,挣扎的人性和无常的命运,全在里面了。"[1]笛安的写作其实是围绕少数几个词在讲故事,这几个词构成了笛安理解世界的基本元素。应该看到的是笛安的个人阅读不只是涉及前面说到的这种父辈作家。我在她的阅读目录中看到了日本动漫等等属于他们这一代人的东西。笛安的小说也经常会写到一些电影。之所以指出

---

[1] 笛安:《那些美丽的彩色粉笔——笛安对话阎连科》,《文艺风赏》第5期。

这些，我想说的是，动漫、影像这些艺术形式可能对笛安小说带来的影响，比如小说的人物、结构、主题等等的"类型化"。像日本动漫常常就是用一些简洁的人物、结构类型来表达人类通用的主题。"类型化"也可能是个人风格成熟的一种重要标志。所以，我不回避指出笛安小说的"类型化"倾向。如果我们通读笛安所有的小说，她貌似征用差不多的人物、场景、结构在讲差不多的故事，而且这些故事往往又指向差不多的主题。笛安写我们的世界龌龊、肮脏、充满仇恨，其基本前提是承认"那个真实生活中卑微的自己"。笛安小说的毁与被毁者都是卑微者。从个人的趣味上看，我也谨慎地认同笛安对卑微者的体恤之心。所以，她才会这样去读萧红和郁达夫："描写弱者的小说成千上万，开始萧红最令人心痛的地方，就在于，她真的把自己放在了那个最卑微的位置。"①"这是一个坦率的、关于醉生梦死的故事。这个醉生梦死的人，不潇洒，潦倒，没有任何快意恩仇，他任由自己沉堕下去，结局是残破的月光照亮了他卑微的梦境。之所以说他的梦境卑微，是因为，他自己也不大知道，自己梦什么。"②正因为对卑微者的认识，笛安的小说在龌龊和仇恨的另一面近乎固执地走向人的"奉献""宽宥""慈悲"，在这样几个词上编织故事，确立对人的信心。所以笛安说："地藏王菩萨的愿望，表达起来很简单：如果地狱不能清空，我就不要成佛。这愿望，或许已不是'慈悲'二字能够形容。"③这是笛安小说柔软和光亮的地方。明乎此，我们才能理解笛安几乎所有的小说都写仇恨和作恶，但几乎所有的恨者和作恶者最后或者自我救赎向善，或者被爱渡化。除了《南方有令秧》，笛安几乎所有的小说最后都呈现出和平、和解、静穆。当然，笛安的小说和我们当下小说中"向往温暖"式的浅薄乐观还是有区别的。笛安不隐恶，但这个善良的女子还是想让人有活下去的想头。所以《圆寂》中对灾难安宁的领受，《莉莉》中对仇恨的辽阔体认，《迷蝴蝶》中对人的宽厚包容，《塞纳河不结冰》中对世界的良善念想，《洗尘》中逝者对所伤害之人的愧疚和赎罪……让笛安的小说在剧烈

---

① 《经典重读》，《文艺风赏》第4期。
② 笛安：《主编手记》，《文艺风赏》第3期。
③ 笛安：《主编手记》，《文艺风赏》第4期。

喧嚣的"80后"写作中有了一种因宽阔而俱来的从容淡定,就像《西决》最后写东霓这个怀抱大恨的女子:

> 郑东霓站在客厅的中央,怔怔地看着这满眼的喧嚣。似乎她成了一个局外人。那个名叫郑成功的病孩子像块磁铁,牢牢地吸着每个人灵魂深处最柔软的部分,就这样在不知不觉中,所有的人都为了他而忙碌。他在来到这个世界一百天之后,终于享受到了迟来的欢迎。当然,还不算太晚。
> 我悄悄走到她的身后,暗暗地拍了拍她的肩。那意思是:你看,我早就告诉你了。
> 她深深地看了我一眼,我看得出,她整个人在慢慢融化。从她少女时代起我就已经非常习惯的冰雕神色正在退场,我是在那个时候天然想起,她已经从一个嚣张绚丽的女人,变成了一个残缺不全的母亲。
> 只不过,她还是一如既往地尖刻。

如同"仇恨""暴力""奉献""慈悲"这些词中微妙的平衡与和解,笛安也维持着小说结构的平衡与和解。值得一提的是,笛安的小说动力很多基于"乡愁",如她所说:"我长大的故乡是个暗沉的工业城市。那个时候我讨厌它。我觉得它闭塞、冷漠,没有艺术,没有生机,所以我想要离开它,走得远远的。只是不知不觉间,我写的所有小说,都发生在那个我曾迫不及待想要离开的城市。我虚构了一个北方高原上的工业城市,描写着那里的沙尘、钢铁和噪音,想当然地认为那里一定会诞生很多性格强烈的女人。这个城并非我的故乡,只不过,它们很像。春天,沙尘暴撕裂天空的声音永远沉淀在我灵魂最深的地方,不管我走到哪,不管我遇上过什么人,什么事情。"(《灰姑娘的南瓜车》)笛安的小说差不多都是在这个"北方的灰色的城里"(《请你保佑我》)展开的。她的许多小说多次写"龙城":

> 在我们长大的那个名叫龙城的城市里,繁华最开始是无声无

息地破土而出的,就像某种坚韧而无人问津的野草。在我和宁夏相遇的那年,繁华还没能真正动摇这个城市荒凉的根基。相反地,似乎势单力薄,总遭受着这个古老的、灰色的、钢铁的城市一种怪诞的白眼。它真正地耀武扬威是几年后的事情了。(《请你保佑我》)

我小时候,八十年代的龙城,满眼所见,皆是陈旧、匮乏、简单,日复一日的生活里没有人把奢靡当成一个明目张胆的梦想。(《请你保佑我》)

我来自更北的北方。那座城市更寒冷,更内陆,充斥着钢铁、工厂的冰冷气息。那里的美女都是荒凉戏台上的张扬花旦,不是小龙女那样来自气候宜人、安静富足的地方的孩子能够熟悉的气质。(《怀念小龙女》)

我的家叫龙城。它位于一个广阔但是贫瘠的高原上。每年春天,黄沙散漫,所有的历史都在这萧索的风中垂首而立。它们是奇迹,可是风沙中的我们很卑微。我在那里生活了十八年半,在离开它的第一个年头的末尾,我开始写作。(《请你保佑我》)

龙城的深秋就是人们印象中的那种典型的深秋。灰色的,凉而不寒,并且肃静。不适合温馨的离别,比如毕业;相反,比较适合反目为仇,适合情敌的决斗,以及,适合葬礼。

龙城最柔软的春天总是伴随着肆意的沙尘暴。也只有沙尘暴的瞬间才能够提醒我,我们的龙城其实是位于一个荒凉得无边无际的高原的腹部。若是没有了这些狂暴的风沙,就会不知不觉地把高速公路延伸的地方当成天尽头。(《西决》)

龙城的秋天总是短暂的。一开始的时候还有点儿像夏天,过不了多久,冬天的味道就出来了,十月末,已经开始冷得有些肃杀气了。(《东霓》)

应该意识到,在今天的世界,一个有"故乡"、有"乡愁"的作家是可以写出更深刻的东西的。但遗憾的是,"龙城"在笛安的小说中仅仅是作为一种布景和情调、一种装饰性的东西。"绢姨是一个从天而降的理想,在我们这个贫乏的北方城市里绽放着。"(《姐姐的丛林》)"对于一座城来说,一个销声匿迹长达六年的人,跟一个死者,没有区别。"(《怀念小龙女》)"乡愁"仅仅作为布景和情调太靡费了,它在笛安的小说中应该像其他的词一样生长得更为饱满,成为主题,成为结构。而当有一天笛安真正地这样去写"乡愁",那她的写作会是一种怎样的景象呢?我期待又一座城在纸上的复活。

二

《南方有令秧》的故事开始于1589年,"万历十七年",那一年令秧十六岁,嫁给殿试入了三甲、却已经被削了官、归了民籍的唐简做了填房夫人。再往前两年就是在中国读书界赫赫有名的"万历十五年"。因为,黄仁宇写了一本在普通读者中影响很大的历史著作《万历十五年》。我不能确定笛安的《南方有令秧》是否受到这部著作的启发,但如果将《万历十五年》和《南方有令秧》对比阅读却很有意思。作为同时代人,《南方有令秧》和《万历十五年》中人物最多的交集也就是落拓文人谢舜珲读读李贽的书以及和一些名士隐约的交往而已。但无论上流,还是下层,当他们共生一个时代里却是如此炎凉。《万历十五年》述帝王将相文士,都是当此时炙手可热的大佬,而《南方有令秧》写的为着一座皇帝佬儿旌表贞节的牌坊苦熬奋斗的节妇令秧,却是个宏大历史不载的小人物——恰恰在黄仁宇著作所不载的"列女传"蜿蜒出一番自己的天地和生机。黄仁宇认为:"中国两千年来,以道德代替法制,至明代而极,这就是一切问题的症结。……书中所叙,不妨成为一个大失败的总记录。……当日的制度已至山穷水尽,上自天子,下至庶民,无不成为牺牲品而遭殃受祸。"在《万历十五年》全书的最后,黄仁宇写道:

> 当一个人口众多的国家,各人行动全凭儒家简单粗浅而又无法固定的原则所限制,而法律又缺乏创造性,则其社会发展的程度,必然受到限制。即便是宗旨善良,也不能补助技术之不及。1587年,是为万历十五年,岁次丁亥,表面上似乎是四海升平,

无事可记，实际上我们的大明帝国却已经走到了它发展的尽头。在这个时候，皇帝的励精图治或者宴安耽乐，首辅的独裁或者调和，高级将领的富于创造或者习于苟安，文官的廉洁奉公或者贪污舞弊，思想家的极端进步或者绝对保守，最后的结果，都是无分善恶，统统不能在事业上取得有意义的发展，有的身败，有的名裂，还有的人则身败而兼名裂。

因此，我们的故事只好在这里作悲剧性的结束。万历丁亥年的年鉴，是为历史上一部失败的总记录。[①]

但大失败的末世情绪似乎却没有被离都城很遥远的令秧感受到。1589年，万历十七年，南方的令秧开始了她生命的远征。在一个风雨飘摇的大失败时代，令秧固执地要以一己之力为自己建一座贞节纪念碑。汤先生、谢舜珲、川少爷似乎比令秧更靠近这个大失败的时代，但笛安并不想在失意文人的溃败和颓废上流连笔墨。但按我看，失败文人"颓废"的日常生活史是可以作为令秧"光明之路"复调的。在一个大失败的时代，一个孤独的女人，没有意识到"下至庶民"的失败，一步一步几乎快要抵达了她的胜利。"万历"究竟是笛安的"万历"，还是黄仁宇的"万历"？就像我们常说的"商女不知亡国恨"，为什么"商女"或者令秧，不可以有她们自己的"知"或"不知"呢？或许正是"不知"自己处身于一个末世，令秧才可以做到这样一往无前呢？大明王朝在无可挽回地坠落，令秧却让自己的世界向上走，哪怕这种向上是始于情非所愿，终于魔怔般变态偏执；哪怕这种向上走要付出砍下自己的手臂、牺牲掉自己亲生女儿——"我要的牌坊还没有拿到呢，哪里舍得死。"我知道读《南方有令秧》会让人想起张爱玲的《金锁记》，但令秧不是被金锁所锁缚，她是一个更纯粹的"精神界战士"，因而她的一意孤行也更有悲剧性。

我知道笛安肯定不愿意我对她的小说做这番勾连到具体时代的过度阐释。我能够理解小说家对批评家的不以为然。事实上，在今天的中国文学

[①] 黄仁宇：《万历十五年》，生活·读书·新知三联书店2004年版，第245页。

中，小说的写作和阅读越来越分裂成各说各话的不同世界，至少作家、普通读者和专业读者想象的小说交集越来越少。比如读《南方有令秧》，普通读者可能更关心"故事"，而专业读者要去读深藏于焉的微言大义。在和笛安就《南方有令秧》的有限交流中，我就反复申说，谢舜珲这个人物在她小说写作中的"不凡"意义。我自认为在《广陵》和《南方有令秧》中，笛安有一种可贵的对古典中国所谓反叛边缘另类文人的批判和反思。这种旧文人的恶劣性今天仍然流淌在所谓的新知识分子的血管里，我们往往看到的只是这些文人对恶劣体制破坏的一面，却很少看到他们其实在附庸寄生体制的另一面，看不到他们可能是体制的同谋。他们的洒脱不羁、游戏人生只不过是其表，其内里却是和他们所反对破坏的暗通款曲、一脉相承。不然就无法解释《南方有令秧》中的谢舜珲不仅仅为令秧出谋划策"百孀宴"，甚至在令秧遭遇到最大的危机时，为令秧想出自断手臂的主意，并且写一出《绣玉阁》的传奇来为令秧助力。如果从制度维护的角度观察，谢舜珲和六公、九公、十一公最后其实是握手言和了。事实上，在小说中，他们往往也是共处一个欢场，同一个世界同一个梦想。就像小说最后，川少爷对谢舜珲的质疑："先生是出了名的怪人狂人"，"我就是奇怪先生为何对一个妇人的牌坊如此热心呢。"读者也许要问，谢舜珲和令秧之间仅仅是一个利益共同体吗？谢舜珲仅仅是怜惜这个女子而被裹挟到令秧远征的路成为一个同路人吗？他们之间有爱有情有爱情吗？差不多是文盲的令秧，出生在商贾之家，嫁给退隐官僚做了填房夫人，然后孀居了，她不是"海棠院"的沈清玥，也不是"南院"祁门目连戏班子里扮观音的小旦，谢舜珲和她靠什么来惺惺相惜到"懂得"，以至于不只是给令秧的"伟业"推波助澜，成为令秧逢灾必降的贵人，甚至细致到给令秧春宫图呢？小说中写："她真挚地看着他，那眼神令他心里一阵酸楚——人人都当他是个放浪形骸的人，赞许也好，贬损也罢，只是从没有什么人能像令秧一样，给过他如此毋庸置疑的信任。"但笛安也许要一个更纯粹的令秧的故事，来不及去细细品味这个更混杂的不清不白的谢舜珲。谢舜珲说不清道不明，男女之事也是说不清道不明，而这种说不清道不明的暧昧和幽暗恰恰是小说的领地。

再有，我一直揣测，笛安在《南方有令秧》中是在说自己"内心的问题"。如果我们剔除"政治正确",不仅仅站在道德的高地和后置的历史立场审判旌表节妇的不人道,对令秧的沦陷和自救可以有更辽阔的解读——所谓"自救"只能是在自己处境下的"自救"。

但我想读小说不能只去读这些"意义"。只读"意义"写"意义",往往是当下中国体制里的批评家和作家爱做的事情。这时候,大家往往忘记了小说是一门讲故事的艺术——甚至普通读者读小说就是想读一个好故事。《南方有令秧》中,笛安显然想认真地编一个"好看"的故事。以人物做例子,如果为"意义"去写小说,人物可能会彻底沦为阐释意义的符号。而从故事出发去谋划小说的人物,就会意识到人物所担负的叙事功能。首先是"人",然后是能够参与推动叙事的人。《南方有令秧》中,笛安把小说隔离成唐府内外两个封闭却又有限交通的世界。其实,令秧的唐府有如此多的女性,而且谢舜珲和川少爷又那么文艺范儿,这很容易让人联想到《红楼梦》中的大观园。这个女儿国里幽闭着令秧;也幽闭着令秧的秘密以及此中许多人的秘密——老夫人和侯武父亲的秘密,蕙娘和侯武的秘密,三姑娘和兰馨的秘密……而对这些秘密的守护、窥视、泄露则成为笛安小说中人物之形形色色和小说叙述的动力场。类似的小说结构在形制完备的武侠和推理小说中是需要有高超的叙事能力才能完成的。我早在几年前就曾经说过,笛安的小说有类型小说的叙事框架。相信类型小说在中国逐渐发育成熟的当下,"类型"不再会被理解成一个贬义词。因为,只有文学成熟到一定程度才能提供恰如其分的类型。因而,我以为读《南方有令秧》,固然可以读其中的"意义",但还要注意体会笛安是怎么去"编"这个故事的。

三

从《西决》《东霓》《南音》到《南方有令秧》,笛安是要铆着劲让读者识不出自己的路数来吗?从《姐姐的丛林》开始就讲述的青春期创伤故事说放下就放下了?笛安自己是否意识到,这种放下可能会损失掉已经熟悉自己味道的粉丝读者,但一个有文学信仰的作家必须经历这一步。而且优秀的作家应该带着自己的粉丝一起进步。所以,有一点是肯定的,《南方有令秧》中，笛安在与自己写作中已成惯例的某些部分进行切割。这种切割虽然来得不算早，但毕竟来到了。曾经，笛安这一群作家有一个共同的文学标签——"80后"。虽然不是所有和笛安年龄相仿的作家都是靠着"青春"起家成名，但迷惘阴郁残酷的"灰青春"早是他们许多人嚼烂了的老故事。也正是从这种意义上看，笛安完全隔离了青春期经验的《南方有令秧》有着样本意义。不过那些曾经欢呼"80后"作家横空出世的批评家和媒体，还有耐心去看他们一个一个的蜕变吗？经历这种蜕变的，笛安也许不是第一个，也绝不会是最后一个。我们姑且承认曾经有一个"80后"作家群体存在过，认真地读过笛安小说的读者，应该记得笛安除了会讲自己的"灰青春"故事，还会讲《莉莉》《广陵》这样异数的故事——对她自己的整个写作是异数，在"80后"作家中也是异数。那么，仔细看，能不能找到《南方有令秧》和《广陵》之间隐秘的通道呢？《南方有令秧》之于笛安不是偶然的心血来潮。

是能够看出《南方有令秧》有比现在的作品格局大得多的万丈雄心。我不知道什么原因使得笛安不断缩小雄心，变成现在的样子。《南方有令秧》是不是可以看作另类一点的"成长小说"或者"教育小说"？当然这种成长不是我们通常说的作家自叙传意义上的成长。《南方有令秧》的核心故事是令秧从一个懵懂的少女成长为一个孤绝的节妇。不仔细读，这好像是一个适宜用中国批评界曾经流行的"女性主义"解读的文本——令秧对男性世界的恐惧、适应到臣服，再到参与到男性世界的游戏规则，是一个多么女性主义的话题。可是和女性主义的对抗思维不同，笛安对令秧的决绝却是宽宥慈悲的——没有预设的"政治正确"，只是令秧在焉，只是诚实地写她，写她的世界，写她的挣扎、局限、哀痛和倏忽的欣喜。除此之外，小说中那些被笛安减去的部分——比如地方乡绅、商贾、文人的心态等等——还是生长性的。会不会有一天笛安会让这些枝枝蔓蔓宛然自成呢？但现在缩小雄心带来的好处是一个纯然的故事可以从南方的地域和数百年的时间局促中挣脱出来——不是穿越。这个只能在明朝，或者在明朝恰恰好的故事可以放之五湖四海，放之更远的古代、更近的当下以及未来。换句话说，如果我们不去想"在南方""在明朝"，这个令秧的故事为什么不可能写得"很现实"呢？既然"现实主义"在很多时候已经被我们偷换成写我们的时代、我们的当下,这个写明朝的"历史"小说会不会是笛安的障眼法?且不说这些,小说写出来,发表了,读者自然可以读成"明朝(cháo)",也可以读作"今朝(zhāo)"吧?有谁规定现实主义和当代性不可以通过写前朝往事来实现呢?

《南方有令秧》开篇前,笛安在"致所有读者"中这样说:请随时指出任何历史方面的遗漏和错误。从小说传统上看,不只是中国古典小说宣称有其历史的母本,"小说稗类"这一观点的立足点就是小说针对"正史"被压抑的反抗。西方小说也是这样的,就像华莱士·马丁指出的:"绝大多数的十七八世纪作者都或明或暗地否认他们在写长篇小说或罗曼司。他们为自己的作品加上'历史''传记''回忆录'等等名称,以便将自己从长篇小说或罗曼司的无聊的、空想的、未必然的、有时甚至是不道德的那些方面开脱出来。'这并不是一部长篇小说/罗曼司/故事'——这/类说法经常以各类形式出现于前言之类。"(华莱士·马丁:《当代叙事学》)如果是"历史",《南方有令秧》应该放在有着悠久历史谱系的"列女传"来识读吗?那么,为什么是明朝?为什么是明朝万历?为什么是休宁?表面上,一个节妇的故事,在明朝的休宁是最合适不过的了。翻休宁县志,无论是康熙,还是道光年间的,述唐元宋皆寥寥三四人,而有明一朝入"列女"的节妇烈妇孝妇贞女烈女就有数十上百。康熙三十二年刊刻的《休宁县志》说:"天地气薄,成仁取义难责之男子,况巾帼哉?顾休宁石劲而山峭,白首全贞青春殒命者较他邑不啻倍焉。苍松翠柏历岁寒而不改其柯,君子之趣矣,故叙休女德贞烈者居多。"《南方有令秧》围绕节妇令秧的成长和奋斗史,写到庞杂的明末社会形态、经济、官制、风俗、风物、仪礼、服饰日常生活,甚至很有地方戏剧生活,笛安貌似要写一部百科全书式的明末地方志。好,现在且按照笛安的阅读指南去对《南方有令秧》进行"指谬"。问题是笛安并没有告诉我们她凭据的"历史"母本,那么我们只能自行选择那些号称"明史"的历史著作去指谬了,我也差点去找一本中国服饰史去对读《南方有令秧》里的那么多衣饰。当然不只是衣饰,《南方有令秧》的制度史、经济史、风俗史、日常生活史都可以找到分门别类的专门史来对读。但更大的问题是,这些历史著作本身就构成正与野、官家与民间、皇朝与地方相互指认的纠缠矛盾抵牾和冲撞。那么,对《南方有令秧》的历史指谬将会陷入历史迷宫。

好了,现在我们要追问的是,《南方有令秧》宣称的"历史之真"是不是一种与时俱进的读者策略。今天的普通读者,许多有历史考据癖和知识控。但这样想恐怕简单了,在读《南方有令秧》的同时,除了重读了黄仁宇的《万历十五年》,我还重读了史景迁的《王氏之死》。在史料不充分的情况下,小说成为史景迁历史建构的"史料",在《王氏之死》的前言里,史景迁说:"蒲松龄在西方虽然不为人熟知,但却是中国最有才能的杰出作家之一。但我发现他曾于17世纪70年代在山东写作他的小说,并在1670和1671年经过郯城时,决定从他的视角来补充冯可参和黄六鸿较为偏重史实和官府的记述的不足。虽然冯可参和黄六鸿令人惊奇地让我们接触到当地占很大比例的个人愤怒和痛苦的故事,但是他们却不想深入了解也是郯城人生活内容的孤独、性爱和梦想。"[1]那么,与令秧不同时代的笛安不能像蒲松龄那样去亲历和见证令秧的时代,她的《南方有令秧》会不会在更远的未来也会成为某个明史写作者的母本呢?这里面有一个事实必须指出来,就是我们大多数人的历史经验并不是由专门的历史常识和历史著作建构出来的,而是小说。那么,在旧史中往往只用数十字描述的"列女传"对于笛安这样的小说家就有了巨大的用想象去填充的空间。虽然读《南方有令秧》能够看出笛安下功夫做了历史的功课,但笛安肯定意识到她的"历史"应该是令秧的"孤独、性爱和梦想"——是一部幽暗世界摸索的心史。那么,作为历史,笛安的《南方有令秧》是一个历史的述本,同时又是建构这个述本的母本。如果我们真的要指谬,指谬的母本是隐藏着的笛安对历史的想象。小说家张大春曾经说过:"我却一向在历史里找趣味。地大物博代远年湮的中国确实拥有许多趣味的资料:神奇的、荒谬的、诡异的、粗鄙的、邪恶的、矛盾的、暧昧的……人事和情结。它们之中的一小部分被一代又一代的历史医生、历史工匠、历史美容师加以诊断、整建、化妆,印刷在当代的历史教科书里,提醒后世子孙:华夏五千年的真相和意义如何如何;其余的大部分则被放逐于这个理想国之

---

[1] 史景迁:《王氏之死》,李璧玉译,上海远东出版社2005年版,第6页。

外，成为'野'的、'稗'的、'资谈助'的、'不可信'的。我的趣味企图则促使我拆掉'历史是一纵的连续体'的巨大迷思，卸下使命感的伟大包袱，看看构成教科书上的当代史观的材料究竟是些什么？然后发现：无论正史也好、演义也好、神话传奇也好、笔记小说也好，都成为类似的东西——它们反映出一代又一代叙述历史者的诠释态度、风尚的理想。其中有许多材料看起来琐碎、散漫、抬不进历史的大成殿，……在无聊时偶尔翻阅一下，或提神或催眠，但凡觉得有趣，发现当代人在中国历史材料里除了庄严神圣的精神之外还开发出一些活泼的花样，则是作者最大的快慰了。"因此，张大春小说的"历史癖"和"稗史野心"和大陆这些年动辄以"小历史""小叙述"招风的小说不同，它真正是泼辣辣的"'野'的、'稗'的、'资谈助'的、'不可信'的""小"说。因此，相对那些所谓的历史著作宣称还原了历史现场言之凿凿的所谓"信史"，《南方有令秧》是一部以想象为母本的"伪史"，而小说家笛安是比张大春走得更远的"伪史制造者"。如同史景迁用历史来收编蒲松龄的小说，那么笛安是不是在用小说收编历史呢？

《南方有令秧》敞开了"80后"作家写作新的可能性，他们曾经以为写"我"的"灰青春"一己的哀痛就是世界的全部。现在，他们也许会意识到只有在辽阔的世界中生活和写作，才能真正建立起"我"和世界贴肉贴心休戚与共的关系，进而通往辽阔的世界。减退不可一世的骄矜和天下人皆负我的自怨自艾，从此，在世界面前谦虚了。自觉到了这一点，会是笛安和她同时代作家新的起点。

（《东吴学术》2015年第2期）

日常世界的痛楚和等量的喜悦

——蔡东小说论

如果2012年蔡东不以《往生》重新返场，仅在2006年第3期《人民文学》"新浪潮"栏目发表小说《嘿，天堂》的她，可能也就和众多当时比她更风光的"80后"作家一起湮没无闻了。2012年，蔡东在《人民文学》发表小说《往生》，这成为她个人文学写作的新起点。《往生》，冷静、均衡、丝丝入扣地讲述一个普通女性的爱和善意，以及内心微薄的喜悦和无言的痛楚。小说《往生》后来被不少批评家指认为是蔡东的写作的起点和成名作，以至于蔡东更长的写作前史和长达五六年的发表空白期都被大家不经意地忽视。蔡东在后来的创作谈里说到她初到深圳工作和生活的诸种不适应，她称深圳为"南方边城"。[①] 表面看，这是几乎每个在陌生城市开始职场生涯的人都可能经验到的。但我想知道的是，从《嘿，天堂》到《往生》，蔡东作为写作者隐失的时日里，文学之于她的意义。

蔡东自己说："很多个夜晚，我看到小说正发光，光芒在幽暗的写作室微微地跳动，给予我秘不可宣的快乐。我感激此时此刻，也感激过往那些荒疏和混乱交织的日子。"[②] 而我认为，正是因为这些被感激的，才有《往生》直面人生的哀与丧、悲凉与无望，却以最大的善意和慈悲

---

① 蔡东：《在全世界找到一张桌子》，见《我想要的一天》，花城出版社2015年版，第219、220页。

② 蔡东：《在全世界找到一张桌子》，见《我想要的一天》，花城出版社2015年版，第219、220页。

爱人爱世界，哪怕这人和世界的边界只是亲人和家。有意思的是，和《往生》里类似的人和事，又被蔡东在《十月》2016年第4期的《朋霍费尔从五楼纵身一跃》重新书写了一遍，只是这次小说里的周素格需要处理的日常生活的日日夜夜更加不堪和颓丧，更没有前途和希望，可是周素格曾经有过美且好的过往，有丰沛和敏感的内心。事实上，蔡东小说里还有这种值得彼此对读的例子，比如《我想要的一天》和《伶仃》，小说的两个女性都要面对丈夫从家庭出走的困扰；比如《净尘山》和《天元》，都写了女性在狼文化当道的职场处境。蔡东小说的数量并不多，如果让我来选择，我觉得《净尘山》《往生》《天元》《朋霍费尔从五楼纵身一跃》等几篇是她小说中最好的部分，放在同代人的写作中依然也是好的部分。

一

蔡东小说隐约存在着故乡留州和南方边城深圳两个文学空间，她小说的人物也多有在这两个空间的旅行，但这里面并不因此存在显豁的现代性进步和古老文明对峙中的臧否。留州是蔡东小说很多人物的来处，但她很少把留州做成失魂落魄的城市溃败者的归处，甚至《我想要的一天》里的王春莉宁可在世界流徙，也不回乡。从另一面看，留州有一切中国小城的世故和无聊，但似乎蔡东对这些世故和无聊也少峻急的批判。留州就是留州，一个中国小城的样本。

蔡东小说所写生本不乐大多是当下比留州大得多的大都市的人之苦。这种人之苦来自二十世纪九十年代以来足够丰沛的物质供给和整体性的蓬勃物欲，这些都诞生于中国的大都市。物质和物欲使得不足和有余之间的阶层差距越来越大，以至于不足者因匮乏而苦，有余者也因永不餍足而苦。从这种意义上，蔡东大部分小说属于当下中国真正意义的"城市文学"。这和几乎无地方性传统文化负累的深圳领改革风气之先，迅速成为一个崭新的现代大都市不无关系。小说《无岸》写购物中心里"琳琅着最美、最高级、最上等的货色，灿若星辰，恍若仙境"，"最大程度地愉悦和满足你，令你觉得无比尊荣"。①都市繁华如小说中的柳萍感受到的,"最大程度地令你觉得自己无比低贱","活在这城市本身就是享受,活在这城市,本身也是侮辱。她挥金如土,尽享荣华,又伤痕累累,以身伺虎,生祭了这座城。"体认到这种都市对人的巨大吞噬和改造力量,缺少洞悉力和反思性的小说家很容易选择做高度物质化都市的疏离者和浅薄直白的批判者,如果有乡可思有乡可愁,则还可能在假想中成为逃离城市的还乡者。

但蔡东看到的不只是物对人的奴役,也包括城市高度物质化对个人选择,包括审美选择最大可能满足的另一种可能。基于尊重每一个人追求精致日常生活合法性的前提,蔡东自述:"我是生活的信徒,从没有停止过向生活赋魅。收集貌美的杯盘,在清晨午后的某些时刻讲究仪式感和器具之美。""茶几下软布覆盖的茶具,抽屉里闲置的烤盘,阳台角落蒙尘的方盆,是喝茶、烘焙和种菜的残留,也是我努力生活的痕迹。"可以想见,没有城市丰饶的、源源不断的"物"的翻新和输送,怎么可能兑现蔡东所说的"仪式感"和"器具之美"?有意味的是,类似的话被蔡东搬用到小说《朋霍费尔从五楼纵身一跃》,也是小说里的周素格曾拥有的理想生活:"她时常在清晨午后的某些时刻讲究仪式感和器具之美:生活中需要这样的时刻,哪怕有些做作,哪怕心知肚明这不是常态。储物格里是软布覆盖的茶具,抽屉里是闲置的烤盘,角落里是蒙尘的长方形塑料盆——她喝茶、烘焙和种菜的残留。"

批评家饶翔和蔡东曾经谈及并试图解释这种生活方式,但令人意外的是,蔡东的同代人饶翔似乎没有径直在当下城市的现世和现场找寻理由,而是征用了一个古典的参照。饶翔以为:"生活方式和人的关系,这种所谓现代性的美学面孔,其实在中国古典美学中也能找到对应,比如说南唐的李煜、明末的张岱也是一样,最后是一个朝代都没落了,他最后一定是回到自身,回到那种美和日常中去。"作为一种回应,蔡东也觉得:"他们特别能欣赏物的精美,特别知道这个物是好在哪里的。这非矫揉造作,

---

① 本文涉及的小说文本的引文,如非特别注明,均出自蔡东的《我想要的一天》(花城出版社2015年版)和《星辰书》(北京十月文艺出版社2019年版)。

这就是对生活用品的美的发现。"① 以古为师，从烦扰喧嚣的当下生活遁入古人古风古意的生活，这种置换和致幻，蔡东的小说人物深谙此术。缘此，尤其是从时代生活溃退的"中年文艺男"，在蔡东小说中几乎成为一个人物谱系，就像《布衣之诗》，蔡东写孟九渊的夜读，"读张岱，读白居易……日复一日，除了翻书的声音，四下寂然"。但值得思考的是，类似张岱幽居的高士生活场景在抽离其所属时代的反抗性，仅仅成为一种审美剩余物转场到当下城市，古风古意能否焕发出新机？

其实，无论古今，核心是器为我用。客观存在着从器物到"我"的器物的差异和转换，就有可能存在器物的移情和转义。古人也好，今人也罢，都面临器物从有价的商品转换成有我的、有情的器物。只是和古典时代相比，大都市的今人这种移情和转义不是发生在古典时代器物制作手艺人和文人的"我"之间，甚至在古典时代，某些文人本身就是一个器物手艺人。缘此，当下大都市可能也不乏个体手艺人的创意市集和工坊的器物生产和输送，但更多的器物肯定则来自标准化、同质化的工厂生产线，同时又依循着现代商业逻辑进入流通。现代商业逻辑引导下的器物制作者和使用者之间的关系很少是一对一的。因此，古典时代器物制作者附加在器物之上的美且有灵则可能脱落。器物商品化直接的后果是审美亦即消费，其所激发的往往是在拥有器物的瞬间物欲的达成，而不是好看而无用单纯的审美。因此，常常是物欲的达成是新欲望的开始，欲壑难填，愈是难填越可能招致愈强烈的虚空感。

蔡东提供了当下大都市物和人之间关系的可能——高蹈的审美趣味如果纵情于当下城市"物流"，则可能被物流裹挟和征用。一个典型的事实，奢侈品往往以高蹈的审美趣味来为自己作注，而且器物审美价值大于实用价值，本身也是现代商业催动人的购买行为和购买欲望的话术之一种。就此，很轻易就可能把迎合的时尚误认作高蹈的审美，而更容易被说服和迷惑，进而丧失人的独立与自省。所以，蔡东小说的麦思和柳萍们得不断流连于满足她们也压抑着、奴役着她们的购物中心，这是她们高蹈审美的第

---

① 饶翔：《知人论世与自我抒情》，山东文艺出版社2017年版，第205页。

一现场和最前沿。《我想要的一天》中，藏身图书馆"在资料室当闲人"的麦思，生活的幸福感在于每次过关去香港购物的那种身体体验，"一到口岸，麦思就浑身有劲儿"。这种体验容易成瘾和致幻，所以"每隔一段时间，麦思就想在崇光七楼游荡一天，那里陈列着最雕琢、繁复的家居精品：手工切割的水晶瓶塞，印着凡·高画作的马克杯，散发出桉木和薄荷香味的蜡烛，优美纤长如天鹅脖颈的烛台架……"现在需要追问的是，这种需要强大且可持续的经济作为后盾的"美的生活"，要由谁来为资料室闲人麦思买单？毕竟不是每一个人都会像《天元》里的陈飞白那么幸运，遇到薪水丰厚且爱惜她的何知微。更多的情况则是像麦思，稍纵即逝的占有愉悦掩盖了日常世界的局促，并为亲密关系的隔与离埋下隐患和陷阱。值得注意的是，麦思绝不可能将自己定义为"物质女"，她将资料室的工作看作"寂寞且自由"，并由此获得精神贵族的自我定位，"自由一旦享受过，任凭什么肥缺美差，皆可视若粪土"。麦思是美且自由的，但亲密关系中的丈夫高羽，即使厌倦工作环境，也不能逃离。他得说服自己"我是男人，有个家要养，不能冒险，不能逞一时之气，不能悬崖撒手"。哪怕他心知妻子麦思"哄着他沉迷游戏"以解脱压力，是为让他安分工作，以支持两人经济上脆弱得不容有一环脱节的生活。

　　古典文人的生活方式在当代成为一种袭用和表演，这还不是最重要的。蔡东小说很少写那种贫贱夫妻百事哀，而是中产阶级家庭的女性以高蹈审美之名释放的物欲导致的资不抵欲的困而哀。蔡东的小说发微出城乡、家庭、职场等矛盾背后深层的大都市资本和商业逻辑，其小说人物陷入物和人关系纠缠的困窘，进而陷入自身精神和物质的悖反，这既是她诸多小说的主题，也是其小说结构。

二

　　在同代小说家中，蔡东持续地思考物质与女性的关系。我认为，较之男性，物质和女性关系的相互纠缠、伤害、限制和成就更复杂，也更"文学"。由此观察蔡东的小说，可发现其在中国当下文学的独特价值。

　　《我想要的一天》中，麦思偷看着母亲，"她穿假冒的洞洞鞋，里头的肉色丝袜若隐若现";《无岸》中,柳萍"已经变质了","几天不逛山姆超市就难受,她永远记得第一次使用双立人切菜时的幸福的手感,家里摆满了瑞士护肤品、新西兰蜂蜜、意大利羊绒衫"。麦思和柳萍,并非古典女子,而是被现代物质文明教养过的女性。那么,在物质占有的过程中能否完成女性自我型格的塑造?细读《无岸》,柳萍的书架上放着李渔的《闲情偶寄》、袁枚的《随园食单》、文震亨的《长物志》、王世襄的《锦灰堆》,"玩乐的雅兴,琐碎的情趣,轻灵地过渡着现实和诗意"。难怪饶翔和蔡东的对谈里会提及中国古典美学。在这个问题上,柳萍是蔡东小说类似人物的"一个"。仔细梳理这"一个个",蔡东小说有一个值得深究的人物谱系。这个人物谱系中的女性都有着张扬的日常生活审美化追求,而且以古人古风古意作为她们这种追求合法化的有力证词,并以此区隔社会阶层和群落,获得自身的成就感和优越感。

《照夜白》中,和柳萍一样,同为教师的谢梦锦一定程度上可视作高阶版的柳萍。柳萍"下了课,一句话都不想说",只是一种倦怠。而在谢梦锦,不想说就不说则成了一种高蹈的反抗俗世庸常的人生姿态,并且最终得以兑现。小说写到那节无声的课,谢梦锦"坐下来,不说话,学生也不说话,大家就这样一起沉默,一分钟,两分钟,四十分钟,四十五分钟,铃响了,所有的人一言不发,寂然散去"。不仅如此,《照夜白》对谢梦锦的日常生活世界也是唯"美"是从。当然这个"美"已经是被资本定义过的。在大都市的女性词汇表里,美和时尚有时是不加区分的。小说的一个细节写谢梦锦家里的洗衣液:"在搁架的最右边。同样的瓶子,搁架上放了一长排,细看起来标签并不一样,牛仔布洗衣液,羊绒洗涤剂,深色衣物洗涤剂,丝织品洗衣液,运动衣物洗涤剂";"搁架上放着一排洗衣液,她当然知道一个人不需要也用不完这么多洗涤用品。她只是没法抗拒'认真'二字。第一次走进这家洗护用品店,她见到了创始人在洗衣服这件小事上的痴心,世上就是有这样认真的人,把每根纤维都当回事儿。"蔡东小说中与这些成正比的是甚巨的生活成本,虽然这种成本有时被"美的生活"的幻觉所包装和掩盖。

蔡东对女性物质态度两歧性的反思更令人玩味。无论如何美化谢梦锦"占有"的优雅、其对生活"认真"的态度,它征用的依然是现代商业逻辑，并非纯然的审美逻辑。在这个意义上，谢梦锦不仅并非全然古典，她的精神取向和现代商业文明也并无违和。甚而，离开了现代商业逻辑和当下商业现场，谢梦锦无法证明自我的独特性。商业逻辑支配的当下社会，自我的存身不仅通过物质占有来具体实现，而且和物的占有相关联的是社会圈层和等级，就像小说写到的小区楼群的鲜花店开业，谢梦锦是"第一批办储值卡"的人，也只有这样"日常里就有了点高于生活的东西"。

前面论及的《无岸》中的柳萍，其物质生活理想和审美自我想象，因受限于经济能力而导致其和丈夫之间赤裸裸的撕扯。谢梦锦的经济能力远远高于柳萍，所以在《照夜白》中，理想的物质生活可以和谢梦锦的现实生活浑然一体，形成她的独特情调。小说写到她的体味："衬衫的布料在呼吸，一呼一吸间，气味被带了出来"，"麝香、柑橘、茉莉和檀香木的混合香气，从她上衣的纹理中迂缓地散发出来"。显而易见，如此的女性日常生活世界是要杜绝无关美的造物："两个劣质盆涎皮赖脸地现身，是买烟机时赠送的"，这绝对是无法忍受的。所以，谢梦锦决定"明天就去买新的，质地厚实一些，面目朴素一些的，别铮亮铮亮的跟镜子一样。"

一定意义上，写《照夜白》的蔡东是有天真气的，也可能是她对谢梦锦过于爱惜而不忍——爱惜某种世俗浊浪中的清流，不忍谢梦锦"伶仃"。蔡东以一篇《照夜白》，也许还有《天元》，做了谢梦锦的精神盟友。不能不思考《照夜白》中陈乐和谢梦锦的关系。谢梦锦可以被衣着"克莱因蓝"、有同样卓绝品味的男性爱护，实现一次近乎行为艺术的"无声的课堂"。但一堂课，并不等于一天，更不等于和谢梦锦生命等长的无数天，且陈乐对谢梦锦的宽容和体恤是多么可遇不可求。有陈乐的时间只是蔡东截取的谢梦锦生命长河的微小一段。更多的时候，和柳萍一样，谢梦锦还是无法脱困。她被俗不可耐的以"打成一片"为口头禅的督导责诘课程"不够抓人"；也被想学习销售技巧去名品店应征导购的学员追问课程内容是否匹配得上课程名《你的口才价值百万》；她想在这门名为"你的口才价值百万"的课程上讲授小津安二郎和《后赤壁赋》，却不被理解。谢梦锦侧身于和自身品味、气质、调性"不匹配"的日常生活世界，因为压抑而失声。这种痛苦很容易被指认为脱离普罗大众，是我们时代"有余者"更高级的苦痛。当谢梦锦的哀痛以近乎夸张的方式被展示，对这种苦痛的体认也带来当下读者的分层,就有读者在"豆瓣"评论《照夜白》是"何不食肉糜"。熟悉蔡东全部小说的读者显然不会轻易地下此结论。我们姑且也不去对这种读后感做简单的是非判断,误读和分歧的背后深藏着的可能不单单是审美差异,而是不同圈层和群落之间的隔膜,因为彼此隔膜,他们对中国当下现实的理解自然也是隔阂的。这值得我们深思。

是不是可以把《照夜白》中的谢梦锦理解成是滤镜化后的柳萍?小说甚至给谢梦锦一个完美的镜像物,"照夜白的鬃毛根根直立,雪白的马身子从泛黄的纸页上隆起,""凌空一挣,四蹄腾空,朝着远处飞驰而去"。谢梦锦与心灵知音——交通台主持人陈乐——"喜相逢",而拥有了逃逸现实的片刻。柳萍为了向何主任要中转房来缓解经济压力,和丈夫一起进行受辱训练。谢梦锦和柳萍看似有云泥之别,又不过是双生的两面。柳萍和谢梦锦的差别,只在柳萍没有一个燕朵这样体恤的闺蜜,也没有一个陈乐这样强力的男人来做她的护佑。故而,柳萍只能承受更多有违个人理想生活的现实不堪和屈辱。

类似《照夜白》的人物架构,《天元》里的陈飞白有她的于贝贝和何知微。她,有趣、贤能、美丽、青春,有卓绝的生活品味,这使她成为无可指摘的理想女性,被生活垂青和偏爱。和谢梦锦相比,陈飞白要逃离的不只是一个职位、一个课程,她要逃离的是我们时代商业文明的核心逻辑——财富至上,力争天元。值得注意的是,蔡东当然意识到现代社会所谓独立型格的女性,并非仅仅因为趣味审美而获得独立,而是以成为独立的经济体作为标志,就像小说中于贝贝指责陈飞白的:"一点儿也不独特,也看不出有什么傲人的风骨和性情,如果没有何知微的收入,你哪怕每天早出晚归地上班,也一天比一天穷,衣服、包、鞋都透着劣质,你整个人看着也很劣质。不悔改就什么也赶不上了,再过两年,咱俩就彻底不能一块儿玩了。"《天元》中,陈飞白以男友何知微职场搏杀为代价换取持守个人理想生活的保障。在揭破现实假面的现实主义的冷峻和透射理想主义的微光两种写作取径之间,一个批评家如何抉择?确实,这两者很难分出高下,而且往往两者也是你中有我我中有你。事实上,蔡东有做一个真正批判现实主义作家的能力。只要去读《净尘山》《无岸》等小说就会发现,在这些小说中,蔡东对我们熟悉的被侮辱被损害小人物的关切,对世界之恶之黑暗的洞悉，这均体现了一个现实主义小说家的能力和品质。

而且，在我们的时代，捕捉并透射出理想主义的微光，可能并不比揭破现实的假面更容易。正是因为不容易，这就能理解不只是蔡东，小说家总会以个人生活理想取代更辽阔的人群和世界的理想主义，写"应该"的世界；我们也就能理解，《天元》中，何知微能够对商业文明做出来的反抗只是微弱到去偷地铁里写着"一步制胜"的镜框。而且，这样的行为，陈飞白曾经带他做过一次。以此举对抗消费时代无处不在的"天元""一步制胜"这种财富中心论对人内心的侵染及造成的潜在压力和伤害，虽然微弱，但逻辑自洽。矛盾的是，同样是何知微，对职场狼文化、对陈飞白的"诗"生活违逆和损毁的认知却是半分清醒，半分逃避，甚而对双方亲密关系中不同步的危机也缺少自我的警醒。蔡东推重具有独特风骨之女性，她们的生活合于个人理想和原则。也许我们会认为蔡东无法为缝合时代造成的裂缝提供解决方案，或者说她的解决方案是轻的、无力的，但我们有没有意识到在强大的商业逻辑面前，所有个体的抵抗都是轻且无力的？

本质上，陈飞白逃避面试，拒绝天元，是逃避成为与自己的物质生活理想相匹配的独立经济体的实践。女性的尊严感是以一件干净的衫、一张洁净的桌所代表的高洁的女性审美理想为标准，还是在无法彻底更改的结构性事实里面展现真实的力量和韧性呢？事实上这两者之间并无绝对矛盾，就像可以在职场独立应对的于贝贝，未必不可以有能力耐心专心做一餐有让人眉心舒展的一餐饭：青豆虾仁，西芹花生米，红豆茯苓粥。意味尤深的是，如果男性没有经济能力支持亲密关系中的女性的物质生活，他们的关系是否会变成《无岸》中柳萍和丈夫那种不堪的互撕关系？因为经济能力的有限和已经启动的理想物质生活之间的巨大落差，亲密关系中的双方成为一对怨偶。在这里，女性成为男性口中的"拜金，拜物，仇男，仇富，就是那种可怜又可怕的女人"，而男性被女性指责为"志大才疏，一无所能，干嘛嘛不行，简直让我丧失了对人生的兴致，我一天风风光光、熨熨帖帖的日子都没过上"。

还不仅仅如此，《净尘山》中，张倩女的父亲张亭轩放弃了稳定的音乐教师教职，在小城里成为文艺闲人，其退让之姿，本质上和陈飞白以优越的应用经济学专业背景，在公司宁可打杂，逃避面试以求进阶，差异并不大。陈飞白工位桌上放"细颈白瓷瓶",写诗用"飘雪一样撒着金片"的具有"植物纤维的感觉"的"淡青色"纸张,颇具古意。张亭轩也有类似的古意:"固定而频繁地与父亲来往的闲人,只有戚叔叔一个。张倩女从窗口望下去,发现他俩像古画上的两个人。两人一坐就是半天,静物般沉默着。"但张亭轩的结果却是"风雅委地,时运不济啊"。《净尘山》中出世男性是不合时宜的,而《天元》中,以青年女性的身份、姿容和调性,事实上带着张亭轩的灵魂活着的陈飞白的行为却可以被解释为是超逸的,甚至具有反抗性的。对此,青年小说家蔡东未来如何获得和她相对稳定的文学观那样有着内在一致性的世界观,如何勘探和理解更辽阔、深潜、暧昧和幽暗的世界,如何在现实主义和理想主义之间审慎选择和决断等,这都是她将面对的挑战。

三

到目前为止,蔡东小说中的理想女性也许是《天元》里的陈飞白。与男友何知微的相处宛若梦幻,她穿着有大蝴蝶结在后的男女主角少年时代流行的连衣裙,她转过来与他相对的面孔,连耳朵都是红的,这些在男性视角同样无可置疑的迷人气质,在时光流转里将会如何?陈飞白以一首诗送给男友何知微已深陷庸俗中年的母亲:"再后来,没人叫她夏清煦了/窗口办事人员大声呼叫她的全名时/她脸上会迅速闪过一丝羞惭之色/弓着腰,塌着肩,想把自己缩小了/她边点头,边讨饶似的说/是我,我是老夏/老夏"是什么让夏清煦消失了,变成面目模糊的老夏?是什么让夏清煦具有了小说所说的"典型的妇女感"?如果不怕戳破迷梦,会不会有一天"妇女感"也会附身陈飞白?应该看到,日常生活世界中也许是中性的"妇女感",在小说却隐含贬义。被小说叙述出的夏清煦,"真是典型的母亲,看她一眼,就会联想到匮乏与不幸,看她一眼,就知道她被日子研磨过来,吃得连骨头都不剩了。""大润发里抢贱价鸡蛋的队伍里肯定有她,最关键的是,她的丈夫虽未出轨也并不爱她。""在超市大肆试吃"——"她一手捏住牙签,一手擎着一次性纸杯,审时度势,动作机敏。"

一定意义上,夏清煦和《我想要的一天》中穿"假冒洞洞鞋"和"肉色丝袜"的麦思的母亲,是我们时代"无名"的中年母亲的一个。她们和蔡东小说的中年文艺男属同一个代际。蔡东的小说善于写逐渐走向暮年的女性,既对她们抱有深切的同情,同时抵牾和厌倦情绪也无处不在。但也不尽如此。《伶仃》中,卫巧蓉把对逝去的母亲的情感转移到一个在敬老院玩乐高的老人身上,"一样的方脸型,相似的五官,甚至五官被重力拉拽后的走向都是一致的,还有用黑色发卡犁过的银发"。这个乐高老人不同于他人,她穿"白色亚麻长袖上衣,黑裤子,看上去清爽干净"。而且她玩的是不俗的乐高。在《朋霍费尔从五楼纵身一跃》中,中年女性周素格照顾失智的丈夫乔兰森,在公园里看到照顾后代的老年女性时心有戚戚焉,她既恐惧自己堕入和她们相似的命运,无尽地被家庭羁绊;同时,周素格却认为自己的苦痛与她们并不相通——"她们活了这么久,铁做的一样,哪还有什么细致幽邃的感情呢?"小说中这样的陈述可谓清冽到残酷。顺便提及一句,也可以部分回应《天元》中蔡东为什么选择以个人理想取代理想主义的微光。对蔡东而言,可能是她直面过太多的黑暗,反而想给世界光,也给自己光。由此,我们也应该以宽宥之心善待小说家片刻的轻与无力感。

但是人生不是一开始就是这样的。如小说所写,夏清煦的儿子何知微也知道,"我妈年轻的时候,买菜从不磨着别人搭一把小葱送"。是什么让那个夏清煦消失了?时间流逝里的青春消逝是原罪吗?也许当陈飞白拒绝去面试,选择去买菜时,她的身影已经和《夏清煦》这首诗前半段里的夏清煦重合了:"傍晚,夏清煦从街市的一头走过来/走近时/人们看见她篮子里斜插着三枝粉百合/还有几种面目模糊的菜。"精致的审美和敏感的灵魂能支持陈飞白多久?青春尚存时伴侣炙热爱意能保护陈飞白多久?这些,我们不得而知,也无法想象。棋局中有空间,天元见一时进退,弃之自是一种出世之姿;棋局中亦有更阔广的时间,观棋而"坐忘",放下"斧柯",也放下现实的时间,出世总还要入世。刘禹锡的《酬乐天扬州初逢席上见赠》曰"怀旧空吟闻笛赋,到乡翻似烂柯人"。以棋局观人生,何人不是饱经浮世沧桑的"烂柯人"。岂是让步天元就能平安度之?

往深处想,某种程度上,《无岸》中的柳萍选择妥协,进行"受辱训练",反而是面向现实的真正行动。这个行动可能会给她带来一套中转房,维持岌岌可危的中产生活表相和这表相支撑的内心安宁。《照夜白》中,谢梦锦在"克莱因蓝"男性的帮助下完成了一次超越,似乎实现了在课堂上不说话的承诺。作为反抗与她格格不入的庸俗造作的现实的行动,这让她产生了以照夜白自喻的诗意幻觉。《天元》中,看似柔弱的陈飞白,有更明确的行动,这行动似乎也增加了人物的型格魅力。她带男友何知微一起去摘地铁里的导向性明确的广告灯箱,试图和男友爬过挡板去摘除房地产商大言不惭的寓意处于世界中心的"天元"的广告条幅。这些行动自然也是反抗。可是柳萍的妥协,和谢梦锦与陈飞白的反抗,哪一种是真正的行动?哪一种是更勇猛的女性行动?即便让蔡东来决断,恐怕也难有定论,但至少蔡东提供了诸种可能性。

四

蔡东小说中还有另外的女性。《伶仃》中,江巧蓉中年失婚,丈夫无理由地突然坚决离家,留给她的生活和心灵巨大的空洞。"几十年的夫妻说散了就散了,任凭谁也想不通呀。一辈子过来了,两个人加起来一百多岁,该相依为命了,他无情无义铁了心要走,一句解释都没有。""她慌了神,想死命抓住点什么却被一股陌生的力道抛出来,跌落在局外,眼睁睁看着一条熟悉又安全的路线突然断了头,死去了。"随着时间流逝,"愤怒、屈辱、自怨自艾都淡下去了,但她的心还是会疼一下"。小说以戏剧性场景开始,以追踪丈夫旅居孤岛的江巧蓉尾随丈夫去剧场,全程窥视观看表演的丈夫的窥探者视角展开。为了增加窥视的可能,小说干脆让江巧蓉租住到丈夫居住的小区,一套刚好可以窥视他生活的居所。小说松散的因果链,没有借戏剧性的设定造成某种紧张和冲突,也没有强化因果链事件的前后和细节。江巧蓉没有在剧场与丈夫相遇;尾随丈夫旅居孤岛也没有在落地窗前与对面住着的丈夫四目对视。小说更多的篇幅写她观察住在附近养老院爱搭乐高的老人;写她摔倒在楼梯台阶崴伤了脚踝。在可能诱发惊奇的叙事设定里,人世之旅的细节却没有惊奇。江巧蓉要过的依然是一个人的日日夜夜。

"避重就轻"的叙事选择,得以让遐想的空间急剧膨胀。《伶仃》避开可能的艰难冲突时刻。江巧蓉的那些妄念和猜测通过和女儿的对话简单道出："我说爸爸独自在岛上生活，你不信，臆想出来一些事情，到处跟别人说，有鼻子有眼儿的，我好把地址告诉你，你自己来看看，也当出来散散心。"尾随丈夫留居孤岛的江巧蓉已隐现出病态。是什么帮助江巧蓉走出这危险的处境？有一部分是认命和忍耐："在一些艰难的时刻，她以为自己肯定要完了，结果她没完。日子呀，慢慢就熬过去了，再过几年女儿生了孩子，她要当个好帮手，帮女儿熬过最忙乱的两三年。"对江巧蓉这样的女性，没法去质责她情感的不独立性，她身上的不彻底性恰恰是小说最动人的部分。她希望和丈夫过完余生，她在给女儿的奉献中找到自己的价值，但是真正支持她走过心灵困境的依然是具体的日夜，以及来自自然和生命的教诲。

可以和《无岸》《照夜白》《天元》所写的都市女性相对比，江巧蓉同样抱有高扬的日常审美理想，即使跟踪丈夫旅居孤岛，她依然大老远带来留有旧日生活痕迹的冰裂纹的茶杯。但是这种高扬的审美和日常无间，它自然而然地注入江巧蓉的性情。故而，她能听下去，记得住房东夫妇分章节讲的他人的传奇；能在敬老院遇到肖似母亲的玩乐高的老人，会很快准备合适的食物试图带给对方。江巧蓉对生活、对人、对世界，有兴味有依恋。更何况，她还有女儿。她能从女儿的注视中接收到"鼓励，期待，真心地盼着她好，还有，她认得出，爱"。小说这样写江巧蓉和女儿共同入眠的夜晚："她多么享受和眷恋这普通的夜晚啊，平和的夜，熟睡的人，还有此刻不在眼前但她知道会站在那里的一棵树，楼门前种着一棵夹竹桃，月光下几片深红的花瓣正缓缓飘落。"一定意义上，正是这样的日常细节让这个从惊奇走向平缓的故事变得有说服力。小说的最后，整夜整夜处于战斗状态中的江巧蓉逐渐淡去，她走向了具有魔力的时刻，小说也走向了某个具有启示性的时刻："夜色像宽大的黑斗篷一样罩下来。经过小树林时，身后传来窸窸窣窣的声音，也许，是人在落叶上走，也许，小动物正穿过草丛。回过头去，是看见松鼠、野兔、狐狸还是看见一个跟她一样独行的人呢？不管怎样，她都决定转过身去看看。就在她转身的一刹那，环绕在身旁的黑暗变轻了。"

我们可以从蔡东的小说重审日常生活的意义。《来访者》中身为心理医生的"我"，道出一个经历了新婚丈夫突然离世、心如死灰的女孩如何重新开始生活。小说写道:"救了她的是流逝的时间,是男欢女爱一日三餐,是贪生和恋世的好品质,日复一日的生活是最有魔力的。"《来访者》中"我"需要探寻的问题是,江恺经历了什么成为无法再有力量正常生活下去的人?江恺在病愈之后对自己的生命史有一个总结,他以为:"不是什么极端的生长环境,没有发生过特别可怕的事情,家里没有杀人犯也不是虐待和赤贫,只不过是家庭中一些习以为常的甚至被当作美谈的做法,还有一些无形却细密的罗网,再加上我个人的脆弱"。值得注意的是,小说中有两个母亲。江恺的妻子于小雪记忆中的母亲:"小时候一刮风下雨,我妈就借机张罗着做好吃的,包饺子烙盒子炖排骨,兴头那么足也不怕费功夫,我看着外面大风大雨的,再瞅瞅屋里忙活的她,不知为何反而心里特别踏实。"于小雪成长为一个"可以从经历中获取养料并被平淡生活秘密滋养着的一类人"。所以,她可以帮助陷入心灵深渊的江恺。而江恺的母亲在"我"看来:"颇善敷衍,也会做戏,眼角眉梢藏不住的却是冷淡,对此刻活着的冷淡。她坐在我旁边,但感觉她并不在这里。她的积极和机警不过是浮泛的一层壳,里头空空的。她的动作表情里藏着作为一个生命体的深深的懒怠和疲倦,岑寂的绝望如穹顶般低低地笼罩着。"《来访者》写得异常耐心,同样以去戏剧化生活流的细致表达,将记忆和观察收纳其中,去写日常生活的两面甚至多面:美与动人,以及看不见的残酷。在江恺那封写给母亲的信件中,他细细梳理自幼小而成年如何走入不能脱解的迷雾黑夜。有意思的是,被日常生活中看不见的残酷所伤害的江恺,在心理医生的帮助下脱解,回归的依然是日常生活世界。他说自己"要学会敬畏日常,让生活成为能量的不竭源泉"。"要去生活,一天一天地过日子,越平淡的日子越值得认真过。"据此,江恺让自己投身男欢女爱一日三餐。"两人一起动手,和面,洗茴香苗,切肉,调馅儿,擀皮儿。饺子包好,与小雪下锅煮,江恺从橱柜里拿出小白碟子,倒上醋,又见到架子上有一瓶小磨香油,便取过来在醋上点了几滴。"什么是生之喜悦?小说的末尾用了千余字的日常场景的书写,展开了"我"所见的丰美世界:老者与幼儿,果蔬与三餐,"几个男孩吃完橘子开始撕手里的橘皮,嗞嗞,嗞嗞,扬起细细的轻尘般的雾,浓烈的橘子香弥漫在周围的空气里"。

《朋霍费尔从五楼纵身一跃》中,周素格照顾失智的丈夫乔兰森的生活趋于窒息,唯一的喘息时刻是央着钟点工阿姨多留两个小时,可以去公园坐一坐,体会"身体本来像一把扎紧的线穗,这会儿,倏地全松开了"的滋味;可以去博物馆看披毛犀的化石,在想象里骑着它穿过草原,进入密林。在继续向钟点工阿姨寻求帮助而无果,不再能有延长其工作时间以获取生活中喘息的空间的情况下,周素格策划"海德格尔行动",即打算把失智的丈夫绑在家中椅子上,以求能外出看一场演唱会。失智使两个心灵相通的人被阻绝了,往日的美妙瞬间打下的生活的底也愈发稀薄,渐渐生出的是恐惧:"她们和她一样,服着天地间古老而平凡的役,平淡无奇的劳累,理当如此的安排,没人觉得这其中有何难以忍受之处,更不会觉察到她们可能正身处绝境。"丈夫已经不是原来的他,"脸上是智识诡异消逝的蠢样子,不能思考,不能独立完成任何一件小事,经历过的往事也逐渐剥离,弃他而去",她是否还能做原来的她呢?压抑下欲动用藏在橱柜里执行计划的秘密工具,把邪恶险峻的念头和往昔充满兴味的生活痕迹一起关在里头。她有多熟练迅捷地把丈夫绑住,就有多迅速地返回家中,冲进客厅,把牙和指甲都用上了,把绳扣一个个解开来。于是,周素格和乔兰森一起坐在了演唱会的现场,亘古不变的月下,魔力的时刻再次上演,"她伸手搂住了身边的人,云遮住了眉月,夜色渐深,恍惚间,她有点怀疑,是他吗,是你把他放出来了吗?""她记得她亲吻了丈夫"。她"半是沉醉半是痛楚地闭上了眼睛",领受了生命的全部滋味。这并非道德的示范,而是关系人们如何想象、定义和践行自己的生活。弱德之美,弱者之力,如蔡东小说《来访者》中所说:"还有一种光,是属于苇草般柔弱又强韧的生灵的。"

  从蔡东的写作脉络观察,这一类具有平常生活力的女性形象可以追溯到《往生》。从个人写作史的意义上,这些人物形象可以和蔡东小说中那些被商业文明乱流裹挟的女性相对照和对勘。进而也可以理解蔡东经由小说一直在回答的问题:何为日常生活之美?

  蔡东接受过系统的大学文学教育,她2006年的硕士论文做的是江苏青年作家研究,关注的是毕飞宇、叶弥和荆歌。这几个作家的写作无一例外都是有着寄身日常生活的微妙、细致和敏感的特质。蔡东在北方开始写作,在南方之南生活和写作至今,她的写作少了北方的粗粝和苦涩,也不似南方之南的黏稠和炽热。她的小说更具有江南气质。已有的许多研究，在中国现代文学正典的谱系和解释框架中解读蔡东的小说，比如留州和深圳的"双城故事""小城叙事""零余者"这些关键词不断被征用。这给人造成一种错觉，即蔡东的全部写作就是证明这些模式书写可以像实验一样被反复验证。事实上，蔡东内心涌动着冒犯的激情和冲动，看看《净尘山》，有多少我们熟悉的现代性逻辑故事被蔡东拆解，故乡小城不能作为城市漂泊者的逃世和皈依的抵达地，城西没有净尘山只有荒山，代际冲突中青年也不代表着未来和希望而可能只是重蹈老一代的旧路……甚至，蔡东自己一直相信的文艺对个人的救济和疗愈也被拆解。

对于日常生活世界，尤其是家庭生活，蔡东有沉浸其中的安稳闲适，又有沉陷其中的隐忧恐惧，蔡东认为自己"并不彻底"。[①]不彻底带来了犹疑、彷徨、矛盾和悲观等，这正是蔡东小说所植根之处。从这个根系，慢慢生长出她小说的那些人、那些事。

前面论及的《来访者》某种意义上可以理解为蔡东生活哲学的集中呈现，也可以视作蔡东小说进入世界的路径。事实上，不仅是《来访者》，蔡东的小说叙述者或多或少承担着心理医生的功能，这使得她的小说能抵达人性和世界的褶皱、细枝末节。从这种意义上说，蔡东的小说迹近心理现实主义，也许真的可以撇开我们前面试图对蔡东小说进行现实主义和理想主义界分的困扰。现实的幽暗、理想的微光、生命的痛楚和欣悦，在蔡东，是一个普通人的心理时刻。我们不愿意指认这一个个的她和他是边缘人、零余者和失败者，她和他生活在我们每个人中间，我们也是生活在她和他中间的普通人。当蔡东捕捉到我们这个时代普通人的幽暗和微光、痛楚和欣悦的心理时刻时，她的小说时刻降临了。

(《当代作家评论》2022年第1期)

[①] 蔡东：《写作：天空之上的另一个天空》，见《我想要的一天》，花城出版社2015年版，第209页。

在丰饶的文学生活中

后 记

自我奴役的文学批评能否"文体"?

文学批评文体,是一个文体学的专门问题,其基本前提是承认文学批评是独立的文体,然后才有所谓的文体问题。而当文学批评的文体问题成为一个"当下性"的问题,需要拿出来讨论,显然基于现实的作为文体的文学批评那种边界清晰的、独立的、自足的"文体感"正在丧失。

可以说得危言耸听一点,我们今天正在失去自由自在、澎湃着生命力的文学批评。

之所以做这样的判断,是因为我并不认为文学理论和文学史研究的学术论文可以包含文体意义的文学批评,虽然文学批评并不排斥文学理论和文学史,甚至好的文学批评恰恰需要从文学理论和文学史悦纳滋养,但这并不意味着文学理论和文学史的研究性论文这两者与文学批评应该没有"文体"的区分和间隔,如果文学批评和这两者之间没有了边界,文体意义上的文学批评将会被文学理论和文学史研究所吞噬。但文学批评"文体感"丧失背后单单是文体问题吗?

需要特别指出的是,我们将文学批评的文体问题作为一个问题来思考,从策略上,并不想把针对的假想敌设置成"学理性"和"学术规范"。在今天的学术制度下,如果我们莽撞地将文学批评的假想敌树立为学理性和学术规范,不但会遭人诟病,也会使得文学批评自身的生存空间变得更加逼仄。按我的理解，"学理性"和"学术规范"至多是让文学批评戴着镣铐跳舞而已。因为一个基本的事实是，与文学理论和文学史研究集中在高校和专门研究机构一样，文学批评的从业人员在今天也基本集中在高校和专门研究机构。当下，没有被大学和专门研究机构收编的文学批评从业人员越来越少，而且即使有些未被收编的从业者，也往往是预先经过了大学规范的学术训练。既然文学批评的发生绝大多数与大学相关，当然应该在大学的背景下讨论才有意义。在大学背景下，虽然已经有某些大学将点击"十万加"的网文等同某一级别的学术论文，但这种"等同"更多是非学术的因素在左右，也只是在一些现实利益上可以被折算。文学批评显然不能同此盛景，与有荣焉。大学应该有独立的学术制度，学术制度当然应该包含学术评价标准。这种意义上，我们的大学学术制度远未臻于完备。因此，今天我们谈论文学批评，得首先承认学院文学批评一支独大的事实，这一定程度上只是一个无奈的选择。从健康的文学批评生态来讲，大学之外的文学批评也应该野蛮生长。但我们并没有在学院批评之外，相应地发展出独立文学书评人和媒体文学批评制度。换句话说，我们的文学书评和媒体文学批评在当下很弱。像《中国读书周报》的舒晋瑜、《文学报》的傅小平、《新京报》的柏琳、《南方周末》的朱又可、原来腾讯网的张英等文化（文学）记者虽然写出相对优秀的媒体批评，他们的文学审美能力远远高于一般的大学文学批评从业者，但并没有引起充分注意。今天"野生"的文学批评还应该包括"豆瓣"这样的网站，包括每天我们在朋友圈发布的只言片语的文学批评。这里面可能孕育着新的文学批评方式和新的文学批评文体。但没有经过充分的田野调查式的观察，我们很难对这些正在发生着的、正在变化着的文学批评下判断、做结论。因此，我们只能相对收缩在大学这有限度的空间谈论文学批评文体，离开大学这个立足点，我们很多的前提和结论可能就不存在、不成立。比如我们现在说的文学批评文体的逼仄和萎缩，其基本的立论前提只能在大学背景上，离开了大学这个背景，包括和大学有着深刻勾连的研究机构和传统媒体等，这个问题的讨论可能是另外的方式和结果，因为在网络平台、微博、微信公号，是另一个平行宇宙一样的文学批评世界，文学批评和文学批评文体也是丰富芜杂的。

这样看，如果我们观察中国现代文学史，文学批评从业者并不是必然在大学谋食。相当多的批评从业者做的编辑和出版工作。再有，从更大的中国现代学术史看，不算1949年到二十世纪七十年代末这个时段，如此严苛的教条的学术制度也只是这一二十年的事情。在相对宽松的学术制度下，1949年之前和二十世纪的八九十年代，大学文学批评并不是现在的这种样子。现在的问题是，在尊重学理性和学术规范的前提下，甚至在我们也不能改变大的学术制度的前提下，再退一步，甚至大量的文学批评从业者并不具备充分的文学审美能力，文学批评文体能否独完？

说到这里，有些似是而非的问题可能需要澄清，比如是不是一谈到学理性和学术规范就要在文学批评文体大量征用"知识"？我认为，今天文学批评一个很严重的病症就是充斥着大量冗余和过剩的无用"知识"，直接的文本景观就是文学批评的注释越来越多，越来越长。且不去深究一篇文学批评动辄几十条注释，这几十条注释都有各种来源，各种来源又都有各自的作者、上下文和语境，只去"断章取义"，能不能恰如其分地说明自己谈论的问题，而只是质疑一个最直接的问题：这些近乎疯狂不加节制的引用和注释是不是必要？从现代文学至今，我们的文学批评并不是从一开始就有这样的引用和注释癖，国外的文学批评也不都是这样疯狂地引用和注释。请注意我说的是文学批评，不是引用和注释可能必要的文学理论和文学史研究。因此，不能把学理性和学术规范误解成冗余和过剩的"知识"，而应该是清晰的问题意识、说理依据和内在逻辑力量。

至于谈论甚多的关键词和摘要，对一篇文学批评来说确实是不必要的，但我认为它们并不能伤害到文学批评文体。因为关键词和摘要是发生在文学批评完成之后的发表"格式"，而这种格式某种程度上只是为了文献检索的方便。事实上，我们今天的文学批评刊物，比如《当代作家评论》《南方文坛》《小说评论》《文艺争鸣》《扬子江文学评论》《上海文化》等都并没有关键词和摘要的格式要求。但如果我们观察同一个作者在这几种刊物与需要关键词和摘要的《文学评论》《中国现代研究丛刊》《文艺研究》《当代文坛》，甚至学报和其他人文社科刊物发表的文字，其"文体"并没有明显的区分度。在他们的理解中，文学批评也只是一种"论文",文体也只有千人一面的"论文化"。这直接的结果就是,今天的文学批评专门刊物也被它的作者改造得不"文学批评"了。因此,在强调学术制度压迫的同时,文学批评从业者其实是自己放弃了某些专业文学批评刊物给予的充分自由。这直接地导致了文学批评片面偏执的"论文化",以至于像《文艺争鸣》竟然要另外设置"随笔体"的栏目来重申文学批评的文体自由和多样。从我的观察看,今天的文学批评刊物并不是像我们想象的不能容纳文体自由的文学批评。极端地说,即使"为稻粱谋",即使哪怕不算各种文学期刊,更不算大众传媒,仅仅各大学认可的所谓 C 刊和核心期刊,也可以发表我们可以想象得到的所有文学批评文体,而不是只有一种学报"论文体"的文学批评。

据此,我认为今天真正伤害文学批评的,不是刊物,不是学理性和学术规范,甚至不是学术制度,而是批评从业者自己预先选择了不自由,选择了自我奴役。而当这种自我奴役渐渐演变为一种集体无意识,汇入到今天的学术生产和学术制度,这才是对文学批评文体最致命的伤害。说到底,文学批评的文体问题不是文学批评的语体、修辞等外在的文本风貌,而是从业的精神自由不自由。因此,我认为要解决文学批评的文体问题,应该从"文学"和"批评"两个方面回到文学批评的起点。这就是我曾经在许多场合谈到过的,文学批评是"批评",文学批评也是"文学"。强调文学批评是"批评",那就应该意识到现代文学批评和现代知识分子之间的内在关系;应该在类似《语丝》发刊词里所说"自由思想、独立判断和美的生活"的意义上,理解文学批评之"批评",即现代知识分子之批判精神。而文学批评之"文学"既是指文学批评所针对的研究对象是文学的,也是指作为文体的文学批评是文学的。因此,我们有理由要求作为文学批评的文体是文学的文体,而不只是"论文",它当然应该满足一切对于文学的定义和要求。

在强调文学批评"批评"的前提下,现在我们可以从技术上谈论如何做"文学"的文学批评。选一个最偷懒的办法就是向小说家学习文学批评了,当然也可以换作向诗人学习诗歌批评等等,只是因为我自己做小说批评比较多,顺便举了小说家做例子。这一段时间,集中重读了毕飞宇的《小说课》、王安忆的《小说课堂》、张大春的《小说稗类》,我更坚定了向小说家学习"文学"批评的判断。说老实话,虽然一百年中国文学,我们的文学批评从业者中间确实涌现了一批又一批"文学"批评的"文体家",有的在今天依然活跃并影响着当下文学批评生态,但时至今日相比较而言,同时代的一些小说家,他们数量不多的文学批评比专业的文学批评从业者却显得更为个性和文学性。这或许某种程度上可以矫正我们"八股腔"文学批评的"不文学",也能够回答我的提问:当我们能够自由思想和独立判断地"批评"之后,我们如何写出文学的文学批评?比如我们可以从张大春的《小说稗类》学习如何运用知识;从王安忆的《小说课堂》学习如何有态度有思想地复述小说情节,如何在行文中灵光一闪旁逸斜出闲笔;从毕飞宇的《小说课》学习如何不是抡着大刀砍砍杀杀得出大而无当的常识结论,而是庖丁解牛于细节见幽微,于幽微见真问题,等等。比如我读到的还有阎连科的思辨,余华的冷峻,苏童的腴润,蒋子丹写迟子建的将心比心……可以这样说,正是这些小说家悄悄地生产并维持着我们时代文学批评的"文体"。其实,本来是可以引用一些他们各自实践的成果,只是我已经预先将冗余和过剩的"知识"作为窒息着今天文学批评文体的敌人,即使引用并不冗余和过剩,还是不引用了。好在,这些小说家的文学批评在图书馆,在"知网"都能找到。说到"知网",其实不只是"知网",在今天文献检索如此之方便,如果我们假定一个文学批评从业者要做一篇作家论,他不是先去读作家的作品,而是去检索张三说李四说,就能写好一篇文学批评,我们能对他有文学批评文体的期望吗?而小说家写文学批评往往是不查理论书,不用"知网",他们最信任的是自己的艺术感觉和审美判断,也难怪他们不需要那么长的注释呢。也许这只是端正我们今天文学批评文体的一个起点,但还是值得我们去试一试吧。